中国书籍文学馆·散文苑

昨日明眸

周维先——著

中国书籍出版社
China Book Press

图书在版编目（CIP）数据

昨日明眸 / 周维先著 . —北京：中国书籍出版社，2014.3

（中国书籍文学馆·散文苑）

ISBN 978-7-5068-3977-8

Ⅰ . ①昨… Ⅱ . ①周… Ⅲ . ①散文集—中国—当代 Ⅳ . ① I267

中国版本图书馆 CIP 数据核字（2013）第 305240 号

昨日明眸

周维先　著

图书策划	武　斌　崔付建
责任编辑	赵丽君
责任印制	孙马飞　马　芝
出版发行	中国书籍出版社
地　　址	北京市丰台区三路居路 97 号（邮编：100073）
电　　话	（010）52257143（总编室）　（010）52257153（发行部）
电子邮箱	chinabp@vip.sina.com
经　　销	全国新华书店
印　　刷	三河市华东印刷有限公司
开　　本	650 毫米 ×940 毫米　1/16
字　　数	316 千字
印　　张	23.5
版　　次	2014 年 6 月第 1 版　2019 年 1 月第 2 次印刷
书　　号	ISBN 978-7-5068-3977-8
定　　价	65.00 元

版权所有　　翻印必究

序

李敬泽

"中国书籍文学馆",这听上去像一个场所,在我的想象中,这个场所向所有爱书、爱文学的人开放,不管是白天还是夜晚,人们都可以在这里无所顾忌地读书——"文革"时有一论断叫做"读书无用论",说的是,上学读书皆于人生无益,有那工夫不如做工种地闹革命,这当然是坑死人的谬论。但说到读文学书,我也是主张"读书无用"的,读一本小说、一本诗,肯定是无法经世致用,若先存了一个要有用的心思,那不如不读,免得耽误了自己工夫,还把人家好好的小说、诗给读歪了。怀无用之心,方能读出文学之真趣,文学并不应许任何可以落实的利益,它所能予人的,不过是此心的宽敞、丰富。

实则,"中国书籍文学馆"并非一个场所,它是一套中国当代文学、当代小说的大型丛书。按照规划,这套丛书将主要收录当代名家和一批不那么著名,但颇具实力的作家的长篇小说、中短篇小说集和散文集等。"中国书籍文学馆"收入这批名家和实力作家的作品，就好比一座厅堂架起四梁八柱，这套丛书因此有了规模气象。

现在要说的是"中国书籍文学馆"这批实力派作家，这些人我大多熟悉，有的还是多年朋友。从前他们是各不相干的人，现在，"中国书籍文学馆"把他们放在一起，看到这个名单我忽然觉得，放在一起是有道理的，而且这道理中也显出了编者的眼光和见识。

当代文学，特别是纯文学的传播生态，大抵集中在两端：一端是赫赫有名的名家，十几人而已；另一端则是"新锐"青年。评论界和媒体对这两端都有热情，很舍得言辞和篇幅。而两端之间就颇为寂寞，一批作家不青年了，离庞然大物也还有距离，他们写了很多年，还在继续写下去，处在最难将息的文学中年，他们未能充分地进入公众视野。

但此中确有高手。如果一个作家在青年时期未能引起注意，那么原因大抵有这么几条：

一、他确实没有才华。

二、他的才华需要较长时间凝聚成形，他真正重要的作品尚待写出。

三、他的才华还没有被充分领会。

四、他的运气不佳，或者，由于种种原因，他的写作生涯不够专注不够持续，以至于我们未能看见他、记住他。

也许还能列出几条，仅就这几条而言，除了第一条令人无话可说之外，其他三条都使我们有足够的理由对这些作家深怀期待。实际上，中国当代文学的丰富性、可能性和创造契机，相当程度上就沉着地蕴藏在这些作家的笔下。

这里的每一位作者都是值得关注、值得期待的。"中国书籍文学馆"收录展示这样一批作家，正体现了这套丛书的特色——它可能真的构成一个场所,在这个场所中,我们不仅鉴赏当代文学中那些最为引人注目的成果,而且,我们还怀着发现的惊喜,去寻访当代文学中那相对安静的区域,那里或许是曲径幽处,或许是别有洞天,或许是,众里寻他千百度,蓦然回首,那人却在,灯火阑珊处……

目录

卷一 逝水

伤　别 / 002
我的父亲，曾经的二哥 / 005
我的母亲，曾经的五姑娘 / 009
依约当年 / 012
沉默的父亲 / 025
当爱已成往事 / 029
彼岸风景 / 032
别来沧桑事，语罢暮天钟 / 035
大哥，在风雪之夜远去 / 043
俊　哥 / 047
致有为之一 / 051
致有为之二 / 055
致有为之三 / 058
致有为之四 / 061
致有为之五 / 064
致有为之六 / 067

致有为之七 /070

致有为之八 /073

致有为之九 /077

逝水墨痕之一 /080

逝水墨痕之二 /085

逝水墨痕之三 /089

逝水墨痕之四 /093

逝水墨痕之五 /097

逝水墨痕之六 /101

逝水墨痕之七 /105

逝水墨痕之八 /109

逝水墨痕之九 /113

逝水墨痕之十 /117

逝水墨痕之十一 /121

逝水墨痕之十二 /125

卷二 昨日明眸

我生命中的明眸 / 130

咬　友 / 132

背对故乡的人 / 135

红尘已远，贵人何在 / 137

蝴　蝶 / 143

让我们回忆少年时光 / 146

老友·老酒 / 149

他已随风而逝 / 152

无梦之夜，似闻涛声依旧 / 156

张理·我的画家老兄 / 159

刘太义·海的恋人 / 162

一路耕耘周明亮 / 164

彭云其人其文 / 166

蒋锡金·笑容 / 170

卷三 我的魅惑之地

童话东台 / 174

我的魅惑之地 / 186

瓶底先生 / 189

鄂尔多斯,我心中的梦 / 192

遥远的鄂尔多斯 / 198

走马云南 / 201

探梅者说 / 221

天堂之网:一种感觉 / 225

抹不去的桃花涧 / 228

穿越时空的性灵 / 231

将军崖,叩问远古的英雄 / 233

那年月　那市井　那方言土语 / 235

那年月　那偶遇　那方言土语 / 238

那年月　那世象　那方言土语 / 240

红尘绿洲 / 242

我的天堂之旅 / 244

城市路名・文化身份 / 247

日本旅情 / 250

弦上清梦 / 256

三百六十度展望 /258

日本的节奏和形象 /261

日本国民性的铸造者 /264

卷四 身在围城

岁月之河　逝者如斯 /268

春江花月夜灵魂之舞 /270

雪国里的川端康成 /272

爱着，梦想着，清醒着 /278

曹禺一百岁了 /281

且笑且傲看江湖 /284

千呼万唤始出来 /286

夜话康熙 /289

今夜不醉不还 /291

走各样《生活秀》场 /293

我不知道你如何抚摸心灵 /295

平民小说与平民作家 /297

《苍梧》文化季刊发刊词 /299

酒醒何处 /301

我的七十岁 /303

卷五 莫斯科郊外的晚上

莫斯科郊外的晚上 / 308

穿越白夜 / 312

圣彼得堡　向历史回眸 / 315

面对普希金 / 319

索契情结 / 323

高加索茶楼 / 326

冬季剧院 / 330

又想起了索契 / 335

丽日下的古都 / 338

如歌的奥地利 / 341

漂流在多瑙河上 / 344

上帝的维也纳 / 348

无言的拉雪兹 / 351

白云苍狗滑铁卢 / 354

在布鲁塞尔寻寻觅觅 / 356

跟德国打了个照面 / 358

卷一

逝水

伤 别

父亲去了。去得太早。去得太苦。他躺在那里,微睁着双眼。他还在等我。那眼神仿佛在问,老三为什么还没回来?

爸,我回来了。

话没出口,我已泪流满面。

我抬起他的上身。天哪,他竟然轻得像一片落叶,一支羽毛。我不敢相信,这是他吗?是那个辛亥革命烽火中冲锋陷阵的他吗?是那个横刀跃马雄姿英发的他吗?是那个轻轻一托就把我扔上天空,让我又哭又笑的他吗?

他离去的时候,我才二十六岁。可我跟他的缘分并没有二十六年。大学四年,远在长春,我很少回家。毕业后,流徙塞外,而且是最穷最苦最荒凉不过的鄂尔多斯。到他去世时,我们已有十年很少相聚。此前,在苏州艰难度日的20世纪40年代,他为了全家的生计,无日无夜奔波在铁蹄下的上海。

哦,那是怎样的童年时光啊!少了许多父爱,童稚的心似乎并不荒芜。

父亲四十六岁有了我。我是老生儿,又是三房兄妹中的老幺,当然是他眼中的宝贝。生大哥时,他血气方刚,大哥挨打最多,爸爸下手也最重。而我是他的老疙瘩,打我时手抬得老高,落在屁股上却像是抚摸。

在我心目中，他是个俊朗英武而又透出几分儒雅倜傥的男人。开阔的前额下，挺拔的通天鼻两侧，一对刀眉与炯炯有神的眼睛相映生辉。他的嘴唇永远是红红的，好像蕴蓄着取之不尽用之不竭的激情。他带我去大澡塘洗澡时，我发现他的屁股上有两个洞。我很讶异，但终于没有发问。后来，妈妈告诉我，那是他腰间的盒子枪走火，把自己的屁股给打穿了。

我曾经想象，少年周鸿宾如何踯躅在满清末年的宜兴。青春勃发的他，是不是常常望着墨绿的河水发呆。在那条流淌了千百年的河边，周家的祖先周处曾经为害一方。当他痛切地感到自己已跟猛虎蛟龙一样，成为宜兴百姓的心腹大患时，周处出了一身冷汗。他上山打死了伤人无数的恶虎，下水降伏了兴风作浪的蛟龙，用自己曾经作恶的拳头，成就了一个流芳千古的传奇。那便是京剧舞台长演不衰的《除三害》。

那时，父亲或许也曾久久地望着一片片帆影出神。对于他，帆就是神秘的远方，就是不可预知的未来。谁都无法想象，他的决绝，会令整个宜兴张口结舌，目瞪口呆。他在新婚之夜出走了。他头也不回，撇下红盖头尚未揭开的新娘扬长而去，登上了驶向远方的船，第一次扬起了他生命中一往无前的风帆。多年后，父亲起草的家谱里，在我母亲何美珠的名字前面，写上了一个叫夏氏的女人。

父亲就这样离开了故乡宜兴，从此再也没有回头。他选择了远行，选择了漂泊。他心甘情愿在漂泊中度过了山重水覆回环跌宕的一生。

五十五年后，他在距离故乡千里之外的辽宁本溪谢世，像一片零落的枯叶，却没有落在故乡的土地上。"文革"后，他的荒冢竟无影无踪，不知去向。1995年深秋，我在连云港黄叶飘飘的青龙山安葬母亲的时候，在她身边放了一张父亲的照片与她相伴，也不枉他们几十年风风雨雨中相濡以沫的旷世情缘。

其时，父亲已然在孤寂中等了她三十五年。

爸爸妈妈，在彼岸，你们重逢了吗？执手相看泪眼那一瞬，是否也曾无语凝噎？然后，还会像在哈尔滨新婚时那样，望着西厢明月，一个吹箫一个唱歌吗？还会乘着马车，赶着冰爬犁，兴致冲冲地去听京戏看无声电影吗？

　　父亲，你怎么也想不到，你的传奇会画上一个如此这般的省略号吧？

我的父亲，曾经的二哥

父亲有一个哥哥，一个弟弟，五个妹妹。他排行老二。三叔和姑姑们都口口声声叫他二哥。

这二哥可不好当。我奶奶在世的时候，在金坛教私塾的爷爷就纳了个小妾，晚辈都叫她新姨。爷爷手头拮据，爸爸既要寄钱养着这个小娘，还不得不挑起家庭的重担。

他不仅要管大学法律系毕业的弟弟，走到哪儿带到哪儿，还要帮他在自己身边安排工作。更让他牵肠挂肚的，是妹妹们的婚姻和家庭。大姑妈虽然能干贤惠，把公婆伺候得妥妥帖帖，可丈夫仍长期住在外面，屡屡要把她休掉。三姑母才貌双全，闹着要留学日本，我父亲为她倾尽家财，还背了一身的债。学成回国后，嫁了个俊逸潇洒的白领，一时间兄妹们皆大欢喜。谁知姑夫借口她不能生育，在外面另觅新欢，甚至必欲置她于死地而后快。五姑母年轻时也很漂亮。她倒是顺风顺水，无奈姑夫过世早，留下一儿一女。而大儿子毛毛又在武汉走失，找了很多年，仍然下落不明。

几十年间，我们家都是一成不变的中心。不管在哈尔滨、在天津、在汉口、在长沙、在东台，还是在苏州、在上海，总会是亲人盈门，来来往往。

资质不俗的三婶，丢下三叔和儿子，独自下了南洋，从此杳如黄鹤。三叔只好带着我堂兄常住我家。从此，我妈多了一个亲儿子，而我，又多了一个亲哥哥。妈妈八十大寿时，年过六旬的他，带着全家，风尘仆仆从洛阳赶到连云港，在锦屏山下桃花涧边，恭恭敬敬举起酒杯，满腔赤诚地说了一句："感谢二伯母养育之恩！"

大伯父去世早，他的五个儿子和一个女儿，络绎不绝地到家里来，让我父亲帮着找工作。我至今仍然记得，那个名叫德先的堂兄，才华过人，却得了痨病。他常常坐在马桶间一支接一支地抽烟。他脸色蜡黄，满头虚汗，看我的眼神总是那么忧伤而又绝望。那时我还不大懂得疾病和死亡，不知道怎样安慰这个深陷于痛苦之中难以自拔的堂兄。他死的时候很年轻。有什么办法呢？那年月，肺痨是绝症呀！

我唯一的堂姐吟秋，生得标致甜美，像个电影明星。我父母没有女儿，把她视如亲生。我曾画过一张她的头像，美术老师给我打了一百分。我比她小十五岁。堂姐把我当作小玩意。有一天，一个远房表兄约她到苏州五卅路公园喝茶。堂姐觉得有点蹊跷，便把我带在身边。那天，我第一次见识了什么是约会，什么是一厢情愿，还在不知不觉间当了一回电灯泡。吟秋婉拒了远房表哥，嫁给一个又黄又瘦戴着深度近视眼镜的阴郁男人。那人第一次到我家来，就撞到弄堂的电线杆子上。他虽然喝过一些墨水，却经常深夜施暴。那时，吟秋住在苏州同益里前院，常常一大早跑到后院，向我妈哭诉。妈妈看到她身上青一块紫一块的伤痕，禁不住叹息再三。本来，我妈就没看好那小子，说此人面相不好，活不长。果然，没几年，姐夫一命呜呼，留下两男一女。堂姐几十年苦撑苦熬，把孩子们抚育成人。如今九十岁了，却孑然一身，住在上海虹口。过年了，儿女们送来两样菜便各回各家，让老太太一个人独自享用。哎，我无法想象，吟秋姐在除夕之夜是如何咀嚼这无常人生的种种况味的？

那些年，大姑妈的儿女们，也常常从宜兴过来考学、读书、求职。慈仪表姐一进门就下厨煮饭，空下来便搂着我，手把手描红。慈祥表姐在大操场上跑得飞快，脸蛋红扑扑的，大家都叫她小苹果。

后来，慈祥表姐跟着解放军南下，一去多年没有回头。慈仪留在宁静的姑苏，做了一辈子丝绸。一转眼两位表姐都八十大几了，叱咤风云的小苹果，脸上竟依然留着红晕。虽然贵为副省长夫人，隔个三年五载的，还会不辞劳苦，跑到苏北来看我。我也时不时地到江南去看看老姐姐们。

父亲故去后十年，我终于从鄂尔多斯调回江苏连云港。从那以后，我差不多每年都要找个空当，在四处漏风的长途汽车上颠簸一宿，去杭州看望三姑母。再坐一夜的小火轮，到吴江看看大姑妈。三姑母跟费达生先生搞了几十年蚕桑，老来仍然形影相吊。保姆说，她一年到头都不笑，只有我来的几天，天天都笑容满面。是啊，见到我，她的兴致就来了。吃饭时，总要打开女儿红，让我跟她对饮。一来二去，我们俩把一坛子酒喝了个底朝天。吴江大姑妈看到侄儿从远方来，小脚跑得飞快。一辈子围着七星灶转，还真烧得一手好菜。我去了，大闸蟹、炖甲鱼总归有得吃。表侄们更是兴高采烈。离去时，依依不舍把我送到码头，非要等到火轮突突突地开得老远才转身回家。五姑母远居湖南。我们离开姑苏，北上辽宁时，爸爸把一房美国黄花梨木家具留给了她。至今，那一船家具在苏州的河面上远去，渐渐融进雾中的情景，历历在目，恍如昨天。

果然是世上没有不散的筵席。父亲西去后，这个没有了二哥的家便散板了。

后来，大姑妈去了，三姑母去了，接着，五姑母也去了。我再也不能颠来荡去乘一夜长途汽车，再坐一夜小火轮去看望他们了。意兴阑珊的我，一天天远离红尘的纷扰，一天天在淡定平和之中跟岁月一同老去。

我常常想，那些年，我是父亲在天之灵的人间使者。姑妈们见到我，如同见到了二哥。他的音容笑貌举手投足在我身上时隐时现，给了姑妈们许多幻象，许多灵感。于是，在亦真亦幻的情境中，亲人们找回了生命中最值得回味的时光。

如今，他们在天堂里团聚了。我这个使者不得不卸任了。这么多年在姑妈间跑跑颠颠,一旦闲了下来,这份没着没落的孤独落寞,着实难以言表。

也许,繁华过后,都有一天会独自面对空空如也的世界。

在这个寂寥的世界里,除了缤纷秋叶般的人生碎片,还有什么可以回望的吗?

我的母亲，曾经的五姑娘

父亲在江苏宜兴望河兴叹望帆出神的时候，我母亲在水气氤氲的浙江绍兴呱呱坠地了。

他们相差十七岁，几乎是两代人，十七年后却在距江浙几千里的高寒之地哈尔滨不期而遇了。这一邂逅不打紧，那个名叫何美珠的大家闺秀竟然与年龄比她大一倍的穷小子周鸿宾的命运永生永世连接在一起。

谁能说得清，这是鬼使神差？还是阴差阳错？是偶然中可遇不可求的狭路相逢？还是冥冥中真的有一个月下老人，抛出了那根把千里姻缘连接在一起的红线？

母亲出身于诗礼传家的书香门第。在满城都是绍兴酒酒糟气息的古城里，吃了几年香气扑鼻的梅干菜烧肉，喝了不少清清爽爽的鳜鱼雪菜汤，读了左一本又一本子曰诗云，也学了闺阁中谁也躲不过去的女红刺绣，便跟着满腹经纶的老爷子，从月白风清的鉴湖之滨来到了滴水成冰的哈尔滨。

母亲是老六。前面还有四个姐姐。她生就一副浓眉大眼，跟我外公如出一辙。当年她大哭大叫着来到人世，一双毛嘟嘟、忽闪闪的大眼睛便把我外公哄得滴溜溜转。稍长，手边少不了一管洞箫，几卷诗书。我外公何枚生来到冰城不久，便出任教育局长，还出版了不少著作。在这样的家庭里耳濡目染,母亲身上除了与生俱来的男子气,还熏染了风雅不群的书卷气。那时,虽然皇帝已经逊位,革命党坐了天下,可是女子大多深居闺中,很少有人进洋学堂读书。母亲坚持要进。非进不可。怎么劝都不听。外公便让她进了幼儿师范。或许就因为如此,她身上多了几分旧式女子没有的新潮和时尚。

母亲的四个姐姐有两个是大太太生的。四姐妹少不了言高语低。母亲从小沉默寡言,与姐姐们倒也相安无事。自从她妈妈生下老五,家里就不太平了。那老五虎头虎脑,又从娘胎里带来一把前所未有的小茶壶。外公喜出望外,宠爱有加。大姐没有娘,更觉得自己受了冷落,竟然乘老五熟睡,在蚊帐上点火,差一点要了孩子的性命。外公盛怒之下,把老大丢在了绍兴,以免到了哈尔滨再生是非。

在哈尔滨幼儿师范,一个姓吴的年轻人曾与母亲何美珠狭路相逢。匆匆一瞥,竟然有了说不清道不明的好感。母亲那时才十二三岁,懵里懵懂,尚不知情为何物。深度近视的四姐,看什么都模模糊糊,却把小吴看了个明白。非要把媒人给她介绍的男子与五妹交换。这时,情窦未开的何美珠,倏然发现了小吴的价值,还没来得及拒绝,性急的四姐就自说自话找到了小吴。吓得小吴不知如何是好,不久便从哈尔滨消失了。吴家扬言小吴已死。母亲为此暗自神伤,心头却难以抹去那个在人生路上匆匆一瞥的英俊少年。

几年后,由朱庆澜将军做媒,十七岁的何美珠嫁给了三十四岁的周鸿宾。本来,母亲对朱将军的部下,参加过辛亥革命的军人,抱有许多幻想。这些幻想,大多出于她当时读过的英雄与美人的故事。婚礼那天,江浙闽粤会堂一带万人空巷,嫁妆拥塞在街头巷尾。可当她在婚礼上蒙着红盖头,听到司仪报生辰八字,才倒吸一口冷气,原来自己被嫁给了一个比自己大一倍的男人。进了洞房,一口气上不来,就昏厥过去。周鸿宾到底是革命军人,立即口对口呼吸进行急救。谁能想到,当何美珠醒来,看了周鸿宾一眼,就无可挽回地爱上了他。

从此,她跟着他走南闯北,跟着他背井离乡,跟着他历经战乱,跟着他大起大落，甘苦备尝。

1926年，在哈尔滨松花江畔，生下了长子周绍先。

1932年，在湖南长沙刁楼子公馆，生下了次子周绪先。

1937年，在江苏东台码头上，生下了最后一个小子周维先。

生绍先时，胎儿太大，她为此挨了一剪刀。此后，二姐出嫁时，家道已然中落，母亲毫不犹豫把嫁妆原原本本都给了二姐，也让同父异母的姐姐有了一个称得上体面的婚礼。

最生不逢时的就是我了。1937年，我来到人世二十七天，日本鬼子便在卢沟桥发难。

于是，一切都变了……

依约当年

一

我家祖居江苏宜兴东庙巷,父母却把我生在以鱼汤面著称的东台。就在这座被誉为金东台的小城,我度过了呱呱坠地后浑浑沌沌的三年。一片浑沌之中,模糊地记得常常被抱到码头上附近的大操场看操练。大兵或小官会过来摸摸我睡扁了的大头:"乖乖隆的咚,这是什呢头哟?"余下的便是一片迷雾般的空白。

然而那空白,时时被日本飞机俯冲轰炸的强噪音撕碎。我陡然看到母亲将我一把拖过去塞到八仙桌下,匍匐在妈妈身下感受大地的震颤和抽搐……轰炸后,母亲拉着我来到被燃烧弹炸得火焰四起的防空壕边,寻找父亲和哥哥们……后面的场景便是在苏北的田埂上落荒而走,成为难民中一个狼狈不堪的小小群体。

在长江上,我们全家乘着一条小篷船。一听到日本巡逻艇的声音,爸爸连忙把装有军装的箱子沉入江中,妈妈在灶上摸一把锅底黑抹在我脸上。我至今不明白,不是花姑娘,抹了黑,能防御什么?如果不分男女老幼格杀毋论,黑脸孩子岂不更令兽性十足的鬼子顿起杀机?

终于漂到了苏州。姑苏城宁静如世外桃源。人们悠闲地踱来踱去，好像世界上没发生过任何事情。爸爸在紧傍沧浪亭的船舫巷一号，一座有天井的小小二楼，租了几间房子安了家。于是乎，石砌小巷，石库门民居，拱形石桥，还有江南水网无日无夜的欸乃之声，掀开了我孩提生活崭新的一页。

可是日本人已然来了。苏州的宁静顿时显出几分狰狞。上学路过日本人住所，会放出狼狗来咬人。我曾被气势汹汹奔突而来的大狗撞倒，吓得泪流满面。小学的课程表也不由分说加进了日语。我学吴语很快，念日语却毫无兴味。不知道从何时起，我这个小毛孩子已感知了亡国的屈辱。那时，在大哥的影响下，我以为：对入侵国语言的抵制就是爱国，就意味着没有背叛吾土吾民、列祖列宗。

后来，美国人又来炸日本人。可炸弹是不长眼的。沦陷区的中国小百姓自然在劫难逃。听说上海大轰炸，母亲便带着我和二哥去沪上找爸爸。在重庆路窒闷的阁楼上，我常常半夜三更从睡梦中惊醒，缩在母亲怀里，听炸弹在近处爆炸的声音。

轰炸过后，迎来了"八·一五"光复。

现在的孩子无法想象什么叫光复。光复对于那时的我们，何止于收复沦陷的国土？我不知道如何用语言描绘那种从天而降的突变。一夜间，周围的一切豁然开朗——卑微的亡国奴变成了有尊严的中国人！目瞪口呆，大喜过望，涕泗交流，整个一个天翻地覆！昨天还威风凛凛趾高气扬的日本人，今天低眉顺眼，哭丧着脸，像过街老鼠，被上海市民追打，被石块砸得鬼哭狼嚎。我生平第一次感觉到什么叫扬眉吐气，什么叫挺起胸脯做人。我忘乎所以地追随几近疯狂的上海市民，在大街上漫无目标地奔跑、欢笑、歌唱。一眼望去，几乎每一辆脚踏车、黄包车、三轮车、小汽车、黄鱼车、有轨电车，都插上了中美英苏法国旗，几乎每一个人都在用各自不同的方式，不可思议的方式，尽情地释放自己。

正是在那些日子里，我第一次看到了苏联电影：《斯大林格勒大血战》和《战后早晨六点钟》。哦，那也是我生命中的六点钟，像亮丽的红日活鲜鲜地冒出地平线。从那时起，我忽然觉得自己在战乱中长大了，成了一个不再是孩子的孩子。

没有依恋，也没有惋惜。我的童年，在华夏大地普天同庆的爆竹声中，在四万万五千万同胞悲喜交加五味杂陈的欢呼声中，落下了帷幕。

二

我呱呱坠地那天，母亲伤心地哭了。连生了两个儿子，第三个便希望是个知冷知热贴心贴肺的女儿。怀上我以后，母亲掐着日子算，做了许多女孩穿的衣服等我出世后享用。鄙人落地后，接生婆报喜，母亲差一点晕过去。看来，我有点生不逢时。

不知从什么时候起，我这不受欢迎的臭小子成了享受最惠国待遇的小宝贝。晚上睡觉，爸爸妈妈总把我放在他们中间。妈妈的体温，爸爸的气息，使我好梦连连，常常到太阳晒腚还不肯起床。必得爸爸呵痒掏鸡窝才肯起来。都说我小时候虎头虎脑憨态可掬，很逗人怜爱。东台人做得像老虎爪子一样的金刚跂，是我最喜欢的点心。但常被我大哥从手里骗走。前几年去盐城参加笔会，我还应约为《盐阜大众报》写了篇短文，记叙儿时吃金刚跂的意趣。

到了苏州，家境一天不如一天。早饭偶尔可以吃到大饼油条。大哥照例要哄我："我给你咬个月牙。"一转眼，我的大饼被吞噬大半，成了锯齿形月牙。我不但不恼，反而很欣赏大哥的作品。

见我开心，大哥又说："我给你咬个钢叉。"

我又把月牙形的饼捧给他。眨眼功夫，月牙尖又少了一大块。我一点不悔，反而喜出望外。

大哥意犹未尽："我再给你……"

这时，妈妈出现了。作为维和部队，唯有她主持正义。二哥、阿俊都笑而不语。傻乎乎的我，不明白妈妈为啥要多管闲事？我常对她的干涉大不以为然。

可是无论如何，小儿子总归是最得宠的。早饭后，妈妈拎起放着一杆十六两老秤的菜篮子，少不了带上我。即使不带，我也会自己跟着去。玄妙观是必不可少的。妈妈不去，我也会连拉带扯地赖着她。在玄妙观前，一看到烤梅花糕的炉子，我就像秤砣一样坠住妈妈，直盯盯看着糕饼师傅如何把稀面浇进上大下小的钻石形模子里，加上稀溜溜黏乎乎的豆沙馅，再撒上青红丝，在炉子里烘烤。我眼巴巴地等待出炉的一刻，其间不知要咽下多少口水，直到小手里捧着滚烫的梅花糕，轻咬花瓣一角，吸一口溢出来的豆沙，才肯离去。那豆沙的香甜软糯，那桂花的沁人香气，便深深烙印在我童年的记忆里。

俗话说记吃不记打。我可是吃也记，打也记。母亲只咋呼不打，顶多拎起鸡毛掸子绕屋子追我，吓得我直叫。父亲的打，也只挨过一次。错误事实和性质已忘，只记得把我压在他两腿上，撩起开裆裤打得噼啪响，却并不太疼。不像打大哥那么用力。

挨了打，还是想着吃。谁叫我三生有幸，来到了以会吃著称的苏州城呢！苏州的美食数不胜数，陆稿荐酱肉堪称一绝。那酱肉肥而不腻，到嘴就化。此后我走遍全国，再没有吃过如此美味的酱肉。说到酱肉，我不由得想起住在蔡汇河头时，房东端木先生的老娘，每个月一收到汇款，第一件事便是打发老八给她买酱肉，以弥补天天吃捞不到面疙瘩的疙瘩汤造成的亏损。可那酱肉吃下去才一袋水烟的工夫，老人家便会突发惊呼："哎呀呀，勿好哉……"还没找到马桶，就稀里哗啦了。尽管教训十分沉痛，她每月还是要大吃一顿酱肉，然后发出"哎呀呀，勿好哉……"的呼救。由此可见陆稿荐酱肉的诱惑力是多么难以抗拒。

当然，早晨如果能吃两只一咬一包水的肉汤团，或在餐桌上发现居然有垫着荷叶的青团子，我总会向母亲眉飞色舞，甚至特许她在我脸颊上多亲几下。

下午四点钟，小吃挑子停在巷口或门前，扁尖线粉鸭血汤的诱人气息远远飘来，令我垂涎不已。夜静时，短促的梆子声一响，我会情不自禁地叫起来："卖糖粥的来啦！"哦，那暗紫色的黏稠的赤豆粥还没吃到口，桂花的香味就把人醉倒了……

为了这些价格低廉的大众美食，我常常跟妈耍赖。只要不是囊中羞涩，妈妈总是满足我，让我享受风卷残云的快乐时光。

是的，那是个除了吃和玩什么都不想的时期。但在人生之旅中，它实在太短暂，短暂得像夏夜的流星，只那么一闪就过去了。

三

于姑苏城跨进建平小学高高的门槛时，我才五岁，全班最小，连裤带都不大会解。那时穿的是如今早已进了博物馆的老式免裆裤，那拧成麻花状的裤带，腰里系一根，脖颈上还吊着一根。保险系数是足够了，可对于孩子，程序可谓相当繁复。加上学前基训荒疏，难免稀里糊涂。

那时的先生对学生常常持不信任态度。谁要是内急，必先举手，等先生讲到一个段落，才慢悠悠地踱过来，先看小脸是否变色，再叫你伸出舌头，瞧瞧是否打颤。如此斟酌再三，才批准出恭。有一回，我因初审复审均未通过，咬牙切齿撑到下课，直奔茅厕，慌忙中裤带拽成死扣而终至失禁。放学后竟忘了这一关系到个人体面的重要关目，大大咧咧地到同学家串门，嬉戏时忽觉有异物落地，才大梦初醒，一溜烟逃回家去。

那阵子好洒脱！除了玩，什么都不晓得，不过我玩得还算文气。跳跳绳子，打打弹子，踢踢毽子，再就是过家家、斗蟋蟀、抖空竹、放风筝什么的。稍大些，便喜欢四处漫游：一会儿溜到师子林钻假山，一会儿窜进沧浪亭苏州美专看外国石膏像，一会儿躺到南园田埂上看缤纷的彩蝶，嗅野花的清香。也有疯的时候，看到人家在南园城墙下大草地放野火，便也烧上一把，火烧大了，好像自己也成大人了。

可是这一切都不能将我儿时的激情推向峰巅。在那岁月里，我最大的愉悦，莫过于看电影。那阵子只有无声片，在一个没有声音的世界里，人们只有靠夸张的形体动作和面部表情去描述一个不一定完整的故事，因而总是在竭力推向极致，要么乐得你前俯后仰，要么吓得你屁滚尿流。

第一部有声片是在"大光明电影院"看的，片名叫《红毛女僵尸》。那场景实在是太刺激了。最让人毛骨悚然的是：一个女尸忽然站起来，在停尸房里发出"起来……起来……"的呼唤。转眼间，一具具尸体纷纷坐起来，跳到地上，扑向一间跳舞厅。我跟银幕上跳舞的人们一起发出尖叫，没命地从黑暗的影院里跑出去。那突如其来的大踏步后撤，令举座震惊，也成为全家的笑柄。

后来看的多是周璇主演的《梅妃》之类的片子，周小姐一下子成为我孩提时代最早的偶像。五岁时，我从信封上撕下一张旧邮票，给在上海做生意的爸爸写了一封信，要他给我买周璇在某影片里穿的漂亮衣裳。这封贴着旧邮票的信退回来后，我又一次成为大家谐谑的对象。

尽管洋相迭出，我还是势不可挡地成了一个无可挽救的影迷加戏迷。不知不觉间，我每天活动的中心，转移到了苏州的北局。苏州北局，那是什么地方？简直就是中国的百老汇呀！在那里，"大光明"和"苏州"两家电影院只隔着一堵墙。斜对面是京腔京韵的"开明大戏院"。而"东吴书场"跟"开明"只隔着一条不宽不窄的弄堂。不过，对于我这种小不点，评书如同天书，那是老古董们呷着清茶嗑着瓜子慢慢品味的玩意。我的去处是两家影院和一家戏院。

说苏州北局是我最初的艺术摇篮，似乎一点也不过分。从光复后到解放前短短几年中，我看过的好莱坞影片数以百计。喜剧明星劳莱、哈台，冰舞皇后宋雅海妮，歌王平克劳斯贝，美人鱼伊漱蕙莲丝，西部好汉强霍尔……至今仍能如数家珍般地报出一串名字来。一直到《八千里路云和月》、《一江春水向东流》、《万家灯火》等影片出世，我才把目光投向国产电影。

"开明大戏院"则主要演京剧，来的常常是京沪名角。我不能说场场光临，也可以称得上最佳观众。没钱买票，或从后门偷偷溜进，或在前面抽冷子闯。当然也难免发生被拎出来教训一顿之类不愉快的事，我的情绪从未因此受到过影响。光复后，伤兵看戏不要钱，我便出了新招：从家里偷一支烟、一盒火柴，给伤兵递过烟、点上火，荣军老爷便高高兴兴地把我带进戏院。

父母为我犯愁：一放了学就看戏看电影，将来怎么会有出息？便苦口婆心劝我读书，甚至出台了物质刺激的相关政策。我竟然不为金钱所动，继续做我的发烧友。也不知什么时候，在什么情况下，我偶然发现家里有几本外国名著选本。出于好奇，我捡起来读了几页。这一读不要紧，那里面大人国小人国的故事逗起了我的兴趣，越读越来劲，越看越上瘾，从此一发而不可收，成了个嗜书如命的"书读头"。

暑假里，我钻进公园附近的苏州图书馆，读了格林、安徒生，一口气涉猎了三四十个话剧本。我恍然大悟，那些戏文原来是作家写出来的。我一下子对陈白尘、田汉、洪深、宋之的这些剧作家崇拜得五体投地。对艺术创作的幻想，也就在不知不觉中悄然占据了我童稚的心。我不敢奢望成为田汉那样的大家，却暗暗希冀有朝一日能像同院的大哥殷乃成那样，登台公演《甜姐儿》、《升官图》，或者像蓝马那样走上神奇的银幕。那我就算没白活一世啦！

很可笑吗？哦，现在想来，是忒痴迷了。话又说回来，倘不沉醉至此，又怎么会在这条荆棘丛生的小路上似梦似醒若明若暗地走了大半辈子呢？

四

悲欢离合，荣辱沉浮。红尘中的人谁也离不了这八个字。有人认真，便活得很累。换个文雅的说法叫执著。有人散淡，看上去都忒潇洒。是不是真洒脱，还是在硬做，做得比执著的人还要累，那只有自己心中有数了。戏剧其实也不妨看成是一种游戏。观众脱口而出的评语往往是"好看""好玩儿"，那么，是不是编戏、演戏的人应该格外地会玩儿、会游戏、会潇洒呢？

在没接触史坦尼之类严肃戏剧理论之前，我爱戏，渴望演戏、编戏。首先是好玩，叫人疯狂，叫人着迷，着迷到上课时眼睛盯着先生，心里却在过《阿里巴巴和四十大盗》、《血滴子》、《月光宝盒》……

先生发现我的戏剧才能，是我从上海转学到苏州振声中小学那阵子，大约四年级下学期。一次，《国语》课先生问我，能不能把课文演出来。我被问蒙了，傻乎乎地笑了笑，怯生生走到讲台前，定了定神，便随手做着妇人切菜的样子，招呼儿子上街买酱油。我一个人又反串母亲，又扮演糊涂儿子，把《马虎买酱油》的故事渲染得有声有色。先生和学生人人捧腹，有的还乐得东倒西歪。

先生从此对我刮目相看，不久便下达任务，让我把《皇帝和乞丐》改编成独幕剧，圣诞节在大礼堂为全校师生演出。说来好笑，那时的改编，哪里有脚本？我跟演皇帝那小子在一起商量好：你说什么，我说什么，怎么演，怎么弄，就算一出戏了。不过就这样还是很轰动。我一夜蹿红，成了学校里的明星。这让我有一点春风得意，还有一点不知所以。

我几乎成了振声中小学不可或缺的人物。但是，这所教会学校学费实在太贵。小学毕业时教务长一再挽留，希望我升到初中部。无奈家境窘迫，只好投考坐落在沧浪亭对面的吴县县立中学。

在县中，我落寞一阵子，但很快就如鱼得水了。那里的高中生十分活跃，还搞了一个"野草诗社"。我常去玩，他们便叫我"野草小朋友"。那诗社和草桥中学的"田间图书馆"过从甚密。我也就在图书馆的书架上第一次看到了长大胡子的马克思、恩格斯。

高中的大哥哥们很喜欢我这个到处乱窜的小家伙。他们教我唱《你是灯塔》、《山那边呀好地方》，还教我跳新疆舞《小鸟》、《天山之歌》。回想起来，最痛快的莫过于围着篝火跳"团体舞"了。那感觉着实难以形容。张扬？恣肆？叛逆？疯狂？哦，天哪！所有的人都肆无忌惮地扯着嗓子高唱："我们是姐妹兄弟，大家团结在一起……"在风生水起兴会淋漓的时刻，我最怕那手挽手的欢歌狂舞戛然而止，一门心思希望永无终结地跳下去唱下去，永远和大哥哥大姐姐们欢乐在一起……

解放军进城那天，我正拎着空空的米袋去借米。看着二尺半的子弟兵静静地坐在街边休息，和气可亲，秋毫无犯。第二天举行的解放军进城仪式，让我永生永世难以忘怀。那是我所见到过的苏州人民最真诚的节日盛典。我和野草大朋友们，在波涛汹涌的人山人海中，扭着秧歌从城里到城外，又从城外到城里，扭了一整天，竟然一点都不觉得累。随之而来的是一连串敲锣打鼓欢天喜地的日子。九年来，我第一次看到，软绵绵文绉绉的苏州人，突然间变得如此争先恐后，如此容光焕发，如此热烈奔放，如此忘乎所以！

庆典后，大哥大姐们变戏法似的都换上了二尺半，英姿勃勃地随军南下了。我这才知道，这些疼爱我的大哥大姐们都是地下党。临行前，他们在我小小的纪念册上写下许多勉励的话，祝愿我努力奋斗，有朝一日能成为人民的艺术家。

在那些激情燃烧的日子里，解放军文工团腰鼓打得我心花怒放。从此，我又迷上了腰鼓。家里虽穷，却仍不惜以两斗半米的代价给我买了一只腰鼓。那腰鼓打了好些年，从苏州打到本溪，伴我度过了难忘的少年时光。

在腰鼓声中我成为苏州第一批中国少年儿童队队员。在北局新艺剧场举行的入队仪式盛大而又庄严。自由发言时，我竟然高举右手，自告奋勇，从二楼跑到楼下，健步如飞，上台讲话，一点都没有怯场。可惜，那场面，那情景，爸爸妈妈都没有看到。如果身临其境，他们一定会为我初生牛犊不怕虎的气概感到自豪。当然，爸爸妈妈都不会忘记我被请到苏州人民广播电台演唱我在县中一炮而红的节目。当电波传送出由我反串的《王大娘补缸》，我不知道爸爸妈妈俯在收音机前倾听时，是否带着含泪的微笑？

其实，那时我已不再满足于风风火火的舞台演出，悄悄地拿起笔，开始了我最初的剧作生涯。那处女作的篇名叫《暴发户的下场》，是按照部队文工团演出的活报剧模式写的。写的是1948-1949物价飞涨，民不聊生，资本家囤积居奇，发国难财的故事。写作时十分激动，几乎是一气呵成的，起码有三千字，时间是一九四九年四月二十七日，解放军进城的第四天。

那剧本既没有投稿，也没有上演，大约是在举家北迁时，丢在醋库巷胡律师的小楼里了。

五

到了苏州，父亲就没了饭碗。家里又没啥老本好吃。渐渐地我们也过起了沦陷区底层人的生活。吃的是爬着蛀虫的配给米。配给面疙里疙瘩，像发过酵似的，酸味扑鼻。房东家本来就仔细，上顿下顿都是稀溜溜、酸滂滂的面疙瘩汤。房东太太吃光了还要用食指刮一遍，然后再用舌头舔个一干二净方肯罢休。

从此，吃饭于我，再没什么乐趣可言。

爸爸有个老同事是美国留学生，劝他不要坐吃山空，坐以待毙。他们又都不愿给日本人做事，于是决意"下海"。那弄潮的去处，竟是竞争激烈、强手如林的上海。

开头，他们合股开肥皂厂。谁知出师不利，没支撑几天，就关门大吉。爸爸股份最少，只分到一箱肥皂。

那时，上海开始时兴鸭绒被褥，他们又闻风而动，不失时机地办起了鸭绒厂。还请了个小明星，风姿可人地睡在鸭绒被里做广告。这在当时，噱头不可谓不足了。可最后还是以倒闭告终。聊可自慰的是分了两条鸭绒被和几丈布。母亲把那些布裹在二哥和我身上带回苏州。下火车后，进苏州平门，日本鬼子是照例要搜身的。我和二哥被小鬼子一阵紧摸后，带着一身虚汗顺利通过。此番历险，总算在亡国奴生活里平添了几分阿Q情趣。

两次办厂均遭惨败。可日子总还要过，饭是不能不吃的呀！同仁们分析了市场情况，决心再度携手，联袂开办酱油厂。是呀，城里人每天都离不开酱油。就连舍不得买菜的房东，面疙瘩汤里，还要拌上点酱油压压酸味呢。这买卖应该是必赚无疑的了。但是当我再一次来到重庆路93弄78号的时候，才发现，只有天井里几口做酱油的大缸，是唯一可以给股东们瓜分的资产了。

前方失利，后方吃紧。眼看日子过不下去，母亲只有横下一条心，与房东太太一起下海。

母亲出身书香门第，算得上是名门之后。她如今不得不放下身段，在"大光明电影院"墙边摆起烟摊来，真可谓拔了毛的凤凰不如鸡了。好在她这人散淡得很，抛头露面地卖那些"美丽牌""老刀牌""强盗牌"香烟竟也满不在乎。尽管生意清淡，每天只能赚有限的几个钱，餐桌上加个把小菜是不成问题的了。那一带本来就是我课余活动的中心，我便常常在溜进电影院前后陪陪"练摊儿"的妈妈。

晚上无戏可看的时候，便在小天井里凑热闹。炎夏难当的日子里，那是唯一可以纳凉聚会的地方。成员嘛，少不了房东的独女，那个长着高挑个儿的"黑美人"，还有房客殷家白净而书卷气的"殷妹妹"。她大哥忙于外交、演戏，很少加入纳凉大军。再就是我们哥仨。我大哥当时已在上海读工专，出落得跟父亲一样帅，于是便成为当然的男一号。房东挖空心思要促成黑美人和大哥的好事。而大哥却把目光投向戴着金丝边眼镜的小家碧玉。所以小天井里便暗流涌动，说笑间常常传递出许多意在言外的信息。一次，我无意中翻开了大哥丢在床上的日记本。他大发雷霆，还动手教训了我。现在想来，一定是侵犯了他的隐私权。

罗曼蒂克的沙龙聚会，只不过是沉重的奏鸣曲中一个短短的华彩乐音。为了买不起学纺织必备的制图仪器，大哥曾痛哭流涕。又为了保证他这个重点，父母曾考虑让我和二哥辍学。

终于，烟摊遭了贼，连老本也贴了进去。我和二哥在百般无奈中，也到市场中去学"游泳"了。真是天晓得！一个对生意经一无所知的初中生，领着我这个满脑子戏文的小学生，在观前街叫卖

"袁大头"(铸有袁世凯头像的银元),那到底叫无厘头喜剧,还是令人啼笑皆非的悲剧?两个嘴上没毛的小角色,哪里领教过黑道上"炒汇"的绝活?哥儿俩在熙来攘往的大街上,高一声低一声叫卖了三天,手里的"袁大头"销售额等于零。只好灰溜溜回家,捏着鼻子去喝酸溜溜的面疙瘩汤了。

嗐,记忆实在是世界上最莫名其妙的东西。虽然只在街头叫卖了三天,虽然时光已经流逝了大半个世纪,我仍然无法忘记,我向顾客撞击银元以证明它是真货的情景。那银币留下的余韵,常常在我半梦半醒的时候悠悠响起,余音于耳,绕梁不去……

六

在黯淡枯寂的冬日里。最盼望的是过年。捱到过年,大青鱼是少不了的。或爆腌,或风干,或熏炙,或酒糟,可以翻出许多花样来。这些花样,只有春节时才精彩纷呈,令我既饱了眼福,又饱了口福。在我的记忆中,那青鱼,不论是祭祖还是年夜饭,都可以荣任领衔主演的大腕儿。

爸爸是新派。祭祖却从没有忽略过。经济再拮据,囊中再羞涩,也要在供案上摆足七荤三素。鱼必是整鱼。鸡必是整鸡。然后点燃一对蜡烛、一炷香……那虔敬肃穆的神情,在三百六十五日中,只有这一天我才能在父亲的脸上看到,故而至今历历在目,恍如昨天。

一切就绪,父亲端立案前,静默有顷,深深一躬、一躬、又一躬。之后,按长幼为序,我们一个个也都十分恭谨地在案前三鞠躬。头是绝对不磕的。这在宜兴、苏州的祭祖仪礼中也算是别具一格的了。

现在想来,那祭祖活动固然带有某种迷信色彩,却也为年节渲染了一种思亲怀旧的氛围。在很少开会举行首发式的当时,那几乎成了国民生活中不可或缺的仪式性体验。

正月十五到观前看灯,当然是兴味无穷的一大乐事。本来,国难当头，家道中落，观灯只不过是苦中作乐而已。不知忧愁为何物的我，却叫着喊着要把那些花灯、动物灯、画着历史人物神话传说的走马灯都带回家，挂到我家门前、天井、堂屋和居室里。但最终妈妈只能给我买一只安着四只木轮的兔子灯，点亮肚子里的小蜡烛，拖着它，在石子路上颠颠簸簸、忽忽闪闪的回到家里。妈妈看到我兴奋而又满足，她因此也就非常欣慰和满足。

我不知道人世间有多少关于母爱的故事。这故事古往今来的文学家恐怕永远都难以穷尽。

父亲一直深深怀念他的母亲。不管家搬到哪里，第一件事便是把我祖母的画像挂到墙上。或许是血缘的关系，我常常在像前凝神而立，久久不去。祖母聪慧的前额、温柔的眼神、秀美挺直的鼻梁、薄薄的欲语又止的双唇，不知引起过我多少遐思。可惜她只活了五十多岁，我又是父亲的老生儿，自然无缘见到她，更没有领略过"肉生肉，疼不够"的情味。于是我便在凝眸画像时去找感觉，那感觉却每每悠悠而来，使我渐渐沐浴在一片温馨宁静超越时空的母爱之中。哦，祖母，您实在太美了，倘若我不是几房孙儿中的最后一个，也许在人生之旅之中会留下你我都难以忘怀的篇章吧？

其时，父亲已被病魔销蚀得轻如落叶。叶落归根，根在哪里？或许，正是我祖母的温柔一瞥，才让父亲终于放下了生命中难以割舍的一切，了无牵挂，安然离去……

沉默的父亲

一

父亲晚年的时候，总是默然无语。要么为孙子忙这忙那，要么戴上老花镜，一张报纸看半天。他最不放心的是我。这不仅因为我是他四十六岁才生下的老疙瘩，而且大学一毕业，就被打发到遥远的鄂尔多斯，那个千里之外的不毛之地。

在我心目中，父亲不是那种婆婆妈妈的小男人。可是到了风烛残年，他变了。多年来，他心上压着一块石头。那石头，越来越沉，甚至成为他生命中不可承受之重啊！可是，许久许久，我对这块石头的存在一无所知。

1963年洪水肆虐的夏日，他默默地去了，连一声叹息都没有留下。那时，癌症已经狠狠地折磨了他两年。从吞咽困难，到只能喝菜汁牛奶，到滴水难进，他终于在隐忍中消耗殆尽。

那年，天像漏了一样没完没了地下。火车不紧不慢地带着我从北京出发，在滔滔洪水中绕了好大一个圈子，总算绕到了辽宁本溪。父亲已离去一天，还睁着双眼，等待我这个他最放不下的老疙瘩。

三十四年后，我第一次带着妻子回到祖籍宜兴。在老家，我逢人便打听东庙巷。可惜，东庙巷已然拆除，那里矗立着一座菜市场。我很扫兴。但是，周王庙还在。据说，由此东行便是周氏家族的旧居。

旧居里的往事，早已风流云逝，留下的只有点滴碎片。在三兄弟五姊妹中，父亲排行老二，是我祖母的最爱。在父亲青春勃发的年龄，我祖母倾其所有，为俊朗潇洒人见人爱的周鸿宾，吹吹打打，用一顶花轿迎来了夏家姑娘。父亲按照既定程式，认认真真演绎了一遍，把新娘领进洞房，既不掀盖头，也不出去敬酒，只是闷闷地坐着，一直坐到夜深人静，所有闹腾的人都已散去，他才脱去新郎官喜服，不辞而别，连夜逃出了宜兴城。从此，父亲成为名闻遐迩的叛逆。在二十郎当岁的时候，便轰动了小城宜兴。乡邻们百思不得其解：门风严谨的周家，怎么就出了这么一个异端？

夏家姑娘寻死觅活，我祖母更是心如刀割。爱子在洞房花烛夜一走了之，让她颜面尽失，也给她留下了永远的伤痛。几年后，她在爱恨交加的纠结中郁郁而终。

我没见过祖母，但我确信她是个美丽贤淑的女人。从东台到苏州再到本溪，不管家搬到哪里，祖母的画像总会挂在父亲卧室的墙上。那个额头宽阔，眼睛秀美，梳着乌黑发髻的中年女人，嘴边总是漾着似有若无的微笑。我常常隔着遥远的时空跟她久久地对视，用眼神默默交流，每每都能品味到她春水般的温润和慈爱。祖母，我爱您，可惜我出生太晚，我们无缘相见。父亲一生都在为您而悔而痛，一直到生命的最后一刻，他的床头还挂着您栩栩如生的炭笔画像啊……

沉默的父亲永远沉默了。谁能告诉我：在最后的岁月，最后的日子，父亲是否留下了许多无言的空白？这些生命的留白，是否隐含着一个解不开的死结和悖论？还有一辈子都在滴血的创痛……

二

从宜兴东庙巷逃出城外，在朦胧的月色中跳上一艘小船。小船随风而去，父亲在夜风中呼吸到了清清爽爽的自由，也呼吸到了似淡还浓的离愁。当时，他万万没想到，他的出走对母亲的打击竟然是致命的。

几天后，他远远看到了虎丘塔。当他在石砌的山塘街漫无目标地晃悠，于鳞次栉比的酒肆商号和熙熙攘攘的车来轿往中，把一张活生生的苏州繁华图尽收眼底。身处繁华，他忽然感到了前所未有的孤独。付了川资，他已囊空如洗。既然革了家庭的命，就轻易不能回头。连饭都吃不上，店都住不起，又如何将革命进行到底呢？

他蓦然想到有一所苏州武备学堂。他打听到了，去了。看他帅帅的、棒棒的，就把他收下了，而且是骑兵科。这下，不仅吃饭不愁了，还给了他一个罗曼蒂克的梦想：不久以后，他就可以成为一个把洋鬼子赶尽杀绝的马上英雄了。我至今想象不出，苏州城里城外，哪里找得到可以供未来的骑兵纵横驰骋的沙场？但我还是能感受到清朝末日风雨飘摇的氛围。

那时，父亲正当青春年少，是个不折不扣的热血男儿。在冲破封建婚姻的牢笼之后，同盟会的串联和策动在他心头点燃了更加罗曼蒂克的革命之火。历史走到他面前，让他与辛亥革命撞了个满怀。在陈其美率领的沪军里，父亲成为滚滚洪流中的一朵浪花。但我无从知晓，他当时是步兵还是骑兵。不管是什么兵种，他义无反顾地交出了自己，在杀奔南京的征途上，完成了从家庭革命到社会革命的蜕变。

我无法描绘冲进金陵古都，攻打紫金山天堡城的惊险和酷烈。父亲在这场战斗中或许真正体认了一将功成万骨枯的内涵。

我相信，那是永远无法再现的传奇。父亲曾经是传奇中将生死置之度外的一个战斗者。

直到1917年张勋复辟，形势骤然凶险万分，父亲不得不把自己化装成日本人，逃出了南京城。

此后的艰险和流离，我一无所知。只知道几年后父亲辗转来到了哈尔滨，被辛亥革命元老朱庆澜将军收到麾下。由于将军垂青，并在哈尔滨教育局长何枚生面前盛赞了周鸿宾的才干和为人，何枚生越看越喜欢，便把他最宠爱的掌上明珠五姑娘许给了我父亲。朱将军大喜过望，拿出大把的银元赞助了这个囊中羞涩的穷小子，在江浙闽粤会馆举行了令哈尔滨传为佳话的盛大新式婚礼。

婚礼上，父亲身穿革命军军官服，英武倜傥，我母亲何美珠则披着一袭当时颇为罕见的婚纱。幸运的是，那情景被摄影师定格在美好的瞬间中，令我少时得以在家庭相册里，一睹父母当年的风华。不幸的是，文革"破四旧"的时候，母亲含着眼泪将结婚照塞进炉膛，付之一炬，使它转眼间化成了灰烬。

那时，父亲已经去世。去世前十年，他被认定为历史反革命。街道上别出心裁，让我大哥对他监督改造。虽然已是共产党员的大哥没有对父亲怎么样，但这种不伦的安排，足以令父亲尊严扫地，万念俱灰。

父亲说，他曾投身辛亥革命，但是一生都没有加入国民党。除此以外，父亲一直保持沉默。

父亲的沉默，或许是一个老人无法言说的无奈？那沉默留下了许多扑朔迷离的空白，让我们这些晚辈永远不能看清他一生的全部真相。

沉默的父亲，莫非，这才是您生命中不可承受的悖论？

当爱已成往事

父亲去世那年，我还很年轻。

他罹患恶疾后，我曾带着病历和片子到北京日坛医院求医。结论是：食道癌、胃底癌。那时，老人家已年逾古稀，医生得知他有心脏病，刚患过肝炎，此后又因接踵而至的肺病吐了不少血，便连连摇头说：动手术，很可能死在手术台上。即使手术成功，他的时间也不多了。

父亲收拾了一箱子衣物，等我陪他去首都延请名医，期待着妙手回春的奇迹。而医生迎头一瓢冷水，让我陷入了进退两难的困顿之中，不知如何面对满怀希望的父亲，更没有勇气把北京权威冷静而又残酷的结论和盘托出。

父亲先是不能吃干的，后来牛奶、果汁也无法进入，连白开水都时时倒溢出来……他被消耗得一干二净，皮肤透明，身体轻如羽毛…… 那年夏天，连续多日的暴雨冲垮了通往沈阳的铁路。父亲为了等我，至死都没有闭上双眼。在他茫茫然睁着眼睛的遗体前，我失声痛哭了。母亲默然站在门外，没有号啕，也没有流泪。莫非，他们的爱情已随岁月一起逝去？或许，以她的性格，她的眼泪只能像血一样往心里流？

出嫁时，母亲正值豆蔻年华，又是名门闺秀。我外公参加过辛亥革命，与朱庆澜将军是莫逆之交。革命后，外公当了哈尔滨市教育局长，著作等身。可谁能想象，一个民主主义革命者竟然很不革命地包办了爱女的终身大事。婚礼时，报过生辰八字，母亲才知道丈夫的年龄比自己大了整整一倍。她在洞房里晕厥过去。多年后母亲说，他们的爱情故事从此开始，而且越来越浪漫而富有诗意。但是从父亲溘然长逝到出殡火化，母亲没在晚辈面前流过一滴泪。她真是个好特别的女人呵！

此后一年间，母亲更加沉默，瘦得几乎脱了形。我于是抓紧一年一度的探亲假，星夜兼程赶回本溪，陪她去杭州散心。在杭州，见到了婚姻不幸后终身独处的三姑母，命运多舛的大姑妈也从吴江连夜乘船赶来。三个最爱父亲的女人在一起长吁短叹，痛痛快快地倾诉了一天，哭了一夜。我这才看到母亲痛彻心肺的泪水。她还是没有号啕，只是无声地流泪，流了很多，流了很久……

我小的时候，父亲很少在家。我难以感知父亲对我的爱。只记得念初二时，我领着腰鼓队参加全市"五·一"大游行，父亲肩上扛着我侄儿一路追踪，兴致极高地看了几个小时，直到队伍解散，还有点意犹未尽的样子。

过了八十大寿，母亲才对我讲，我毕业分配，远走内蒙古，父亲时时牵肠挂肚。每次探亲结束，父亲送我上火车，回来都默默无语，悄悄落泪。

"你爸爸比我娘娘腔。"母亲说。

我这才感到彻里彻外的痛，这才感知父亲对我这老生儿彻头彻尾的疼和爱……可当他活着的时候，我为他做过什么？我又曾如何去爱他？

在人人都饥肠辘辘的1960年，我已挣七十多元高薪（那时，工人月工资二十多元）。探亲时，见父母满脸菜色，床底下堆满了准备充饥的树叶子，我便请二老进高价饭店，花去大半个月工资点了几个菜。谁知二老竟没有吃饱。他们一味地让我大侄子多吃一点，自己却很少下箸。

七十一岁那年，父亲已满头白发，瘦骨嶙峋，还拽着我去爬望溪山。他居然健步如飞，与我这个二十多岁大小伙子不相上下。到了半山腰，他买了一瓶山葡萄酒，一口气灌了半瓶，又让我喝了半瓶，两人飘飘忽忽爬上山顶。我至今无法忘记那一天父亲自豪而溢满亲情的眼神。或许，父亲是以自己的方式向儿子、向世界告别？不然，为什么第二年他就撒手人寰，驾鹤远去了？

他去了，我才后悔：对深爱我的父亲，我几乎什么也没付出过。而他，为了等我，至死也没有瞑目。父亲去世后第四年，母亲南下连云港，与我的妻儿同住。那时，我还在鄂尔多斯当"牛鬼蛇神"。母亲在我家一住就是二十八年，带大了我的长子，又带大了我的次子。二十八年后的秋天，母亲突然离去，只在跌倒的一瞬间。

母亲爱我超过爱她自己，我却想不出我曾为她做过些什么。每当看到她生前坐过的那张藤椅，我便不由得拷问自己，直到头痛欲裂，心痛欲碎……我这才顿悟：爱父亲爱母亲，永远只会太晚，不会太早。如果有来世，我一定力戒粗率和迟缓，让天伦和亲情时时围绕着给了我一切又为我付出一切的父亲母亲。一定。

天哪，当爱已成往事，我才在虚幻的下一辈子，给了父母一线爱的希望……

彼岸风景

我很少见到母亲落泪。隐约中，我一直引以为憾。她毕竟是女人，又是一个出生在水乡绍兴的江南女人啊！她豁达一如须眉男子，有时还远胜于男子。她聪慧内向，在默默相对中向亲人传递着尽在不言的爱意。近时她变了，变得一反常态。这使我惶惶然不可终日。年届八十四，又是本命年，按老辈说法正在坎儿上。

早春时她做了个梦，梦见我那已故去三十年的父亲。她求父亲带她同去。父不允，说不是来带她的。不久，我三姑仙逝于西子湖畔。自此，母亲的情感变得脆弱起来，有时唏嘘，有时悲歌，但从不放声痛哭。

我和妻天天劝慰。母亲置若罔闻。妻极良善，便道：想哭就好好哭一场，不然要憋出病来的。母亲却说：真想大哭，无奈儿孙已大，不能失态。于是，她时而哽哽咽咽，时而长歌一曲。那歌，是我闻所未闻的。母亲的嗓音已不再明亮如我孩提时光。那喑哑苍老的声音像最后的泉水，于苍茫凄迷中流过干涸的涧沟。那令人窒息的酸楚和怅惘，深深震撼了我的魂魄。

我顿然了悟：泉水会枯竭，生命会衰亡，而爱，永无终结。怪不得她患白内障前读《小说月报》，我问她喜欢哪一篇，她说：《爱，是不能忘记的》。那时，我以为她只是在评价小说，并没有想到母亲垂垂老矣，心底却埋藏着一个永远的情结。

母亲出身于书香门第，在六姐妹中最受宠爱。我外公曾投身辛亥革命，后来做了哈尔滨教育局长，还写过不少著作。然而，正是这个革过命的外公，在外婆操纵下包办了爱女的终身大事。我父亲的情况完全相反。他抗拒父母之命，于新婚之夜逃出宜兴城，辗转来到哈尔滨，被我外公的换帖弟兄朱庆澜将军看中，不仅谋到了职位，还做了教育局长的乘龙快婿。那时，六姐妹已嫁出去两个。父亲在四姐妹照片里一眼看中了老五。这真是一个蒙在鼓里，一个明镜儿似的，演出了一场包办加自由的婚姻悲喜剧。

1924年，哈尔滨江浙闽粤同乡会馆举行了一个令市民大开眼界的盛大新派婚礼。证婚人朱庆澜赞助了二十桌西餐，其余二十桌中餐及一应花销就用掉五百大洋。出身寒微的父亲借了一大笔债才娶回了他一见倾心的五姑娘。谁知婚礼上一报生辰八字，豆蔻年华的新娘才发现，新郎的年龄是自己的一倍。入了洞房，便突然不省人事。一夕过去，新娘睁开眼，呆呆地看着泪水纵横的新郎官。时间竟在刹那之间凝结，定格了他俩久久对视的目光。对视持续了多久，谁也无从计量。自此，他俩热恋了。母亲吹箫，父亲歌唱。或者，双双出行，从南岗到道里看电影，听大戏。我不知道，母亲近时反复吟哦的那一曲悲歌，是不是六十年前为父亲伴奏的那一首？父母一生中最绚丽的风景，莫过于洞房花烛前那无尽无休的对视和情意绵绵的一吹一唱了……六七十年岁月的风霜把如此迷人的风景锈蚀成一张发黄的照片，一个褪去了斑斓色彩的生命之梦。哦，母亲在找回过去。她日日夜夜用歌声努力复原那逝去的风景和彩虹般的春日梦幻，子女的劝慰又有何用？歌罢，她常常喟然长叹：儿孙是假的，夫妻才是真的。

妈妈，你在痛惜？追悔？抑或是八十年聚散离合令你在暮色四合的旷野上突然颖悟了爱的真谛？

我找出一盘罗天婵的盒带，那上面有一首《渔光曲》。我放给母亲听。她变得宁静而又安详。她眯上眼睛，随着节拍轻轻哼唱，最后，捋一捋鬓边的白发：嗯，那是我们的歌，我们的……她昏蒙的目光从我的身体穿越过去，似乎看到了彼岸。也许，她的恋情将在那里永无终结地延展下去。

对于母亲，除了彼岸，还有别的风景么？我不知道。我无法知晓。就让它成为我们母子之间无须破解的永恒之谜吧。

别来沧桑事，语罢暮天钟

  2003年深秋搬家时，母亲的藤椅丢了。我怎么让它丢了呢？那是母亲最喜欢的藤椅呀！阳光和煦的日子，她总归坐在南窗前，眯着眼睛，哼着不知哪个年代的小曲："毛毛雨，下一个不能停……"哦，她用鼻音吟咏出的前朝遗韵，竟弥散着童谣般难以言说的纯真。她几乎每天都这样把自己浴在一片暖融融的阳光里，很享受的样子。由于哮喘，她的活动范围日渐缩小，人也就越来越发福，以至于膨胀到把藤椅漾得满满的，活像坦坦荡荡的如来。

  藤椅里漾得满满的她，就这样烙印在我的心坎上。而年轻时的母亲，在我心目中早已变得依稀模糊，像一张虚光处理过的泛黄的老照片。

  掐指一算，她走了十三年了。父亲去世后，她就是家里唯一从清朝走过来的人了。如果活到今天，该有一百岁了。这些年，我想她了吗？似乎没有。我忘记她了吗？似乎也没有。我心里有她，却已然沉淀在很深的深处。偶尔想起的，也只是一个细节，一个表情，一句她的习惯用语什么的。随之，心头一热，隐隐一痛……或许，这就是苏东坡说的"不思量，自难忘"吧？

  六十岁那年，为了我即将出世的长子，她独自从辽宁本溪乘火车到天津，再从天津转车到徐州，然后，在兵荒马乱的徐州站等待开往连云港的慢车。那可是天下大乱的1968年呀。这个听起来不太复杂的过程，在那时，对于这个缠过脚又放了脚的女人，无异于过五关斩六将。大哥揪斗时被打聋了一只耳朵，从绸厂黑屋子放归后仍不自由，当然是不能送母亲的。我本该到东北去接送她老人家，可我不能。

那年春天，我被席卷而去，成了"革命小将"的阶下囚。在突如其来的恐怖中，我的单身宿舍被抄了个底朝上。十年来省吃俭用购置的书刊拉走了七箱子。那些宣扬"封、资、修"的中外名著无一幸免，就连从创刊号起一期不落的《译文》、《诗刊》、《民间文学》，也都扫荡一空。查抄完毕，我就被挂上有七八个反革命头衔的牌子，押出文化大院。那头衔中，与我本行业务靠得最近的，要属"反动文人"和"叛国文学作者"了。在伊克昭盟公署礼堂前，我的胳膊被两个红卫兵向后一拧，再往肩膀上加压，令你不能不弯腰九十度，扭曲成当时风行全国的"飞机式"。我与众多"乌兰夫黑干将"和"黑蛋"们享受同等待遇，头朝下，屁股朝上，撅在高高的台阶上，陪着盟委宣传部长吴占东，一斗就是四五十分钟。在火辣辣的骄阳下，长时间血液倒流，我被折腾得天旋地转，大汗淋漓。散会后，一路扇着耳光游街示众，直到绕城一周，小将们打得精疲力竭，胳膊再也抡不起来，才告一段落。我发觉红卫兵中有一两个还听过我的语文课。那时，我分明看到过他们眼中崇敬的目光。现在，那眸子里喷射出来的竟是蔑视和仇恨。我百思不得其解：我们苦口婆心教育出来的孩子，他们的人性里怎么会一下子迸发出那么多的恶，那么多的冷酷和残暴？怎么会如此若无其事地把别人的尊严丢到尘埃中肆意践踏？

接踵而来的是隔离审查。与"黑帮"们面面相觑，一切都显得那么怪异，那么匪夷所思。交代什么？检查什么？眼前的情景真像精神病人编造出来的闹剧一样，荒诞离奇，滑稽可笑。一种似真似幻的感觉攫住了我。我忘乎所以，与难友开起玩笑来，嘻嘻哈哈，不断发出朗朗的笑声，却没有注意到，我的笑声几乎无人回应。于是，报应来了。我被投进黑屋子，劈头盖脸被棍棒毒打，直到被折磨得脖子不断地痉挛抽搐，才把我从幻境打回到残酷的现实中来。站在一边看我挨打的监管人员——平日里见了人羞涩一笑，脸蛋像红苹果一样的幼儿园阿姨，不无得意地问遍体鳞伤的我："周维先，你还笑吗？"

几个月后，革命领导小组恩准我暂离鄂尔多斯到外地看病。谁知刚刚在呼和浩特火车站的小旅馆落下脚来，那脖子竟痛到头颅欲裂，无法起床。多亏同屋的解放军战士帮我给老同学邓永凯打了一个电话。邓永凯冒着被揪斗的危险，向红旗中学（原名回民中学）工宣队请了几天假，把我抬上火车，送到北京治疗。

母亲在天津转车时，我正在北京。那是我有生以来最孤独苦闷的日子。我从来没有像那些时日一样渴望向亲人倾诉。母亲近在咫尺，只须几小时车程，就可以扑到她身边。可是，我怎么忍心让母亲看到我终日痉挛抽搐的样子呢？我又该如何诉说才不会令她老人家心碎呢？妻子怀有身孕，当然无法承受这么强烈的刺激。我无法想象，她一旦得知我如此不堪的遭遇，还能不能生出一个健康活泼的孩子？

于是大哥大嫂联合起来骗母亲："维先搞专案，跑外调，忙着呢！"妻子那里由我来骗："出来外调走得匆忙，没有带足全国粮票和钱，多寄一点到北京西单姻伯父家。好吗？我实在太忙，不能回去陪你了。不会生我的气吧？母亲过去，我就放心了。她老人家有经验。分娩时有她守着，比我强多啦！"两个我最爱的女人竟然都相信了我们笨拙的谎言，都被蒙在了鼓里。一个风尘仆仆日夜兼程赶到连云港锦屏磷矿；一个高高兴兴顺顺当当生出了我的大儿子。这真是不幸中的万幸，悲剧年代含泪的喜剧！

我在北京广安门中医研究院治疗四个月，终于有了起色。医生十分高兴，叫我到楼顶看国庆夜景。当蓦然间腾空绽放的焰火把天空渲染得激情四射的时候，医生在我后面叫了一声："周维先！你好了！"他这一叫，我才顿然发觉，我的脖子真的立得直直的，正正的！我简直不敢相信，一场噩梦就这样随风而去了！

几天后，我被揪回鄂尔多斯继续接受批斗。四个月的精心治疗毁于一旦。我又成了一个歪脖子。祸不单行。深挖"内人党"的风暴遮天蔽日，把内蒙古搞得杀气腾腾，人人自危。有的甚至全家沉湖，以示清白。伊克昭盟文化局长在"车轮战"中被踢断肋骨，便信口开河，说他召开的第一次"内人党"会议，是让周维先写一部草原牧民打深井的歌剧，剧名《金泉》。剧本我写过，没有完稿。局长下达任务，部长带我到甘德尔草原下生活。如今，他俩都已经四面楚歌。我知道，辩驳是没有用的。不是被定性为"猖狂反扑"，就是在"人民战争"的泥沼里越陷越深。咳，那时的阵势，当代人是无法想象的。今天狠揭猛批，明天深挖三尺。我像恒山古寺，孤悬空中。心里七上八下，口中牙关紧咬，整整一年没有开口。人人都对我避之不及，我也很知趣地远离所有的熟人。也许，这是我一生中与人类语言最最疏离的一年，也是对于有话不能说、有话无处说，感受最深的一年。我至今想象不出，世上什么样的老师，能把人情冷暖世态炎凉这一课，上得如此入木三分无与伦比？

那时，给我力量的只有我远在连云港的亲人。这种完全发自内心的动力，平时难以察觉，到了非常时期会以惊人的耐受、韧性和坚守，让自己都不由得拍案惊奇，喟然长叹。那时，我横下一条心：不管怎么着，要活。不管谁自杀了，我也不能自杀。古人说，"父母在，不远游。"母亲健在，我能轻生吗？刚刚出生的儿子还没有见到，我能只身远去吗？

在苦难面前，母亲永远是我的老师。

上个世纪30年代，汉口大水，银行倒闭，母亲辛苦积攒起来做教育费的私房钱，一股脑儿都泡了汤。她没有落泪，大有只不过从头再来的气概。

十年后，日本飞机炸平了我们客居东台的家院，全家变成难民，落荒而逃。她也没有流泪。在长江的小船上，看到日本巡逻艇驶来，她毫不犹豫，提醒父亲，把装有军装的皮箱沉入江心，还顺手往我脸上抹了一把锅底黑。光复前,生活无着,她这么一个曾经的名门闺秀,居然无所顾忌地在苏州大光明电影院门前卖起香烟来。烟摊做赔了,便往我和二哥身上裹了许多棉布上沪寻找父亲。在城门口和火车站,日本兵一次又一次搜身,吓得只有八岁的我,大气都不敢出。其间,不管鬼子如何声色俱厉,以刺刀相向,母亲却总是那么不慌不忙,从容淡定。就这样,她带着我们到上海东寻西访,终于找到了父亲。父亲不以为然:"上海经常遭轰炸,你们来干什么?会死人的!"谁料,母亲脸一沉,迸出一句令父亲瞠目结舌的话:"一家人死也要死在一起!"于是,我们在一起经历了许多惊悸恐怖的夜晚。一声声怪异的警报拐着很长的弯,拖着让人毛骨悚然的尾音不停地呼啸。飞机俯冲、投弹和爆炸的声音常常近在咫尺,楼板、家具一起颠荡震颤。我呢,要么被塞到床下,要么紧紧搂着母亲。第二天,会听到邻居说,某某家墙外飞来一条腿,某某家炸得没有一个囫囵人。呜呼!明明是美国飞机炸日本人,无辜的中国人却死于非命。好不容易熬到"八·一五"光复,国民政府的接收大员却如狼似虎,贪腐成风,币种换了好几次,物价一天翻几个跟斗。好日子还是没有盼到。

到了50年代,父亲老了,再不能养家糊口。一家人只好跟着"响应号召,支援东北"的大哥,来到举目无亲的辽宁本溪。那时,母亲每天四点钟起床,用一根比拇指还粗的钢钎猛扎封了一夜的东北煤炉。顿时,火星飞溅,炉灰迷眼,硫磺味呛得上不来气。冬天,气温降到零下二十七八度。黎明前更是冷得彻骨。母亲每天凌晨都得在冷气煤烟混杂的狭小空间里呆三个小时以上。日积月累,落下了哮喘的病根。她六点做好全家人的早饭,在我们用餐的时候,焖饭炒菜,把大哥大嫂和我的饭盒弄得停停当当。上班上学的走了,她还要纳鞋底、补袜子、腌泡菜、做衣服。她一下子变成了什么都难不倒的当家人。当然,她的梅干菜烧肉、百叶包和暴腌青鱼,仍然保留着挥之不去的江南风情。但这些令人垂涎的美食,平时是见不到的。只有等到过年,才得以风卷残云般大快朵颐。

60年代，父亲罹患绝症一年后去世。母亲硬是没有在晚辈面前掉一滴泪。一年中，她日见消瘦，直到骨瘦如柴，从不见她哭泣呻吟。第二年，我把她送到杭州，与我的大姑三姑相见，她才跟父亲的妹妹们痛痛快快哭了一场。之后，我与妻子陪她遍游杭州名山胜水，又到上海、苏州寻访故地。她的气色渐渐好转，人也慢慢地发起福来。都说她的性格像个男人。就连我这个男人，在她老人家面前都常常感到自己身上少了点什么。

　　本来，我是应该少一点什么。在我之前，母亲六年中生了两个男孩。到第十年怀上我的时候，她希望我是一个白白胖胖的小囡囡，标标致致的美人坯子。1937年5月初二那天的丑时，大哭大喊降临人世的我，硬是多带了一把不合时宜的宜兴小茶壶。当她看到茶壶嘴的时候，不免摇头叹息，心中叫苦不迭。准备了那么多花花绿绿的女婴服，都给这个不识相的臭小子穿上！？偏偏我浓眉大眼虎头虎脑，一脸憨相，怎么也找不出一丝女孩的娇柔细腻秀丽可人。尽管如此，母亲还是在最短的时间内无条件地接受了我，把我确定为她生命中最后一个宝贝，以至于非常直白地喊我"宝宝"。

　　最小的宝宝当然是最受宠的。哥哥们上学了，家里的核心人物就是我了。父亲、母亲、三叔以及寄居我家的朱裁缝夫妇都把我捧在手心里，抱着我到处走。然而，好景不长。我出生不到一个月就发生了举世震惊的"七·七"事变。生活的节奏立马变了样。无忧无虑的气氛转眼间荡然无存。后来，日本鬼子大肆轰炸了。第一次，炸掉了后院房东住的小楼。第二次，我家那两进也几乎夷为平地。轰炸时，妈妈把我推到八仙桌下，像张开翅膀的大鸟一样扑到我身上，死死抱着我。从此，大地痛苦的震颤和母亲痉挛似的拥抱便刻在了我的记忆里。虽经六十七年时光的淘洗，依然无法淡忘，仿佛就发生在昨天。2008年5月，当我看到四川汶川地震废墟里，死去的母亲匍匐着搂抱着孩子的情景，禁不住泪流满面，无声饮泣。母爱，这是人生最珍贵的财富。从这个意义上讲，我是世界上最富有最幸福的人。而对于妈妈，幸福就是付出，付出越多，她就愈加快乐。就像汩汩而出的清泉，潺潺流淌，轻轻歌唱，直到干涸的最后一刻。

既然如此，是谁，为什么丢掉了那把藤椅呢？是不是因那藤椅的每一根藤条都储存着太多温馨的时光，那些时光的重量令儿孙们不堪承受？记得，那把藤椅紧挨着母亲的床。下班回来，我常常坐到床边，一言不发，轻轻抚摸母亲修长的手指，抚摸她手背上鼓突的血脉。这时，她脸上便渐渐绽开一抹无比安详的微笑。而我，一天的劳累和烦恼如烟散去，内心倏然间清清爽爽，变得踏实而又宁静。

母亲在1968年南下，高高兴兴地在连云港度过了二十八年。从本溪有厨有卫有地板的高知楼，来到上臭气冲天的公厕都要排队的锦屏磷矿工人村，三代人挤在二十一平米泥巴糊墙的简易房里，反差不可谓不大。可她竟然非常适应，没有半句怨言，甚至看上去还很逍遥自在。她总是有一搭无一搭地哼着老歌，出出进进，放下锅碗瓢盆，又拾起针头线脑。家务之余，还要把小人书贴到离眼睛几乎零距离的地方，念给两个孙子听，直念到孙子们倒背如流，认得了书上大部分汉字。她常常兴味盎然地一面做针线一面听两个孩子跟着半导体学外语，不经意间便记住了那些单词。可以想见，当年她读女子师范时，定然是个出类拔萃的角色。如今，在几十年纷扰乱世中颠沛流离之后，生活的意义变得十分单纯。对于她，一家人平安团聚就是人生最大的幸福，含饴弄孙就是晚年最开心的享受。

过八十大寿的时候，她不无调侃地宣布："从现在起，我退居二线了。"1992年，我有生以来第一次分到了家属宿舍，而且有九十平方米，三室一厅。这真是太奢侈了！那年，我已五十五岁，可还是高兴得像孩子一样。搬进市委大院的时候，母亲已经喘得上不了楼。背上五楼，我给她安排在带阳台的南屋，又重新买了一把更加宽大舒适的藤椅。于是她天天晒太阳，天天哼着歌等待儿孙们回来。

她八十七岁时悄然离世。最令人伤感的是，她西去的那天，我在遥远的他乡。那夜，轮船停泊在四川涪陵，我在江轮的甲板上，面对星垂大江的苍茫空阔,与文友彻夜长谈。我们谈的是什么?是文学带给我们的梦想,还是那些关于爱和死的永恒主题?但是我清楚地记得,那个夜晚,我有些心神恍惚。

十三年了,我一直都在责备自己,怎么也不能原谅自己。在最后的时刻,我没有握着母亲修长的血脉鼓突的手,把温暖和力量回馈给她,让她安然逝去,不留一点遗憾。

这是我心中永远的痛。岁月之河无法冲淡,红尘之土无法掩埋。只有留待将来的某一天,向母亲当面忏悔了。

别来沧桑事,语罢暮天钟。彼时,彼地,彼境,彼情,怎能不令人神往呵……

大哥，在风雪之夜远去

　　大哥，你来到人世那天，整个哈尔滨冻得嘎嘎的。松花江上，冰爬犁顶着席卷天地的鹅毛大雪艰难地奔跑着。辕马喷出的热气，转眼间凝冻成鬃毛间的霜雪和冰粒。挟来一身寒气的医生，不忍看母亲满头大汗痛苦挣扎的样子，便动了一剪子，把你拽了出来。那一声哭叫好生响亮。多年后，你四个儿女听着你一成不变的摇篮曲"五星红旗迎风飘扬……"茁壮成长，个个都有一副嘹亮的好嗓门。你一生出来就五官端正，体体面面，大眼睛，通天鼻。爸爸妈妈喜不自胜，外公外婆爱不释手。于是乎，你便理所当然成了命运的宠儿。

　　大哥，你从冰雪中来，是不是那冰天雪地的童话世界给了你冰雪般的聪明？三岁，爸爸就教你学外语，不会就打屁股。四岁把你送进小学。你当然是最小的，个子也最矮，偏偏却总是名列前茅。于是连连跳级。跳了级，成绩还是遥遥领先。尽管如此，你仍然有足够的时间读《水浒》，读《三国》，读《基督山伯爵》，读《侠隐记》。小时候，我最爱听你讲那些风风火火的英雄传奇，讲着讲着，你就像说书人似的唱将起来："景阳冈啊，武松打老虎……"这时候，我手里的吃食便在云山雾罩中成了你的美餐。等你抹抹嘴转身离去，我才恍然大悟。这样的喜剧不知重复了多少回，没有一次不是懵懵懂懂落入陷阱，傻勒巴叽无怨无悔。咳，谁叫我比你晚生十一年呢！或许，这才是最纯真、最烂漫的童趣。随着岁月流逝，永不再来。如今，回望苍茫天际，怆然感喟：哦，天籁！生命中可遇而不可求的天籁，都留在了苏州沧浪亭畔的船舫巷一号，那铺着木地板的二楼上。听大哥说，房东的儿媳妇就吊死在那个房间里。有一天，你看到她捧着一大摞盘子站在门背后的墙角边。从那以后，只要我一个人呆在那间屋子里，眼前便时不时地生出种种幻象，让我毛骨悚然，大气都不敢出。

  聪明的孩子十有八九淘气。淘气的方式别出心裁，多有创意。在船舫巷，大哥有时会以突袭的方式行侠仗义，以至惊动地保，找上门来兴师问罪。妈妈怪你惹是生非，我却非常佩服你。我的小淘气从来都成不了气候，也造不成轰动效应，每每觉得很无趣。而你比我大许多，总是独来独往，不带我玩。过年时，麻将、牌九、打莎哈、掷骰子，你一看就会，玩则必精。什么"陞官图""大观园"更是不在话下。在你跟前，我和小你六岁的二哥，永远都只能用仰角望你。念书，不仅在哥仨里是最好的，在教会办的振声中学，你也是精英学校里的尖子。初中毕业考试那天，又做了一件令全体师生大为震惊的事：你拒绝日语考试，把一张白卷交给监考老师后扬长而去。你虽因此没有拿到毕业证书，却受到了英雄般的尊重。当时，这样做弄不好会进日本鬼子的宪兵队的。尽管如此，你还是以同等学历考进了五年制的上海工专。从此，我对大哥更是崇拜有加。那阵子，家里经济越来越拮据，爸爸妈妈曾打算让我和二哥辍学，保你这个重点。幸亏你同学的父亲费伯伯赏识你，帮你缴了几年学费，我们才没有失学。

  搬到宫巷一侧的蔡汇河头以后，我更加如鱼得水。课余时间差不多都交给电影院、戏院了。端木的房子不大，却住了两家房客。东厢房殷家大哥整天忙着演戏，后来成了名演员，拍了歌剧电影《红霞》，还导演了轰动一时的歌剧《芳草心》。他的妹妹文静白皙，秀骨清神，还戴着一副亮晶晶的近视镜。而端木的女儿则有那么一点南美风情，外向，高大，皮肤略黑。那年夏天，又闷又热。大家都在小天井纳凉。大哥夹在一黑一白中间，成了焦点人物。房东曾经为黑美人提亲，母亲不置可否。沉默矜持的白美人便悄然升温，暗中较劲。那一场没有硝烟的战争在汗流浃背的夏夜里，在芭蕉扇轻轻摇动之中进行了一个暑假，最后无果而终。期间，我曾在大床上看到一个日记本，刚刚拿起来端量，就被大哥扇了一个大耳光。挨了耳光还稀里糊涂，不知所以。或许那里面有你的隐私，恐被侵犯，便先发制人了一下？可是你小弟当时还童蒙未开，哪里晓得那些事嘛！

　　到了醋库巷胡律师家，一切才尘埃落定。那是我们在苏州最后一个住所。那座竹林水榭辉映的小洋楼房租奇贵。长廊上一脸凶相的狼狗见了生人便咬，偏偏喜欢扑到我胸前，把长长的铁链子在我身上绕了一圈又一圈，不耍够了绝不放行。那天，大哥从上海带了女朋友来。我正光着身子在木盆里冲洗狗味。听说未来的嫂子来了，还没擦干就跑了出来。嫂子一身法兰绒，打扮很入时。打扑克还把我搂在怀里，热络得很。那年，我十二，嫂子二十五，大哥二十三。两人同在上海大丰纱厂工作。厂里排演话剧《好事近》，你俩分别扮演男女主角，在舞台上卿卿我我，谈情说爱，竟然弄假成真，促成了一段长达五十九年的世纪情缘。

　　2008年盛夏，我到本溪看望已是耄耋老人的大哥大嫂。临行前，我在当地最好的宾馆给大嫂过了八十五岁生日。自从大哥罹患脑出血，大嫂没睡过一个囫囵觉。大哥一夜解溲七八次，都要嫂嫂服侍。此次见到我，启发再三，才认出我是老三——"三先"。那天，你高高兴兴跟嫂嫂一起吹灭了生日蜡烛，一起唱了生日快乐，还在《红河谷》的欢快旋律中跟嫂嫂跳了一段交谊舞。大哥，我的眼泪在眼眶里转了又转，一直在想：你再努努力就可以回到从前了！大哥，你一定要做回你自己呀！那个冰雪聪明的自己，那个令人倾倒的自己，那个跟工人打成一片的技术员，那个把质量视同生命的工程师，那个风神飞扬让学生念念不忘的老师，那个不谋私利不畏权贵的校长，那个从无到有艰难起飞的厂长，那个把乒乓球打到辽宁第一的业余运动员……哦，大哥，那是多么难得的一个仲夏之夜！你给亲人们带来了许多久违的快乐和久远的回忆。我当场承诺，明年大哥大嫂钻石婚的时候，我一定再来。

2008年12月14日凌晨两点，急促的电话铃声之后，我听到了从遥远的本溪传来的噩耗：大哥走了。离2009年3月8日钻石婚只有八十六天。这真是去日之日不可留呀！你终于没有走进生命中又一个阳春三月。你从哈尔滨的冰天雪地中走来，又在本溪冰封雪锁的严冬远去。大哥，莫非这就是你生命的轮回？

我一夜辗转，不能成眠。黎明时打了个盹，醒来满脸是泪。大哥，弟弟没有哭出来。弟弟又听到你唱武松打虎了。哥，就让我用梦中的泪水祭奠你，送你在冰天雪地里远行吧。

2008年12月16日。大哥，今天连云港有一片不太蓝的蓝天。虽然过了大雪，天气并不冷。听说，本溪零下十几度。你睡在空空荡荡的大房间里，透心凉吧？前天，大嫂打来电话，说三天之内一定要出殡，只得定在周二早8点。可机场答复我，飞沈阳的航班最早一班在周二深夜才能到达。这真正是阴也差了，阳也错了。奈何？可奈何？只好放弃。放弃我们兄弟最后的一别。

大哥，今天是你随着一缕青烟飞离人间的日子。弟弟我在遥远的黄海港城时而默坐，时而徘徊。我想哭。一整天都酸酸的哽哽的，哭不出来。莫非，弟弟的泪都流到心里去了？那心尖子被泪水淹着，蛰得我时不时地隐隐作痛。都说兄弟如手足，手和足，怎么能割，又如何能舍？大哥，你怎么一句话没留下，就舍我而去，与弟弟天人永隔了呢？

俊 哥

俊哥俊吗？我从来没有想过。而今他去了，我才开始想。想得头痛，最后竟不知自己云山雾罩在晕乎些什么。俊哥瘦削、修长，一辈子没胖过。远远地看他，像一棵风中的树。可当我们目光相遇的时候，我分明看到了他眼中的迷茫、困惑和压抑得很深的忧伤。或许因此他一生沉默寡言，喜怒不形于色。或许因此他的情感分外敏感、细腻而又内在。

俊哥是我的堂兄。但在我心中，那"堂"字压根儿就不存在。自我呱呱坠地之日起，他就是我哥。我们住在东台码头上同一座屋檐下，吃的是母亲做的同一锅饭。放学回来，他会抱着我到大操场去看操练，用当地话教我儿歌——"小宝宝，穿红鞋（读孩），的嗒的嗒上东台……"他是三叔唯一的儿子。而我，于周家这一代人中列居末位，比他整整小了十四岁。跟他在一起就像船儿停泊在港湾里，心里安稳而又释然，总有一种如父如兄的感觉萦绕着我。现在想来，这种感觉，今生今世再也找不回来了。

但我还是无日无夜都在寻找。我无法相信他已永远离我而去。我昏昏沉沉中隐约看到了那一棵风中的树，看到了他的眼睛，还有他眼中沉潜得很深很深的忧伤。那忧伤几乎与生俱来，跟他一起在滚滚红尘中颠颠簸簸走了八十六年。八十六年，那是多么漫长的伤痛之旅呀！

在他最需要母亲疼爱的年龄，我漂亮的三婶就抛下她唯一的亲骨肉，远赴南洋，一去不回。俊哥顺理成章地留在了宜兴奶奶身边。不久，奶奶仙逝，只好跟了舅舅。舅母容不得他，虐待他，使他幼小的心灵雪上加霜，备受伤害。万般无奈之际，漂泊无定的二伯父（我父亲）把他带在身边。从此，他成为我们兄弟中的一员，成了我们不离不弃的俊哥。一直到他念了北大和哈尔滨俄专两所大学，兄弟们才天各一方，各自奋斗。即便偶通音信，也从不提及心中的苦。他念书期间，三叔（他父亲）病病歪歪，长期住在我家，直到俊哥在北京六铺炕冶金部宿舍有了一间斗室，才与儿子团聚。

大学毕业后，俊哥的情感世界空空荡荡。在姑娘面前，总是那么无奈，那么不知所措。纵然他业务相当过硬，在令国人万分自豪的第一汽车制造厂里给苏联专家当翻译，为人还是非常谦虚谨慎，几乎是夹着尾巴做人。那时，我在东北师大读书，到他所在的汽车城去，要乘有轨电车叮叮当当地走上好一阵子。他知道我大哥大嫂要赡养父母，又要拉扯越来越多的孩子，就时不时给我一点零用钱。看我没有皮鞋便给我买皮鞋，看我穿着旧球衣，就带我到"长春二百"买了一件红毛衣。这在1955年的大学校园里，简直有一点鹤立鸡群啦！那时，师大伙食免费，月标准十二块五。俊哥怕我营养不足，影响了长身体，每到周日，只要没事，就叫我一起下馆子。上世纪50年代，长春最排场的饭店就属"国营食堂"了，我们兄弟俩点得最多的，恐怕是那个风味不俗的"番茄里脊"了。我一见这道菜，就胃口大开。那薄薄嫩嫩的里脊肉，裹了一层面包屑，煎得黄黄的，在番茄酱里翻一个滚，香酥酸甜，实在是难得的美味。我三下五除二扫荡大半，余下的，由俊哥慢慢咀嚼，细细品味。我用几分钟消灭主力，他却要耗费大半个钟点收拾残局。他总是把残局擦抹得干干净净，绝不会有一星一点的浪费。

俊哥一直很孤寂，很落寞。三十多了，一个人住在单身宿舍里。同事给他介绍了一个小护士，比我还小两岁。那小护士，脸和眼睛都圆圆的。一个星期天，我们一起吃国营食堂。吃罢番茄里脊，她闹着要照相。我们便一起进了照相馆。其间，我发现，小护士眼神不对。用现在的话说，她在对我放电。我吓得好长时间都不敢去汽车城，怕坏了俊哥的好事。好事终究未成，小护士另谋高就了。之后，苏联专家撤了，俊哥立马受审查，还无端地被扣上了一些莫须有的历史问题。俊哥怕连累我，叫我不要再去找他。他万万没想到，我在师大也经历了有生以来最凌厉的风暴，莫名其妙地"堕落"成了反党反社会主义的反动派。最后，虽然从太多的右派中拎出来，扔进"中右"堆里区别对待，还是灰头土脸地离开东北师大，发配到遥远的沙漠之中，苦苦挣扎拼搏了十六个年头。而俊哥由长春到北京，在北京立足未稳，又因莫须有的"问题"放到河南，"文革"中再一次成为不齿于人类的反革命，直到差不多所有的人都"解放"了，他还是另册里的另类。

　　落实政策后，我曾去洛阳看过他。那时，于洁嫂子已为他生了两个聪明懂事的儿子，陪他走过了一生中最黑暗难熬的岁月。俊哥终于有一点容光焕发了。可眼底的阴霾仍然没有完全抹去。在他的生命里，雨露滋润的时光实在是太少太少了。母亲八十大寿时，他一家四口冒着严寒，抱着一大摞于洁嫂子亲手烹制的江南美食，左一盆右一罐，在春运高峰中挤上火车，来到连云港桃花涧。席间，他举杯祝寿，一句"感谢二伯母养育之恩"，让母亲大为感动。我在一旁，也不由得鼻酸眼热。

　　后来，他的长子周方从下乡知青变成了新华社记者，次子周岩也于复旦读博士，走进了新民文汇报业集团。在耄耋之年先后抱了两个孙女。家也从洛阳涧西搬到了上海浦东的"欧洲阳光城"。俊哥八十寿诞时，推三阻四，不让我们去上海祝寿。我很沮丧，又很理解。俊哥老了，累不起了。但我还是想方设法给了他一个惊喜。当他全家从饭馆吃罢寿面回来的时候，发现家门口摆着两个大花篮。一看，是维先夫妇和两个侄儿通过"鲜花快递"送达的。俊哥、洁嫂喜出望外，从不畅怀大笑的俊哥，嘀嘀嘀地狠笑了一阵子。2006

年国庆长假时,周方夫妇带着小典典,陪着俊哥、洁嫂从北京驱车南下连云港,来到我在苍梧小区的新居。俊哥不无伤感地说:"维先,最后一次了……"

他看上去更像一棵风中的树了。离去时,我望着他苍老的背影,眼里蓄满了泪水……俊哥,好不容易熬到了好时候,你可要好好活呀!此后,我不断收到他寄来的报纸——《文学报》、《读书周报》、《新民晚报》,都是他精心挑选过的,每一张都叠得整整齐齐,都有我喜欢读的文章。最近,有两三个月没寄报纸了。他怎么啦?通了一次电话,他说话竟然气若游丝,那声息只在有无之间。俊哥似乎已向很远很远的地方飘去。一周后,他走了。几乎是无疾而终。临了,还跟洁嫂说了一声"再见……"

再见,再见不是永别。再见,就是期许来日相会。是啊,兄弟们有朝一日还会欢聚一堂。俊哥,你说得是。这一天会到来的。

致有为之一

寻找往日

有为：

　　几十年没见了，你一向还好吗？从电话里听起来，你的声音依然那么醇厚，像大贝司一样带着沁人肺腑的共鸣。可惜，我从没听到过你唱歌。我没有你那么富有魅力的嗓门儿，可只要兴致来了，也喜欢扯开喉咙唱两句。我爱唱，八成是遗传。爸爸妈妈度蜜月的时候，一个月下吹箫，一个浅斟低唱。浪漫着呢！直到耄耋之年，不管是洗内衣、择青菜，还是做针线、玩扑克，妈妈总是曲不离口。或哼唱，或吟哦，脸上依稀着微微的笑意，眼中迷离着遥远的回忆。那是怎样的时光啊！那时，我已知天命。我十分感激命运的赐予，让我颠簸流离的人生常有母亲的歌声相伴，使我在看不到尽头的落寞挣扎之中，能够感受到亲情的默契，人世的温暖。

　　有为，谁能想到世上最无情的是看不见摸不着的时间呵！它竟然趁我远赴他乡的时候匆匆带走了母亲，至今已有十四年。这十四年，我心里空落落的。看到别人家有高堂，总会艳羡不已。我便异想天开，能否沿着岁月之河溯流而上，找回往日的场景和亲情？明知这想法很弱智。深秋时，我还是带着妻子——你的老同学素斌一起南下，寻寻觅觅，又回到那座常常走进午夜梦境的城市。

感谢姑苏的父母官，在全国上下以荡涤污泥浊水之势大拆大建的风潮中，为我们留下了些许小桥流水，历朝故旧，当然还有岁月之刃无法剪断的记忆和回味。

那是一个天气绝好的早晨，表姐带着我们去看老地方。当年，她来苏州船舫巷时只有十六七岁。到了我家，先是下厨房，坐在七星灶前打稻草把，一面打一面往炉膛里填。她很懂火候，妈妈炒菜就不用来回跑了。空下来，她会亲亲热热地搂着我，紧紧握住我攥着毛笔的右手，一笔一画地帮我学描红。如今，这位跟我一样属牛的老表姐已经八十四岁了，还像六十八年前那样领着小弟弟。只有她才知道，牛弟我最想看到什么。

出了苏州大学宿舍，表姐带我们走上吴王桥。我的目光越过被历史压弯了腰的官太尉桥，便可以看到以铸剑大师命名的干将路。猛抬头，修正了的双塔赫然矗立，举步间正琢磨着那满目疮痍的斜塔，怎么就正过来了，一不留神跟千年古刹定慧寺撞了个满怀。原来，春秋战国与唐风宋韵，被时光之手不由分说地安排在一条小小的巷陌里，而且只在咫尺之间。这就是苏州。一座被岁月浓缩了的古城。你每迈出一步，不是踩在典故的掌心里，就是走在历史的脊背上。

凤凰街加宽了，显得有些陌生。儿时，无论到建平小学上一年级，去带城桥念二年级，还是转实验小学读三年级，凤凰街几乎是必经之路。如今，这里古意渐少，洋味见长，就连木质的带城桥也让石栏沥青抹去了沧桑和风尘，很容易被匆匆而过的路人忽略了。表姐知道，牛弟无论如何不会忽略。这里有我的童年，有我心中萦回不去的歌声。

不远处可见船舫巷一号，那是我家来到苏州后第一处寓所。绿水沧沧气象萧森的沧浪亭近在眼前。那二层小楼，有一个清爽雅洁的小小天井，天井里有一口青石井台的小小水井，石井边还有一棵可以在下面纳凉的桂花树。盛夏时节，用吊桶把西瓜放到井下，那西瓜吃起来比冰淇淋还爽！据传，楼上的某个卧室吊死过房东的儿媳妇。我借此耍赖，一定要睡在爸爸妈妈中间。爸爸很少在家。我很享受地簇拥在两个温热的怀抱里，任随他们亲吻爱抚我的身体。然后，在爸爸讲述的来自老家宜兴的传统故事《除三害》中酣然睡去。一次午夜尿急醒来，听到的不是卖糖粥的梆子，而是整齐划一的脚步声，由远而近，又由近及远，咔，咔，咔，咔，在石子路上张扬而过，那声音威慑而又跋扈。妈妈把我紧紧搂在怀里："日本人来了！"第二天早晨，太阳照常升起。妈妈呵痒，爸爸一面把手伸进被窝掏着"鸡窝"，一面问宝宝何时才能长大。我咯咯咯地笑着赖床，爸爸便唱起一首我不甚熟悉的歌曲："起来，不愿做奴隶的人们，把我们的血肉筑成我们新的长城！中华民族……"

不知愁滋味的烂漫童年呵，因了这歌声平添了难以言说的苦涩和悲壮。之后，我领教过日本鬼子狼狗的冲击，也品尝过大和民族花花绿绿的糖果，在刺刀如林的城门口被搜过身，在小学教室里被强迫接受奴化教育……表姐，谢谢你帮我找回了湮没已久的往事。

只可惜，船舫巷一号的小小院落早已不见踪影，一座半新不旧的公寓楼扫去了历史陈迹。小院斜对面原本是座石库门院落，比一号气派得多，也荒芜凄清得多。黑色大门常年紧闭，从来没有开过。只有门楣上"毛府"两个字撩得路人浮想联翩。邻居们谁也没见识过，蒋介石的前妻毛福梅究竟是个何等样的女人？后来，我常常佯装路过，在毛府前荡来荡去，希望黑色木门訇然打开，里面走出那个千呼万唤都未曾抛头露面的女人。但是，我的好奇心始终没有得到满足。

有为，你或许会问我，为什么从来没跟你讲过这些？你我相识时，正当青春年少，童年意趣对于半大小子几乎无足轻重。它自然会沉潜到记忆深处。直到老了，心静下来了，至亲老友一个个凋零了，消逝了，陈年旧事便忽忽悠悠漂上水面，让你感喟不已，甚至不由得走上回归之旅，去寻找往日的踪迹。

那天回家的路上，在定慧寺门前读到一句释迦牟尼的话："不悲过去，不贪未来，活在当今，由此安详。"

　　有为，只有大彻大悟之人才能讲出如此大彻大悟的话呀。醍醐灌顶，令我顿然无语。回头又想：倘若人人都作如是观，这个世界还有戏可唱吗？

　　下次再聊。多多保重！

维先

2009.12.16 连云港苍梧

致有为之二

另类乡愁

有为：

有故乡的人是幸福的。不管那个地方在天之涯还是地之角，不管它僻居深山还是远在戈壁，是不是风光宜人，祖屋是大是小，日子是苦是甜，在故乡度过的童年都在你灵魂深处挽起一个不大不小的结。那个结时隐时现，却不显山不露水地释放着生命的能量，从来不知疲倦。你在人生的沟沟坎坎回头望去，总会回味无穷，慨叹不已。或进，或退，或显，或隐，或浮，或沉，都在回眸的一念间。你甚至会忽然像一个孩子，幻想时光倒流，一切从头再来，倍加珍惜地把转瞬即逝的童年重新玩味一遍。

我羡慕那些在故乡长大，成年后远走高飞的人。为什么？因为他们有乡愁。有乡愁，心灵就会变得清澈，变得柔软。我有故乡，但我没有乡愁。你一定觉得很奇怪。我的老家在江苏宜兴。但祖籍、故居、故人，那条名叫东庙巷的弄堂，弄堂里那座祭祀周家先人周处的周王庙，乃至于太湖竹林、阳羡紫砂，都与我形同陌路。我既没有在那里呱呱坠地，也没有在那里餐风饮露。偶尔听长辈说起往事，忆起我教了一辈子私塾的祖父和默默支撑一个大家庭的祖母，也只能躺在被窝里有一搭无一搭地凭空想象，却无法感知故乡的容颜和亲情的温度。

从四岁就开始逃难漂泊的我，不仅习惯了流徙不定的生活，而且越来越见异思迁，越来越喜新厌旧，似乎动荡才是最常规的生活，搬家才是最正常的营生。

到了姑苏，便把生身之地东台抛在了脑后。进了上海，立马淡忘了古雅宁馨的水巷。再回到苏州，十里洋场旋即被记忆压扁，成为一张明信片上的花都。随着家境的变化，不停地搬家，转学，六年中上过五所小学。对于走马灯似的变来变去，不仅习以为常，而且觉得非常好玩。同学、老师、校舍、环境，一切一切都是新的，任何时候皆可以从头开始。直到大哥大嫂响应号召，支援东北，我和爸爸妈妈坐了三天三夜的慢车硬座，摇摇晃晃迷迷糊糊来到群山环绕的辽宁本溪，才有了进入异乡的感觉。后来，又考进了吉林长春的东北师大。那里，满州国皇城景象一如东京，令我这个做过亡国奴的十七岁少年怵目惊心。八月十五突降鹅毛大雪，对于江南小子实在有点匪夷所思。手握门把手竟然把一层肉皮粘连下来，更让我这个细皮嫩肉的家伙吃足了苦头。在那座以电影和汽车著称的城市里，我不仅见识了零下三十五度的凛洌，也领教了1957不平常春天那彻骨的寒意。

毕业去内蒙，本意是流放发配。可不幸中十分万幸的是，那所大学的领导虽然文化程度有限，却很有境界，对我不仅包容宽厚，而且爱惜有加。满目荒凉的鄂尔多斯从此成了二十一岁后生的疗伤之地。我从从容容地在窑洞里舔舐仍在滴血的伤口，而质朴的学生、明亮的眼睛、忧伤的长调、燃情的舞蹈、浊浪排空的黄河、善良剽悍的牧人，便成了我一剂又一剂良药。我做梦也没有想到，一个人居然可以在异乡找到故乡的感觉。前半生浪迹天涯，竟于流离落魄之中，在不是故乡的不毛之地，遭遇了缺失已久的亲情和乡情。有为，这是不是让你十分意外？

从鄂尔多斯调回江苏，落脚连云港。我终于在匆匆流逝的岁月之河里打捞起了一份可以叫做乡愁的情愫。它不仅属于东台，属于苏州，属于宜兴，在更多的时候，那乡愁源自鄂尔多斯。它浓得像酒，醇厚而又悠长，像草原一样苍凉寥廓而又暖人肺腑。或许，那是一种无以言表的文化乡愁？

孙子喊吃饭了，就聊到这。

维先
2009.12.20

致有为之三

少年本溪

有为：

驿站，驿站，驿站……一个，又一个。大大小小，林林总总，千种风情，万般模样。当一个驿站风一样向后面，向远方，向远方的远方呼啸而去，并最终隐没在烟雾迷离的天际线上，一个新的人生驿站便扑面而来，戛然而立，无声地宣告你用生命书写的华章又另起一行了。有为，你我的一生不就是这样，在不断变换赛场的马拉松长跑中匆匆前行的吗？

远离苏州，转学闻所未闻的辽宁本溪，是我少年时期的一大转折。从水巷纵横粉墙黛瓦构筑的优雅天地，走进被重重大山团团包围的钢铁煤炭之城，对于喜欢背着书包钻戏院的我，简直是一个革命性的变化。

太子河沿着山势回环而来，浩荡而过。坍塌断裂的钢筋水泥大桥，让人想到尚未远去的战争。哪里还找得到江南水乡的宁馨和温婉？峭岸上，火车轰隆隆倾倒铁渣的一刻，更是惊心动魄。那岩浆般的洪流奔突而下，被灼伤的太子河嗤啦一声冒出几丈高的青烟。夜色中，眼见得半个天空像着了火一样烧得血红，星星和月亮刹那间黯然失色，我被眼前的景象震慑了，惊呆了，迷住了。

我家住在高山陡崖下的彩屯，跟本溪一中隔着一条波涛滚滚的太子河。桥断了，只好摆渡。船很小，上班上学的人又多，超载的小船在激流中摇过来崴过去，不是打转，就是进水，常常把有孕在身的大嫂吓得变颜失色一身冷汗。

1950年，东北人大都一身黑衣，严冬时节光身子套一件油光锃亮的空心棉袄。家境好的才有内衣小褂。中等的戴一个假领子，固定在两个在腋窝里，白领子一露，那可就相当体面了。而我，浅栗色夹克衫、银灰帆布长裤总是清清爽爽溜光水滑的，手里还拎一只装有饭菜的小钢精锅。装备如此精良，走进教室，立马显得鹤立鸡群，很不搭调。同学便叫我（国民党）接收大员。清除冰雪的时候，我不会用铁锹，人们笑贬我"水筲没梁"。事后问人，才知道水筲就是水桶。水桶没有梁，饭桶之谓也。

那时你还在辽源。我形单影只，没人待见，苦闷极了。放学后，再没有苏州北局那样的东方百老汇足以娱乐身心了。怎么办？只有到工人文化馆打乒乓球，借阅世界名著。于是，司汤达、雨果、梅里美、托尔斯泰成为我的偶像，于连、卡门、艾丝梅拉达、安娜让我心驰神往。我整天沉浸在虚幻的天地里。上课时老师走下讲台来到我身边："周维先，窗外有什么？"一阵讪笑让我环顾左右，竟仍然回不过神来。直到有一天晚上，学校包场看田华主演的电影《白毛女》，空袭警报突然拉响，我才抬起头来认真打量周围的世界。那警报声极其怪异，让人头皮发麻。我们立即被带进附近的山洞里。空袭过去，电影接着放映。有为，那场电影，跌跌撞撞钻了十三次山洞，还是兴味十足地看完了喜儿的头发由黑变白又由白变黑的全过程。《白毛女》断断续续从傍晚一直演到凌晨，是我一生中最难忘的一场电影。

看罢电影，我猛然醒悟：美国人又来了。上一次是1945年，上海，目标日本鬼子，只是误炸了中国百姓。这次呢？锁定朝鲜却飞到中国来了，又是误炸吗？还能坐以待毙，不投笔从戎，保家卫国吗？领导安排我们家搬到小镇南芬，本溪一中的一部分迁到了满目荒凉的火连寨。在那里，我们编演了抗美援朝的活报剧。我那时个子高挑白白胖胖，是扮演美国少爷兵的不二人选。演出时，志愿军怒火万丈，举起枪托痛打少爷兵，打得既认真又动情，我因此受了不少皮肉之苦，只好自认倒霉。更晦气的是，从那以后，少爷兵便如影随形，成了我最不愿承受的外号。

有为，如今，一想起那些慷慨悲歌热血沸腾的日子，我仍然心潮难平。我们争先恐后报名参军，有的还咬破手指写了血书。我年龄最小，才十四岁，不够线，只能唱着苏联歌曲《再见吧，妈妈》，眼泪汪汪地把一批又一批奔赴前线的同学送上火车。

一转眼五六十年过去了，只要闭上眼睛，那歌声便油然而出，萦绕于心："听吧，战斗的号角发出警报，穿好军装，拿起武器。青年团员们集合起来，踏上征途，万众一心，保卫国家。我们再见了亲爱的妈妈，请你吻别你的儿子吧……"再睁开眼面对当今的繁华，真有恍如隔世的感觉。

现在，会唱《共青团员之歌》的人越来越少了。有为，你还会重新唱起这首老歌吗？我会。我会唱到泪流满面，好像又回到了那豪气干云而又令人心碎的时刻。

历史不该那么轻易地被人弃之脑后，何况还有千千万万把自己年轻的生命留在异国他乡的热血男儿。一粒子弹或一块弹片就可以使一条鲜活的生命永远沉默。是他们，承载着历史的沉重与痛楚，而许多献身者的墓碑上却连名字都没有留下。本来，新的人生驿站还在远方召唤着他们。或许，一个山村姑娘在村口的老槐树下望穿秋水，等着曾经海誓山盟的小伙子抱起她跨过火盆……

有为，我们已然把许多驿站都留在了身后。不知道命运是否安排我们就在这里下车，还是老滋老味地指点江山，风尘仆仆地继续蹒跚前行？

祝老兄一路平安！

维先
2009.12.25 苍梧

致有为之四

我有两双眼睛两颗心

有为：

　　近来，我常常有一种奇怪的感觉。我似乎长着两双眼睛：一双看着当今，一双看着往昔。我似乎拥有两颗心：一颗用来铭记，一颗用来遗忘。少时，咱们读《为了忘却的记念》，便以为纪念过了，就真的忘却了。后来，在漫长的半个世纪里，咱俩果然相忘于江湖了。可是，当繁复曲折的人生之旅，历经百转千回，陡然撞进汇入大海的空阔江面，当我抖落一身红尘，变得前所未有地淡定从容，闲云野鹤般优哉游哉，才倏然发现如烟往事有时并不如烟。原来，当年的一切，还有另一颗心替我收藏着呢！从此，我开始责备自己，为什么忘记了许多不该忘记的人，为什么自己在太长的时期里都不知道感恩，不知道深谢那些为我的生命之舟扯起风帆的人？

　　譬如我的几位老师。没有他们，也许我此生不会拿起笔杆子。初中时，在两眼一摸黑的本溪，我很怯懦，很腼腆。毕业于四川大学的邓老师盯上了我。他口吃，总是让愿意朗读的人举手示意，而我是从来不举手的。可他偏偏叫我起来朗读。我脸胀得通红，心砰砰直跳，念得结结巴巴，满头大汗。越是狼狈，他越是叫我念，堂堂如此，课课不落。渐渐地，我脸不红了，心不跳了，念得也顺溜了，后来又有了抑扬顿挫，再后来竟开始注入感情，读得有声有色了。

就在我对语文课兴趣渐浓的时候，邓老师消失了。多年后才听说，他被当作暗杀闻一多的凶手押回四川，差一点上了刑场。冤情大白后，他又回到本溪重操旧业。只是头发花白了，讲起课来更加口吃了。

接替邓老师的，是一位性格孤僻的杨先生。他脸上鲜有笑意，没开口先脸红。他总是踩着上课铃走进教室，下课铃一响便飘然而去，从不跟学生多说一句话。他讲课多一字太多少一字太少，像发电报一样字斟句酌。据说，他也是川大毕业的，但有的同学插科打诨，怀疑他是从电报局调来的。上课时，他常常无端地把目光投向我，盯牢我，让我如坐针毡，不敢稍有苟且。后来，他突然在讲评作文时把我叫起来朗读我写的本溪之夜的小文章。我又重现了结结巴巴满头大汗脸红脖子粗的狼狈相。但杨先生似乎并不介意，而且于嘴角一隅闪出一丝稍纵即逝的笑影。这难得一见的微笑对我实在是极大的鼓励。不久后，在全校作文比赛中，我以一篇苏联电影《金星英雄》的观后感获得第一名。我一时兴起，把这篇文章寄给了《大众电影》杂志社，随即就忘了个精光。突然有一天我收到了来自北京的聘书，《大众电影》邀请我当特约通讯员。一个初中生被全国发行量最大的文艺期刊聘为通讯员，每半个月把一份装在牛皮纸封套里的赠刊寄到本溪一中，每一篇稿子和信件都由固定的编辑回复，这在全校师生中引起了不小的轰动。从此，我像上足了发条似的写呀读呀，整天沉浸在痴痴迷迷的状态之中。

本溪一中十分强势，崭新的校舍和教学设施都照搬前苏联，至今高考率几近百分之百。讲语文的王老师于神秘倜傥的微笑中，略带鼻音的娓娓叙述，迷住了男生，更倾倒了女生。他会突然甩开课文，大讲《安娜·卡列妮娜》，讲恋爱像岸边看水中荡舟，满眼诗情画意。而婚姻则如同逆水行船，甘苦自知。一席话把满屋子青涩男孩讲得目瞪口呆一头雾水。

报考高校，父母随我高兴。我自己却挡不住"学好数理化，走遍天下都不怕"的裹挟，报了东北工学院。毕业班语文老师兼班主任许先生找到我："九十九个毕业生全都报理工科，你怎么也随了大流？"这位来自川大的老师儒雅含蓄，从来都用爱惜有加的眼光瞄着我，希望我能够成为像他一样出类拔萃的语文老师。我无法抗拒他的殷殷厚望，最终考进了东北师范大学文学院。

多年后，我与同班同学任素斌结为伉俪。许老师专程送来两支紫身银帽的圆珠笔。上个世纪 60 年代，圆珠笔可是很金贵的哟！我知道，许老师赠我圆珠笔，是别有深意的。他期望我永远紧握手中的笔，文思如泉，字字珠玑。一想到这里，我便为之汗颜。2000 年我回本溪拜望他，才知道许老师早已驾鹤远去。我永远无法回报他对我的厚爱了。我反反复复责问自己：为什么我的感恩和回馈总是姗姗来迟？我那两颗心都默然无语，难以回答……此后，当我闭上双眼，另一双眼睛里油然映现出帅气文雅的许老师，看到他又在击节赞赏鲁迅的小说，习惯地将手中的粉笔向虚无中重重一点，嘴也同时朝右发力，用标准的四川口音，字字千钧地迸出四个字："写得——好——哇！"

余言尚多，改天再谈。

维先
2010.1.10 于苍梧

致有为之五

与狼同行

有为：

往事一旦涌上心头，便如同抽丝剥茧，越聊话头越多。

1951年，眼看战火烧到鸭绿江边，本溪一中才匆匆搬到火连寨。一天，我做完值日，天已黄昏，只好一个人回宿舍。宿舍是借用老乡的民房，在一个叫梨树沟的山洼子里，离火连寨有很长一段路。我背起书包向荒野走去，只见夕阳簌簌下落直奔山坳，四周一阵阵黑下来。我倏然感到有人相跟。猛回头，傻眼了。原来，我身后跟着一匹心怀叵测的野狼。

其实，狼已经陪伴我多时了。每天睡下来，几个男生在冰凉的土炕上挤得紧紧的，午夜冻醒，憋了一泡尿却不肯到外面去撒。一则袜子早已跟棉胶鞋冻在了一块，二则外面狼嚎阵阵，让人寒毛直竖。实在憋不住了，硬着头皮跑出去，面对冷月下雪光皑皑的远山，耳听野狼们此起彼伏的呼唤应答。那滋味，真够我这个十四岁小子喝一壶的。

这下好了，狼真的来了，就跟在后面，不远不近，不紧不慢。它是在研究我的实力，考验我的胆量，还是胜算在握，完全不在乎我的反应。我突然感到内急，而且急不可耐。正好前面有一片树林。

我紧走两步，那狼竟也加快了脚步。我在林中一棵树旁蹲下，那狼垂着尾巴一屁股坐在林子口上，堵住了我的去路，灰绿色的眼睛盯着我，一刻也不肯松懈。我一面蹲在那里方便，一面搜肠刮肚寻找摆脱它的办法。在嗖嗖的冷风中憋出一头汗，却仍然满脑子空白。最终，我不得不横下一条心，从野狼身边走出树林。野狼并没有疾风迅雷般猛扑上来。我也没有成为它丰盛鲜嫩大快朵颐的晚餐。莫非，它野性勃发的最佳时机还没有到来？

前面，梨树沟外的村庄亮起了灯火。我的救星来了！我紧走几步进了村子，长长舒出一口气。回头看，那野狼站在村外，远远望着我，灰绿色的眼睛里竟隐隐透露出一丝暖意。回想起来，那或许是狼性与人性交织的眼神吧。那眼神里似乎写满了莫名的寂寞，旷世的孤独。

九年后的1960年，在传说中狼群出没的鄂尔多斯，我并没有邂逅草原狼。那几年，一个个饿得眼睛发绿。就连人也缺吃少喝，成了纸糊的灯笼。树叶子、脱粒后光溜溜的玉米棒子都拿来当宝贝，晒干，磨粉，烤成黑不溜秋的饼子。那饼子吃起来粗涩不堪难以下咽，拉起来龇牙咧嘴大汗淋漓，比动外科手术还要痛苦。与我同住一口窑洞的青年教师，动不动就涕泪涟涟。原来，他因言获罪，在下乡劳动时说了一句"同学们，我们吃的不是黄土，不是沙子，而是土豆"就被认定为反党反社会主义，还开除了团籍。他说他父亲虽为地主，却是个两面派村长，给共产党做了许多好事。我这人心软，爱冲动。听了他几次三番的哭诉，我居然好了疮疤忘了痛，又一次像1957年那样热血沸腾，无法自制，在教工团支部会议上发难，对党支部提出质疑。党支部书记怒不可遏，要把"反右"时有"前科"，现在又大刮右倾翻案风的周维先打成反党反社会主义分子。幸亏伊克昭盟盟委派工作组来校调查此事，认定我是对的，才平息了一场旷日持久的风波。那位吃土豆差一点吃成反革命的室友，因此成了我的老铁。老铁家境困难，动不动把《萌芽》《草原》寄给我的百元稿费主动拿走。那时，一百元相当于工人四个月的工资。我对此从不计较，甚至觉得有能力帮助朋友，是人生一大快慰。

八年后，伊克昭盟师范学校的革命小将将我押回去接受批斗。那天，我被反扭着胳膊压弯了腰，踉踉跄跄进入会场，"周维先不投降，就叫他灭亡！"的口号声震耳欲聋。当我被揪着头发抬起头来，才发现，主持批斗会的正是吃土豆的老铁。他竟然在一连串提问之后，声色俱厉地问我在师范学校有什么罪恶。我眼都不眨，直盯盯瞪着他，全身的毛发似乎都在一根根竖立起来。我相信，只要可能，我的眼睛里会喷出呼呼啦啦的火焰。我尽力稳住自己，放开嗓门，大声回答："如果我在师范学校有什么罪恶的话，那就是替你这个反革命分子翻过案！"

会场突然静如深山。老铁张着嘴定格在台上。我看见，他那不知所措的眼神里，错杂着人性和狼性。短暂的停顿之后，会场一片哗然。批斗会开不下去了。我也在最恰当的场合用最决绝的方式结束了跟吃土豆老铁的情谊。从此，我继续做我的"反动文人"：隔离便隔离，劳动便劳动，批斗便批斗。他这个造反有理的大红人却在一夕间黯然失色，从此没人待见。"文革"后，悄没声息调回安徽老家去了。

说实在的，我心里也很茫然，很痛。人情百味世态炎凉让我参不透，看不懂。与狼同行时，我曾在野狼眼里看到过人性的暖意；而与人同行时，我却在朋友的眼里看到人性身后游走着豺狼的幽灵……

终于，二十一世纪第一个春天，我接到了你从遥远的瓦房店打来的电话。有为，穿越四十七年的时空，你的友情向我走来了。不思量，自难忘。有为，谢谢你！激动之余，我写了一篇题名为《让我们回忆少年时光》的散文，发出压抑已久的浩叹。人间自有真情在，真情可遇而不可求啊……

愿友谊地久天长！

维先
2010.1.23 于苍梧

致有为之六

如梦,即梦

有为:

都说人生如梦。大半生走下来才发觉:一个"如"字哪里够用?

小时候,许多梦在我心中疯长,像春天的野花在阡陌纵横的大地上争奇斗艳。那花朵开得好恣肆好绚烂哟!做明星,做导演,被父母当头泼一盆冷水。那怕什么?还可以做画家嘛!我的人物速写老师给了120分,在很大程度上膨胀了我小小的野心。可不知为什么,在没有当头冷水的情况下,悄无声息地淡了下来,又迷上了话剧剧本。整整一个闷热的夏天,我坐在苏州草桥图书馆一个接一个地读。读来读去,对于吴天、洪深、陈白尘、田汉、曹禺愈来愈顶礼膜拜,视若神圣。再后来,在父亲的书箱里翻出一个欧美文学选本,大人国小人国的故事让我沉醉在艺术想象的天地里,晕乎在半梦半醒的状态中。我像中了魔法一样一头栽进文学的大海里,再也无法找到上岸的地方。

有为,就是这样一个又一个来自文学艺术的美梦层层叠叠熙熙攘攘,终于在我这个不知天高地厚的少年心中氤氤氲氲渲染出一道永生不灭的七彩长虹。这道彩虹至今仍然辉耀着我老去的人生，让我在从容、淡定之中听得到天籁般的空山鸟语，看得见心灵的花朵在迷离的彼岸静静地开放。

十七岁那年，我带着不醒的文学梦走进天堂般的大学。东北师大虽然没有东吴大学那样的优雅精致，却也书香浓郁，聚集了一群名士。1954年，文学院刚刚调走了吴伯箫、穆木天和韦君宜，但是"五四"以后于"创造社"门前抡板斧，后来投笔从戎走完两万五千里长征的传奇人物成仿吾，仍然在师大领衔。系里又有蒋锡金、张松如（公木）、杨公骥、傅茵波、吴伯威、郎峻章、逯钦立、思基等学者闻人，个个学富五车气度不凡，足以满足我求知的渴望。更何况，中文系依偎着烟水浩淼的南湖，水天相接的远方迷蒙着神秘的净月潭，为我营造了绝佳的梦境。我最喜欢的事莫过于晚自习后，就着街树月影，漫步在铺着小小石块的自由大路上。那清脆的足音和风吹树叶的沙沙声，至今仍在我耳畔回响。那时节，婆娑树影间隐隐约约的教授楼总会让我浮想联翩。听说郭沫若又来看成仿吾了，他们此刻是否正手捧香茗促膝长谈？开学不久，老校长就用土得掉渣的湖南腔给我们讲了一下午长征故事，少见识的娃娃们一句也没听懂。有的竟昏昏欲睡，流出好长的口水。他跟郭老交流，应该没有语言障碍吧？

长春虽然留下了满洲国的阴影，仍然不失为一座美丽大气的城市。这里春天没有苏州香雪海和西山那样的梅海奇观，却可以看到满城的丁香绽放着芬芳的青春和淡淡的忧伤。这里秋天不闻金桂飘香，却会在中秋月明的夜晚挥洒漫天大雪，在你猝不及防之时尽显大家风范。在这座城市里，我走进了一个更加宏阔的梦境，收获了更多的友情。我不会忘记报到那天第一个向我伸出手来的袖珍男孩庞玉田，他的絮絮叨叨喋喋不休，他的机智、炫耀和博闻强记，他眼镜后面一闪即出的鬼点子，以及他在关键时刻绝对不越雷池一步的警觉，都不会令人生厌。很可惜我们只在中年之后于松花江畔有过一次短暂的重逢，此后便得到他撒手人寰的消息。当时，我的心被刺了一下，随后便觉恍然。这怎么会是真的？只是一个梦而已。再到哈尔滨，我还要去会会我的袖珍学友。我会见到他的。不是吗？

有为，只要生命在，人生在，梦就不会终结。我们将终其一生在无头无尾的梦境中穿行，直到深深一躬向滚滚红尘谢幕的一刻。

祝你好人好梦！

维先
2010.2.28 于苍梧

致有为之七

戏梦，梦戏

有为：

常言道：人生如戏。有的像连台本戏，回环曲折，酸甜苦辣，极尽世态炎凉尘网况味。有的则像折子戏，大起大落，起承转合，只在俯仰之间。那千种悲欢万般离合演绎出各自不同的命运，宿命一般贯穿在看不见尽头的梦境之中，是谓：戏梦人生。

细想起来，好戏还是有的，甚至不无精彩之处。高中毕业后，你南下大连，我北上长春。不像在本溪，你住溪流彼岸，我居溪流此岸。一个乡里一个城里，打招呼只须拍拍手喊一嗓子。没等高山响起回声，你就趟水而来，和我并肩上学。分别后，刚刚咀嚼出淡淡的失落，鸿雁便衔来了你的书信。你的信笺几近透明，或海蓝，或鹅黄，或藕荷，像曙光中的"朵云"，美不胜收。有为，我要深谢你，你让我在完全陌生的环境里感受到了来自远方的温暖。

诚然，除了友情，总还有点别的……

我鼓起勇气邀她划船。当然，你知道"她"是谁。那天，长春胜利公园人工湖里只有一条船。真像做梦！这是我平生第一次划船，我俩又是第一次在空旷无人的水面上单独面对，你可以想象我有多么紧张。到了湖心，那船只在原处打转。我费了九牛二虎之力，才划回湖边。她自始至终默然无语。我光忙乎，光出汗，什么也捞不到说，也不知该如何说。

你知道，高中时她是咱班文娱委员。每逢节日，她总要安排我演节目。从新疆舞《天山之歌》到高尔基的话剧《怪人》，我都十分卖力。记得，在临时化妆间，她拿起火剪给我烫头，吱吱啦啦一股糊巴味，把我搞得汗流浃背。想起来那竟是我们数载同窗第一次也是唯一一次亲密接触。之后，便一切如常。毕竟，那是一个高度含蓄内敛的时代哟！更何况是在中学！毕业前，我送她一本郭沫若的《女神》，还在书页中夹了一首我写的《女神》。她收下了，并没有回音。有为，这是我生命中的初恋。尽管只留下一个无言的结局。

我们约会后不久，一位女生竟主动提出要我周末陪她游南湖。我大为惊诧，不好当面婉谢。星期天，我招呼了一伙同学，租了两条船。我特意把那位女同学跟团支书安排到一条船上，热热闹闹玩了半天。团支书是个君子。他对那位女同学早有好感，却从不溢于言表。自从他俩上了一条船，竟迅速升温，出双入对，成了令人艳羡的恋人。此前，这位除夕之夜全班推选出来的"古典美人"，被一位诗人苦苦追求而不得。这回，她完完全全坠入了情网。我为好朋友高兴，也为古典美人高兴。他俩看上去很幸福很般配。我自己的事却踏步不前，一筹莫展。

三年级时，听说"她"住院了。我去地质学院医务所看过她。可病房里又能谈什么呢？毕业前，我一口气跑到长春地院，只见地质宫人去楼空，唯有废纸片被秋风吹来吹去。我满怀凄凉乘火车向南，向西，再向西……任随对未知世界的惶惑和车窗外漫溢而来的荒凉，缠绕我孤独的心。分配到内蒙古的同学三三两两先后下车了。到达终点站包头时，只剩下我一个人形单影只茫然四顾。我不得不在车马大店的大炕蜷上一宿，再渡过黄河，走向去鄂尔多斯高原的漫漫长途。

从此，我的情感历程更加扑朔迷离。我跟"她"还有可能吗？即便可能，我又怎么忍心把她也拖进大漠孤烟之中伴随我走过无涯无际的生命苦旅呢？

团支书如何呢？他与我背道而驰，发配到内蒙古最北端——离中苏边境不远的扎兰屯。大鸣大放时，我们四个血气方刚的小年轻联名贴出一张大字报。没过几天，"长脖子"在年级大会上跳起来大叫："这是一个反党小集团！"团支书挺身而出，主动承担责任，用自己的脊背扛住了闸门。他打成了右派，而我幸免了。批判他的那天，许多人都落泪了。落泪的人被左派们斥为"右倾"和资产阶级小资产阶级温情主义。临了，古典美人也不得不与他黯然分手。1958年秋天，团支书独自扛着沉重的行李走向遥远的边境，走进政治高压和长长的孤寂之中……

　　五十年后，当年的血性男儿已然霜雪满头。我们相约春光烂漫时在青岛聚会。改革开放后团支书曾荣任大学校长。此时，他已经功成身退，并在前妻病故后又有了第二任妻子。新嫂子很大度，叮嘱团支书到车站迎接故人。款款走来的古典美人依约当年，并没有十分见老。茶话叙旧时，她先是强忍哽咽，继而泣不成声。我这才真切地体味了什么是刻骨铭心，什么是情何以堪，什么叫爱是不能忘记的。说到底，还是杜拉斯一语中的："爱，只有无可企及时才作为爱而存在。"

　　"长脖子"也来了。他已罹患绝症。我迎上去跟他握了手，还主动拥抱了他。半个世纪过去了，所有的荣辱恩怨都已付诸滚滚逝水。君子一笑，心照不宣。这就够了。后来，同学们合出了一本文集。团支书没有写北疆无爱的冬天如何严酷，也没有提及在风口浪尖如何为朋友两肋插刀。他写了当年从四川万县到长春求学，零下三十五度还光着脑袋，是我把自己的棉帽子送给了他。区区小事，我早已忘到脑后，而他竟在漫长的五十年中一直铭记于心。有为，这么纯粹的友谊是不是越来越罕见了？当我们白发相对，回首如戏似梦戏梦难辨的人生，含着泪水抚掌一笑后紧紧相拥时，谁又能心如止水呢？

　　珍重！

维先
2010.3.20 于苍梧

致有为之八

性情内外

有为：

许多箴言都已烟消云散了，只有一段话始终萦回不去：如果做石头，你要做磁石。如果做植物，你要做含羞草。如果做人，你要做性情中人。

内敛、内秀而不乏磁力的团支书，或许就是大文豪雨果这几句话再形象不过的注脚。而我，一直以他为典范，时时不忘对于正直、担当、与人为善这八个字的坚守。有为，文人墨客谁不渴望放达于至性至情之中？可又有几个人跳得脱代代相承的东方伦理？一个"藏"字销蚀过多少啸傲狂放？又丰盈过多少风华神韵？都说藏而不露才能留下想象的余地，才足以平添若干神秘，才富有经久不衰的魅力。言之有理。但大千世界芸芸众生，只此一家方能领取生命之路的通行证吗？

刚进大学时，率性得很。我可以在考试前夕跑出去看一夜罗马尼亚云雀歌舞团。结果，齐刷刷一片五分之中，唯"马列主义基础"得了四分。墨西哥电影《生的权利》，我一口气看了三场还觉得意犹未尽。我至今仍熟记阿尔贝托和黑妈妈最精彩的台词："母亲的胎盘、母亲心脏的跳动，是孩子第一个摇篮。""虽然她的皮肤像地狱一样黑暗，可她的心比太阳还要光明。"那时的长春热闹得很。不管是袁雪芬、范瑞娟现身吉林人艺公演越剧《梁山伯与祝英台》，还是到长影为一部喜剧通宵达旦当群众演员，甚至于周信芳舞台生活五十年纪念活动，我都跻身期间，乐此不疲，当作盛大的节日来过。麒麟童撩着袍子"跑城"的情状，精彩纷呈，历历在目，一如昨日。

那几年，阅人阅世渐广渐深，性情二字却带给我越来越多的困惑和迷惘。茅盾来了。他开讲座，我奉命做大会记录，都在主席台上，真正是近在眼前。我战战兢兢，第一次感受了不可承受之重。此前，我已读过他的《子夜》。最突出的印象是写人性写情爱十分大胆，对股市对资本的揭露凌厉泼辣入木三分。可那天，茅盾表情呆滞，声音细微，叽叽咕咕，就像在家里自说自话。我绷紧神经竖起耳朵也没有记下几句完整的话。我心生疑问：这真是那个因《子夜》而叱咤风云的文学巨匠吗？怎么会如此含含糊糊语焉不详，甚至看上去有些萎靡不振神不守舍？莫非，他这样的大人物置身变幻莫测波诡云谲的时世，也免不了为一个"藏"字煞费苦心？当夜，我不得不到长春市电台，把耳朵贴在录音机上反反复复求证了一个通宵，才整理出他这篇题为《劳动与文学》的报告。

那时，郭小川以他的《向困难进军》《致青年公民》纵横诗坛，驰誉全国。他那些楼梯句式，如地心岩浆喷薄而出，点燃过无数年轻人火辣辣的革命豪情。可眼前的他与我的想象大相径庭。两个小时的讲座平淡如水，令人兴味索然。哪里有马雅可夫斯基怒目金刚横扫千军的磅礴气概？哪里有郭诗中如阵前战鼓般轰轰烈烈的奔放激越？令人痛惜的是，即便如此审慎，"文革"中诗人仍难逃一劫，在看到曙光之后醉死于熊熊烈火之中。

张光年（光未然）更是我翘首以待的重量级人物。他的《黄河大合唱》以史诗的悲壮和博大令整个中华民族在最危险的关头绝地奋起殊死一战。可他的表现与作品之间的落差不亚于飞流直下的壶口瀑布。他看上去就是一个板板正正的行政干部，中规中矩的人民勤务员，例行公事般面无表情地讲着那些人云亦云的套话。当年，忧国忧民登高一呼喷发出的汪洋恣肆，早已无影无踪。我很失望，也很纳闷。才华和激情是诗人不可或缺的灵性之本。是被岁月磨光了，还是顾左右而言他，把神龙见首不见尾的灵光一闪掩藏到深山老林里去了？

只有蔡其矫挟风带电，以诗人的强大磁场令我如醉如痴热血沸腾。那天，我冒雨去听他的报告。风雨中，他突然出现在林荫道上。他广额长发，器宇轩昂，长长的深色风衣随风鼓荡飘飘洒洒，一副超拔不群的气概。我不由得赞叹：果然文如其人！他连讲了两天惠特曼，把诗人信马由缰奔放不羁的艺术想象和狂飙突进纵横捭阖的强悍气势渲染得一如浩浩荡荡扑面而来的排比句。而当时的蔡其矫不仅是中国版的惠特曼，更是一个创意版的惠特曼。他气势如虹的长句，一往无前的动势，再现了中国20世纪50年代意气风发的时代风貌。但是，他还是比惠特曼多了些柔情，多了些意境，多了些泼墨之外的小写意，多了些粗粝犷悍所不能及的神秘意象和魅力独具的东方神韵。他是我在师大求学期间最为心仪的艺术家，一个足以让我为之倾倒的性情中人。

当然，我们的老校长成仿吾早在1918年就已经很见性情。他与郭沫若于东京共同组建了文学团体"创造社"。他如临大敌般在门口抡起板斧，就曾经轰动文坛，并成为"五四"时期无可替代的文化符号。他努力践行其"表现自我"，以内心要求为原动力的文学主张，发表了一首很自我的短诗《静夜》。没想到，三十九年后一个丁香盛开的春天，他竟然把一座青春勃发的校园变成了全然没有自我的静夜。东北师大书声琅琅百花如云的黄金时代在一夕风雨之后繁华落尽黯然收场。

悖论。一个性情诗人匪夷所思的悖论。

今天，面对绚烂如玉的梅花落英缤纷，人人感叹春天的凋零。而我却不由得扼腕问天，是否因了感喟性情的戕害青春的凋零，梅花的落英才像纷纷扬扬的六月飞雪？

有为，总会有一个又一个悖论伴随我们的生命旅程。那漫漫旅程因了无法回避的悖论而让性情山重水复朝云暮雨，在风云际会的T形台戴上各色面具华丽转身，方能尽显人性嬗变的千姿百态。你瞧，在人生风景线上，这性情内外折射出的世间万象，不也是非常耐看的好戏吗？

平安！

维先

2010.3.19 于苍梧

致有为之九

在天地间，我是一个偶然

有为：

　　此刻，我目光的尽头是我的一生。而我人生的后面红尘万丈、熙来攘往，各路英雄风云际会。为了什么？名耶？利耶？天可怜见，为了其中任何一个字，都足够你忙碌一生。人之初，尽头看似很远，似乎一日真的长于百年。孰料一转眼，烈日当午；再一转眼，日落乡关了。终点站赫然在目。环顾八荒，禁不住捶胸顿足对天长叹：白茫茫大地真干净啊！干净得令人不寒而栗，叫人悔不当初。是啊，不管你权倾当朝还是富甲一方，都是赤条条来赤条条去。只有在跨越生死门槛的瞬间，岁月才画龙点睛——在戛然而止的一刻，真正体现了公平与正义。

　　几十年间膨胀起来的欲望如烟散去，或当是了悟超脱的开始。背对红尘，淡出江湖，忘情于清风明月闲云野鹤，在似有若无的禅意中返璞归真。原来，这才是我要的生活啊！于是，几乎只在一夜间，不是成了艺术家，就是成了哲学家。淡定之中，放眼四外，那宇宙太大太大，而我太小太小。那么，太小太小的我怎么会来到太大太大的宇宙之中呢？莫非我自己就不是一个莫名其糊涂的偶然？

试想：如果上个世纪初，那个率性倜傥的周鸿宾，没有在龙凤花烛夜，不顾父母之命媒妁之言，丢下素昧平生的新娘，只身逃出宜兴城；如果在苏州武备学堂，周鸿宾对同盟会置之不理，没有被鼓噪得风萧萧兮易水寒，义无反顾投身辛亥革命，跟着沪军冲进南京天堡城；如果此后他不曾追随朱庆澜将军奔向冰封雪锁的松花江，而朱将军在哈尔滨没有与著作等身的何枚生义结金兰；如果将军那天没有心血来潮，破天荒做了一个大媒，随之，又当啷啷掷出许多银洋，让穷搜搜的周鸿宾在江浙闽粤会馆风光八面迎娶了教育局长何枚生的爱女……有为，如果这其中任何一个链条松动脱节，这世界还会有我吗？

即使有了我，如果周氏这一代最后一个传人，几经日本鬼子狂轰滥炸，在东台客舍的废墟之下未能幸免于难；如果在长江的小船上撞见日本巡逻艇之前，没有来得及把装有军服的皮箱投进江中；如果在苏州城门鬼子搜身，发现了裹在身上的违禁物品；如果那一天上学路过日本人住处时，呼啸而出的狼狗不仅把我撞翻还毫不犹豫地将我撕成碎片；如果1945年上海反反复复的空袭中，嚼着口香糖投弹的美国飞行员不分青红皂白把我们一家炸上了西天……有为，只要其中任何一个"如果"不幸成为事实，咱俩就不会在纯真质朴的50年代相逢于太子河畔了。

活下来了，就没有偶然了吗？如果从上海工专毕业后，大哥周绍先没有到位于闸北的大丰纱厂做技术员；如果他错过了话剧《好事近》的排演，未曾与来自宁波的周琪荸搭档，饰演即将走进婚姻殿堂的情人；如果剧中人四目相对时，他们心中的灵犀没有在刹那间倏然相通；如果纱厂老板没有像法海似的不允许职工恋爱结婚……我们全家还会跟随他们来到遥远的本溪吗？到了本溪，要是我没有进入一中，与住在溪湖半山腰的小姑娘任素斌成为同窗，我哪里有机会把平生第一首情诗《女神》，夹在书页里悄悄送给她？十年后，当我邂逅一个又一个女孩，神不守舍四顾茫然的时候，她已经坚守了四千个日日夜夜，在千里之外的锦屏山桃花洞默默遥望着我……哦，有为，如果没有这许许多多的偶然，怎么会成就我和她一世的情缘？又怎么会拥有一个像我一个像她的两个儿子？儿子们又怎么会生出虎头虎脑人高马大的两个孙子？

诚然，一个偶然可以决定我何时生何时死，可以决定我与谁陌路相逢，与谁失之交臂。一个偶然也会骤然间改变命运，以至改写人生。譬如，1957年春天，如果我没有在大鸣大放的高潮中突然高烧住院，我十有八九会戴上资产阶级右派分子的帽子，而且一戴就是二十二年。二十二年后的我，还会是原来那个周维先吗？面目全非的周维先，还会一如当年痴心不改意气风发吗？我的生活我的事业我的爱情和婚姻会不会跟着我的苦难一样灰头土脸不堪回首？1968年，如果我在游斗、毒打、受尽羞辱后难以解脱，像硬汉韩克老师那样突然崩溃，夜深人静时爬到井边，了断一切尘缘，我还能回到故乡江苏，还能有幸遇到那么多知己、知音、伯乐，使我得以在中年时光找回久违的创造激情和人文情怀吗？

是啊，这个世界拒绝所有的如果，却不得不接受每一个偶然。因了那一个又一个如此这般的偶然，我们的人生常常在无法预知的迷茫中走向必然。此乃宿命，命运之谓也！有为，天地间偶然的我巧遇偶然降临人世的你。偶然的相遇，偶然的目光交接，偶然的并肩而行，使我们成为终身不渝的友人。

我能活成今天的我，我能拥有当下的一切，我能于生命的余晖中享受与天地对话与朋友交心的快乐，怎能不感谢给过我生命、给过我苦难、给过我超越、给过我幸运的每一个偶然？

不仅是我。其实，每个人都可以说：天地间，我是一个偶然。

有为，愿我们之间的偶然化作跨越心灵的长虹！

维先
2010.5.15 于苍梧

逝水墨痕之一

沧桑无言，对酒当歌

　　一路蹒跚走过了年轻时光，可曾有过美好的日子？似也有过。只是太短暂。短暂得让我不敢相信，它确凿无疑是真实的存在。那些阴霾的日子气压如此之低，压得我喘不过气来。我常常感到窒息，感到无法言说的荒凉和孤寂。在黯淡的岁月里，普希金的《致恰达耶夫》给了我一抹亮色。或默默吟咏，或大声朗诵。吟哦时，低回于旷古草原；朗诵时，奔突在荒漠死海。而头顶上，那穹庐像一口大锅，兀自扣下来，扣得死死的，几乎不留一丝缝隙。可我还是顽强地活了下来。如今，一切已成过去。这才品味出情何以堪这四个字蕴含着多少生命的况味。

　　1956年春，斯大林大街一丛丛紫丁香含苞待放。我们在长春汽车拖拉机学院大礼堂听取了毛泽东《关于正确处理人民内部矛盾的问题》和全国宣传工作会议上的讲话的传达报告。老人家支持了王蒙的小说《组织部新来的年轻人》，批评了陈其通等人的教条主义和宗派主义。哦，百花齐放，百家争鸣，真的是春天来了，热热闹闹地来了！中文系党总支号召：党团员都要帮助党整风，每人写的大字报，不得少于三十五张。于是乎饭厅、走廊、楼梯上下，只见那墙壁上铺天盖地一层又一层，细铁丝横七竖八挂得一帘又一帘。我是经过组织上反复考验，刚刚加入共青团不久的新团员，岂能落在别人后面？我没日没夜地写呀写，贴呀贴，还参加了墙报《不日谈》的编辑工作，满腔热情地帮助党"惩前毖后，治病救人"。谁知，那热情真的像一把火，竟然把我自己烧到了39度8。在大鸣大放高潮迭起的日子里，我十分无奈地住进了校医务所。

退烧后，回到南岭宿舍，眼前的景象如同肃杀的深秋。遍地碎纸，恰似凋零的落叶。同学相见，一个个噤若寒蝉。原来，工人阶级说话了，反击资产阶级右派的斗争开始了。最爱拿我开涮的余家骥，多年后还替我捏一把汗：周维先，你要是不住那几天医院，就是百分之百的右派！叫他一说，还真有点后怕。我那时年轻气盛，很不识趣：眼睁睁看着党委号召下风起云涌的大鸣大放大字报，突然大翻个儿，成了引蛇出洞的"阳谋"，我还不知好歹，逆潮流而上，指责反右的同学是"事后诸葛亮"。我哪里晓得，在那个节骨眼上如此实话实说，无异于飞蛾扑火。划右派的时候，我理所当然进了黑名单。当时，东北师大打右派是多多益善。中文系打了三分之一右派还有点意犹未尽，大大超过了先进地区的先进水平。也许是命不当绝，党支部书记心一软，把我当水分给挤了出去，总算没戴上右派帽子。可毕业分配，我还是享受了右派待遇，打发到内蒙古最荒凉最艰苦的伊克昭盟，一呆就是十六年。在那里，我越来越像一峰骆驼，忍辱负重，忍饥挨饿，任劳任怨，埋头苦干。年复一年，任随如水的青春，无声无息地流进干旱的沙漠草原。人到中年才回到江苏，却从来没有异想天开，像当代人似的要去感动中国。

在不幸的一群人中，我或许可以算作一个幸运儿。那些比我命运更不济的老右同学，有的郁郁而逝，有的罹患绝症，有的在农场改造了二十多年，终于等到落实政策的一天，农场书记却对他说，所有的右派都平反也轮不到你！可叹他忍着屈辱，掰着指头，怀着一线希望，熬过了八千个日日夜夜。那一刻，他绝望了，崩溃了，把自己吊在房梁上，结束了二十二年漫长的等待。还有一个南大高材生，响应祖国召唤，投笔从戎，雄赳赳气昂昂地跨过了鸭绿江。回来后，南大不再接受他，只得进了东北师大。谁料反右后期，发现他在《吉林日报》发了一篇题为《夕阳无限好》的小说，写一个资深教授走马上任，当了中文系主任。好嘛，这不明明是反对党的领导，歌颂教授治校吗？虽然那时反右已然告一段落，还硬是给他补了一顶右派帽子。在高压下，女朋友哭得泪人儿似的，与他劳燕分飞。此后，他在吉林省德惠县一个乡镇供销社卖了多年高粱酒、地瓜烧，却一直滴酒不沾。二十四年后，听说他已落实政策。我趁着从连云港到长影改剧本之便，由红旗街一路步行，沿着有轨电车的轨道，来到沉淀着我们青春记忆的自由大路。那里，当年中文系上课的文史楼优雅地伫立着，一如当年。好像时间仍然停留在我们风华正茂的岁月。如今，袁庆望就在文史楼对面的吉林省作协编辑《作家》杂志。我登上二楼，在一间办公室门口停下脚步。一位编辑正面壁编稿，那背影很像袁庆望。我叫了他一声。他转过脸来的一瞬，我几乎忍不住自己的眼泪。这就是当年那个清高儒雅的兄长吗？这个有几分佝偻有几分卑微的男人，分明是一个木讷、苍老的闰土哇！如果不是他慢慢欠起身，愣愣地凝视我，我简直不敢相信自己的眼睛。接下来是好一阵子的无语凝噎。唏嘘之后，我想跟他痛痛快快喝一顿酒，消消心中的郁闷。他却淡然一笑，不声不响地回绝了我。

一次文友相聚，我把这个故事讲给作家高晓声听。他瞟了我一眼：老周，要是写成小说，你要反其意而用之：他在供销社卖了二十多年烧酒，终于平反了。在平反后的一个饭局上，他忽然发现自己能喝了，越喝越多，酒量惊人，所有的人都醉了，只有他怎么也喝不醉。他不仅吓着了别人，也吓着了自己。我被高晓声一席话说得毛骨悚然。我问他，是不是袁庆望看到了稍远处坐着一家三口，那个与他遥遥相对的女子，或许就是二十多年前挥泪而去的恋人？高晓声不语。他一口喝尽了杯中酒。

快三十年了，那个夜晚，高晓声讲的所有可以听懂的话都忘了，怎么也记不起来了,唯有这一番话,依然言犹在耳,时时在我耳边回旋。是啊,没有想象力,就像鸟儿折断了翅膀。高晓声一语中的,引起我深深的思索。为什么我至今不能振翅高飞?是因为翅膀已经折断?还是承载太多,羽翼过于沉重?

我曾历经磨难。反右熬过来了,文革却不肯饶过我。我想了很久都没有弄明白:在《萌芽》《草原》上发几篇散文小说,在业大、师范、师专讲几年文学,怎么就成了乌兰夫文艺黑线下的黑蛋?怎么就当上了"二月逆流"急先锋?怎么就该搧着耳光游遍全城?就该推进黑屋子,拿大棒子劈头盖脸地打?那时,谁看到我都假装没看见,谁见了我都像活见鬼。被揪出来的孙荣先向我点点头,革命群众邬丽生朝我微微一笑,都让我感动不已。多少年后,仍然对他俩心存感激。谁能体味,被押送的路上,高音喇叭向行人公布你"漏网右派"的档案,是一种什么感觉?谁又能想象,监督劳动时,弄一群孩子嬉笑怒骂着向你投掷石子,是什么滋味?那时候,我觉得自己无异于动物园里供人玩弄的困兽,一个剥夺了人格尊严,赤裸裸地被拿来供人取乐的动物。在如此不堪的际遇下,自杀便成了我的朋友韩克的唯一选择。是啊,已经走投无路了,已经没有人之为人的一点点尊严了,还有什么活头?

说老实话,我平时远没有韩克那么皮实,那么强悍。无路可走的我,本该一了百了的我,却硬着头皮选择了生存。那时,妻子正怀着我的儿子。我没有权利去死。我必须活下来,等到云开日出还我清白的一天。我不能让我的妻儿受我连累,因我获罪。

后来,那个把我往死里整的人失势了。我没有去整他。可是他重新上台了,却又来整我。那个人再度失势后,我对他还是下不去手。朋友问我为什么?我一脸苦笑,摇头叹息。我这个人,命中注定一辈子做东郭先生。没救了。

都说苦难可以成为一笔财富。我从命运赋予我的财富里,只取了其中的一半。几十年坎坷人生,让我学会爱,珍惜爱,却无法让我学会恨。爱使我无愧地面对过去,也让我向未来展开明朗的笑颜。

同窗们在青岛聚会的那一天,我哭了,也笑了,显得十分坦然,无所顾忌。那是为什么?那都是因为无论何时何地,对生命,对亲友,我都永远怀有一份纯粹的爱。那天,妻子也动容了,还破天荒写了一首诗:

倏忽半纪喜相逢,
红颜竟成白发人。
执手不忍看泪眼,
俯仰一叹百感生。

天哪,世间的爱,真是法力无边——竟然使我那从地质学院出来的妻子也变成了诗人!

逝水墨痕之二

四十不惑，歌剧魅影

  1976年，文化人纷纷寻找失落已久的自我。我也在漫长的冬眠之后苏醒过来。醒过来第一件事就是对着案头的笔发愣。这支笔给我带来多少无妄之灾，怎么一夜间又成了不离不弃的爱人？无奈，都三十九岁了。现在不写，更待何时？于是乎又拿起了有些沉重的笔，怀着殉情般的决绝，坠入了永劫不复的轮回之中。

  可一时不知该从何写起。一天，管剧团的局长对我说，给京剧团写个本子吧！我一下子变得紧张起来。我锁闭多年的心扉，像一本突然被打开的书，所有的经验，所有的阅历，所有埋藏在心底的古今中外天南地北的人物和故事，像洪水一样决堤而出，在脑海里冲来撞去，搅得我多少天都理不出头绪来。

  那是一个滴水成冰的冬天。工人村里，我那二十多平方米土坯房，局促着祖孙三代。只好从锦屏磷矿招待所借了一个对着桃花涧的大房间，室温多半在零下。我像一只困兽在里面转来转去，又是搓手又是跺脚，硬是把自己折磨得苦不堪言。倏然一个奇妙的瞬间，脑海深处漂上来一朵草原上的月亮花，在浩浩苍穹覆盖的茫茫沙漠上美丽着，摇曳着。一个月之后，以女主角名字命名的剧本《月亮花》诞生了。

为了请《草原儿女》的马运洪搞舞美设计，我和市京剧团周德才一起进京。抽空，我摸到东四八条，敲开了《剧本》编辑部的门。编辑们在开会，出来一位年轻编辑：歌剧？写什么的？我答：草原游击队。他打量我一眼，接过剧本转身就走，那眼神好像在说，你能超过李向阳吗？走了几步，他突然回头：主线是什么？我有些忐忑：一对蒙族青年的爱情。他哦了一声，又重新打量了我一眼。在爱情的背景上写游击队，无异于在老虎嘴里拔牙，在那时，是犯了大忌。没想到，正因为犯忌，才正中了编辑王一峰的下怀。他立马问：你在北京能呆几天？你等我回音！

等待的日子一天比一年还长。一周到了，依然杳无音信。我打电话到编辑部，才知道王一峰遇上了车祸：他的自行车撞了汽车。

不久，京剧版《月亮花》被调到南京演出。熙熙攘攘的新街口，月亮花和达瓦的大幅剧照引得许多行人驻足回眸。公演的那天，中华剧场里竟然来了一大批江苏歌舞团的演员导演和干部，其中当然有资深导演田夫。那时，他已是歌剧团的团长。调演结束前，田夫通过省文化厅艺术处长管和琼，请带队的刘国华允许我留下，把《月亮花》改成歌剧。尽管很费了一番周折和口舌，我还是被留下了。这一留，使我的人生柳暗花明，豁然开朗，多年来郁结在心头的云翳，被一阵江风吹得天青云白。

所谓天青云白，其实就是好了疮疤忘了疼。60年代，我还在内蒙伊克昭盟。文化局长越世杰叫我写一个在草原上打深井的歌剧。宣传部长吴占东还带我去成吉思汗陵园参加规模空前的八百周年祭典。到了史无前例的年月，这个名为《金泉》却仍在孕育之中的剧本，竟然成了"内人党"的一个"反革命阴谋"。我也跟局长一起糊里糊涂地卷进"阴谋"之中，受了一年多莫须有的洋罪。加上1959年刊发在《草原》上的小说《席尼喇嘛脱险记》中，有男主角到外蒙古学马列的叙述，我更荣幸地戴上了"叛国文学作者"的帽子，好久都摘不下来，还多次被游斗，毒打，关黑屋子。现在，疮疤好了，伤痕犹在，我居然不可理喻地走进了难以抗拒的歌剧魅影之中。

王一峰好了。他不仅死里逃生，还在出院后看了本子，让我立即到北京改剧本。当时，《人民文学》、《大众电影》等许多大刊物都挤在东四八条那一座小楼里。我被安排住进《曲艺》编辑部不到十平方米的办公室。编辑来上班了，我赶紧躲进会议室。人家来开会了，我就到楼下食堂，趴在油腻腻的餐桌上，在切菜剁肉声中，努力把注意力集中到剧情中来。戏曲歌剧组组长李慧中，是著名剧作家马少波的夫人，多次与我交谈修改方案。办公室人多，就带着我转胡同，转饿了，还请我下小馆子，使我对这位儒雅端庄不苟言笑的大姐，平添了几分敬意和亲切。现在回想起来，我对于早年调往中央戏剧学院的王一峰和已离我远去的李慧中，仍然深怀感激。那年月，迎头就能同这样的编辑不期而遇，在帮你修改作品的同时，也帮你改写了人生。

回到连云港不久，王一峰就打来电话：本子通过了。你想就这么发，还是再提高一步？我表示想再上一上。于是我被邀请参加全国戏曲歌剧剧本讨论会。在那里，我请欧阳山尊、阎肃、乔羽看本子。看到欧阳先生边读边做笔记，不禁对这位大家和前辈肃然起敬。阎肃和乔羽更是一语中的，几乎异口同声地说，你得跟京剧离婚！一定要歌剧化！我于是又来了个大翻个，更多地使用了鄂尔多斯民歌，着意渲染了男女主角的浓情咏叹。

歌剧《月亮花》在南京人民剧场由江苏省歌舞团首演，是我生命中的盛大节日。文化部副部长周巍峙、艺术局局长吴雪、省市委一把手、省文化厅厅长都到场观看江苏省粉碎"四人帮"后第一部自己创作的大型歌剧。周巍峙对剧诗的文学性和浓郁的民族风味颇为赞赏。当紫红色天鹅绒帷幕在鄂尔多斯婚礼歌舞中徐徐落下的时候，我流泪了。在尊严扫地的"文革"中，我早已无泪可流。可那一刻，我竟然无法抑制自己，甚至放任它潸然而下，流了很多，流了很久。

妻子风尘仆仆从连云港赶来，跟我一起分享了那个夜晚。是她，使得那个多年压抑后第一个快意喷薄的时刻，变得酣畅淋漓，圆圆满满，了无缺憾。

为了月亮花的开放，我至今仍然深深感念着那些爱我的和我爱的人。都说四十不惑，四十在我的剧作生涯中是一个颇有几分悲壮意味的起点，又是我人生苦旅中一个沙漠绿洲般匪夷所思的梦境。我禁不住要问自己：我不惑了吗？

逝水墨痕之三

青春之痛，电影情殇

《月亮花》公演半年后，江苏省歌舞团付给我一百元稿费。一百元，再加上大半个月工资，我在新街口花一百四十八元买了一台长风电扇，兴冲冲地扛回连云港。有了它，辗转难眠的炎夏，再不会在床板上描绘一幅幅汗水洇染的大写意了。南窗外，从公厕汹涌而来的异味也将被吹得七零八落。不久，市文化局又奖励我一盏五寸日光台灯，那高悬在头顶的昏黄的灯泡，再也垄断不了我暗淡的夜晚了。那年月，人那么容易满足。不能免俗的我，因了一点阳光而变得灿烂起来。

但创作上，我只开心了一阵子。是啊，《月亮花》从京剧到歌剧，从歌剧到连环画，进而至于交响组曲，这一切接踵而至，令我头晕目眩。但是，毕竟我已经不再年轻。晕眩之后，我又重新找回了中年人的理性。但是，那时时烧灼心灵的激情，却从未离开过我的血肉之躯。我知道，一旦它丢下我绝尘而去，我的艺术生命将就此终结。

田夫让我把郭沫若的《孔雀胆》改成歌剧。我第一次尝到了南京酷暑的滋味。我被安排到总统府门楼的二层，那里面空间十分狭窄，几乎密不透风。我只穿一个小裤头，天天汗如雨下，却仍然高度亢奋。如此这般煎熬了二十多天，终于写出了歌剧《阿盖公主》。文化部艺术局一位官员，本子都没看就说，这个题材很敏感，我看不一定搞了吧！这一瓢冷水当头浇下来，让我顿时清醒了许多。我问自己，是不是只顾大步流星，没有预想坦途上也会有坑坑洼洼？那幸运的《月亮花》虽然把革命与爱情渲染得浪漫而又传奇，是不是编织了一个非现实的梦境？为什么我竟如此坦然地做一个梦境的旁观者，而不能将自己置身其中？

我应该把自己放进去。放进去，也许会大异其趣：或者梦将非梦，或者一切都烟消云散，还它本来的面目。我决心一试。这将是一次令我心脏狂跳不已的探险。唯其如此，前途才更加难以逆料。

1979年春，我正在南京307开创作会议，突然接到长影导演的电话。虽然素昧平生，开口就问今年准备写什么。我也很爽快地告诉他，想再写一个歌剧，写几个大学生从反右到"文革"的情感历程。那导演把我请到华东饭店，一定要我讲讲故事梗概。我刚讲完，他就断然说，这不是歌剧，这是电影。你把它写成电影，我们夫妻俩把它搬上银幕！我这才着意打量了那个远远坐着的颇具吴越风韵的女人。她几乎一直沉默着，清雅中透着几许睿智。

突如其来的外来刺激，令我心中翻来覆去酝酿孕育了一年的人物和命运，蓦然找到了喷发点。大银幕哗啦一声展开在我眼前，我不能再像写歌剧那样，用音乐来思维。从现在起，画面必须主宰一切。故事跨度长达二十年，而电影不能超过一百分钟。来一个时空交错如何？多年来，大家都用单一的现在进行时。为什么不可以换一个写法？戏的结尾，欧阳逸峰虽然救出了被囚禁的恋人，阿丽玛却还是死在黎明时高高的山上。我在把美毁灭给人们看的同时，也亲手击碎了一个青春之梦，只能用文字和浸淫于心头的泪水，祭奠迷蒙在历史烟尘中弥可珍贵而又不堪回首的一切。我的胸膛再也挡不住撞击心灵的激流，便向149医院顾政委借了一间闲置的办公室，只用不到三天的时间，一鼓作气写出了电影文学剧本《当我们年轻的时光》近四万字的初稿。

　　之后的七个月里，时而被唤到苏州，时而又叫到南京，直改得晕头转向，七荤八素。1980年3月《电影文学》发表了剧本的第四稿。那时，这家炙手可热的刊物，发行量号称百万。因了那剧本冒冒失失闯进创作禁区，一时间搞得沸沸扬扬：省委批评长影，为什么发表这样的作品？厂领导层意见相左，有的还声色俱厉地说，这是个反党剧本。我的大学同窗纷纷对号入座，甚至北京某艺术院校的领导也怒称，他已被含沙射影。而我那些鄂尔多斯朋友一口咬定，我就是欧阳逸峰。那么，谁是阿丽玛？谁又是苏媛媛？他们对风流韵事的浓厚兴致，令我啼笑皆非，慨叹不已。编辑部几乎每天都收到不少读者来信，主编高鸿鹄还寄了几十封给我。没想到绝大部分都表示喜欢这个剧本，认为现在已经到了痛定思痛反思过去的时候了。而批评我的多为中年：他们指出青春之痛令人感动，却并不深刻。作家在自恋地抚摸伤痕的时候，并没有揭示问题的本质。

　　一时间，我陷入进退维谷的境地。我该操起瓦刀抹抹平？还是找一把铁锨继续往深里开掘？文学厂长纪叶把我请到他位于红旗街的家里，这个瘦削干巴的老革命，看上去很严肃，目光却暖暖的。他充分肯定了这个剧本，让我大大地松了一口气。我们这一茬人，运动了几回，变得有点神经质。纪叶的沉静和大气，给我吃了一颗定心丸。由于他和第一把手苏云的力挺，剧本终于通过，择日开机。当总编室头头告诉我，四个写反右的剧本只通过了这一个。已经声名鹊起的张洁，她那《手帕上的红叶》竟也淘汰出局。这消息还真让我美美得意了几天。

　　谁能想到，当我洋洋得意的时候，早已是危机四伏的早春天气了。稿费一千三百元，这在当时，是个令人心花怒放的数字。除了上税，就是请客。宴罢，我怀揣一千元，跨过长影门外的电车铁轨，趴到电器商店橱窗上一看，要两千元才能把一台十四英寸东芝彩电抱回家。我只得空手而回。谁知，摄制组刚刚从哈尔滨抢完冰景回来，就宣告暂停。原来，电影局提出了四点意见。那时，我还没当回事。可是，那仅仅是意见吗？都说不伤筋动骨大改一回，是断然过不了关的。

厂长让我改结尾：阿丽玛能不能不死？他也知道，自己提了一个违反艺术规律的问题。看到我直摇头，他有点急了，停拍一天就要损失一万多，老周，改一改吧！我咬紧牙关违心地改了，可片子还是停了。聪明人早该明白，那四条，意不在改，而在歇菜。我这才着实感受到三月的倒春寒还真有几分料峭。那时，《牧马人》、《天云山传奇》尚未出笼，出头鸟生不逢时，自是免不了自讨苦吃了。

偏偏出头鸟不肯轻易认输，我到北京前三门敲开了文化部副部长陈荒煤家的门。开门的女人长相酷似张瑞芳。后来听说，当年陈没有追上张瑞芳，就娶了她的姐姐。陈荒煤说，剧本我看过，没什么问题。他让我再找找电影局长。局长住在部队大院里，戒备森严。交涉了半天才让我进去。那局长劈头就说，现在的一些揭露阴暗面的文学作品，拿到台湾去，不用改，就是反共教材嘛！听了他的教化，我还真有些不寒而栗了。再来个运动，我岂不是又要喷气式游街批斗了？

几天后，文化部党组开会时，陈荒煤说，《当我们年轻的时光》政治上没问题，是不是可以再拍呀？天哪，终于柳暗花明了！我喜出望外，立即打电话给正在国务院招待所开会的苏云厂长。他也听到了陈的意见。我便急切地问他打算怎么办。苏云轻轻叹了一口长气：我们厂的《苦恋》刚出了问题，还是再等等吧！容我们缓一缓。好吗？

嘻，话讲到这个份上，我还能说什么？

1981年春，《当我们年轻的时光》再次建组。正待开机，电影局又下达了几点意见，摄制组再次宣告解散。一部爱情悲剧片反反复复，终于在一片难以言说的悲情中无疾而终。

逝水墨痕之四

相知故园，往事如昨

偶而拾闲，有明月清风相伴，摇扇品茗于锦屏山下，于桃花涧畔。虽无红泥小炉烹煮之雅趣，却少不了对着深不可测的夜空发怔。望星海云聚云散，月隐月现，时而黯然失色，时而云去月回，杯中便又有一个月亮浸映其间，我油然想到人生是否也像这云中之月？

是啊，一时的遮蔽又能如何？我会用一生来坚持，来追寻。命运是什么？我说不清。可是它常常让你感到有一种神秘的力量，宿命般地裹挟着你，或令你升腾，或令你坠落。但我相信，有命就有运，有运就有希望。命运不可知亦可知，不可变也可变。而变，才是生命的基本状态呵。

我常常想，如果日本飞机没有炸平我们客居东台的院落，父亲就不会带着全家逃难来到苏州。苏州要是没有一个百老汇似的北局，那书场、戏院、电影院挤挤扛扛地一家挨着一家，我也不会欣喜欲狂，觉得真的上了天堂。草桥边的图书馆倘若没藏着那么多名家名剧，我又怎么能如鱼得水，沉潜在戏剧的海洋里，一个猛子就扎了半辈子，差一点呛了水，沉了底，误了一世的前程？亏了我不信邪，还有一颗轻易不死的心。偏巧泛政治化的时代渐行渐远，极左路线终于奄奄一息。哦，春回大地了，这回总该有戏了吧？

其时为1981年。那个春天比金秋还要丰盈。在中山陵11号，听忧郁的汪流讲电影结构，幽默的李天济讲喜剧电影，严肃的张骏祥讲为钱袋服务的好莱坞，法国电影专家何振淦讲与好莱坞南辕北辙的欧洲电影。听罢就看，看罢座谈，脑子一下子装得满满的，却满而不死，变得空前活跃起来。就在那个气度不凡的大院子里，我像一个怀胎的女人，肚子里孕育的剧本，在一阵密集的胎教之后迅速成形。到了割麦子的时候，电影剧本《长相知》就呱呱坠地了。

我写了三个在等待中的女性。母亲多年来一直在等待远去未归的丈夫，她相信，他一定会活着回来。大女儿天天到火车站接晚上11点的火车，男友曾许诺乘这一班车如约而至。小女儿在等一份适合她的工作，寻觅一个可以海誓山盟的人。母亲于望穿秋水中渐渐老去，大女儿等来的是男友的背叛。小女儿爱上了卖棒冰的卫牛，在妈妈影响下走进婚姻介绍所帮助别人寻找幸福。

就这样，我同我的剧中人一起走出人生的阴影，历史的阴影。可《长相知》还是经历了一场十分艰难的跋涉。上影文学部的编辑马晓洪虽是科班出身，却郁郁不得志。他看中了《长相知》，可他上面有组长，组长上面有片长，片长上面还有文学部副主任和主任。剧本想通过吗？先照编辑的意见改。他点头了，再照组长意见改。然后，再照片长意见改。等到文学部领导看过本子找你谈话，大半年时间过去了。再往上就是艺术厂长、生产厂长和厂党委书记了。送呈最高层之前，又得天翻地覆大改一遍。我的老天，上影厂的三十九级台阶，何时才能爬到尽头？

诚然，上影文学部可不是白公馆。它坐落在原法租界一座优雅的私家花园里。精致的巴洛克式小楼，枝叶婆娑的大树，与柔软娇嫩的草坪相映成趣。据说，那是一位船长为他的女人构建的爱巢，楼房的外形很像一条船。自从这里挂上文学部的牌子，上船的文人真可谓争先恐后，不绝如缕。门口的老传达俯在我耳边说，这条船好上不好下，多少人扬着头来低着头去。小阿弟，侬要拎清爽哦！他意味深长地瞟了我一眼，起身出门，扯起嗓子喊道：305房间，会客时间到了，请你的客人马上离开！乖乖，这位阅尽沧桑的老师傅，原来还是个不折不扣的法海！

我至今无法忘记那楼道出奇的静，偶尔有一个面色苍白头发蓬乱的人匆匆走过，又迅速消失在一扇房门背后。也有大大咧咧的老油子，一住几年，改来改去，依旧是泥牛入海。还有一位写过一部热门话剧的女士，四处找男编剧合作，弄得无心插柳的清洁先生们人人自危，那恐怖的程度无异于眼下流行于世的自杀式爆炸。要论潇洒，谁也比不过李存葆。只要他在走廊里喊一声：研究剧本！他那房间霎时间聚足了人气，把门一锁，牌局就稀里哗啦地开始啦！玩累了，他便会直闯我屋：有什么吃的？没等我应声就拉开抽屉乱翻。哦，还有一包方便面，我拿走啦！整个一副很搭得够的样子。

最开心的日子是周三。这一天上午，明星们纷至沓来，我们像放风似的站在阳台上看风景。秦怡、刘琼、张瑞芳、顾也鲁、达式常，一个个鱼贯而来。那张瑜居然是个其貌不扬的黑丫头！随后，我们也到小礼堂去看资料片了。观摩结束，明星们有的会留下来用餐。那可是文学部食堂风光无限的时刻！我那些苦行僧似的弟兄们顿然发现，眼睛怎么不够用啦？但不管多么热闹，目不旁骛的顾城，很少光顾食堂，总是他六十多岁的老爸顾工，排队买下几个容器的饭菜，小心翼翼端到楼上供他享用。后来，也不知什么时候，这父子俩便无声无息地消失了。

《长相知》1981年夏天进厂，1982年早春才历经磨难，摆到厂长写字台上。摆了好几个月，他都没看一眼。老实巴交的马晓洪，忽然心生一计：老周，送到《电影新作》试试？嚯！这分明是叫我曲线救国嘛！第二天，我就来到淮海路上海电影局的花园里，摸到一座小楼上。我把剧本交给了《电影新作》的主编王士桢。这个微驼的长者，看上去内敛而又慈祥。原来，陈白尘调回南京后，他也曾出任上影文学部主任。我很想跟他谈谈，可是他接过剧本，就叫责任编辑陈晓珊把我送了出来。

回到连云港没有几天，一纸电报把我催回上海。火车开进车站，就看到了月台上的陈晓珊。那天，编辑部全体出动，与我座谈剧本的修改方案。说到全体，连美编加上会计，一共才六个人。我无法想象，一本发行几十万份的刊物，竟然只有这么袖珍的一支团队！我照例拿出小本准备记录。主编却要听听我的想法。这又让我很意外。王士桢倾斜着上身，十分专注地听我阐释剧作内涵及修改设想。随后，大家海阔天空地各抒己见。临了，王士桢希望我能再深入地想一想，还是要按人物的逻辑改，按作家自己的思路改。这位睿智的长者气度不凡，给我留下深刻的印象。他对于晚辈如此谦和，如此尊重，更让我高山仰止，感佩不已。

1982年5月，剧本发表了，厂长才拿起案头上落满灰尘的稿本。这时，我接到王士桢的电话：今晚在成都酒家，我们请你吃饭。我当即说：不，应该我请你们。他笑了：老周，你给了我们一个好本子，是对我们最大的支持。你可一定要来哟！当晚，编辑部六位都到了。席间，还有江苏作家张弦，电影评论家梅朵。王士桢竟说：老周，今晚，你是我们的主宾。我连连欠身："不敢当，不敢当！上中学的时候，就不断地在《大众电影》上读梅朵老师的影评。那时，我还只不过是《大众电影》的业余通讯员呢！"

1982年11月23日，《长相知》通过了上影厂党委和艺委会的审查，并发出生产通告。我拿到稿费后，旋即给王士桢主编打电话：我可以请您吃饭吗？他很客气地回答我：我很想去，可是我的牙拔掉了，而且是全口，一个都没剩。

他没有出席我在成都酒家举行的宴会。我因此非常失落。在电话里，他讲话一点都不漏风。也许，这才是那个本色的王士桢，一个永远隐身在幕后的如父如兄的编辑。

前几年，听说上影文学部撤了，那个花园也换了主人。一时间心中五味杂陈，百感交集，许多陈年往事浮游而来，历历如昨。那些无技巧剪接的蒙太奇，流连徘徊了好久好久，终于像一片云烟，丝丝缕缕，随风散去，弥散在无数旧梦之中。

逝水墨痕之五

一曲秋声，梦回早春

我本吴越之子。父亲宜兴，母亲绍兴。外婆的一缕山东血脉不由分说支撑起我高大的身架。从外表看，活脱脱一条齐鲁汉子，而灵魂深处，江南的烟水竟无头无尾无始无终幽幽地流过每一个日日夜夜。那淅淅沥沥的黄梅雨雾，迷迷离离的渔舟帆影，朦朦胧胧的竹林茅舍，恍恍忽忽的水榭歌台，凄凄清清的石桥古寺，像一幅水气淋漓的大写意，湿润了我转瞬即逝的童年，也染绿了我无以名状的忧伤。后来，我去了关东，感染了风风火火，学会了大步流星，又深怕走得太快，把灵魂丢在了身后。命运给了我南北混杂的血统，先南后北的阅历，即使我乐天知命大大咧咧，又对生生死死怆然于胸。我有时在性情之中，有时却又在性情之外。我几乎无法给自己归类。我常常想：世上无法归类的人，当入另册，入另类。或许，我会因此变得有些时尚起来？

我没念过电影学院。可我的电影剧本却被归进了那阵子很入时的"学院派"。这让我有点莫名其妙。虽然从少年起我就贪婪地阅读了所有可以找到的电影剧本。一开始是苏联的，后来是美国和日本的。苏联的看上去俨然是中篇小说，美国的更像分镜头剧本，日本人惜墨如金，写剧本简直就是拍电报。究竟哪个更"学院"一些？我也说不清楚。我十分看重苏联剧本的文学性，也挺欣赏美国剧本的俏皮和洗练。我流连于两者之间，却在不意间把重心倾向苏联。是啊，我们这一代人心头都绾着一个难以开释的苏俄情结。尽管我无法用理性的语言告诉你，苏联，在一代人心目中究竟意味着什么？就像我无法言说，怎么在大漠孤烟下向荒原学会了沉默，怎么在马头琴的呜咽中顿悟了什么叫长歌当哭。

当我在镜子里发现鬓间的白发，心中蓦然哼出一曲长调，那长调悠远凄恻，百转千回，如雁过阴山，酒入愁肠。转眼窗外，一片黄叶悄然落下。我问自己：一切刚刚开始，生命的秋天就已经到来了吗？记得，随金山率领的戏剧家访问团离开大庆后，跟随于雁军一起上了小兴安岭。一路上，奔流不息的清清流水辉映着满山遍野大片大片的白桦树。银白的树干修长而又圣洁，在风中摇曳歌唱。我忽然想起，一部以苏联小白桦树歌舞团为题材的电影，取名《少女的春天》，真是妙不可言！于是我忽发奇想，让未来剧本中人到中年生命垂危的女主角荷韵，在车窗外流动的小白桦映衬下出场，从生命的终极反观生机盎然的春天，或许将令《生命的秋天》别有一番深意。这个剧本在《南国戏剧》发表后，深得广东文化人特别是教授们的嘉许。文友李惊涛则以为，我把《长相知》的终点当作《生命的秋天》的起点来探索，逼近了生命意识的层面，喟然叹曰：没有比生命的暮秋感过早降临更其不幸的了。看来他比我自己更能看明白我的内心。

其实，我时时在回味我生命中那个烂漫的花季。那花季，与江南，与太湖，与那些有生命有魂灵的黛山烟水是无法分割的。为什么至今我仍把殷殷思念深深藏在一个又一个了无尽头的水墨之梦里？反复诘问之后，便有了电影剧本《夏之雨冬之梦》。他让我五十年的故乡情变成了如诗如画的银幕影像。可算得是一部圆梦之作吧！

同我一起走进梦境的还有两位好友王承刚和方洪友。那年月，进剧场的人越来越少。两位剧作家表示愿意跟我合作电影剧本。从此有了江苏剧作三剑客。除了《夏之雨冬之梦》，我们还合写了《雪豹下落不明》《鬼岛出没》，联袂创作了电视系列剧《秦淮八艳》。后来，王承刚专攻恐怖片。我与方洪友又合作了电视剧《你我头上一方天》、话剧《胡同里的月光》。此后，便各自为战去了。虽然各自回到了属于自己的书斋，相互之间却多了一份牵挂。他们也常常会想起我这个有一点大哥样子的老兄，或致电问候，或于年节寄来一纸贺卡，令我在男人的情谊中得到许多慰藉。

上影对《夏之雨冬之梦》不冷不热，不置可否。长影的文学厂长张笑天看到剧本后，当即表态：这本子我要了。随之，电影局长石方禹在全国故事片创作会议上诧异地说，没想到长影抓了个小桥流水，那是一杯清新淡雅的龙井茶！张笑天私下里对我说，老周，咱这个本子，是冲着金鸡奖去的！可惜，这一部被影评家梁天明称为新时期江苏第一部散文电影的另类之作并没有叫响，也没有拿到金鸡奖。我们不得不像影片中的几位老人一样深深咀嚼着孤独，体悟着金钱世界的无情。

有了这番历练，三剑客决定闯一下市场。市场上，惊险片有之，喜剧片有之，惊险喜剧就很少见。在长影小白楼，我们哥仨定了构思，议了故事，样式则锁定为惊险喜剧。剧本第三稿给了上影的名编周泱。周泱是个眼睛很毒的人。他决意要抓，却摆出一副打持久战的架势。他不谈本子怎么改，只给我讲了一则法国电影故事：两个紧挨着的房间，一个招演员，一个招杀手。考演员的误打误撞，进了招杀手的房间，把执行任务当作演戏；而那个做杀手的，糊里糊涂进了招演员的房间，误认为演戏就是执行任务。在如此特殊的情势下，令人捧腹的故事自然会纷至沓来，想推也推不开。

说起来容易做起来难。从第四稿改到第九稿，剧本还没摆到文学部主任的桌子上，时间却在痛苦中磨去了两年。我决定把本子给广西厂。厂长高鸿鹄随即请我去厂里定稿。其时恰逢1989年6月。高鸿鹄是个极干脆的人，《雪豹》迅速拍板。他也很高兴与我再度联手,请我到家里小酌。十年前,他主编《电影文学》,《当我们年轻的时光》就是他亲手签发的,他为此还吃了省委的批评。席间,夫人黄昧鲁要走了南京厂约稿又退稿的剧本《早春一吻》。

剩下的事只有打道回府了。孰料"风波"陡起,火车受阻。只好返回南宁,跟当时还在厂里做编辑的林白借书看。林白并不白,一脸亚热带乡村的阳光,总是一顶草帽,一袭白裙。她每天按时按点无声地来,默默地看电视新闻,然后悄然离去。或许,正是她独来独往的性格,让她自己跟自己较劲,打了一场令人啧啧称奇的《一个人的战争》。她不像腐儒那样爱书如命。我去借书,她总是很慷慨的样子。她书不多,很前卫,都是大部头。多亏了那些大部头,让我熬过了那段归心似箭却有家归不得的时光。《雪豹》出笼,正赶上广西厂的《周恩来》把全国票房卷去大半壁江山,但还是卖出八十个拷贝,做到了不赢不亏。最无奈的是,完成片与剧本大相径庭,把一个平民化业余侦探反腐败的故事,变成克里斯蒂笔下神神秘秘的波洛式贵族化劳什子,令人啼笑皆非。在取笑的朋友面前,我只有一味地摇头叹息,连称惭愧惭愧。

我对电影一片痴情,偏偏电影总是跟我开一些不大不小的玩笑。一部又一部,不是奉命停拍,就是中途夭折。《夏之雨冬之梦》本想选取老年问题这一视角,以世态伦常为切入点,看嬗变中的江南水乡,人性如何被金钱扭曲和异化。但银幕呈现与初衷相去甚远。尽管如此,我还是不肯让执著的脚步稍作停留。《早春一吻》就是我一次新的探索:我要让善良的人们相信,人性中的真善美终归会在冷漠的世态里互相温暖互相照亮,被污染的灵魂应该可以得到救赎。否则,这世道人心,不就真的没救了吗?

总算可以回家了。从南宁到桂林一路顺风。去机场前,在桂林一家空无一人的饭店里吃饭,竟被小偷偷走了放在身后的包。技艺之高超着实令人叫绝!幸好机票还在,才没有沦为盲流。但不知这一劫是祸还是福?

逝水墨痕之六

湘江无眠，岳麓言别

在车辚辚马萧萧的人世间，我是一个行者。人在江湖，日复一日奔走在红尘四起的路上，永远看不到尽头。早年，我像一条冲出青山的小溪，唱着生命的歌，耳边响亮着俗世的喧闹，眼中辉映着别样的精彩。峰回路转时，我会撞得鼻青脸肿，头破血流。柳暗花明后，我又变得漫不经心，我行我素。我感谢天性善良的父亲母亲，给了我一颗仁爱之心，使我几十年文墨生涯都放不下那一个恒久不变的母题：不管何时何地，不管处境如何，爱是须臾不能忘记的，爱是永远不能抛弃的。因此，1956年，我还是一个十九岁大学生时，便向《吉林日报》投寄了散文处女作《在给妈妈读报的时候》。那是因了英、法、以三国悍然入侵埃及，因了苏伊士在流血。当我读这条消息时，看到了母亲眼中的泪光。回想起来，那是一篇为人类祈祷和平和爱的作品。尽管很短，不足千字，我仍然很珍惜这个开端：天真未琢，洁白无瑕，一片童贞之中浑然融进了此后一生都挥之不去的忧患。

那时，长春早已成为名闻遐迩的电影城。东北师大是长影艺术家们常来常往的去处。时不时地到我们中间开个音乐会朗诵会什么的。编剧赵梦逸、导演曾未之还常到中文系宿舍走动。曾导拍摄喜剧《如此多情》时，派来一辆大客把我们拉到长影，给他当群众演员。我被指定跟一个女同学扮成一对小夫妻，在一堂百货公司布景中转了一圈又一圈。大半夜过去了，却只拍了一两个镜头。电影公映后，我伸长脖子瞪大眼睛，也没在大银幕上找到自己的影子。虽然龙套没跑出名堂，那朝圣般的经历，还是激发我以极快的速度写出了喜剧电影剧本《幸福在河里》。之后，又在风靡一时的印度电影影响下，井喷似的完成了音乐故事片剧本《大学生进行曲》。其时，还不到二十岁。现在回想起来，真是不可思议。那一股初生牛犊不怕虎的冲劲，给我的青春岁月染上了彩虹一样奇幻的色彩。生命中的春天，莫非就该是如此这般地信马由缰，狂放不羁？

或许因为彩虹太美太不真实，它才消逝得比梦还快。一场反右，一场"文革"，把我带进如牛负重的中年。尽管在历经沧桑中伤痕累累，心灵深处仍燃烧着刀风剑雨无法扑灭的激情。我一如往昔地热爱生命，热爱生我养我的山川大地和胼手胝足的父老乡亲。我要用电影来拥抱我热爱的一切。于是，在十五年的时间里，我经历了《当我们年轻的时光》的两上两下，《长相知》的无疾而终，承受了《夏之雨冬之梦》的不尴不尬，《雪豹下落不明》的非驴非马。但是，九九八十一难并没有让我心灰意冷。1986年，我还是接受南京电影制片厂副厂长房友良的盛情邀请，独自走访了睢宁县农村的一所爱鸟学校。孩子们对大自然和鸟类的亲情，令我为之动容。他们在树上安置了一个个木质鸟巢，精心为鸟儿治病疗伤，伤愈后再把它们放归大自然。在东海县聋哑学校，孩子们瞪着晶莹明澈的大眼睛，急切地打着手语，渴望与我交流，然后捧起他们刚完成的彩画，期盼我伸出自己的大拇哥。我不能不转过身去，迅速抹掉夺眶而出的泪水，然后笑容灿烂地伸出我的拇指。我想，我该给孩子们花蕾般的小脸印上深深一吻，把我心中的爱传递给这些生命的嫩芽。不久，电影剧本《早春一吻》问世了。剧中的主人公早春过早地失去了父爱母爱，却顽强地寻找人间真情。他的姨妈冷漠变态，几近自闭。早春坚持不懈，终于用自己天真纯洁的爱融化了姨妈冰封已久的心。他的真诚温暖了世界，世界也以真挚的爱温暖了他。

《早春一吻》是我送给天下孩子们的祝福。可惜那祝福八年后才投射到银幕上。1987年，南影厂因没有儿童片指标把剧本退给了我。那时，拍电影都得有指标。否则就会被判定为地下电影。而儿童片没指标，上面就不给补贴，其结果只能是赔得找不着北。1988年，主编刘坪把本子刊发在大型文学丛刊《钟山》上。导演罗冠群看到后诘问厂长：这么好的剧本，为什么给退了？转年初夏，我刚刚被桂林的神偷偷得精光，瘟头瘟脑回到家里，广西厂文学部主任黄昧鲁的电话就到了：《早春一吻》我们准备拍成电视剧，如果同意，立刻寄去全稿费。南影闻讯后，立马来电：《早春一吻》原是我厂约稿，我们决定拍成电影，现在就付全部稿酬。在两难之间，当然是电影对我更有诱惑力。我答应把剧本归还南影。可是南影既没有付全稿费，也没能迅速拍成电影。一直拖到1994年央视给了指标给了钱，才以七十万的低成本搬上银幕。其间，中央台影视部编辑走马灯似的换，剧本不知改了多少遍，直改到完全麻木，什么感觉都没有了还不算完。厂长唯恐我撂挑子，不断地做工作：老周，帮帮忙，帮帮忙，再改改，再改改。要不，人家不给钱。不给钱，哪能玩儿得转？

历经八年，终于拍出来了。还闹了个全国之最。《早春一吻》被称为1994年拍摄成本最低的一部影片。谁都没有对它寄予任何希望。那天，我在江苏省电影发行公司与省委宣传部领导王霞林一起看了试片。看毕，姚远、蒋晓勤、方洪友、王承刚等几个编剧哥们，纷纷过来握手祝贺。受宠若惊之余，我也很诧异：谁能想到，年纪轻轻的女导演会把片子拍成这样！在东海县首映时，安排了一个学生专场。孩子们由衷的笑声和爆豆般的掌声，让我受到深深的感动和震撼。

毫无疑问，那一个阳光明媚的秋天，令我终身难忘。中国电影家协会书记处书记高鸿鹄来电，邀我到长沙参加第14届中国电影金鸡奖颁奖活动。我愣了一下：这位在《电影文学》发表过我三个剧本，又在广西厂任职期间拍板了《雪豹下落不明》的老领导，不会跟我开国际玩笑吧？脱口便说：我去干吗？他当即回答：《早春一吻》入围了。我一惊，旋又冷静下来：要是得不到奖，回来怎么见人？他说：最后一轮投票在长沙，那表决将在绝密状态下进行。结果谁也无法预料。老周，潘虹都敢去，你怕什么？这一军将得好厉害，直抵我男子汉的自尊。我只得乖乖地去了长沙。

在长沙体育馆盛大的颁奖晚会上，《早春一吻》脱颖而出，获得评委会特别奖，颁奖人竟是评论家梅朵。上海一别，十二年倏忽而过。他的腰又弯了许多。我的两鬓也染上了秋霜。当晚酒会上，我向他敬酒致谢。他却连称，不敢当，不敢当。

那是一个难以入睡的夜晚，我说不清是头枕湘江逝水的感觉太诗意，还是那只在暗夜里闪闪发光的金鸡太魅惑，我情不自禁地回味曲折坎坷的人生路，却难以分辨心灵的酒樽里盛的是甜酒、苦酒抑或是融进了几许酸涩的古越陈酿？

第二天，我漫步在橘子绚烂于枝头的岳麓山下。湖南电视台记者把我堵在爱晚亭前，问及今后的打算时，我默然相对，无可言说。我想，到了离开电影的时候了。在商品大潮成席卷之势的当下，我不知道我还能做些什么。

面对洁白神圣的大银幕，我要向它深深地三鞠躬：谢谢你给了我别样的人生。电影，我爱你。永远。

逝水墨痕之七

风生水起，路转峰回

少时，我何尝听说过：世上最美的是黄金分割。可是，无知而感性的我，面对1∶0.618的银幕，却总是流连忘返，乐不思蜀。那里的一切，我身边全都没有，连做梦都不曾梦见过。在巨大的黄金分割的画框里，客观世界的真，主观世界的善，把真实的细节和丰富的幻想编织成流动着的美，让我沉迷似醉，恨不得永远生活在虚拟的音画天地里，不再回到尘世中来。那时，好莱坞已抢滩中国。上海苏州当然首当其冲。一开始，我看得最多的是歌舞片喜剧片西部片和以《一千零一夜》为蓝本的传奇片。进初中后，趣味便有了变化，《战地钟声》《魂断蓝桥》《居里夫人》不断地震撼我少年的心。看多了，便隐隐感到电影不仅可以造梦，还会在不意间入心，入性。也许，正是这种神秘的力量吸引我走向她，迷恋她，委身于她。直到不得不转身离去，仍不由得踯躅再三，频频回首。

我不能不承认，那是我生命中一段浪漫而又苦涩的姻缘。那时，我属于电影，电影也属于我。谁能说，这不是一种旷世恋情？所不同的是，它超越肉身，超越本能的形而下，把我的性灵毫无保留地交付给她。只要我愿意，我可以无日无夜地向她倾诉衷肠，无怨无悔地为她衣带渐宽。这是一种很少有人拥有过的爱情历险。尽管山重水复，去路漫漫，坎坷多于收获，我仍然感到幸福和满足。值，很值。不是吗？

　　从1979年第一次应约为长影写《当我们年轻的时光》到1988年给南影写《早春一吻》，九年中创作了九个电影剧本，发表了八个，被电影厂正式通过并成立摄制组的五个，在电影院正式公映的电影仅只三部而已。后来就商业了。而我是个很不商业的人。悖论由此而生。结果只能是我挥泪而去。唯一可聊以自慰的是，捧得了一只金鸡。或许，正是它，见证了我和电影的地老天荒。如今，地未老，天也未荒，我竟像一个始乱终弃的负心汉，一不留神落荒而去了。痛，很痛。奈何？扼腕再三，仰天长叹。唯此而已。

　　诚然，我对电影的爱恋永远不会改变。同样，我对80年代的怀恋也难以释怀。那是一个各种思潮流派风生水起的岁月。听学术报告，看内参影片，办读书班，开观摩会，成了文艺界一大景观。我于是也穿梭往来，忙眼睛，忙耳朵，在龙门阵上高谈阔论神侃神聊之余，把脑袋里的陈芝麻烂谷子翻了个底朝上。1986年，我也效颦一番，把北京电影学院的汪流和上海戏剧学院的余秋雨两位教授请到连云港来，办了一期苏鲁豫皖影视戏剧讲习班。汪流用四天的时间讲情节剧，把《魂断蓝桥》条分缕析地阐释得丝丝入扣，精妙入微。余秋雨更是才气纵横，挥洒自如，一篇题为《现代艺术观念》的讲演，汪洋恣肆，犀利精辟，连连数日，滔滔不绝，却不见有讲稿放在桌上。那几天，我可真正领教了两位饱学之士的风采。至今，我仍珍藏着和余秋雨在墟沟北崮山的合影。时值盛夏，他穿着西装短裤。那年，他四十岁，看上去那么精英，还真有些粪土当年的气概！二十一年过去了，每每想起那个生气勃勃的年代，总会令我振奋不已。至今让我汗颜的是，由于经济拮据，我只给教授们付了一百元讲课费。就这样，余秋雨临行时仍不无遗憾地说：老周，我没带什么可以留作纪念的东西，就把裁纸刀送给你吧！回沪后，他寄来了专著《中国戏剧文化史述》，还郑重地签上了他的大名。

回想起来，两位教授讲了许多20世纪50年代大学中文系不可能涉及的问题，令我悟到了一个作家不该止步于对真实情况的发现，或上升到道德是非的发现，还要进而对社会必然性甚至人生价值真正有所发现。伟大作家的伟大作品往往能找到一个民族的集体潜意识，而不是显意识。鲁迅笔下的精神胜利法，就是对中华民族集体深层心理的揭示。只有这样由表及里，才能在不懈的追问和探寻中成为不知疲倦的思想者。

这是一个转折的开始。这条路对于我实在是漫长而又遥远。《早春一吻》在人性的探索中有了新的肇始，孰料那竟也是一个终结。在此之前，我已应江苏影协之邀参加电视剧《堂堂男子汉》的创作。那阵子，对电视剧还没有用心研究过。电影和电视虽然像一对同胞姐妹，其性情还是有很大的差异。电视剧这个饶舌的妹妹，常常翻来覆去，喋喋不休，以致为了抻长，不惜节外生枝，枝外再生枝。而电影毕竟是当大姐的，更喜欢缄默，一切尽在不言中。她总是尽一切可能让动作代替语言，用画面叙述故事。因此，刚介入电视的那几年，我大抵写一些单本剧，看上去还是电影剧本。那年月，很少拍长篇连续剧。我的写法倒还满合适。评价总归是：到底是搞电影的，多洗练，镜头感多好，对话多干净！后来长篇越来越行时，集数越来越多，我就不大适应了。我只会删繁就简，高度浓缩，不大会絮絮叨叨，短话长说。我不得不捺住性子，不温不火，不紧不慢，娓娓道来。对于我，那可真是急惊风遇上了慢郎中。

为了创作电视剧处女作《堂堂男子汉》，我与鄂允文等几位朋友来到徐州矿务局。局领导问我们有什么要求。我便提出下矿井，能去的都走一走。后来，哥儿几个真的走遍了每座矿山，还到负几百米的深井下摸爬滚打了一遭。谁知，那工作服必须光着身子穿。我的块儿大，胸脯无法扣严实。风洞狭窄，非得爬行才能通过。乖乖，那锐利的矿石从胸前划过的滋味，着实难以言表。那些地方，矿长都未必去过。矿工们因此把我们当哥们儿，啥话都说，就差把心掏出来了。不久，我便交出了剧本初稿。播出后，煤炭部还颁发了一个"乌金奖"。

此后,我与方洪友合作了《你我头上一方天》。写一个军代表"文革"时心血来潮,豪情满怀地建了一座雄踞市区的大化工。离休后,突然发现他当年颇为得意的政绩,如今成了千夫所指的一大污染源。那里,天不蓝,水不绿,居民喘不过气。于是,这位老军人在痛苦的反思之后,又一次挺身而出,成了一位环保斗士。这部片子虽然显得稚拙粗糙,但却是最早向全社会发出环境警示的电视剧。谁能料到:我们在上世纪80年代被当作杞人忧天的一声呼号,竟成了人类在未来时空最大的忧患。

这真是妹妹你大胆地往前走!做梦也没想到,电视单本剧小妹妹居然还有快速直击的功能。她稍一发力,就把你推到了准思想者的位置上。虽然十分突兀,倒也势在必然。尽管有关天人合一的思考还处在很浅的层次,但思考毕竟开始了。

逝水墨痕之八

白云黄海，魂系苍生

　　1989。蓦然回首。明镜白发赫然相对，书上的黑字渐觉虚幻。这使我的生命意识从沉沉大梦中倏然醒来。一转眼，来连云港十七年了。人生有几个十七年？更何况这十七年我的生命被擦亮了。我不再漂泊，不再无家可归。跟母亲、妻子还有两个雨后春笋般日生夜长的儿子济济一堂，住得再挤也有说不尽的温馨和踏实。这里不是故乡，却是我的福地。我文思如涌，不可遏制。虽然早过了青春期，却洋溢着喷薄欲出的冲动。江苏省歌舞剧院、江苏省电影家协会、江苏省文联曾先后商调三次，我留下了。后来便是杭州。我又放弃了。我对市委书记叶志俊说：只要您让我搞创作，不做官，我就哪儿都不去。这话听起来是不是有点犯傻？我无法说清这是为什么，只觉得难以割舍。有一种落地生根的安详时时围绕着我，充盈着我。也许，这就是那有几分神秘又有几分巧合的叫做缘分的东西？其实，对于我这个飘来荡去的游子，那静夜里让我泪流满面的梦里故乡，只是祖辈生息繁衍的所在。是连云港改写了我的人生，使我像一个真正的男人那样拥有了家庭、事业和尊严。我决心把自己交给这座连天白云无穷碧的诗性城市，这个大桅尖风帆高悬，带领着艨艟巨舰向太平洋破浪而行，不断上演着神话的东胜神州。

那时，我已经有多部歌剧、话剧、电影、电视剧面世，可没有一部是写连云港的。渐渐地，隐约于心的感恩之情开始令我坐卧不宁。忽然一天，港务局党委书记赵泳、局长王功卿向我发出邀请，约我为港务局写一部电视剧。我漫卷诗书，欣然前往。两位领导要求我，不能写局级领导，最好以安全生产为主题。这下可给我出了个大难题。不让涉及局头，是为免去歌功颂德之嫌；而安全生产，拍科教片如小菜一碟，搞故事片就勉为其难了。我只有先沉下去，深入几大公司，跑遍所有的作业现场，调度室，安全科，接触了公司经理、安全员、吊车司机、叉车司机、船长、大副、二副、舵手、水手、引航员、退休的老码头等。我全天候地跟随煤码头经理指挥作业，召开会议，上上下下，东奔西走，嗓子渴得冒烟，身上的汗湿了又干，干了又湿。为了观察如何引航，我上了一条离港远航的巨轮。谁知到了锚地，还得换到另一艘引航船才能体验到何谓引水。我必须跨到船舷外，踩着软软的绳梯，从悬崖般的船壁下到小船上。可那小船在浪里颠簸，非得瞅准离巨轮最近的一瞬纵身一跃，才不会落到汹涌的波涛之中。到了这个份上，只有听天由命了。终于跳进了小船，还没回过神来，又招呼我再攀着绳梯爬到引航船上。我只得硬着头皮上。在忽远忽近忽高忽低的大起大落中，趁势抓住从对面船上凌空高悬的绳梯。抓住后，要是不能以最快的速度蹬上去，就会在小船被海浪甩开的一刹葬身鱼腹。我在水手们的呼号和推扶中，不失时机地完成了一抓一蹬。用尽平生气力，摇摇晃晃地向上攀爬，终于翻过船舷，才长长地舒出一口气。要知道那时我早已年过五旬，在"文革"中遭过洋罪的脖子还时时痉挛。对于这么一个几近残疾的老男人，这实在是太刺激太玩命了。赵泳同志听说后向宣传部的陪同大发了一通脾气。也难怪，谁不后怕呀！

就这样，在港务局一呆就是三个月。虽然该跑的都跑了，该谈的都谈了，可去粗取精由表及里毕竟是一件很不容易的事。更何况那是一个完全陌生的环境，一群完全陌生的人。但不管怎样，他们首先是人。是人，都跳不出一个情字。于是我决定用这个情字统领全剧：为了把货物如期送到，船长在装船时纵容工人违章操作。装卸公司女经理当即下令停止。见面后才发现，对方是多年未见的老同学。而他，一直暗恋着她。一天，他尾随她来到港务局医院，看到她精心伺候一个植物人，使他大为震动。原来，那是她的丈夫，在一次违章事故中坠入舱底。从此，一个幸福的家庭也坠入了深渊。船长向女经理求婚，并表示婚后会跟她一起照顾年幼的孩子和植物人。女经理以沉默作答。当船长驾着丹顶鹤号离开连云港，向鹿特丹驶去的时候，女经理突然停止在会议上的发言，跑出会场，冲向码头，登上龙门吊，向远去的丹顶鹤号不断地挥舞纱巾。是啊，她没有接纳他，却又在他离去后追悔不已，柔肠寸断。要不，古人怎么会用"剪不断，理还乱"这六个字来描绘情感世界的两难？在中外经典中，情从来都没有被边缘化。以情动人，这是为文之道，也当是编剧之道。做得好的便成了大家，做得不温不火的只能当个默默无闻的小编剧，而做得差强人意的就成了被人嗤之以鼻的匠人。至今为止，我仍在匠人和小编剧之间挣扎。当然，我并不甘心，因此，我一直在写，在努力超越自己。孰料超越别人像翻越一座大山，超越自己竟然也会如此艰难。它并不比趟过一条浊浪滚滚的河流更容易。

诚然，《魂牵鹿特丹》只是一部行业片。它自身的局限性使我难越雷池一步。"江苏爱国名人系列"给了我一次对于生命意识深入开掘的机会。那个灌云籍水利学家武同举，是典型的中国知识分子。他与生俱来的忧患意识，他为之奔走呼号奋斗不息的疏导江淮水系的理想，最终只能变成一个令他欲罢不能的百年梦幻。因此，他十分看重生命的延续。当发妻吴氏所生的一儿一女夭亡，她也因病不能再生育后，武同举断然迎娶崔氏，让她生了四个儿子。

我决意以死写生。在阴阳界上回眸生命。故事从武同举弥留之际说起。他向活着的三个儿子一一交代后事，最后，把未竟的事业交给了老成持重的长子。那时，吴氏早已西去。我在倒叙中着意渲染了栀子花牵线的情缘，她心灵的纯净和对丈夫无言的关爱。她默默地挑着七口之家的重担，将崔氏的孩子视如己出。而她的死也是悄无声息的。那是一个为丈夫研墨的静静的夜晚。她在深情凝眸微微一笑略显疲惫地吁出一口气之后，伏案而去，像是因困倦睡在了丈夫的臂弯旁。而崔氏，则是个外向热烈的女人。我为她铺陈了一个玫瑰花婚礼，不仅张扬了她的个性，更为武同举生命的延展泼墨如云。在南京研讨剧本的时候，有人提出应该回避武同举娶两个老婆的事。而我不敢苟同。我曾到淮阴治淮工作站拜访武同举长子。出门前，我灵机一动，请他讲讲父亲的婚恋。他坦言自己并非嫡出。原来，武同举有两个妻子！这岂不是一个最理想的切入点！我手中少得可怜的素材一下子给盘活了。他是个士子，却不同于别的士子。他娶二房，绝不仅仅为了传宗接代。不能用传统世俗的眼光来看待这个先天下之忧而忧，后天下之乐而乐的时代菁英。《百年梦幻》因了两个老婆的问题没能获奖。但我宁可为自己对生命的思考而特立独行。况且，武同举就是一个特立独行的人。1991年秋日，我在片尾为他写了主题歌，在某种意义上，也是为一切穷年忧黎元的志士仁人而作：

　　一辈子只做了一个梦，
　　一个梦一辈子没做完。
　　千百年都在做这个梦，
　　这个梦千百年未能圆。
　　没做完难做完此心不甘，
　　不能圆却要圆何时如愿？
　　身已死魂魄飘江淮之间，
　　骨成灰却不脱千年忧患。

逝水墨痕之九

独上云台，栏杆拍遍

回味我的电视生涯，不由得想起两位文学顾问：徐慧征大姐和顾尔镡先生。徐大姐做我的文学顾问是因了长篇《半个冒险家》。而顾尔镡为的是中篇《小萝卜头》。他们不仅是我的顾问，更是我的老师。能够有如此人品文品的先行者为我领航，是我一生的荣幸。有人问，如果没有回到江苏，还能出这么多作品吗？我的回答是：不能。故土赋予我的天时、地利、人和，我在哪里都难以找到。虽然像歌中唱的那样：我已是满怀疲惫，归来却空空的行囊。可是在家乡的土地上，我的努力，我的进取，总有那么多贵人相助，使我于百转千回之后找到了沉潜得很深、包裹得很紧的那个自我。当尘封已久的心灵之门轰然打开的那一瞬，我被自己吓了一跳：我怎么会像野马一样渴望奔腾？怎么会像山洪一样不知回头？那酣畅淋漓的宣泄和倾诉，令我歌哭，令我忘情，始而如醉，进而若痴，夜以继日，不能自已。那实在是生命中无与伦比的幸福时光呵！

于是一种新的生存状态应运而生了：我可以倾心倾情，做自己喜欢做的事情，这使我渐渐阳光起来，忘记了老之将至。一次开会时，江苏电视台电视剧部主任陈小杭要我把杨旭的新作《半个冒险家》改成长篇连续剧。我的自信忽然烟消云散了："怎么会找我？"小杭直视着我："你那《陈圆圆》不错。这也是一部有情有史的戏，很适合你。试试看，怎么样？"我陡然觉得小杭的眼睛后面还有眼睛，他看我，竟然比我看自己还要了然。更没想到《陈圆圆》竟然成了我的品牌。当时，小杭邀来几个朋友一起搞《秦淮八艳》系列，哥儿几个谁都不愿染指被写过无数遍的陈圆圆。推来推去，只好抓阄。当我发现一代歌妓陈圆圆攥在我手心里，蓦然间神思恍惚，半天都没回过神来。从吴梅村到野史演义，读了个把月，决定写大爱与小爱的悖论，竟然歪打正着，颇受观众称道。但是说到拍长篇连续剧，在上世纪90年代初，还是一件十分奢侈的事情。江苏这样实力雄厚的大台，也只拍过寥寥几部。如果稍有闪失，就会把百万巨资打了水漂。我顿时生出如履薄冰如临深渊的危机感。为了吃透原作，我先后读了八遍。作了笔记，编了年表，加了眉批，理顺了故事起讫的年代，捋清了主要人物的行为逻辑和心理轨迹。然后翻来覆去，挖空心思，寻寻觅觅，捕捉模糊不清的未知数：那个将语言描述向视听艺术转换和对接的最佳视角。我把自己折磨了几个月，仍然举棋不定。还是李惊涛说得入木三分：小说与电视剧，就像隔山对歌的情人，但要想有合卺之喜，难度还大得很。

小说以清末民初修建沪宁铁路为由头，叙述世家子弟施嘉珉如何抢占先机，买地造桥，实施"运河攻略"，淘得第一桶金。在成为无锡一大暴发户之后，突然收山，为自己构建了一座收藏书画把玩古物的"经纬堂"，重新回到世家子弟的生活中去。是为半个冒险家。这个故事在今天仍然值得玩味。尤其令我动心的是它写活了吴地风情，蕴含着丰富的人生智慧。但电视剧不能照搬小说的叙事形态。我必须重新爬梳，从头打理。正挠头时，杨旭老哥一句"你放心改就是了！"给我吃了一颗定心丸。他的宽容大度，至今仍让我叹服不已。初稿完成后，徐慧征不甚满意。在南京林业大学外宾楼，她滔滔不绝，给我讲了几个小时吴文化，使我体悟了人的本性源于水，江南的一切都是水派生出来的。吴文化，说到底，就是水文化。而水文化又孕育了船文化，鱼文化，桥文化，茶文化，丝文化，竹文化，笔文化，紫砂文化，吴歌文化，评弹文化，昆曲文化。它应该成为水乡人的灵魂，全剧的灵魂。徐大姐的点拨，使我豁然开朗，一本大书在我眼前变得分外通透。我决意把"运河攻略"这条主线推到后面做背景，把主要人物如水的命运和情感历程立为主干，时时处处做足吴文化的氛围。对于主人公施嘉珉身边的三个女人，不惜浓墨重彩地开掘、延展并推向极致。发妻季子从相夫教子到痛归扶桑，青楼相好花月明从赎身从良到削发为尼，船娘杜若从单思苦恋到为了救他而付出生命，终令他在失去所有爱他的女人之后，两手空空地回到人生的起点：他曾经十分痛恨并从那里逃之夭夭的"经纬堂"。

我很庆幸能与浑身散发着吴文化气息的罗冠群导演联袂合作。记得，去苏州西山探班遭遇了狂风暴雨。颠来荡去的摆渡船，随时都有倾覆的危险。好在到了剧组有花雕压惊，还有罗冠群浓胜于酒的友情。次日清晨，我才得以在山寺和水榭间流连低回，惊叹于这座比香港还大的太湖岛屿，竟然如此空灵淡定，充满禅意。罗导不负众望，用流畅、细腻的视听语言，把吴文化渲染得淋漓酣畅，美轮美奂。成片后，央视和各省卫视先后播映了四年。我和罗导也成了好友。

与《半个冒险家》相比，《小萝卜头》称得上一生坎坷了。徐州台开车来请我，是带了尚方宝剑的。他们去南京请编剧，江苏台老台长徐慧征说，连云港有个周维先，为什么不去找他？你瞧，我的文学顾问一时一刻都没有忘记我。

除了小说《红岩》中的几百个字，关于小萝卜头，几乎是一片空白。既然是一部原创电视剧，我必须远离小说里的那几百个字。我到北京军博看了《红岩魂》展览。又去西安造访了小萝卜头的姐姐，到郊外的村子里寻找当年的旧居，还奔赴长安县拜谒了宋绮云夫妇和小萝卜头的陵墓。之后，在崎岖的山路上辗转颠簸于苍山如海的贵州，把息烽集中营和重庆渣滓洞、白公馆看了个底朝上。在息烽，我请一个老汉带路，到大山丛中探寻关押杨虎城一家的那个山洞。问他要多少报酬，他说，只要让他的小孙子坐坐我们的车就行了。我的心顿时被撞了一下，撞得酸酸的，痛痛的。剧本成稿后，两年没有找到投资者和合作方。正巧小杭张罗着南下，要把本子带走，作为他到那里拍的第一部作品。对他，我当然一百个放心。后来小杭没走成，事情便又搁置下来。不久，一个独立制片人到江苏台找本子，电视剧部副主任刘旭东把《小萝卜头》推荐给他，才结束了待字闺中的命运。

请顾尔镡、徐慧征做文学顾问，是在完稿四年后的1999年。那时，顾尔镡已沉疴在身。为了跟我面谈，他勉力爬到省人大宾馆三楼，脸色都变了。"老顾，你这是何苦？""既然应了，就得又顾又问。"这就是他。那个立足《雨花》，把思想解放的旗帜举得高高的激进者。那个被当作资产阶级自由化活靶子的一代精英。那时，我曾带着一个电影剧本，私下里到公园路去看他。他几乎每一分钟都要嗝一口气。我想，他嗝的或许是鼓荡于胸中的不平之气呀！《小萝卜头》尚未开镜，他已卧病不起。我和徐大姐捧着鲜红的玫瑰去探视。他躺在客厅的沙发上，表情十分平和冲淡。我本希望，玫瑰能激活他生命的热情，能够再像峥嵘岁月那样叱咤风云。不料，他还是驾鹤西去了。他没有看到《小萝卜头》问世，没有捧上金鹰和飞天奖杯。首映那天，高晓声、赵本夫、王干、费振钟都来了，徐大姐也来了，只缺老顾。我为此唏嘘不已。这才是"山在，水在，石头在，人家都在，只有你不在。"可静夜枯坐，我还是时常感到，奖杯后面叠印着我景仰的老师高大魁伟的身影，一个披荆斩棘的先行者，江苏文坛上曾经呼风唤雨的铮铮铁汉。

无须独上云台，无须将栏杆拍遍，那不是你吗？此刻，正纵横捭阖，高谈阔论，意气风发，一如当年……

逝水墨痕之十

梅园夜雨，花开有声

梅园？周恩来？

我瞪大眼睛，深吸一口气，很不在状态地摇着头，完全是一副匪夷所思的样子。——那神情定格于1997年夏，南京中心大酒店，江苏台电视剧部副主任刘旭东请我出任《梅园往事》编剧的一瞬间。非要问为什么吗？一句话：非不愿也，实不能也！如此反复两个回合。最后，副台长凡兵亲自出马：老周，请你救救场！省委副书记顾浩要求9月开机，现在是7月中旬。周恩来100诞辰之前必须出片，否则……他疲惫瘦削的脸上，挤出一丝苦笑。我还是摇头：这个忙，我实在帮不了。小杭在一旁悠悠地说，老周，我知道，你做得了。

时隔四年，我又一次看到，小杭的眼睛后面还有眼睛。那双眼睛的穿透力让我瞠口结舌，无话可说。它不仅入木三分，能发现你隐藏很深的潜质，而且会从从容容地驱使你义无反顾地走上畏途。如今，又一条山高林密的畏途横在我面前。我在他怂恿下忽忽悠悠被送了上去。因为我相信，他总是对的。我刚答应试试看，紧箍咒就上来了：8月10日出本子。好家伙，只有20天！在此期间，还要完成南京台电视剧部主任安源生的约稿。我不得不经历又一个高度紧张的炎炎夏日。为了不至于在连续的急行军中败下阵来，我很奢侈地用五个月的工资买了一台空调。凉快是凉快了，可周恩来怎么写，还是一片茫然。

那时，周恩来的一生几乎被写尽了，只有梅园尚属空白。写梅园，不能不写南京谈判。而谈判对手蒋介石，又是炙手可热的现代枭雄。两个决然对峙的中国顶级人物，搅乱了我的阵脚，让我如坐针毡，如临深渊，在凉阴阴的房间里出了一身又一身冷汗。写伟人如何规避神化平面化？写枭雄又如何告别脸谱化妖魔化？我怎么竟不知天高地厚，接受了如此艰难的双重挑战？事到如今，哪里还有退路？只有硬着头皮拼了。谁知初稿出来后，中央重大题材小组居然表示认可。南京的专业人士则认为技巧圆熟，笔法老到，对马歇尔的刻画有新意，有突破。只是还没有让周恩来真正走下神坛。这一个："只是"，令我茶饭不思，愁肠百结，乖乖地留在南京梅园新村纪念馆，过了一个埋头书海遍查资料的中秋。

我一向以为艺术首先是表情的，达意当在表情中自然完成。到了伟人面前，为什么竟忽略了表情，而把说事儿放在了第一位？看来，我在战战兢兢中突出了"伟"，却在不意间丢掉了那落地生根的"人"字。

"少小离家，三十六年没回淮安祭扫了，我真是不孝呀！母亲坟头的白杨树已经长得很高了吧？"这是儿时玩伴挎着一篮子香油馓子来梅园叙旧时，周恩来发出的感喟。

……专机飞过淮安，周恩来令飞机飞得低些，再低些。无奈云层太厚，难以看到阔别已久的故土。他又一次扼腕长叹，百感交集，心存愧怍，唏嘘不已。

……在梅园的年轻人举行婚礼之后,他不禁想起当年在广州只有两个人的婚礼:"如果我们的孩子生下来,该有二十一岁了。说不定也在谈恋爱了。"邓颖超黯然泪下。周恩来这才发觉自己说走了嘴,立即抚慰妻子:"小超,是我的错。对不起,我怎么会？我答应过你,永远不提这件事,我今天这是怎么了？"

　　……与陶行知在南京重逢时,他诗人般地回忆起在重庆陋室促膝相对,作竟夜长谈的情景:"桐油灯噼噼啪啪地响,院子里紫藤花送来阵阵清香……那一切,好像就发生在昨天。"

　　——你看,亲情、爱情、友情使伟人周恩来立体了,鲜活了,人性化了。秘诀只在一个"情"字。试问,天下人孰能无情？有了人之常情,伟人与普通人便息息相通了。如此"私人化"的周恩来,在当时的影视作品中,尚不多见。开拍前,我与妻随剧组溯江而上,制片巫永俊安排我们住进了庐山上的"美庐"。那是当年蒋介石宋美龄的别墅。不知为什么,住在那个阴气很重的湿漉漉的房间里,总有些怪怪的感觉。扮演蒋介石的孙飞虎说,他一夜未睡,一口气读完剧本。他很喜欢。一则他终于当上了主角,二则蒋介石没有被程式化。他神秘兮兮地告诉我,蒋纬国曾派人探望他,称赞他演得好,几可乱真,没有刻意丑化。从此,我成了他的侃友。一天,他突然说,老周,你的文笔不错,能不能帮我写一本传记？稿费一人一半。我可以买一台最好的电脑送给你！看来,"委座"在灯火阑珊处,蓦然发现了一个颇为合意的枪手。《梅园往事》于当年完成。周恩来百年诞辰由央视和江苏台同时推出。中央重大题材小组审片后留下五字评语:拍得很精致。中国十佳女导演虞志敏身手果然了得。这是我们在《百年梦幻》之后,又一次称得上默契的合作。

　　《梅园往事》刚刚面世,《小萝卜头》便进入倒计时。为了开机前最后一改能随时随地与导演李路沟通，我在南京中山植物园度过了又一个中秋。最堪回味的是，夜阑月明之时，静卧睡榻，窗外的虫鸣如生命的潮汐，一波又一波地向我涌来，时而齐唱，时而重唱，时而在一声凄绝的领唱之后，响起多声部超大合唱。那是我有生以来听到过的最为动人的天籁。它令我神思恍惚，于浑然不觉间回到了不知愁苦为何物的烂漫童年。它夜夜伴我入梦，就连梦境也都美不胜收。哦，那是些怎样的日子哟！不管清晨还是傍晚，我和妻子都要到遮天蔽日的树林里漫步。我们漫不经心地信步而行，常常迷了路，竟又回到了原地。相视一笑之后，再从头走起。于是我暗自发问：世界上能够从头再来的路又有多少？人生也能从头再来么？小萝卜头九岁就死于非命，谁能再给他一个春来冬去的人生？

《小萝卜头》1998年岁尾投拍，1999年面世。从海选小演员到走上荧屏，全国大小媒体炒得沸沸扬扬。说穿了，不过是制片人的营销策略。播出时，恰逢建国五十年大庆。北京电视台作为献礼片在黄金时间隆重推出。央视四个频道连续几年多次播映，成为复播率最高的电视剧。在金鹰奖评选中，《小萝卜头》获得十几万张选票，从深圳捧回了中国电视金鹰奖奖杯。之后不久，又在长沙捧得了由专家评选的全国电视剧飞天奖。所有这些，都在我意料之外。虽然出乎意料，却并没有大喜过望。在多年忍辱负重之后，我已进入耳顺之年。遍尝艰辛，历经沧桑，变得淡定从容宠辱不惊甚至有点麻木不仁，似乎也是情理之中的事了。

导演李路十分年轻。他一直喜欢我的剧本。曾经，在江苏台门前偶遇，他一开口就说，周老师，你的台词真漂亮，能不能给我写个本子？说来有缘，几年后，我们当真合作了一把。尽管我的年龄已经可以做他的父辈，创作上却并没有遇到任何难以沟通的问题。《小萝卜头》更使我们成了忘年之交。在深圳晶都饭店参加金鹰奖颁奖活动时，他问我，能不能再给我写个本子？我想都没想，爽快地应了一声：好哇！

不久，我们就登上了直达内蒙的火车。

逝水墨痕之十一

望断天涯，情归何处

鄂尔多斯，是我受伤最重的地方，也是我一生一世都回味不尽的去处。我曾背对故乡，把青春慷慨地泼洒在大漠草原长河落日之间，而它，也将最炽热的爱，最钻心的痛，一起刻在了我的心灵深处。它把我捧上云端七年，又一鞭子打入炼狱七年。当我决然离去时，心中的情感早已绞成一团乱麻。我不知道究竟该爱它还是恨它？我更不知那些关于鄂尔多斯的记忆，该封存在密闭舱里，还是大笔一挥，一股脑儿彻底删除。孰料，关山遥隔的时日愈加久远，那迫使我丧尽尊严的痛，竟随着岁月的云烟一起散去，而令我魂不守舍的爱，却历久弥深。我不由自主地朝思暮想，鬼使神差地一次又一次重返鄂尔多斯——那个让我真正看到了生命活力的地方。在那里，我懂得了什么是率性和赤诚，什么是剽悍和仁厚，什么是至情至性和侠肝义胆，什么是狂野不羁和包容旷达。是啊，我的灵魂曾经在那个疯狂的年代里陷落。尔后，又不依不饶地在噩梦之后重新崛起。三十年过去了，纵然远在天涯，走近它的机会越来越少，我却把它当作无可替代的精神家园。是的，哪里都无法替代。

1999年，我偕妻子，跟导演李路一起重返鄂尔多斯的时候，我已年过六旬。黄河上有了大桥，不用再乘船摆渡了。但是我宁愿颠簸于波峰浪谷之间，重温在大树湾在二河滩在三顷地，唱着悠长伤感的《王爱召》，与黄河朝夕相对耳鬓厮磨的感觉。上岸后，仍像1958年秋天那样，头枕行李等到夕阳西下，才被一辆风尘仆仆的卡车捎走，吭哧吭哧盘旋而上，摇摇晃晃驶向高原上银盘似的硕大无朋的月亮。哦，三十一年前独自踏上十里明沙的情景，回想起来意境实在很美。可谁知，当时我曾多么落寞多么无助。好在那阵子年轻，才二十一。即使在异乡漂泊，却依然心存浪漫，搜肠刮肚地寻觅流徙落魄中每一点诗意。现在，孤悬边塞的境遇已成笑谈，而弥漫于逝去年华的诗情画意，却令我回味无穷，喟叹不已。

到了东胜，最先看望的是文艺界劫后余生的老友。他们中任何一个人的故事都可以写成一本回肠荡气的好书。见到我突然归来，他们大惊小怪，呼朋唤友，端出奶茶、酪蛋、酥油、炒米，包了几种肉馅的饺子，又是喝，又是唱，亲热得像草原上红红的篝火。那些素昧平生的南京知青，听说家乡来人写他们的故事，纷纷请我畅叙。不仅中饭晚饭顿顿有请，就连早饭也派人作陪。记得，每次聚会都始于调侃说笑，祝酒歌、哈达、银碗一样都不能少。酒过三巡，便开始回首当年。不管如今是腰缠万贯的老板，还是忙于生计的草根，都会讲到泣不成声。在场者无不潸然泪下。几乎每个人都可以找到为青春一哭的理由。当我讲起"文革"中的遭际，我的老乡们也都泪流满面，与我同醉同哭。之后，我们驾着盟长的越野车，在没有路的阿尔巴斯草原深处，找到了李路的舅舅王强。他放弃了一个又一个进城南归的机会，与一位美丽温柔的蒙族姑娘相爱相守了三十年。三十年，美丽早已不复存在，那女人的脸上却依然洋溢着爱的阳光。当王强最孤立无援的时候，姑娘在深井边回眸一笑，使他重新找回了生活的勇气。他冒冒失失上门求婚，发誓要爱到地老天荒。这个南京九中的高材生从此便全身心地融入天苍苍野茫茫的牧场，成了一个地地道道的荒原牧人。那夜，王强杀羊置酒，极尽地主之谊。李路默默无语，一直喝到烂醉。他说，他想为舅舅哭，但是不能。他唯一能做的是一醉方休。

  2000年从春到秋，我都沉浸在无法抑制的创作激情之中。以前的创作，要么奉上级之命，要么应朋友之约。而这部长篇的电视小说，不是要我写，而是我要写，完完全全出自内心的召唤。我万万没想到，内心的召唤竟会呼风唤雨，让你像着了魔似的跟着感觉走。于是我笔下一个来自南京的艺术家吴天然，与《盅碗舞》传人阿丽玛在阿尔巴斯草原的蓝海子边邂逅相爱了。在不平常的春天里，吴天然无辜获罪，押往新疆劳教，因食物中毒而被抢救。阿丽玛日夜兼程奔赴新疆，得到的却是恋人的遗骨。她带着遗骨回到阿尔巴斯，做出了惊世骇俗的举动：她穿上婚服与骨灰盒举行婚礼，又换成丧服为它举行葬礼。五年后，吴天然突然出现在她面前，他们一起逃到大青山上，度过了短暂的幸福时光。他们相约在兴安岭见面。"文革"中，黑线人物阿丽玛失去人身自由。吴天然在兴安岭度日如年。当她在大森林中找到吴天然的时候，时间又过了八年。她眼前的情人已经变成一个失忆的人。阿丽玛用往日的歌曲一唱三叹，帮助他一页一页翻开记忆的书本，终于在他们行将老去的时候，找回了所有往昔的回忆，也找回了刻骨铭心的爱情。

  我相信，这是可以让天下人为之动容的旷世之恋，是许多人穷其一生不惜一切寻找的那种大爱。2005年7月《扬子晚报》曾连载多日，可惜删节太多，又在中途戛然而止，给许多读者留下了一头雾水。

  2004年暮春，我又一次走上了寻找大爱的创作旅程。江苏电视台原台长带着他的残疾儿子来连云港请我，希望我帮他儿子圆一个梦：搞一部残疾人题材的电视剧。显然，他给我出了个难题，而且是一道有些刁钻的偏题。此前，中国还没拍过一部以残疾人为主角的长篇电视剧。这个头可不好开。再说，有谁愿意茶余饭后看一群残疾人的故事呢？老台长找上门来，自是盛情难却。尽管有种种疑虑，我还是带着刚刚出院的妻子去了南通。在海安，我寻访了因车祸落水，脊柱受损，多年来只能趴在床上工作的残疾人艺术团团长。他不仅把中国最早的残疾人艺术团搞得有声有色，还开了公司，创造了很好的效益。随后，我专程到江阴观看演出，在那里结识了失去双臂的青年演员。他用嘴叼着笔，甩着头，写出刚劲有力的大字"腾飞"后，朝我腼腆一笑，让我几乎控制不住即将盈盈而出的泪水。我注意到一个高挑身材的女孩替他搬运道具，体贴入微地为他擦去额头的汗水。原来，这个文静的姑娘是健全人。她和残疾小伙的恋情被发现后，父母与她断绝了关系。如今，她已怀有身孕。我问她，为什么会不顾一切地爱上他？她羞涩地笑笑，以沉默作答。就在那个夜晚，南飞的形象破壳而出。我浮想联翩，先后设计了卖血救母、卖身葬母、冲刺赛场记录等一系列情节，一下子激活了全局。我想，正是如今越来越稀缺的超越功利的人性之美，才使一群没有血缘关系的残疾人成为唇齿相依的亲人，他们用澎湃于心的大爱相濡以沫，铺就了一条不甘人后奋力打拼的人生之路。这条路和筚路蓝缕走在路上的人们，艰辛之极、坚忍之极、无畏之极、美丽之极。

在背靠狼山面对长江的紫琅山庄，我度过了一百一十个心潮难平的日日夜夜。我被这一群肢体残缺但是灵魂丰盈的年轻人冲击着，激动着，激励着，升华着。从晚春一直写到早秋，《花开有声》方告完成。当年寒冬到次年初夏，又改出了二稿、三稿、四稿。2007年3月央视在黄金强档热播并一再复播。网上的评论连篇累牍。一时间，弱势群体的生存状态成为人们关注的话题。

或许，这就够了。

我用独有的方式表达了对一个沉默群体深深的敬意。只是因为他们常常被忽略，被遗忘，被冷落，被歧视。但是他们终究不愿相信：自己只能是失败者。

逝水墨痕之十二

行到水穷处，坐看云起时

自从那一年那一月那一夜的丑时，母亲把我送进生命之河，我就再也无法回头。在时间面前人人平等，不管你是皇帝还是乞丐。在流逝的岁月面前人人困惑，不管你是草根还是鸿儒。

你从哪里来？要到哪里去？困惑之余，难免发出这终极一问。而我，从能够感知爱的那天起，就开始俯首问心：爱从何来？直到草草一生匆匆走了大半，才从本源找到了答案：爱和我的生命相伴而来。它之于我犹如空气，须臾不能离开，却又看不见它的形状，不知它隐身在哪里。但我还是说不清，还是由不得问天问地，问世间情为何物？

当母亲垂暮之年梦见父亲又向她走来，她终于看到了那个延展着未了情缘的彼岸，连续几天水米不沾，反反复复用她自己独有的长调以歌代哭。我大为震撼，几乎不知所措。那在我的心灵深处无异于一次里氏八级地震。在激烈的震荡中，我恍然顿觉：人的肉体可以烧成灰烬，而爱不能。父亲虽已化作一缕青烟随风而去，爱却留了下来，留在母亲丰盈而又孤寂的灵魂里，时时都在等待再续前缘。

想起来，父亲的前半生还真有些传奇色彩。为了反抗包办婚姻，他曾在洞房花烛夜逃出宜兴，跑到苏州武备学堂上了骑兵科。辛亥革命时，他热血沸腾，加入陈其美率领的沪军，攻打南京天堡城。后来投到朱庆澜将军麾下。那时，我外公何枚生在哈尔滨任教育局长，他著作等身，与朱将军甚洽。朱将军便做了个大媒，使我的父亲周衡，一个囊中羞涩的革命军人，娶到了诗礼传家的名门闺秀，何枚生的掌上明珠何举。婚礼在哈尔滨江浙闽粤会堂举行的那天，万人空巷，商家歇业，一时传为佳话。记得，我父母那张泛黄的结婚照上，父亲穿的是电影中蔡锷那样的军装，筒形军帽高耸着一缕白鬃。每当我看到他那英武俊朗的形象，便不由得血脉贲张，生发出许多遐想。

第二年，他们的爱情就结出了果实：在哈尔滨南岗，我的大哥绍先呱呱坠地了。六年后，在长沙刁楼子公馆，有了二哥绪先。又过了五年，在苏北东台码头上生下了我。我一出世，抗日战争就爆发了。几十年里，我们的家一直在漂泊之中。无论走到哪里，都是客居异乡。后来，我也成了一个不折不扣的漂泊者。在苏州十年，读到初二，又举家北迁，来到太子河畔的辽宁本溪。高中毕业，奔向远在长春的东北师大。师大四年级时，校领导取消了毕业实习和论文答辩，把我们吆喝到郊外修建新立城水库，顶着骄阳玩儿命，你追我赶地往大坝上挑土，直到累得大便时都蹲不下身来，才宣布我们已在劳动中毕业。毕业于我，意味着又一次看不到地平线的漂泊。我被分配到最远最穷的内蒙古荒漠小城东胜，一呆就是十六年。从二十一岁到三十六岁，那是怎样的年华呀！在那里，我做了我能做的一切，也承受了我无法承受也得承受的一切。当暮春的漫天沙尘使身边的一切黯然失色的时候，我在一片混沌中怆然四顾，陡然发现，我不过是一个茕茕孑立举目无亲的天涯客。我不知道，何处是归程，哪里才是我的故乡。

有人说父母在哪里故乡就在哪里。因为那里有永远的爱和无尽的牵挂。可在鄂尔多斯，我的情感世界几乎是一片空白。忽然有一天，有人告诉我，当我在公署礼堂排练、演出我发在《萌芽》上散文的时候,有个姑娘不是站在侧幕边,就是坐在前三排。她是谁?"歌舞团的舞蹈《挤奶员之歌》看过吗?个子高高的,辫子长长的。记得不?"朱周夫妻俩非要安排见面。这个谈不成,又把电台的播音员介绍给我。两个都是好女孩:一个安静,一个热情。可单独坐在一起的时候,总是找不到话说。渐渐地就不来往了。

　　二哥是在爸爸弥留之际结婚的。那时,爸爸已被癌症折磨得形销骨立。他用尽最后的力气为他们祝福。那声音,只有趴在他唇边才能依稀听见。他一直在等待我的到来。可1963年盛夏的暴雨无日无夜地下,冲毁了铁路,使我不得不滞留在北京。父亲早就收拾好行装,准备跟我到北京日坛医院去接受治疗。医生看了他的片子和病历断然说,不要来了。来了,十有八九死在手术台上。当我终于回到家里,二哥的婚礼结束了。爸爸也在婚礼的笑声中悄然西去。他没有闭上眼睛。他在等我,等他的小儿子带他去首都最权威的医院。我辜负了他。我永远不能原谅自己。

　　我是老生儿。父亲最疼我。可我跟父亲在一起的时间很短很短。他把家安在苏州,自己却一年到头在上海忙这忙那。1950年跟随绍先迁居本溪后,他便渐渐老去。除了忙家务,抱孙子,就是为他的儿子们自豪。作文比赛我得了全校第一,他自豪。打腰鼓我领头,他扛着孙子,追随游行队伍,一直到曲终人散还意犹未尽。1954年我考上重点大学本科,他更是兴奋不已,一口气喝了很多酒。四年,仅仅四年,我就飞了。飞得很远,几乎很少回首。毕业后,儿子飞得更远,甚至落在了茫茫大漠之中。他去世后,母亲才告诉我,父亲每次送我上火车,回家后总是默默流泪。不知从何时起,他变得如此脆弱。当年投身辛亥革命的豪气早已失落在长长的岁月里。那时,他最大的心愿就是能看到我结婚生子。他让大嫂二嫂给我找对象。一会儿是天车女工,一会儿是团总支书记,都只有见一面的缘分。当红领巾时代的同学任素斌,捧着我昔日送她的诗集《女神》,跟我结成百年之好的时候,父亲已走了整整一年。那天,全家在爸爸辞世的南屋吃的那一顿饭,成了我永志不忘的结婚典礼。席间,我不断地把目光投向爸爸的床，这才体味到"子欲养而亲不待"这句话的深意。我责问自己，为什么当爱已成往事，才从麻木状态中幡然省悟，才痛觉悔之晚矣？

那时，我唯一能做的事就是把母亲送到连云港。无法想象，她竟然能在锦屏磷矿工人村那样简陋逼仄的棚户区，安之若素，含饴弄孙，度过了满足而又快乐的二十八年。八十四岁那年，父亲重新在她梦中现身。往事的追怀，令她日复一日歌哭不已。她于八十七岁撒手西去，离去前两年，总算跟着我进了城，住上了市委大院的新房子。我把她的遗骨和父亲的衣冠合葬在青龙山上，永远留在了山海相拥的东胜神洲。这里也因此成了我的家乡。在这片古老的土地上，我生了两个儿子，儿子又生出两个儿子。创作了一部歌剧三部电影十余部电视剧，都是关于爱的作品。《夏之雨冬之梦》是为老人，《早春一吻》、《小萝卜头》是为孩子，而《花开有声》则是为残疾人。

逝者如斯，不舍昼夜。一觉醒来，我已成为老者。在岁月之河中沉沉浮浮的那些痛楚那些快慰那些愧悔那些爱恨，都已付诸东流。回首往事，一切皆成笑谈。浩叹之余，慨然自问：逝水之上，如何留得墨痕？

花落无言，人淡如菊。随着年华老去，我越来越心仪这不事张扬地流传了千百年的中国式人文情怀。人既然在啼哭中热热闹闹来到世间，自当于忙碌一生后，像一片黄叶无声无息落到地上，在了无痕迹的暗香中，回归大自然的怀抱，于无涯无际的宁静中，安享无时无空的大爱。

如此而已，岂有他哉！

卷二 昨日明眸

我生命中的明眸

已经神定神闲，回忆却没有醒来。往事像国画中的远山远水，悄然无语地沉淀着老去的时空。只在匆匆一瞥的瞬间，才倏然感到它曾是我生命的一页。

近日，一封来自鄂尔多斯高原的约稿信唤醒了远逝的岁月，那些定格在记忆深处的青春时光重又鲜活起来……那就是我吗？一个只有二十一岁的大学毕业生，背着沉重的行李，登上古旧的木船，渡过浊流百转的黄河，踏上了内蒙吉伊克昭盟的土地。

面对起伏的沙丘，我不知该如何抵达远在几百里外的叫做东胜的地方。眼不见骏马驰骋，耳不闻驼铃叮咚，更没有朝圣者匍匐跪行的身影。我头枕行李，躺在路边，看着太阳渐渐西沉。

终于，一辆卡车从天而降。我得救似的上了车。那车吭哧吭哧一路上行，越爬越高，盘旋在被岁月切割得破碎不堪的黄土高原上。那又大又亮的圆月似乎举手可及，而一蓬蓬的沙蒿，就在月亮身边迎风起舞。于是，在后来的十五年中，我便成了高原劲风中的一蓬沙蒿。

哦，我怎么会忘记那座只有两个交叉路口、一幢两层小楼的高原城镇？怎么会忘记偏居荒凉一隅的师范学校，和我曾蜗居过的那眼砖砌的窑洞？

在滴水成冰的冬日，我和学生翻过一座座山岗，到几十里外的炭窑去背煤。在遮天蔽日的黄风中，春天赠给我的礼物，是窑洞里每天扫起来的一畚箕沙土。

接踵而至的是饥馑的岁月。用脱粒后的玉米棒芯子磨面烙饼，使患有痔疮的我，每次出恭都像动一次外科手术。而语文课有时要连上四堂。讲到第三堂时，我已然满身虚汗，唯有把身体倚在讲台或黑板上，才不致晕眩倒下。

作为班主任，课间，我还要打起精神与学生同歌共舞，教我自编的集体舞。晚上，备课、批改作业总要到十一二点，而早晨六点二十，是必定要辅导早自习的。

我仍然在晚会上高歌《草原之夜》，在联欢时表演即兴创作的双簧和相声。师生们在纵情欢笑中，暂时忘却了腹中的饥饿和生活的艰辛。

终于熬到了寒假。如果再不放假，我觉得自己就要垮了。那时，我只有二十三岁，却虚弱得像一只纸糊的灯笼。

春节后，学生从沟沟峁峁里回来了。他们总要趁我外出时，在窑洞里留下些小米炒米或羊油碗砣（热羊油在碗里凝冻而成）。他们知道老师在这里举目无亲，不忍心看到我在课堂上虚汗淋漓的样子。

1963年，我患了咽炎，长期失声，无法讲课，不得不转到北京检查治疗。当汽车即将驶离东胜车站时，我用呵气化开车窗上的霜花，蓦然发现黎明的微光中浮动着几十双亮晶晶的眼睛，那些眼睛闪闪烁烁，直到汽车远去，却没有迸发出一句道别的话语。于是，那迷蒙曙色中闪闪的泪光，便镌刻在我生命的书页里……

后来，那些闪闪烁烁的眼睛散落到茫茫草原、浩浩大漠，又在那里点燃了蒙汉孩子们童稚的眸子。而我的眸子，随着逝去的年华渐渐黯淡。如今，当我回首往事，沙漠上蓝色的湖泊、清清的溪流却把我的心灵映照得明明亮亮。于是，在我心中，又有一双明眸日夜闪烁，充满了青春的活力……

咬 友

他曾是我的顶头上司。"史无前例"那阵子，我竟和他平起平坐，完全扯平了等级界限。

他被踢了几脚，就把我"咬"了出来。想来那几脚踢得不轻。可那一口咬得真够劲儿，我不由分说被归进了"不齿于人类"之列。嗐，你说说，这叫甚事？这叫甚人？

这家伙得意起来甚大话都敢说，不知自己吃几碗干饭。挨起斗来，我们弯腰九十度，他能弯到一百六七十度。甚都不肯做得比别人差。

有一个老家伙神气活现，说自己已然站在毛主席革命路线上。他哪能服气？冲冠一怒，蹦着高大喊："你站在毯上也不顶用！"

这还了得？他当即被加上用男性那东西辱没伟大领袖及其革命路线的罪名。回过神来以后，他进一步放低身段，向广大革命群众示好，大笔一挥，写了张表决心的大字报。写到山呼万岁时，竟把"万寿无疆"写成了"无寿无疆"。从此，他连遭批斗毒打，最后被打进十八层地狱，永世不能再回到革命路线上来。

那年头，越没文化越有资格拿文化人开涮。目不识丁的工宣队长最得心应手的一招，就是用他那比脸还大的拳头，对咱黑哥们实行"专政"。一次，他对我的老上司，像打落水狗一般结结实实地饱以老拳。同时，以地道的天津口音，高屋建瓴地加以概括："你说，你是个嘛玩意儿？三青团你入，国民党你入，共青团你入，共产党你还入！敢情你是见什么入什么！"三青团国民党是照学生点名册抄录，集体加入的。他自己也稀里糊涂。可共青团共产党，是举起右手在红旗下宣了誓的。虽然如此，"见什么入什么"还是成了他的代号。黑哥们不分场合扯开嗓门叫他雅号的时候，总会闪出一丝意味深长的坏笑。他调头就走："啧，这算个甚嘞！"

在黄河畔三顷地五七干校，我出落得膀大腰圆。老走资派夸我："看咱周维先，脊背像门扇一样！"他晒得焦糊烂黑，劳动态度十分顶真，却从未受过来自任何方面的表扬。

收割时节到了。荞麦长得像秃子头上的绒毛。我们只得边爬边拔。两天下来，裤子穿了孔，膝盖也破了皮。他倒挺乐观："比关在黑房里舒服多啦！起码空气是新鲜的，阳光不是定量供应的。"

当然，他做梦也没想到，三十年后，我会不远万里登门拜访这位率先把我"咬"出来的老上司。

听说我从花果山上下来了，他忒兴奋。把自己的书法作品从书房到走廊挂得琳琅满目，在院子里摘了沙果、葡萄，还包了牛羊肉两种馅的饺子，又请了一大帮五七战友，说说笑笑、咋咋呼呼闹腾了一个晚上。

第二天，我去成吉思汗陵。本来已有向导，他硬是挤进早就爆棚的越野车，怎么劝也劝不下来。在蒙古式大帐里，鄂尔多斯白酒和伊金霍洛手扒肉相得益彰。那老兄自然是如鱼得水，没等乌兰牧骑演完《鄂尔多斯婚礼》，舌头已经大了。非要上马一试身手，被我拉下马来，携手走向成吉思汗征战归来后最为依恋的甘德尔草原。

在那里，蜿蜒曲折的河水送走了蜿蜒曲折的历史和岁月。我们在小河边默默看着奔流不息的河水，又抬起眼睛默然对视。他倏然间握住我的手，握得很用力："人生得一知己足矣！你就是我的知己！""我是你知己？说不定甚时候又给你咬出来，而且是首当其冲！"他笑了，我也笑了。我看见时间在他脸上刻下了七沟八梁，那笑纹里蜿蜒曲折地流动着酸涩的泪水……

真是天晓得！他咬了我，我们却成了朋友。那正像鄂尔多斯伤了我，伤透了我，我恨恨然调头而去。三十年后，却带着一腔莫名的怀旧之情踏上了回归之路。

这是怎么啦？我常常问自己。沉思良久，不禁吟哦起"人生如逆旅，我亦是行人"的诗句。于是，空空如也的脑子溶进了无边无际的虚空之中……

背对故乡的人

那草原没有路，也无法问路。

我们的越野车在大海一样汹涌的荒原上颠簸了几个小时，才在一片空旷寂寥中发现了那孤岛般的干打垒院子。

她看上去满身劳苦，一脸沧桑，只在粲然一笑时，让我隐约看到当年的美丽。

他为她留了下来，那时他正年轻。这一留就是三十二年。是为了这个蒙古女人的美丽，还是她的善良与博大？

他说他爱上了鄂尔多斯，爱上了这片被叫做阿尔巴斯的草原，爱上了草原上这个把一切交付给自己的女人。

并不是每一个愿意把自己交付给你的女人，都值得为她付出一生。可他甘愿为她背井离乡，拒绝城市的精美舒适，拒绝故里向他发出的一次又一次召唤。

他无法忘记，因母亲被打成极"右"招来的种种屈辱，无法忘记母亲的后背抵着乌黑的枪口，押解上船，遣送原籍的那个细雨霏霏的黄昏。当他乘着知青列车北去时，他甚至不愿多看一眼生他养他的南京。

他是"黑七类"，又爱哼苏联歌曲。他唱那些歌是因为心里很苦，很孤独。正是这些歌，让他在知青中更加孤立无援，令人侧目。

终于，在井台上饮羊的时候，一个蒙族少女向他回眸，嘴角挑起温馨一笑。那微笑于他，无异于暗夜里的一颗星，寒冬里的一盆火。

他上门求婚了。大惑不解的蒙族老人，无法接纳这个不懂风俗礼仪的汉族愣头青。

从此，在井台相遇时，她不再回眸。

从此，在阿尔巴斯草原上，他更加形单影只。

三个月后，有人捎来一封蒙文短信。信上说：你曾上门求亲，现在变了吗？他跳起来，一把揪住送信人：你告诉她，没有变！我没有变！永远都不会变！他叫喊的声音把马都给惊了。

在一个大雪纷飞的日子，他和她骑着两匹白马，到几十里外登记结婚去了。返程时，他的老羊皮袄里，拥着笑得有点羞涩的蒙族姑娘。另一匹白马远远地跟在后面。于是，白马、白的草原、白的拥抱和漫天飞舞的大雪，便定格在他俩生命的书页里。

知青点因此拒绝接纳他。他却不再感到孤独。

五年后，知青们一个个、一批批地走了。而他，仍然留在阿尔巴斯。招工时，她说：你去吧，城里有前途。他深深看了她一眼。

母亲落实政策，叫他回南京顶职。她说，你该去。他拥住她：如果回不来怎么办？她说，那就在那边再找一个吧！她很平静，很坦然。他被她的平静和坦然震动了。于是，他又留在了这个女人的身边。

他带她去过南京。她无法融入都市生活。她觉得南京人太多，住得太挤，环境太吵，人情太薄，关系太复杂。因为她明净得一如鄂尔多斯高原上碧蓝的海子，单纯得像毛乌素金色的明沙。

那天晚上，酒意阑珊之后，他用蒙语唱了一支关于母亲的歌。那长调不疾不徐，不绝如缕，婉转低回，悲怆凄切，使我不觉潸然。而他却没有落泪。只是说：在寒冬的雪原上接羔，看到母羊在雪地上留下一行鲜红的血迹，他曾独自失声痛哭。他想到：母亲生我时也许就是这样……

原来，他心里还深埋着一个无法开释的恋母情结。

他可以背对故乡，背对故里的亲人，但爱是无法忘记的，永远无法忘记。

红尘已远，贵人何在

年轻时，我身在草原，却常常向太阳升起的方向遥望黄海，遥望锦屏山水跌宕而下的桃花涧。中年，我回到了黄海边。在桃花涧溪水喧哗的梦境里，草原竟成了我解不开的心结，我永远的牵挂。

如今，在人生只剩下一抹余晖的时候，一切都变得宁静而又平和。一天一天，一月一月，一年一年，只在转眼之间，静观日升日没，闲看花落花开，我不由自主地想：大自然周而复始，我们的生命是否也有轮回？

终于，学生一连串三个长途电话打破了我的淡定，令我插上翅膀飞向鄂尔多斯。莫非，命中注定要让我于古稀之年重返蒙古高原，在如泣如诉的音乐中回首前尘，寻访我在荒漠小城最初的旅程？

2009年4月的一个夜晚。鄂尔多斯乍暖还寒。我跟几个多年不见的老友相约，来到一家取名"清风明月"的茶馆。登堂入室，走进一间古色古香的小轩，服务小姐便端来了茶色淡淡的明前茶。这样的茶社，开在曾经以大漠孤烟示人的地方，竟然捧出如此正宗的江南新茶，真像是一脚踏入一个匪夷所思的梦境。正恍惚间，一个中年汉子无声无息地走了进来。那人儒雅中透着粗粝，俊朗中隐约着强悍。我疑疑惑惑张开了嘴，他已走到我面前："周叔，听说你来了，我来看看你。"

"你是……"

"我是吴占东的儿子：吴勇。"

当即有人介绍："吴勇是鄂尔多斯市政府副秘书长。"

吴勇？怎么是吴勇？明明是吴占东！活脱脱一个吴占东嘛！难道生命真的可以轮回？那个英年早逝的吴占东又回来了？当年，他第一次走进我的住所，也是这么无声无息，这么猝不及防，让你又惊又喜，不知所措。那时，我在伊克昭盟师范学校当语文教师，而他已是伊克昭盟盟委宣传部长。这么一个大官从天而降，让我一时间显出几分局促。

那是一个沙尘暴肆虐后的春日。连续几天，挟着土腥味呼啸而来的黄沙铺天盖地，把脸打得生疼，让人抬不起头，出不来气。一天下来，小小单身宿舍里能扫出一簸箕沙土。记得，吴部长扫了一眼纤尘不染的房间，第一句话就是：你收拾得好干净啊！

这时，我才注意到，他一头自来卷的长发，跟蓬蓬松松的络腮胡子连成一片，还真有几分普希金的风采。他浅浅的一笑那么醇厚，叫人很放心。但是笑容后面却蕴含着蒙古人的神秘，让你不由得平添几分好奇。

早就听说，他少年投身革命，从荒凉的鄂尔多斯，穿越沙漠，奔赴延安，进了民族学院。解放后又被送往中央团校学习，在那里结识了优雅、清秀颇有艺术禀赋的李洁珠。日后，李洁珠成了伊克昭盟歌舞剧团的副团长。在盟公署礼堂，我曾看过伊盟歌舞剧团演出的《雷雨》。李洁珠扮演的繁漪，把一个性格被扭曲而又不甘，欲望被压抑而又不惜以极端的复仇方式喷薄而出的女人，演绎得丝丝入扣。但是，这个蒙古汉子和那位袅袅婷婷的汉家女站在一起，有时难免会让我想到奥赛罗和苔丝特蒙娜。但是，吴占东压根儿不是奥赛罗，李洁珠也跟苔丝特蒙娜完全不搭界。都说这一对蒙汉姻缘如鱼得水，是令人艳羡的绝配。他们在周末舞会相拥而舞，从我眼前翩然掠过的情景，历历如在眼前。这个看上去粗莽的蒙古汉子。骨子里却是个儒雅倜傥的文人。

吴部长径直走向房间最里面的收音机。那是我咬紧牙关,用掉三个月工资从北京王府井百货大楼抱回来的。这在当时显得很纨绔,很奢侈。我把收音机搬回国务院宿舍那天,我大哥的老同学就曾惊讶于我如此大手大脚。现在,吴部长是不是也要批评我追求资产阶级生活方式,不够艰苦朴素啦?他俯身凝视放在收音机上的竹制山水相框。相框很小巧,镶着一张二寸照片:一个长发披肩、低垂眼帘的姑娘,俯视着一朵半开的花。

"这个漂亮姑娘是谁?"

他有点狡黠地一笑,眼睛斜睨着我。

我腼腆地告诉他:"中学同学。"

他转过身来:"是不是女朋友?"

我点头默认,手心开始出汗。

他知道,曾有同事给我介绍过一位舞蹈演员,交往不久,即无果而终。当然,吴部长来看我应该与此无关。

后来听人说,他读了国庆十周年时,我在《萌芽》22期上发表的散文头题。对于其中关于白云鄂博、南海和喜马拉雅的畅想颇为激赏。之后,又在《人民日报》刊登的《草原》文学月刊要目,发现了我的又一个头题《席尼喇嘛脱险记》。《席尼喇嘛脱险记》和稍后发表的《我是席尼喇嘛》,让他非常意外。他百思不得其解,一个来自外地的二十郎当岁的小伙子,怎么会把鄂尔多斯革命历史上辉煌的一页——独贵龙运动写成了小说?那小说,不仅引起内蒙古政界和文艺界的关注,还被编进了小学乡土教材。数年后,以乌力吉吉尔格勒(席尼喇嘛)为主角的电影《鄂尔多斯风暴》风靡全国,成为脍炙人口的红色经典。

那一天,我以为他要谈什么,可是他什么也没谈。似乎只是在检查师范学校工作之余,来看看这个从远方来的二十郎当的阳光后生。至于为什么突然造访,有可能完全是一种即兴,一个无须事先安排的顺便,甚至是自己也无法解释的突如其来。

此后的慢性咽炎,对于我也是一个突如其来。先是咽痛、嘶哑，我努力坚持教学，后来竟然失声了，连续几周不能讲课。到北京遍求名医仍不能治愈。只有考虑改行。脱产写作？这碗饭我能吃得了吗？诚然，那是一切听从组织安排的年代，个人意愿只能埋藏在心底。

我很苦闷，却无处倾诉。我没有去找吴占东，可是他那双有点神秘的眼睛早已直抵我的心灵。1964年初，我被调到伊克昭盟文联筹委会做筹备委员兼搞创作。我喜出望外，弄不清该感谢谁。

进了文联，一时摸不到头脑，心中一片茫然。多日后，筹委会主任越世杰，郑重其事地下达任务，叫我创作一部以草原牧民打深井为题材的大型歌剧。我非常兴奋。兴奋了没几天便陷入了深深的苦闷之中。我从未写过歌剧，对于牧民如何打深井，几乎一无所知。我又开始茶饭不思、坐卧不宁了。

在我一筹莫展的时候，吴占东出现在我面前："愁什么呢？走，跟我下去！"他的话总是精炼到多一个字都没有。几天后，吴部长叫我搭上他的吉普车，直奔伊金霍洛旗。

哦，好一个伊金霍洛！那里有朵朵白云沉没在碧波深处的红海子，还有那一片让远征归来的成吉思汗流连不舍的甘德尔草原。放眼望去，牧民们从四面八方向刚刚落成的成吉思汗陵聚集。有的骑着马，有的全家拥在一峰骆驼上。到了营地，纷纷搭建帐篷，挖掘地灶，生火做饭。原来，明天就是成吉思汗诞辰八百周年。歌舞、杂技、二人台、山西梆子、摔跤、赛马，都搭了台子，拉了场子，就连自治区歌舞团也运来整车的服装道具。帐篷街的吃食，大都见所未见闻所未闻，吊足了我的胃口和好奇心。我忽然变得像个孩子，又是吃、又是喝、又是看，眼睛和肚子都不够用了！那个夜晚，我失眠了。

第二天，我见识了祭典的空前盛况。我无法形容旭日中达尔扈特人从八白室抬出银棺的肃穆，高大的白骆驼牵引着枣木花轮车冉冉向前的庄严，三十六面龙凤大旗猎猎招展的祭台下无数牧人匍匐在地的虔敬，以及将圣酒浇遍黄骠马全身，用银锤猛击头部，再把昏死的马扔进大京锅里,以三十桶沸腾的水烹煮后,挖出血淋淋的肝脏占卜丰收的野性和原始,再加上八十一条哈达、八十一个羊背子和羊背子上八十一把蒙古刀宣染出的煊赫声势,牧人们奔跑在人马桩周围向天空挥洒鲜奶的欢乐恣肆,牛头马面摇头摆尾跳起《查穆舞》的宗教氛围……这一切,对于我都是那么神奇。那么不可思议。四十多年过去了,那一个个画面和场景已在时间隧道里渐行渐远。在我心中,仍然十分生动,十分鲜亮。

我至今心存感激。吴部长发现了我的潜能,也看到了我的先天不足,在关键时刻给我打开了一扇门,活泼泼的大生活呼啦啦向我扑面而来。我激动了,兴奋了,沉醉了,我体内的文化基因,被草原的雷鸣电闪倏然激活了。

离开成陵不久,我跟人民日报社牛汉、鄂尔多斯报社邹振湖结伴,晓行夜宿,几乎走遍了西三旗的沙漠草原。回来后,便动手创作歌剧《金泉》。刚刚完成第一幕,就被派到达拉特旗,先后在树林召、大树湾、四村搞了两年"四清"运动。在白泥窑工作队,我奉命写了一份简报。工作团团长齐茂荣看着看着笑了起来:这简报里怎么有这么多对话?你是不是把它当成剧本啦?

他说得不错,《金泉》没完成,我心里确实放不下。

"四清"没结束,我就身不由己卷入了"文化大革命"的漩涡之中。我被当作"黑干将"、"黑爪牙",在烈日暴晒的公署礼堂台阶上,给吴占东陪斗。到了深挖"地平线以下的阶级敌人"的时候,未完成的《金泉》也成了一大罪状。这个剧本的创作,竟被演绎成"内人党"的决定。我在其中的角色,便不言自明了。

在"毛泽东思想大学校"反省了一年,又被一鞭子赶到三顷地五七干校。那时,吴部长已经病了。我回连云港探亲时,到天津去看过他。李洁珠告诉我是血小板减少,要用花生衣煮水喝。

1973年9月,我调回江苏。

他西去很久以后,我才听说吴占东部长已到达彼岸,与我阴阳永隔。

吴占东默默地驾鹤而去了。这世上还有知我者吗？

在1992年出版的影视剧本选《早春一吻》自序里，我曾写下一段发自肺腑的话：

> 我不能忘记，也不会忘记伊克昭盟盟委宣传部长对我的赏识和安排。那几乎决定了我的一生。眼下，我身在黄海港城仍不时怀念这位颇有些罗曼蒂克的长着络腮胡子的蒙族男子汉，更怀念他硬汉仪表下深藏着的一颗体贴入微、情感丰富的心。吴占东同志把我调进伊盟文联筹委会当了筹委，此一举将我推向更广阔的人生。当然，也包括那些不堪回首的七灾八难。这一切，使我在不幸这所最好的大学里领到了一张成绩可观的肄业证书。

那证书是无形的。而思念也难以名状。

吴勇，我要谢谢你。谢谢你的突然出现。我的回忆之门因你而开，岁月的烟尘因你而烟消云散，在亦真亦幻的心理时差中，找回了生命中许多刻骨铭心的时光。谢谢……

蝴　蝶

"你从哪里来？我的朋友。好像一只蝴蝶飞进我的窗口。不知能作几日停留？我们已经分别得太久太久……"

那蝴蝶是谁？男还是女？乔老爷避而不答，却意味深长地说："如果是爱情，那是爱情中的爱情；如果是友谊，那是友谊中的友谊。"

没想到，我还没从屏幕上回过神来，居然真的有一只蝴蝶从大洋彼岸翩翩然飞进我的窗口。

一个月前，在南京观摩中国京剧节时，偶遇越剧名伶竺小招。我问她与谢光宁有没有联系？多年不见了，心中十分挂念。

谁知这句脱口而出的话不胫而走，无翼而飞，从网上传到了洛杉矶。二十多天后，那只令我惊喜万分的蝴蝶从天而降，像一个梦一样飞进了我的窗口："周公，别来无恙！一别十载有余，时刻想念旧友。小招转来你的问候，令我喜出望外。急成此信，向你和你全家恭贺新年。"

嗨，谢光宁！真有你的！你老兄这三句半可把我感动坏了！我兴奋得在屋里直搓手，直打转："老朋友，到底是老朋友……"

说实在的，我俩的交往，正应了那句老话——君子之交淡如水。我们相识于20世纪70年代。1978年，我俩带着各自的剧本，到北京参加全国歌剧戏曲剧本讨论会。那时，他还年轻，看上去很老成，有点瘦，有点弯，儒雅少言，彬彬有礼。到了会上，权威如林，冠盖如云，那阵势好生了得。光宁边听边记。而我习惯以倾听为主。分组发言时，他不鸣则已，一鸣则出语不凡，颇有见地，还真给咱江苏人长了面子。他的越剧《报童之歌》，破天荒地在戏曲舞台上演绎了伟人周恩来，让我在他瘦弱的躯体里看到了胆略和才华。而我那歌剧，从爱情的视角写蒙族游击队，歪打正着，竟被看作是突破禁区的解冻文学。

　　会下，光宁兄频频与专家前辈接触，我却犹豫再三，踟蹰不前。我的责任编辑急了："周维先，别愣着！多好的机会！你看人家谢光宁！"我这才壮起胆子拜识了陈紫、任萍、阎肃、乔羽、欧阳山尊等著名艺术家，请他们评点剧本，指出方向。几天之中，我们紧锣密鼓，马不停蹄，一个个房间拜访求教。前辈们古道热肠，耳提面命，欧阳山尊读我的本子时，还做了详细的笔记，至今想来仍然十分感动。我和光宁自是车载斗量，丰收而归。回去后，剧作面貌焕然一新。他的报童连演百场，拙作歌剧《月亮花》也由江苏歌舞剧院歌剧团隆重推出，很热闹了一阵子。

　　此后，我和光宁相见都是因了剧作。

　　在中山陵11号，他亮出了电影剧本处女作《蓝盾保险箱》。从越剧到电影，从传统正剧到惊险样式，光宁的急转弯让我有点看不懂了。《蓝盾》之后，几乎一眨眼间便有了《水鸟行动》。随之，他又抛出了中国第一部描写南京大屠杀的电影《屠城血证》。这可是个重磅炸弹，把我整个炸晕了。做梦也没想到，这个单薄瘦削的文弱书生，能爆发出如此巨大的能量。谢光宁，你这是怎么啦？

　　八十年代一次创作会上，听说光宁又来了一个破天荒。他硬是让以女人戏见长的越剧，演了一出男人戏，而且是泣血红楼的《曹雪芹》。我闹着立马要看演出。光宁高高兴兴当了一回东道主，在南京越剧团为我们这几个编剧哥们开了个专场。

　　有一阵子，他看上去很疲惫。不仅为了超负荷地写作，还为常年患病的妻子和难以释怀的孩子。

当他那部惊世骇俗的《屠城血证》在日本广岛和平电影节获奖的时候，他已经跟着孩子远涉重洋，成了一个举目无亲的漂泊者。

有朋友从美国回来，说曾见谢光宁在洛杉矶日落大道开着一辆老爷车与他擦肩而过，连打个招呼都来不及。这个一闪而过的画面，把我的心撞了一下。我因此感慨了很久，也回味了很久。除此之外，十余年间再无消息。

我和光宁是神交多于谋面的挚友，从未在一起呼朋唤友，推杯换盏。唯有一回同游绍兴时，不约而同走进朴实无华的咸亨酒店，坐到八仙桌前的条凳上，一人要了一碟茴香豆，兴味十足地喝了一大碗又醇又厚的黄酒，正儿八经尝到了飘飘欲仙的滋味。扶着桌子站起身来，但觉脚下无根，步履漂浮，两人相视而笑，互相搀扶着歪歪斜斜出了酒店。是酒不醉人人自醉么？那感觉真好！从来没有那么好过！

复信的时候，我首先要告诉光宁的是，绍兴那一组镜头已然定格在我记忆深处。但不知何年何月，老哥俩能故地重游，把咸亨酒店那昔日风景再现一遍？到了如今这个份儿上，你我完全可以拂去红尘中一切挂碍，从从容容捡起一粒微咸的茴香豆，就着古越陈酿，历数如烟往事，细细品咂世事沧桑的况味了……

那时，我也许会于微醺中唱起乔老爷那首《思念》，问一声："难道你又要匆匆离去？只把聚会当成一次分手……"

让我们回忆少年时光

半梦半醒间抓起响个不停的电话,从远方传来的厚重的男中音饱含沧桑,报出的名字大出我的意料。"天哪!是你呀!"我完全醒了过来,真想骂一句:"你这个肥美!怎么几十年没有音讯?"可是我就不该挨骂了吗?把少年时代的朋友丢在记忆深处,一丢就是四十年,这又该怎么说?

他的外号叫肥美,住在重重叠叠的青山脚下。他家门前,清清的溪流像一架木琴,日日夜夜弹奏着灵动活泼的音乐。每当雨季来临,那溪水转眼间变成河流,高歌着喧闹着奔向壮阔的太子河。

我们两家隔水相望,却有了城乡差别。溪水这边是城市,溪水那边是乡村。肥美家农舍低矮,而我家则住在有厨房有厕所,还铺着实木地板的教工宿舍楼上。

去高中上学的路很远,一大半上坡,一小半下坡。在荒郊野地独自步行三四十分钟,要多寂寞有多寂寞。有一天,溪流那边走来一个少年,壮壮的,高高的,就连鼻子也很丰满。我们便一前一后相伴而行。虽然无言,虽然陌生,路程却好像缩短了许多。进了校门,他才告诉我,他是插班生,刚刚从辽源过来。

那时,语文课正在讲一篇茅盾的译作,那开篇的一句是"我的骆驼冉冉地向前,向左,向右,顶礼这肥美的草原……"于是,这个外地转来的插班生，便水到渠成地得到了那个很有创意的外号："肥美"。肥美被隆重推出之时，女生们有的笑弯了腰，有的笑岔了气，捂着肚子喊爹叫娘，男生把含在嘴里的饭喷到同学脸上，闹了个星光灿烂。

他比我大，我从不叫他肥美。他也许因此没喊过我"少爷兵"。说来可气，我的外号是因为我演过一个抗美援朝话报剧。那阵子，我面如敷粉，个子高挑，演美国少爷兵实属最佳人选。在火连寨演出那天，"志愿军"怒火中烧，扎扎实实给了我几枪托，打得我东倒西歪。没万万想到，竟然还落下那么一个令人啼笑皆非的雅号。

肥美虽然粗大壮实，性情却有几分腼腆。他笑起来总是那么含蓄，只笑到一半便悉数收回。这看上去很古典，一收一放只在半开半阖之间。他理科比我好，语文、俄语也不差，又读过不少名著，颇有些内秀。我们很合得来。这合得来，有时是有一搭无一搭跳跃式神聊，有时是不吱声不吱气并肩而行各想各的心思，有时是陡然侧过脸不期而遇的会心一瞥，有时是从溪流两岸不约而同走向对方……

当然，夏日里一起到巨岩荫蔽的河湾耍水，是最开心不过的。换衣服的时候，我们忽然发现，朋友已走到成年的边缘，眨眼之间就要变成真正的男人了。有一次，他那么认真地教一个同班女生学狗刨，甚至还托着她的胸部和小腹，弄得我都不敢正眼看。心想：肥美居然还有这一手！这个平时羞答答的家伙，怎么会这么大胆，这么浪漫！在不平常的春天，那个女生猝然结束了与右派同窗的热恋，嫁了个出身贫寒根正苗红的大夫。多年后，回到溪流边和我俩溜达，多有无奈地抱怨她的丈夫："连散步都不会，太没情趣！"尚未婚配的我，当即受到启发。看来，会散步也是做一个模范丈夫的重要条件哦！

高中时代转瞬即逝。肥美考上了大连工学院，我也被东北师范大学录取了。我们几乎来不及话别就各奔东西了。从此，我们的友谊虚化成一种精神的漫游。他喜欢用薄如蝉翼的信笺，常常是天蓝的，让我每每展读就不由得想到，他教室的窗外，定然是悠悠白云和蓝色的大海。那几年里,透明的蓝色信笺源源不断飞向长春,把快乐的溪水和温馨的情谊送到我南湖畔的枕边。夜阑灯熄,我会闭上眼睛静静回味他的来信。真没想到,寡言少语的他,竟然有那么多爱护我激励我的话积淀在心里,似乎专门留待离别之后像泉水一样汩汩不绝。我恍然忽觉:肥美他一直像兄长一样日复一日年复一年关注着我。原来,他的沉默就是千言万语……

天蓝色的信笺鬼使神差般把我引诱到盛夏的大连。在火车站附近的饭馆里,肥美要了八毛钱一盘的海鱼。那时候,大学生一个月的伙食标准才十二块五呀!那鱼很大,香味扑鼻,我像秋风扫落叶一样把它吃了个精光。肥美只在一边看,几乎没怎么动筷子。

大连工学院比我想象的还要美。好大的一片苹果园面对着金色的海滩。果园后面,校舍掩映其间。那呈扇形展开的绿树像长长的双臂拥抱着蓝色的海湾。

肥美带我下海。我知道,我该从小溪走向大海了。顶着一层层排浪,肥美带我爬上一块两人多高的岩礁。他瞟了我一眼,纵身跳下大海,消失得无影无踪。我孤立无援地站在岩礁上,战战兢兢看着大起大落的海面,每一秒钟都有可能被排浪打下水去。我猛一闭眼,咬紧牙关跳下海去。我憋足了气,身体像箭一样射向海底。睁眼一看,丝丝缕缕的海草海白菜从我身边掠过,不知何处是底。我害怕极了。蓦地,我心中一亮,想起肥美讲过的要领,慢慢吐出气泡,身体便开始上行,终于飘出海面,三下五除二爬上了岸。

沙滩上,肥美在等我,默默看着我走过来。那眼神似乎在说:这是你的成人礼。只有大海才能把小溪边的孩子变成男人。我结结实实给了他一拳。

放下电话,忽然后悔没跟他一起唱我们都喜欢的《列宁山》:"让我们回忆少年时光,当年的歌声又在荡漾……"

我只好独自哼唱,唱着唱着,眼角便湿润了。

老友·老酒

除了眼角的皱纹，心底的沧桑，岁月还能留下些什么？每到年终岁尾，我忍不住对着杯中飘落的茶叶愣愣地想，悄悄地问自己。

当各种各样的贺卡从五湖四海从大洋彼岸翩翩飞来，在我的案头堆起一座小山，我那"又痴长一岁"的惆怅便顿然扫去了大半。

这两年，住得离邮局远了，便找到了疏懒的借口，不再给亲友寄新年贺卡了。于是，我收到了贺卡也就越来越少。今年，竟遭遇史无前例的小年，稀稀拉拉，零零落落，只有屈指可数的几张。心里时不时地会涌起莫名的怅惘，就像一个人踯躅在退潮后空旷、寂寥的海滩。喟叹之余，我细读那几张贺卡，不由得惊讶岁月竟然如此精炼地为我筛选了几个知己。不仅行当齐全，而且方方面面都有代表人物：一位作家，一位导演，一位评论家，两位本地文友，一个表哥，再就是那个在鄂尔多斯结识的老右。

老右虽经反右，仍然桀骜不驯，所以光棍打到三十多。谁知忽然有一天，一个才貌双全的姑娘竟然心甘情愿地嫁给了他。二十年后，她瘫痪了。老右无怨无悔地伺候了她三十年。如今，他七十多了，仍然尽心竭力呵护着心爱的人。他们唯一的遗憾是没有孩子。老右曾于寒冬腊月到医院化验精液，医生确认，是他没有生育能力。他又犯倔了，扯着嗓门大叫："我怀疑，我的精子在半路上冻死啦！"

每年，老右收到的第一张贺卡必定是我的。而他寄来的贺卡上，总是密密麻麻写满了蝇头小字。实在写不下了，就打电话过来。一次，他读了我一部写鄂尔多斯的剧本，竟在通话时失声痛哭："周维先，你没在内蒙白待十五年！"他很感慨，当年相交不深，现在竟然成了推心置腹的朋友。他告诉我非常思念故乡淮阴，很想回家看看。因了爱妻的病，却总是难以成行。只有每天看江苏卫视。有一次看到"大写真"采访我，他当即在电话那边大喊大叫："要不是字幕打出你的名字，我可真的要认不出你来了！时间真是个无情的雕刻师呀！"是啊，我们都被岁月之刀雕刻得连老朋友都难以辨认了。

我的作家朋友曾写过一部宽银幕电影《二泉映月》。最令他自豪的是，70年代末在意大利举行的中国电影回顾展，那张大海报画着一个大月亮，月亮一角是流浪琴师的小小剪影。在石头城，我们一见如故，无话不谈。他常常会为一点小事怒气冲天。只要我当头一瓢凉水，立刻烟消云散。合作电视剧《堂堂男子汉》的时候，大家一起登黄山。他大汗淋漓，气喘吁吁，赖着不肯再上。但是，只要我发一声喊，他立马嚼着嫂子塞在他嘴里的洋参片，继续前行。在淫雨连绵的峨嵋山路上，他被编剧们丢在身后的雾霭之中。我回头找到他，帮他背上120相机，一路上不断地调侃笑骂，好不容易捱到洗象池，前面的人却已经回头了。近年来，他多次中风，走路写字都很艰难，仍坚持每年寄来一张贺卡。他总说十分想念我，常常回味我们一次又一次的相聚。他希望自己的身体能好起来，到连云港来看看大海和我的新居。我说，我日日夜夜都为你祈祷，祈祷奇迹出现在老友身上。无奈奇迹始终不肯出现。我至今仍然期盼着我们再一次来到恍若世外的桃花涧，痛饮山楂酒，一直喝到找不着北。哦，那种兴会淋漓的情景，还能够在我们的余生中重现吗？

年年一卡的导演朋友，拍过以南京大屠杀为背景的电影，还在日本得了一个"和平奖"。1993年，我们合作了长篇电视剧《半个冒险家》。记得，我冒着特大暴雨，顶着狂风巨浪，摆渡到苏州西山岛拍摄现场去看他。他很高兴。那天晚饭，我们喝了一大瓶花雕，才驱走一身寒气。第二天清晨离去时，他正在波光潋滟的太湖边，拍施公子与船娘的戏呢。此前，他在《钟山》上发现了我几年前发表的电影文学剧本《早春一吻》，便很起劲地要拍。后来拍了，也得了"金鸡奖"，导演却在开拍前换成了别人。他很恼火。我也非常尴尬。但是每每见到我，他仍然会向我儒雅一笑，而且笑得十分纯净。他的纯净让我感到汗颜。我为什么不能像他一样坦荡呢？自从妻子得了癌症，他不再接戏，一心一意陪着她晨练，不惜代价帮她调理，还时时徜徉于名山大川，忘情于两个人的世界。他和妻子都变得越来越健康，越来越纯净。2005年12月中旬，他寄来一张印着圣诞树的贺卡。打开贺卡，他写在内页上的诗，简直让我大吃一惊："就把自己当作是一岁，就信人能活到一百，只要你的心还年轻，人生最美好的时光，又会重新展现在你的面前！对明天充满好奇，对今天感恩知足，对昨天只记住那些曾经拥有的幸福。那么。一百岁不是梦，朋友，你真的才只有一岁！"读完他的诗，我放声大笑起来。大笑之后。果然觉得神清气爽，真的好像年轻了许多。我不敢相信，他会变得如此天真。于是我问自己，我能找回逝去的童真吗？但无论如何。纯净的友情，充满童心的激励，在我的心里洒满了春天的阳光。这正应了本市老友的一首写在贺卡上的诗："老友如老酒，时常作品尝。回味思交往，情潮过春江。"

感谢岁月。令我可以在时空隧道里品咂余韵悠长的老酒，久久地流连沉醉，以至于忘记了今夕何年，倏忽间，似乎真的回到了生命中最纯情最美好的时光。

他已随风而逝

母亲视力尚好的时候,《小说月报》来了,她总是比我先看。一天下班回家,她把杂志递给我,不待我问就说,《美食家》最好。随即一笑,这个作家真会吃!我当即拿起来读。果然!但与我年轻时读过的《小巷深处》,似乎已是另一个作家,另一位陆文夫了。

第一次见到陆文夫,是在上个世纪80年代之初。他和高晓声应连云港市文联的邀请从南边过来,跟文学爱好者见面聊聊写作。高晓声先讲。他那一口武进土话,让一招礼堂成千上百的热心听众们一头雾水。陆文夫便当仁不让做了翻译。轮到他讲了,他轻言慢语,不温不火。遣词用语像电报一样简洁,眼睛里闪闪烁烁的睿智和性灵,让我不由得想到夏夜天空里高深莫测的星星。

晚上喝酒的时候,他又让我觉得他是个很感性的人。那时,酒桌上摆出来的不是洋河就是双沟。陆文夫对这些江苏名酒,似乎也还中意。不料,推杯换盏,酒过三巡,礼节性地斯文一番之后,刘国华忽然把小酒盅一推,嚷着要换成大碗,与陆文夫再作计较。陆文夫并不接茬,只是静静地看着这条大汉又喊又叫,似乎在研究这位扛大包出身的工人作家意欲何为。我知道刘能诈唬,却不知陆老兄的底细,暗暗地为他捏着一把汗。刘国华自说自话,斟了一大碗老酒,咕嘟咕嘟仰起脖子喝了个精光。不料静如处子的陆文夫竟不甘示弱,也端起了大碗。随行人员吓得直喊：使不得，使不得！可老陆还是喝了一碗以示回敬。刘国华当即大叫再干两大碗。随行者大惊失色：不行了不行了，到此为止，到此为止！后来我才知道，老陆久经沙场，是个轻易打不倒的老酒徒。我等实在是杞人忧天，少见多怪，大可不必为他如此操心。

我的歌剧《月亮花》在南京公演后，江苏省歌舞团调我未果，便把我借了去。歌剧团团长田夫，希望我写一部以苏州经济起飞为题材的歌剧。这可难坏了我。苏州虽然留下了我童年时光的足迹，那里的一切于我并不陌生，我挖空心思琢磨了个把月，还是不知从何下手。想来想去，只有去苏州请教陆文夫。

那时，老陆刚刚搬进两个两室的新居，两套房子打通了，客厅显得很宽敞。他请我们在八仙桌前坐下。田夫讲了来意，老陆默默地看了我们好一阵，眼睛依然闪闪烁烁，只是让我觉得更加深不可测。闷坐了好长时间，他才轻言慢语地说将起来。他说文学艺术都是写人的，而歌剧写人，重在一个情字。时下，经济起飞刚刚开始，还有许多无法预测的因素。作家很难把握，歌剧则比小说更难。其实，田夫深知歌剧既是一杯挥洒人类至情至爱的浓咖啡，又是以表现女性见长的独特艺术样式，离开这些基本出发点，就会令自己陷入进退维谷的尴尬境地。老陆一番话，让田夫不得不重新考虑题材的取舍。回南京后，这个选题按下不表了。我也松了一口气，当然免不了打心眼里感谢陆老兄帮了我一个大忙。否则，我只好硬着头皮去扬歌剧之短，避歌剧之长了。

后来，只有开会时偶尔见到陆文夫。在饭桌上，他总要自备老酒，喝它几盅。他原本是垂青绍兴酒的。那是真正属于江南文人雅士的饮品，与烟雨迷蒙粉墙黛瓦的吴越水乡，真正是天造地设，浑然一体。不知从什么时候起，老陆的杯中物悄然改变了颜色。我不由得问：怎么不是黄酒？老陆摇摇头，我也不想改变。可是没有办法。过去，我只喝绍兴酒。在绍兴酒中，我只喝一种品牌的，那是老牌子，也是名牌，可是后来喝出了酒精味。我才晓得，它变了，从正宗酿造酒变成了勾兑酒。我只好放弃多年的爱好，改弦易辙，喝起烧酒来。可眼下的烧酒，勾兑者比比皆是，最后发现，五粮液是酿造酒。所以我现在只喝五粮液。真的五粮液，假的不能喝。老陆一番话让我再一次领教了美食家的风采。他的小说何尝不是如此？从清新优雅的吴门小巷，到一唱三叹的人之窝，从不掺水，更不勾兑。要不，怎么会那么醇厚而又淡远，历久弥香，回味悠长呢？

当了中国作协副主席以后，老陆的生活节奏加快了，见他也更难了。我曾两次到苏州拜访他，都扑了空，怅然而回。在会上见到，他总是提着笔记本电脑。听说，他晚上闭门谢客，利用会议间隙，抓紧写一点东西，但老酒还是免不了要喝，而且是五粮液。有一次到南京开会，一位著名的中年画家拎着两瓶五粮液，到他的房间里陪他喝酒。那画家不仅书画了得，而且性情豪放，喝起酒来爽脆豁亮，令你由不得不跟他一醉方休。我就被他忽悠过一回，闹得我一个月血压也没降下来。那天晚上，老陆这么一位沙场老将，竟也无法抗拒他的魅惑，醺醺然大醉了一场，竟至迷迷糊糊失禁在床。我听说后，却怎么也笑不出来，心里酸酸的，摇着头扼腕叹息：老陆老陆，真的老了，有什么办法呢？

在人民大会堂见到他那天，我正拿着全国文代会首日封。看到他从《江山如此多娇》那张大画下面走过来，我就迎了过去。他看了看信封上一大片艺术家的名字，抬起眼睛注视我，脸上展开一个兄长式的微笑：我也要签吗？附近没有桌子，他只好把首日封放在墙面上。认真地签下他的名字。把首日封交还给我的时候，我才注意到他的脸红扑扑的。我于是也笑了。哦，老陆脸上的红晕，似乎是一斛流香溢彩的五粮液，此刻正用它的灵感，描绘着老陆宁静中隐含一丝璀璨的微笑，让我依稀看到了他五味俱全的壶中日月。是的，他无须再像下放工厂时那样，在车间一隅，把怀揣的酒悄悄倒进饭里，连饭带酒一起下咽，借此回味那些不堪回首的曾经。他也无需于黄昏时分，违反四清工作队员不许吃肉饮酒的规定，把几两酒和兔肉揣在衣袋里，一脚深一脚浅地坎坷在苏北村野的土路上，咀嚼命运沧桑的种种况味。

他找回了品啜生命美酒的自由，找回了人之为人的尊严，尽管那已是晚霞四起的黄昏。

黄昏离长夜实在是太近太近了。流金只在一瞬，大幕却已落下。兄长般的老陆说去就去了。我的心为之一颤。颤栗之后，我不知该如何言说。因此我沉默，似乎老陆还在无言地看着我。无意间，我找出那张首日封。我的心又为之一颤：在首日封上签名的宋文治去了，亚明去了，殷亚昭也去了。随后便是兄长般的他。

他在那边还是美食家吗？他的餐桌上还有五粮液吗？我不知道老陆的墓在哪里，但我总按捺不住从心底生出一缕挥之不去的希望：希望老陆的坟前不仅有花，还常常有酒，而且是五粮液，真的五粮液。

无梦之夜，似闻涛声依旧

在夏日的清晨，你去了。像一缕云烟，眨眼间便消逝得无影无踪。我目瞪口呆，惊悚不已。我不能接受这个事实，希望它只是一个梦。然而它偏偏不是梦。沈涛老弟，你走远了吗？为什么走得那么决绝，那么匆忙，那么不管不顾？为什么没有留下一句嘱托，一个惜别的眼神，一个总是那么醇厚的微笑。哪怕只是一闪而过，稍纵即逝，也会给你的至爱亲朋留下些许慰藉的呀。

于是我期待一个梦，一个有你的梦。可是没有。也许你真的走远了，真的就没回一下头，对人世作最后的回眸？你的妻儿都认为我是你最想见的人，想尽一切办法到处找我。但是我在遥远的东北四处游走，又不习惯手机，不是关机，就是没电。等我回到连云港，你虽活着，却已失去知觉。沈涛老弟，我见到了你，可你竟无法感知我的存在。军军在你耳边流着泪说："爸爸，周伯伯看你来了。"沈涛，如果你听到了，你会拼力睁开眼，跟我告别的。是吗？

望着浓云密布的夜空，我问上苍：为什么不能给我一个与你同游的梦，在梦中移步换景，重温往昔？这是否有些近乎残酷？我很无奈，只有在无梦的夜晚回首前尘，抚摸恍如梦境的那些情景和细节。沈涛，你在独自离去的路上，可曾想起那些被友情温暖了的美好时光？

记得吗？我们踏着结冰的石阶，一步一滑地登上黄山光明顶。在电视发射台招待所吃了一餐冰凉的饭。入夜，蜷缩在马厩一样走风漏气的房间里。幸亏铺位之间的隔板钉得很马虎，睡下后，我妻子呕吐不止，弟妹于第一时间从板缝间递过药来，才缓解了妻的病情。现在想来，两家人如此亲密地睡在寒气逼人的黄山之上，实在是无法再现的情景。它带着友情的体温，留在了人生的册页上，成为永远难以忘怀的诗意的栖居。

第二天不等天亮，我们就深一脚浅一脚地直奔峡口而去。巧得很，那云海正无声无息汹涌而来，磅磅礴礴倾泻而去。这时，第一缕曙光映到了你的脸上。我迅即举起相机，拍下了云海曙光中的你。这是我的杰作，不知你放大没有？珍藏没有？或者，无须放大和珍藏，你已然带着它上路。只是为了在空寂寥落的天堂里，抚今追昔，慨叹往事并不如烟了。

并不如烟的，还有我们几个风尘仆仆畅游天台山的林林总总。那天，走到国清寺，早已饥肠辘辘，满头虚汗。便向和尚讨教，哪里可以吃到斋饭。孰知卖饭票的已经下班。那和尚当即自掏饭票帮我们买了斋饭。这才发现那素什锦里，又是烤麸，又是香干，又是金针木耳，又是香菇笋片，再浇上南流北淌的香油，你我不由得胃口大开，一面饕餮一面啧啧称赏出家人之慈悲慷慨，艳羡槛外僧侣竟有如此口福。

到了绍兴，我们都有如鱼得水的感觉。那是我母亲的故乡。而你的嘉兴老家也近在咫尺。那天，你兴致很高，我们两家人说说笑笑来到立着孔乙己像的咸亨酒店。当然是大碗的黄酒，大盘的茴香豆，还有现炸的臭豆腐。店小二来了。我手臂一挥，索兴，把你那小黑板上写的菜，一样来一个。于是，我们真正领教了咸亨酒店大碗酒的正宗和醇厚，体味了酒不醉人人自醉的深深情味。哦，有点晕，有点飘，有点饶舌，有点大舌，有点互不服气，有点不依不饶。尽管这样，还是没醉。可我知道，在你我共同的亲缘之地，我们的心，都醉了。醉得很深，醉得很沉，醉得很痛快。不仅痛快，简直就是酣畅淋漓！沈涛老弟，或许，那是我们一生中共同享有的幸福时光。不为升级，不为加薪，不为职称，也不为红尘中一切猥琐和浮华。那是两个文人心甘情愿地买醉，而且，我们买到了何其纯粹的世间之醉呀！

　　说起来，我们俩都是爬格子的，都有一点清高，都向往潇潇洒洒不拘一格的生活，都在剧本中编织着一个又一个如此这般的梦想。我们从不互相调侃对方天马行空的白日梦，也很少在一起探讨文章，切磋技艺。我很欣赏你的电视剧《罪与罚》——在中国电视剧的发轫期，写出了一个与众不同的具有双重人格的人物，揭示了人性的复杂性，着实令人耳目一新。但我从没有对你说，似乎也无须说。我们更多的时候会一起出游。春天里，开会之余，一起上梅花山。要么，穿过苏州西山岛无边无际的梅海，再爬到梅香飘逸的山顶，令三万六千顷太湖尽收眼底，尽入胸怀。

　　我知道，你真的应该好好放松放松。多年来，为了妻子的病。你付出了很多很多。都说，没有你，十个王翠英都报销了。跟所有传统的中国人一样，你不把爱情挂在嘴上。一切一切，尽在不言中。或许，除了妻儿，写作是你的最爱。在走向终点的时候，你不避寒暑，倾力编著郁华民传记，留下了人生谢幕前的绝唱。随后，便毫不犹豫地绝尘而去了。

　　军军在灵前哭问："爸爸，你不是说，要跟周伯伯一起出去玩儿的吗？"听到孩子这一问，我的心碎了。是啊，沈涛老弟，你为什么说了不算？难道，你真的玩够了吗？

张理·我的画家老兄

张理属牛，我也属牛。我俩前半生颠沛流离，都也说不上很牛，因此免不了惺惺相惜。他大我十二岁，整整一轮，是为老兄。

掐指一算，与张理老兄相识已有三十五六年了。这么长的岁月，对于一个人，那可就是半辈子啦！1975年，我从连云港市文工团调到文教局创作组。那时创作组的活儿，主要是编一张叫《群众文艺》的小报。我和姜威、王志坚都想趁年轻出点作品，却不得不像打地道战那样，白天村自为战，晚上人自为战。相形之下，三位画家比我们潇洒了许多。他们没有定期出报的硬任务。我这个领导指派的小头头，乐得少管闲事，让他们哥几个想干啥干啥，说好听点就是无为而治吧！

三位国画家当然蛮开心：陈学慈一门心思，专攻山水；王宏喜以人物见长，风头正劲；张理老兄最为年长，谨言慎行，不苟言笑，颇有几分长者风范。他沉默寡言，或许是因为在中学任教多年，画笔在他手里有几分生涩，几分沉重？当年，在杭州国立艺专，他什么都学了，什么都没来得及深入进去。如今，突然放下教鞭，当了专业画家，心中自是一片茫然。可国立艺专，在现代中国美术界，几乎是开天辟地的同义词，从那里出来的毕业生少有等闲之辈。张理已人到中年，如何等闲得起？反复掂量之后，他下定决心，结缘水墨丹青，做一个地地道道的中国画家。

而结缘艺术，必先结缘苦难，结缘生活。在这方面，张理有得天独厚的优势。"七·七"事变那年，他只有十二岁，便咬紧牙关，跟着山东流亡中学加入逃难的洪流。这个不大不小的男孩，历尽千辛万苦，踏遍万水千山，曲曲折折，穿越大半个中国，来到当时还比较偏僻闭塞的四川绵阳，在国立第六中学苦读到高中毕业。1945年，又只身前往重庆，考进了鼎鼎大名的国立艺专。孰料板凳还没有坐热，"八·一五"日本无条件投降，二十岁的张理又一次横穿中国，随同艺专师生，一路风尘搬回杭州。1948年，中国之命运面临又一个转折关头。国民党向南溃逃，张理再一次被推向人生的十字路口。在复杂混乱的局势面前，他没有随大流。他不顾艰难险阻，逆流而上，在烽火连天之中辗转北行，终于到达徐州，把青春勃发的自己交给了革命。

这样的人生阅历，家国山水自在胸中，就看你怎么融会贯通，怎么提炼升华了。果不其然，1976年，我亲眼目睹了他创作新山水画《劈山建港》的全过程。虽然只是一幅处女作，却把他一下子推向了时代的最前列。这幅画跻身全国美展，又被天津艺术馆收藏，成就了画家张理，也把连云港建设东方大港的英雄气概，形象地展现在国人面前。其时，老兄已经五十有二，到了知天命的年龄。

之后，老兄便一发而不可收。云台山、黄山、泰山、漓江、张家界，带着万千气象，势不可挡地进入他的画幅。而最令我忘情的，还是连云港的渔村、归帆、雨云、山居、幽涧、瀑布、九龙桥和生机勃勃的码头。我常常想：那些沉默的山山水水，不就是沉默着的张理老兄吗？那些劲健豪放雄奇峭拔的群山，不就是这条山东汉子的血性和艺术理想的外化吗？

对于张理，笔墨等于零是不可设想的。在他看来，笔墨不仅不能等于零，而且是他的全部，他的一切。纵观他六百幅水气淋漓意趣盎然的山水画，笔墨的演绎出神入化。它诠释着山之肌、水之精、云之势、雨之情，更诠释着家乡和祖国的绝世风华和画家自身的气度和胸襟。他的视点，他的笔触，他的线条，他的皴擦，他的勾勒，他的渲染，他的泼墨，给了我澎湃而来的激情和美轮美奂的艺术想象。

　　读他的画作，我常常会走神：倏然觉得，他的画笔上蘸的不是浓浓的墨汁，而是酣畅的诗情，淋漓的诗意。他不是在作画，而是在吟哦，在歌咏，在倾诉。或许，此时此刻艺术都是相通的？那所有说不清道不明的通感，那无所不在的东方哲学精神，是否都早已融汇在前不见古人后不见来者的苍茫之中？

　　他离休之前，我问他有什么要求。他说没有。我便说，那么，我给你提个要求吧！你是山水画家，没有去过的名山大川，你去走一遍。走完了，再回来办离休手续。

　　那次，他走得很远，走了很久。

　　不幸的是，他病了十年。万幸的是，他的肠癌和老年痴呆都奇迹般地治愈了。去年，他整理积攒下来的六百幅作品，想办个个展，出本画册。忙碌多日，忽然觉得眼神不济。一查，是眼底黄斑。嗐，老兄怎么偏偏让你遇上了世界医学难题！如今，他的一只眼睛几近失明。我跟老兄逗闷子：你现在真正是一目了然了……

　　一目了然的他，八十六岁高龄了，仍然放不下心中的艺术。他在坚持。他在努力。他一定要在有生之年了却梦寐以求的心愿。

　　张理老兄，兄弟时时为你祈祷，为你加油。在老弟眼里，你一直很棒。你一直是我的骄傲，连云港的骄傲。

2010.5.13 于苍梧

刘太义·海的恋人

　　几朵黄玫瑰带着几分疏离，几分感伤，与我静静地对视。它看上去有点超脱，又有点孤寂。天晓得，是不是这种遗世独立而又由不得回眸顾盼的感觉让我着迷？人生总会有许多纠结，许多无奈和不忍。刘太义送我的这幅水彩，无意中应和了我生命中转瞬即逝的沉思和低回。因此，我珍惜，我喜欢，还时不时地感受着那朦胧的黄色所传递出的温暖……

　　我和刘太义相识总有二三十年了，始终处在遥遥相望的状态。我在新浦，他在赣榆；我写我的剧本，他画他的水彩。我对他的画，他对我的电影和电视剧，都抱着欣赏的态度，但是在匆匆小聚时，谁也不曾提及。印象中，我们从来没坐下来好好聊上几句，更没有到家里看看、坐坐。自从上个世纪90年代在画展上看到他水色淋漓的《码头雨霁》，引发了我这个新移民对于连云港的自豪感，便开始了对他的关注。后来，那画又与《夏日码头》一起，在全国美展亮相，还得了大奖。虽在情理之中，却仍然给我带来意外的惊喜。他的画风跟他的为人一样朴实。但是，他的画作看上去更阳光，更放达，更倜傥，甚至可以说：别有一番风华。

　　刘太义的画大部分都与海相关。海是他艺术创作的关键词，也是他的命脉，他永远的艺术母题。自从这个来自铜山的小伙子走出南京师范大学的校门，便一头扎进滨海小城赣榆县。这一个猛子扎了四十六年。从此，大海进入了他的身体，融进了他的灵魂。大海既是他的现实，也是他的梦想；既是他常画常新的题材，又是他不离不弃的情人。只要一看到海，他便有了冲动，便鬼使神差地拿起笔来，兴味盎然，灵性十足，挥洒他的色彩和激情。他洋洋洒洒，不绝如缕，画出了《海滩春风》、《采紫菜》、《捉海鲜》、《拾海》、《捞海贝》、《赶海》、《海的恩赐》、《海头浴场》、《伏季休渔》、《秦山浪花》、《风雨欲来》……似乎永远没有尽头，永远也画不够。他笔下的大海，大多有人物。海与人不仅相映成趣，活色生香，而且天人合一，浑然一体。他描绘的对虾，要么鲜活透明，好像刚刚出海；要么红中透黄，令人垂涎欲滴。中国港台、韩国、马来西亚纷纷展出，争相收藏。可是他在连云港仍然默默无闻，鲜为人知。

　　是的，他不把艺术当作买卖来做，也绝不会为打进市场而一味媚俗。或许，为了心中的艺术，他必须苦苦地坚守，在永无止境的穿越中，咬紧牙关，踽踽独行？或许，为了一步步接近理想的境界，清贫和孤独，内敛和低调，都是必不可少的修行？在物欲雄霸天下的年代，这样的独行客，如此地老天荒般的赤子之情，怎能不令我心生敬意，唏嘘不已……

　　每当我想起遥遥相望的刘太义，我总会发出一声喟叹：难得呀！他与大海结缘四十余年，却始终葆有初恋时纯真炽热的情怀。唯其如此这般的忠贞如一，既不"闪婚"，也不"闪离"，才能将一片痴情交付给生活的海洋，成为潜水者，成为弄潮儿，成为扎扎实实的赶海人，硕果累累的艺术家。

2010.6.19

一路耕耘周明亮

周明亮刚到文联的时候，年华正好。那时，文联一共只有一个电话，放在走廊上。有的拿起电话有滋有味地煲，还有的一个接一个没完没了地打。唯明亮别具一格："哪个？什么事？说！再见！"爽脆麻利，眨眼间用一口新浦话完成了起、承、转、合。

我曾听说，他从南京艺术学院毕业才两年，一幅中国画《渔家》就登堂入室，入选第六届全国美展，并由中国美术馆收藏。我为之一震：二十多岁的后生，身手了得呀！调进市文联之后，《船街》、《小岛喜事》连连入选八届、九届全国美展。这些渔村风俗画，跟他打电话大而化之的风格大相径庭，不仅展示了丰富的积累和扎实的功底，而且笔法细腻，细节生动，人各有貌，浓浓的生活气息扑面而来，是下了大功夫，见了真功夫的。自此，周明亮在爽脆麻利之外，又让我看到了心细如发、刻苦精进的一面。

2000年，他以《半亩秋塘》跻身第六届中国艺术节国际中国画大展。那占满了画面的枯荷低垂着头，似乎无法摆脱对于美好时光的怀想，无法忘记生命中一去不返的丰盈和美丽。这张秋意阑珊的水墨，虽有莲蓬掩映，夕照濡染，仍然不免让人发出青春易老人生苦短的感喟，或可看作是他对于花鸟画探索的小结。

1993年以后，他先后应邀到日本作水墨交流，到巴林国家艺术中心举办个人画展。他的人物和花鸟,或夸张,或变形,或奇崛,或超然,或浓墨重彩,或秀骨风神,或从文人画中找到传承,或在装饰风格里彰显现代,作了全方位的历练和尝试。他在艺术天地里上下求索并不断挖掘自己的潜能。他的脚步一直没有停止。他的寻找似乎也永无终结。《半亩秋塘》虽有累累秋实可壮行色,毕竟到了秋凉时节。已过不惑之年的画家周明亮,或许已经油然生出了某种紧迫感。

于是,2005年以后,他开始了又一轮行走,而且越走越远,越走越久。从连云港的山山水水,到江西婺源、浙江雁荡、山东沂蒙、湖南湘西、桂林遇龙。他不远千里,不舍昼夜,走走停停,描山写水。他把这些写生集结在一起,取名《但问耕耘》。

面对书名,我不由得沉思默想:好那明亮!耕耘之外,不问名利,不问将来,还是真的不问收获?

西方画家用一千年的岁月走出了一条从具象到抽象的艺术轨迹。中国画家在东方哲学和审美理念中独辟蹊径,找到的既非具象,也非抽象,而是艺术家心中的大千世界——意象。

意象,或可认为是中国画家天天挂在口头上的"中得心源"了。也许,天地山川花鸟人物,在画家心灵中折射升华出的心象,便可看作是意象了。而中得心源的前提,是"外师造化"。周明亮连续多年苦苦行走,岂不是为了做足师法造化的功课吗?做功课只是手段,不是目的,忙活到最后总归是要交作业交答卷的。如此看来,总有一天,我们必会看到周明亮"但问耕耘"之后,终于赢得"不问收获"的收获。我常常想,那收获该是何等景象?

我们完全可以这样期待那一天的到来。

我相信,周明亮不会辜负我们的期待。

但问耕耘的耕耘者,中国大地不知疲倦的行者,在红尘滚滚中寻求超越的探索者,祝你一路平安,丰收而归!

2011.6.29–30 于苍梧

彭云其人其文

——写在《彭云文集》面世之际

彭云，在我心目中，是一个无法复制的人。他曾历经磨难。他曾破帽遮颜。风里雨里，泥里水里，阅尽世态炎凉，尝遍人生百味。那年月，一顶右派帽子足以压垮一个五尺男儿。而彭云，始终没有丢掉手中的笔和对于未来的梦想。

就是这样一个在苦难中不失尊严，在绝境中也能活出人样来的人，在他即将进入耄耋之年的时候，为我们奉献了一本称得上洋洋大观的《彭云文集》。

《彭云文集》在连云港现代出版史和文化史上，应该说也是不可复制无人能逾越的。这本书，我是专门到府上去拜领的。捧着这沉甸甸的大书，我不由得心生敬畏，一时语塞之后，很长时间都处于失语状态。不是无话可说，也不是话无法说，而是不知道该如何说，才不至于以偏概全，挂一漏万。

彭云的文章，可以当作文学作品来欣赏，也可以当作文化著作来研读。他博闻广识的视野，他古今通览的气度，他对连云港风土人情、历史掌故，烂熟于胸，了然于心，使他的许多篇什，看似信手拈来，却常常涉笔成趣。那行走中的文字淡定自然，时时露出机趣。一如徜徉在山阴道上，移步换景，赏心悦目，我辈着实不可与之比肩。

在我看来，《彭云文集》既是他的散文随笔之总汇，也是一本连云港历史文化小百科全书。它的文学价值、文化价值、文献价值，在连云港都是独一无二的，无可取代的。

记得捧回文集的那一天，我徐徐翻开飘着墨香的书页，顿然觉得走进了连云港长长的时光隧道。我很安静，又很超脱；我很通透，又很享受。掩卷之后，我觉得自己更丰富了，更知性了。在书中，彭云不断地切换时空，穿越古今，你可以读到几十年前新浦的街谈巷议风土人情，你可以吃到令人垂涎的蟹籽豆腐和当路朱二亲手烹制的狗肉，你可以走访那些老街坊、老字号、老戏院、老寺庙、老茶炉、老草行，烟鬼们抽大烟的老膏店，叫卖衣服的估衣市，你还可能不经意间在石板路上同诗人石曼卿、作家李汝珍、才女刘淑曾甚至于画家王宏喜、建港总指挥赵泳狭路相逢，牵着手扯着衣袖，到小酒店里烫一壶老酒，天南地北地畅叙一番。

在彭云笔下，小到一树一花一屋一人如烟往事之芬芳记忆，大到鹰游苍梧海退人进之沧海桑田，远至秦东门、抹字碑、印心石屋，近到盐滩东移、新浦内河码头和上世纪30年代海州第一个航空港在大雾中飞出第一个架次，大凡连云港的历史沿革，地貌变迁，达人巧匠，英雄豪杰，高山奇泉，名花古树，轶闻遗踪，文学巨擘，都在彭云的文章中留下了身影。

这些身影大都已然远去。他们属于昨天，也属于岁月。如果无人记载，或将被逝水淹没，成为永远的遗憾。不可设想，我们的文化遗产如果因了我们的掉以轻心，我们的无知无畏，我们的金钱至上，我们的急功近利，而在历史的风尘中灰飞烟灭，即使拥有香车宝马豪宅美眷，也只能成为没有精神支撑的骨质疏松者，一个失去文化基因的无根之人。这是危言耸听吗？倘若你能把它当做盛世诤言来听，我将不胜感激。

从极"左"时期到欲望年代，彭云数十年如一日，用自己手中的笔，用他娓娓道来侃侃而谈行云流水般轻松畅达的笔调，写出了一大批雅俗共赏的文章，为我们和我们的后代，留下了连云港的古往今来前世今生。真可谓功莫大焉！

在多年交往中，我渐渐读懂了他，他也慢慢看清了我。彭云在我眼中，当然不只是我的兄长。他是一个不知疲倦的行者，行走在云台黄海市井酒肆之间。走累了，最大的享受就是给酒家来一坛正宗的绍兴"女儿红"。他是一个不辞劳苦的耕耘者，太阳还没出山，就已经开始一天的劳作。苍梧小区凌晨四点响起电脑敲击声的，只有他家了。

他是一个以付出为荣的奉献者，一辈子只晓得在书桌前呕心沥血，做一颗永不生锈的螺丝钉。至今，还没学会在市场经济大潮中，拿他的文章卖个好价钱。出版这么好的一本书，竟然还要在自己不太鼓的钱包里掏出六万块，怎能不叫人叹息再三？

更加匪夷所思的是，他抓紧编纂这本文集的动力，是一场超越生死的旷世恋情。在序言中，他深情款款地写道："……我流着眼泪编成了这本自选集，作为献给我最亲爱的人的一个纪念，因为不是她的支持，我是一事无成的。……其实，她没有走远，她依然在冥冥中注视着我，关爱着我，呵护着我。不过，她渐渐恢复了往昔的形象，那高挑的双眉越来越清晰了。"

读到这里，我和妻子都禁不住为之动容。我眼前浮现出彭云打成右派后，妻子杨秀珍每天黄昏在桥头翘首远望，等待他平安归来的画面。终于，彭云摘掉了右倾的帽子，杨秀珍的身体也垮了。此后的三十年，彭云朝夕服侍，呵护备至。退休后，更是从妻子早七点起床到晚上入睡，全天候悉心照料，不厌其烦地忙前忙后。

就这样，他们相互支撑着从不堪回首的厄运中携手走出来，相濡以沫，相依为命，相爱相守了半个世纪。当一生中最安定最舒适的晚年时光让他们倍感幸福的时候，杨秀珍驾鹤西去了。彭云面前一片空白。在痛不欲生的日子里，他看到了妻子从彼岸投来期许的目光。于是，彭云重新振作起来，不舍昼夜，编出了这本不同凡响的大书。

我想,这或当是彭云平淡一生最为华彩的爱情传奇。如今,在垂暮之年,阴阳两隔的生死之恋,为这本大书的面世,平添了几分悲情和浪漫。

看来,多年来我犯了一个错误,居然没有发现彭云大哥是一个如此地老天荒的重情之人。

老彭,兄弟又要对你刮目相看了。

2012.3.24 于苍梧

蒋锡金·笑容

不管走到哪里，不管世界变得多么繁华，我都不会忘记那条宁静优雅的自由大路。自由大路并不大，也不宽阔。那是一条用三寸见方的石块铺砌的路，一条东洋遗韵和满洲风情各行其是的路，一条流淌着树荫、月光、书香和我青春时光的路。自由大路，这四个字本身就足以令一个又一个年轻的生命为之心驰神往。十七岁那年，我正是沿着这条美丽神圣的路走进东北师范大学的。

自由大路也是一条诗人之路。它厚重光洁的石子路面，曾响起郭沫若、成仿吾、穆木天、蒋锡金、公木、蔡其矫、郭小川、光未然、丁耶和思基清脆悠远的足音。他们的足音引领我走进时光隧道，追随文学先知的步履，爱恋着他们的爱恋，叩问着他们的叩问，忧愤着他们的忧愤，幻想着他们的幻想。

那天，蒋锡金老师就是从自由大路向我走来的。他乌发蓬松，胡子拉碴，一袭深灰的长袍油光可鉴。他大步流星旁若无人，整个一副特立独行鹤立鸡群的名士风度。早在上世纪30年代，他就曾与严辰合编《当代诗刊》。他那篇收在《普希金文集》中的译作《茨冈》，让我十分叹服。如今，他走进了我的课堂，实在是我此生的福分。每个听过他《文学概论》的人都不由得反复回味他在讲台上的风采。他左手一挥"马克思"，右手一扬"恩格斯"。即便是引经据典，也像走进自家菜园，大大咧咧，信手拈来，如入无人之境，在左右逢源举手投足之间，把僵硬的季莫菲耶夫拆解得风生水起。讲着讲着，他会突然大声咳嗽，用力擤鼻涕。没带手帕便随手一抹。那不拘小节的情状，常常令人哑然失笑。

有一天同学告诉我：蒋老师是江苏宜兴人。哦，原来是老乡！在咱老家，蒋家可是名门大户。自从读了老师写于1936年的诗《笑容》，我对他更加肃然起敬了。

1927年，宜兴爆发过一次秋收暴动。蒋锡金的老师万益被子弹射中嘴角，倒在血泊之中。当时，蒋只有十二岁。三千个日日夜夜，他眼前反复出现老师被射中后挂在嘴角的怪异的微笑。九年后，他和着血泪，描绘并升华了老师的终极一笑。他说，他在遍野的尸体中，在曙光升起的时刻，看到了老师鲜血淋淋的微笑：

　　……　……
　　我直看到我的两眼眩迷，
　　好像觉得被杀害者就是自己；
　　我也会笑，我要笑，
　　因为被害者并不需要悲戚。
　　我也纵情地笑着，直到有热泪把两眼掩住；
　　以后那笑容便总印在我心上，
　　虽然那尸体早已被埋起……

悲愤出诗人。二十一岁的蒋锡金是悲愤酿造出来的。小小年纪就已经编辑出版了几种诗歌半月刊和丛刊，成为左联时期中国诗坛一员雄姿英发的骁将。

令人叹惋的是，二十年后一个百花怒放又当即沦落为泥的春天，当年的左派诗人竟被一巴掌打到右派堆里。卓尔不群的蒋锡金老师在秋风扫落叶的萧瑟之中，成了茕茕孑立的天涯沦落人。

从此，我没有再看到老师脸上骄矜洒脱的笑容。或许，那笑容已然沉淀到心灵深处,被时光的尘埃深深掩埋。我无从知道,那沉埋的笑容,它会发酵吗?它会酿成酒吗?它会催化电石火花般的灵感和激情吗?他会在春回大地时砰然绽放思想解放的绚丽花朵吗?

  学生一直翘首以待啊,蒋锡金老师……

2010.4.3 清明 于苍梧

卷三 我的魅惑之地

童话东台

总想找回童话般的童年，找回曾经的声音、气味、温度和色彩，无奈，岁月中每一个可感的日子，早已化作纷纷扬扬的碎片。只好求助于电影蒙太奇。天晓得它会把流逝的生命剪辑成什么模样？

一九三七年六月十日

我来到这个世界，虽然事出偶然，但是一九三七年六月十日这一天，对于我，仍然是历史性的。我大头朝下被拎了出来，接生婆用力一拍，我哇地一声大哭大叫着来到红尘之中，揭开了漫漫人生之旅的第一页。

那是一个初夏的夜晚，闪闪烁烁的星星，在天宇间撒下无数大大小小的钻石。星空下，苏北东台码头上九号，一座三进老式院落里，火红的石榴花刚刚过了花期，栀子花的芬芳便像白色的雾一样弥漫开来，就连产房也幽香袅袅，不绝如缕，让而立之年的何美珠——那个因了生育我而疲惫不堪的母亲，倏然觉得夜色如水，神清气爽。

十个月来，我早就习惯了在母亲温暖的胎盘里养尊处优地日生夜长。母亲怀我，是在一九三六年的盛夏。那些日子，知了在树上比赛音高，到了夜里才稍事休息。窗外，萤火虫飞过来飞过去，水淋淋的月光让睡在竹席上的何美珠清凉了许多。

母亲十七岁出嫁。第二年正月，就在冰封雪锁的松花江畔，生下了虎头虎脑的周绍先。此后，跟着周鸿宾又是天津，又是武汉三镇。一九三一年，长江溃坝，滔滔洪水如狼似虎吞噬了上万人的生命。汉口一片汪洋，五十吨大船在大街上如入无人之境。为了孩子深造，母亲省了又省，存在汉口银行的私房钱，一夜间全打了水漂。尽管天天惊心动魄，夜夜漂浮于泽国之上，母亲还是暗结珠胎。第二年，在春水荡漾的湘江之滨，那个叫做刁楼子公馆的去处，生下了闷声不响的周绪先。六年中生了两个儿子，我父母越来越渴望有一个小天使一样漂漂亮亮的小女孩。于是，在江苏东台星河灿烂流萤起舞的夏夜，又有了我。

我知道父亲周鸿宾深爱着我的母亲。我们兄弟三人都是他们爱情的见证。

此前，周鸿宾置父母之命媒妁之言于不顾，新婚之夜从宜兴乘船出逃。这在清朝末年，无疑是大逆不道的不伦之举，足以让阳羡小城整个周氏家族颜面扫地。苏州武备学堂，不仅成了父亲的避风港，也把他锤炼成一个马背上的职业军人。那是一个风云际会的时代，推翻满清的革命旋风点燃了他周身的热血。他投身沪军，冲进南京，拿下了天保城。张勋复辟后，他追随朱庆澜将军北上哈尔滨。一转眼，成了三十好几的王老五。一天，将军神秘兮兮拿出几张淑女的照片。周鸿宾一眼看中了柔中有刚的五姑娘。将军大喜。原来，五姑娘何美珠的父亲，正是朱将军的换帖弟兄。于是，将军平生第一次做了个大媒，又拿出数十大洋赞助婚宴，让他身边这个宜兴穷小子，风光八面迎娶了教育局长何枚生的掌上明珠。

谁能料到：那一场既有风花雪月又有血雨腥风的旷世恋情，竟绵延了四十年，直到父亲溘然长逝，仍然没有画上句号。父亲西去后，母亲含饴弄孙，乐此不疲，甚至把父亲的照片都收了起来。当时，我以为是为了忘却。但是，一年不到，她就瘦了二三十斤。可怜我那中年后发福的妈妈，不知不觉变得瘦骨伶仃，几乎脱了形。

其实，母亲是个不喜欢被人怜悯的女人。父亲死后，她没有号啕，甚至在晚辈面前没有流过一滴眼泪。我当时曾经为她的薄情寡义暗自吃惊。直到第二年春天，我陪她去杭州散心，与大姑妈、三姑母相聚，三个最爱我爸爸的女人抱在一起，痛痛快快大哭了一场。我这才恍然大悟——原来，妈妈已然把地老天荒的爱，连同刻骨铭心的痛，一起埋藏到心底，埋得很深很深。

我很庆幸自己源出于父母至情至性的爱。或许因此，我一生都充盈着丰饶的情怀，都爱着这个世界，爱着这片土地，爱着每一个我爱的、爱我的和我可以去爱的人。

令我始料不及的是：在一九三七年六月十日来到人世，有一点生不逢时。

十月怀胎期间，父母一心一意期盼着一个如花似玉的女儿。他们精心准备了一大堆女婴服，不惜工本从上海三友实业社邮购了不少花花绿绿的衣帽鞋袜。但是，我以大号嗓门高调降临之际，爸爸妈妈不约而同，聚焦到我两腿间那把不合时宜的小茶壶，都不禁暗暗叫苦。

这也就罢了，毕竟只是一把茶壶而已。万万没想到的是，我出生不到一个月，战争爆发了。一场空前残酷的无妄之灾，席卷中华大地。华夏神州，风云变色。就像在轨道上呼啸而行的列车，忽然之间来了一个急转弯。

中国，你要向何处去？

从那一刻起，中国每一个人的历史，都被改写了……

一九三八年六月以后的若干时日

生命是个奇迹：无中生有。最终归于无。

一年前，无中生有，我来到人世。尽管我从娘胎里带来一把不合时宜的宜兴小茶壶，父母的心总归是柔软的。看到我圆滚滚、胖乎乎的脸蛋上，红红的小噘嘴像个花骨朵，粉嘟嘟小胳膊小腿像一节节玉白水嫩的莲藕，咯咯一笑，一副憨态撩人的模样，爸爸妈妈的心早就被我融化啦！

"臭小子！把上海寄来的衣裳都给他穿上，看他像个男孩还是女孩？"

穿上一看，男中有女，女中有男。正在男女莫辨的时候，开裆裤里，宜兴小茶壶脱颖而出，一泡大尿凌空直上，嗞了爸爸一脸一身。全家人立马笑翻了。我的人气指数一下子攀升上去，成了东台码头上九号房东房客们人见人爱的小家伙。或许，这一泡尿提醒了爸爸，日后也不知他得了啥病，还专门喝了我的童子尿。

在妈妈温暖的怀抱里，我迅速成长为一个不折不扣的吃货。吃起奶来，一副贪得无厌的样子。嘴里呼哧呼哧嘬着右边的奶头，手里紧紧攥着左边的奶头，一直吃到满头大汗还不肯罢休。幸亏东台的鱼汤面是顶呱呱的，母亲喝了如此高端的拳头产品，便不愁源源不断满足我小牛般的好胃口。

真可谓"前方吃紧，后方紧吃"。一个吃奶的宝宝哪里知道忧患为何物。其时，泱泱华夏，早已摆不下一张平静的书桌。可是东台一切如前，草民们悠然陶然，看上去十分闲散淡定。

朱妈仍然抱着我去看门前的河，清清流水船来舟往，那一刻我会变得分外安静；渔人唱着号子收网，大鱼小鱼在网里活蹦乱跳时，我禁不住手舞足蹈，一惊一乍，："啊——啊——"地叫个不停。

还有一个我喜欢的去处便是大操场。在那里，我长时间目不转睛全神贯注地看军人出操。下操后，当兵的纷纷过来，抚摸我睡得扁扁的后脑勺："乖乖隆的东！小把戏，你这头是怎呢长的哟？"我不知道大兵们说的什么，但我很喜欢他们抚摸我的头，喜欢他们汗津津的笑脸。

随后，朱妈免不了把我抱到小巷里看他的丈夫朱裁缝。朱裁缝门前，总有几个孩子跳房子、过家家、打弹子、滚铁环。我来了，他们常常围过来给我唱童谣："小宝宝，穿红鞋（读作孩），嘀哒嘀哒上东台。妈妈问你吃的什么饭，吃的八宝饭……"我听不懂，只有啊啊地摇着小手以示回应。

朱裁缝很喜欢小孩，他不是拿酥糖喂我，就是打红糖荷包蛋给我吃。等我走了，才接着做生意。离朱裁缝家不远，是一条曲曲弯弯的小弄堂，碎石路面，一年四季都是湿漉漉的。我喜欢那里挎着菜篮子熙来攘往的平头百姓，更喜欢金刚跻出炉时，扑面而来的香甜的热烘烘的气息。那一个个烤得金黄金黄，形似老虎爪子的面点，气味实在迷人。虽然一周岁的我还不能放开手脚，大快朵颐，但是，它的气息进入了我的记忆，历久弥新。不管走到哪里，不管吃过多少天下美味，我还是十分想念东台小巷里新鲜出炉的金刚跻。

上个世纪80年代，我应邀到盐城参加笔会。在黄海滩涂邂逅了翩翩起舞的丹顶鹤之后，我迫不及待地来到东台。我很感慨，也很兴奋。东台还是那么小，那么静。码头上九号早已片瓦无存，大操场也变成了县委大院。我久久盘桓在旧居的小河边，却难以找到往日的踪迹。我到小巷里挨门逐户地打听询问，没有人知道朱裁缝夫妇的下落。终于在一间逼仄的小屋里找到一位姓朱的裁缝，这位衰弱的耄耋老人，孤零零地睡在棕绷床上。他不记得大轰炸后曾寄居在码头上周家，也想不起一个名叫小宝的大头娃。我很失落，也不便多问。临走之前，我还是把礼物留给了气息奄奄的老人家。所幸的是，在一座老屋低矮的屋檐下，一个破旧的竹笸箩里，我发现了十几个抽抽巴巴的金刚跻。我又惊又喜，一股脑儿全包圆了。一摸，冷冰冰的。咬一口，硬邦邦的。我大失所望。这难道就是我日思夜想的金刚跻？它的清甜、它的馨香、它的松软、它的筋道，都到哪里去了？莫非，留在脑海里几近魔幻的林林总总，只不过是儿时主观印象造成的错觉？还是曾经沧海，时过境迁，我那该死的味蕾，也不知不觉发生了和平演变？

次日清晨，信步坊间，不意间走进一条巷陌，竟然是熙来攘往的菜场。一切是那么眼熟，就连气息和味道都那么热络。湿漉漉的石子小巷，曲曲弯弯摆出了一字长蛇阵，还有那些泥螺、水芹、茨菰、芋艿、豌豆藤、马兰头、钢针、田螺……这一切让我顷刻间回到了从前，找回了往日的时光。哦，那田螺，浇上黄酒，烧得香喷喷的，不是爸爸最好的下酒菜吗？那干丝，配以金钩似的开阳，撒上细细的姜丝，不是可以在鸡汤里煨得汤汁淋漓鲜美无比吗？那大芋头切成丁，用荤油煲煮，浓稠雪白的汤汁上漂着绿油油的葱花，不是总能让我胃口大开吗？那水芹跟香干、雪里蕻跟螺蛳肉不是天下绝配，特别下饭吗？我喷地笑出声来，果然是个不折不扣的吃货，你的记忆怎么都在唇舌之间？而且，几十年后，只须短短一瞬，就像还乡团一样，大模大样回到舌尖上来。

走着走着，猛一抬头，忽然看到一座中西合璧的门楼。门楼上方，"红蓝别墅"四个大字赫然在目。虽然面目沧桑，门厅里一口大锅却让我为之一震。那大锅里煮着不计其数的鲫鱼，咕嘟咕嘟，香气四溢，翻滚着牛奶一样白花花的鲫鱼浓汤。我走遍五湖四海，没见过这等气势和排场。

端起鱼汤面的一刻，我的喉头哽住了。历经五十年沧桑，我居然又回到了原点。如今我满怀疲惫，当年的一切，似乎只是一片虚无。我不知道，那一切发生在前世还是今生？会不会也是我一厢情愿的无中生有？

那么无中生有之后呢？会不会一切归零呢？

一九三九年某月某日

离开妈妈的身体两年了，还是很想念那个幽暗、温润、安全、宜居的小天地。那个小天地给了我一切，还在我心头绾了一个剪不断理还乱的恋母情结。

从小天地出来，我眼界大开，看到了码头上九号门前，日夜奔流的河水上，如何跳出鸡蛋黄一样鲜淋淋的太阳，也见识了飘流的白云下面气势如虹的大操场。那大操场不仅仅是士兵们威武雄壮显神威的地方，也是大哥周绍先登高一呼应者云集的去处。

大哥周绍先比我大十一岁。四岁上学，此后连连跳级，还总是拔得头筹。在外公外婆爸爸妈妈面前，是个大满贯式的大红人。他不仅在学业上遥遥领先，还有足够的时间博览群书。武侠神魔烂熟于心，《水浒》《三国》更是如数家珍。如今，我才两周岁，只不过是个稀里糊涂懵懵懂懂的家伙，他已然出落成东台码头上小有名气的翩翩少年。爸爸妈妈对他自然是一百个放心。

那时，东台的孩子分成三大派。发电厂那派，野。码头上这派，鬼。大哥年龄不是最大，个子不算最高，却因为从武侠小说里学来一肚子谋略，被公推为码头上的孩子王。

今天，朱妈照例带我到大操场看出操，却出乎意料看到了惊心动魄的一幕。只见发电厂的愣小子们，气势汹汹冲进大操场。他们收住脚步，东张西望，竟然空空如也，连个鬼影子都没有。愣小子们大为扫兴，三三两两各自回家。没想到，大哥带着小伙伴们齐声呐喊，从树林里呼啸而出。说时迟那时快，在对方还没反应过来的时候，各个击破，把所向无敌的发电厂派，打得七零八落，抱头鼠窜。这时，比大哥小六岁的二哥，忽然大叫一声："妈呀！"一溜烟跑出了大操场。原来，发电厂来了后援，呼呼啦啦一大帮。大哥立马喊了一声："跑哇！"码头上的小哥们四散奔逃，作鸟兽散，转眼间没了踪影。

路过两淮盐务管理局门外时，防空壕里伸出一个脑袋。咦？像是二哥？他向四处扫了一眼，又警觉地缩了回去。我想挣脱朱妈，到那个神秘的地方去看看，朱妈给了我一个大长脸，还加快了脚步。

我和朱妈回到家里，看到桌上摆着白白的小萝卜。那萝卜圆滚滚胖乎乎，只有我的小拳头那么大，我很喜欢，一把抓过来又是啃又是咬，竟然一无所获。妈妈在一旁咯咯地笑了。她把萝卜刨成细丝，喂到我嘴里。呀！又甜，又脆，又水灵，好吃极了。

我正吃得高兴，突然空中响起隆隆的响声，骤然迫近，顷刻间泰山压顶。朱妈跑到天井里一看："乖乖，没得命喽，日本飞机下蛋喽！"话音未落，爆炸声把房子震得摇摇晃晃，前院传来哭爹叫娘的嘶叫。妈妈愣了一下，突然抱起我，把我塞到八仙桌下。当爆炸声再一次震得地动屋摇的时候，妈妈像一只展开翅膀的老鹰，不顾一切地扑在我的身上。

我记不得那是一九三九年几月几日的几点几分。虽然我不知道发生了什么，不知道母亲为什么这么做，更不知道什么是战争、空袭和杀戮，什么是永劫不复的死亡和如临深渊般的恐惧。可我的本能告诉我，母亲在千钧一发的时刻，做出了一个无须思考的抉择。那个给了我生命的人，又毫不犹豫地用她的生命覆盖了我的生命。

没有理由。

无须言说，也无法言说。

自从我在襁褓中跟妈妈血肉相连，妈妈心里就已生长起一个不会有理由的理由，一种延绵不绝长达一生的无言的言说。那是一个让世界变得无限温暖无比美丽的承诺，一个永远不变的默契。

于是乎，我一生中那个最重要的时刻，那个不可复制的画面，就定格在我的脑海里，成为永远的记忆。

是啊，三岁之前，一切都模模糊糊，似有若无。有长辈讲起我的童年往事，我恍恍惚惚，好像在听别人的故事，又像在遥不可及的梦中经历过。只有妈妈那一扑，无需任何人提醒。那情景栩栩如生，有声有色，就像发生在昨天。我一生都能无障碍地感受彼时彼刻空气中呛人的火药味道，大地在炸裂时的震颤和陷落，还有妈妈的喘息和体温，柔软而又沉实地压在我身上。

我知道压在我身上的是母亲柔软沉实的爱。

而爱，是滔滔岁月中，是唯一无法流失的，不会变色的，不能忘怀的……

一九四零年某月某日

两次轰炸，炸毁了第一进院子，吓跑了第三进院子里的房东，就剩下我们一家人住在中间。而中间，现在已经无遮无拦，可以跨过瓦砾，直接进出了。

院子破落而荒凉，码头上也变得前所未有的破落而荒凉。

朱妈家炸烂了。妈妈叫她跟朱裁缝搬来与我们同住。她的眼神变了，不再笑盈盈的，没有了知足与安详。她常常神不守舍，常常丢三落四。妈妈扑在我身上那天，她像疯了一样跑回家去找朱裁缝。房倒屋塌，朱裁缝像从地缝里钻出来似的，灰头土脸站在她面前。她扑在裁缝肩头号啕大哭。

妈妈拉着我的手，去找爸爸和两个哥哥。他们在一起吗？会不会躲进了防空壕？两淮盐务管理局的防空壕火焰熊熊，说是中了燃烧弹。谁也没见到他们，谁也说不清他们在不在里面，还活不活着？

妈妈紧紧攥着我的手，在防空壕前转来转去，只见一个又一个血淋淋黑乎乎的尸体被抬上来。最后尸体抬完了，伤员也都上来了，还是不见爸爸和两个哥哥。妈妈开始颤栗，蹲下来把我紧紧搂在怀里。时间一秒一秒地过，慢得让人无法忍受。妈妈搂得越来越紧，我几乎喘不过气来。

这时，防空壕里鱼贯而出爬上来三个黑炭团似的男人。妈妈忽地站了起来。

活着！活着……

此时此刻，还有比活着更重要的吗？

哦，这三个男人是她的生命。再加上我，就是她的全部，她的一切，她一切的一切呀……她没有哭，没有叫，也没有扑上前去，只是紧紧抱着我，颤抖得越来越厉害。

也许，就是从那天开始，妈妈心生去意。她突然感到这个富庶悠闲的地方让她惶惶然不可终日。惨不忍睹的尸骸和呼天抢地的哭叫，让她心碎，令她无眠，在她眼前生出许多毛骨悚然的幻象。她固执地认为，这个举目无亲的异乡，随时都会成为诀别人世的坟场。

逃离，成了唯一的选择。回归故里，无疑是最美好的向往。

我脑海里没有留下离别东台的任何一幅画面。只有田埂，只有匆匆的脚步。没有惜别，没有回眸，更没有不舍和悲伤。但是有陌生的河流，有连天的芦苇，有荒村野店，也有月黑风高。

我不知道我们租乘的那条小船，是不是沿着里下河南下的。我也记不得我们停泊夜宿的泰州，灯火阑珊的小巷里，热气腾腾的饺面是不是鲜美可口。但是，当小船来到靖江，小河忽然长成巨人，变成浩浩荡荡滚滚东流的大江时，那气势，那场面，真正是风华绝代，无与伦比。我激动得大叫起来。除了大叫，便是目瞪口呆。有什么办法呢？那时我还不会表达。

爸爸说，我们的故乡离这条大江很近很近。传说，一条白蛇口里衔着茶种从天外飞来，成就了茶叶和紫砂壶这一天下绝配，让宜兴小城人文荟萃名扬四海。或许，宜兴因此才有了与众不同的民俗：每逢年节都要祭蛇。爸爸还说，宜兴古称阳羡，是我们周氏家族世世代代繁衍生息的地方。我们家住在东庙巷。东庙巷和西庙巷中间有一座周王庙，那里供奉着老祖宗周处。周处除三害的故事因一出京剧而家喻户晓。据说，周勃、周亚夫都是我们的先人。可惜当时我太小，不明白爸爸讲的内容。大哥就不一样了。正史、野史、话本、演义，他都有涉猎，有的还烂熟于心。爸爸的讲述，让他对于宜兴，对于周氏，生发出了许多自豪和神往。

那时，我还不晓得什么是自豪，什么是神往。我也不明白什么是逃离，什么是漂泊。因此，我既没有觉得怅然若失，也没有慨叹生逢乱世，命如漂萍。

可是，即使不懂，即使无知，我还是开始了一生的漂泊——在我只有三岁的时候。

一九四零年某月某日到某月某日

站在靖江八圩港，只见浩淼长江在有限的视野里无限地伸展着。极目望去，烟水迷蒙的天际，隐约着古城江阴。江阴要塞，历来是兵家必争之地。到了那里，老家宜兴近在咫尺了，还是遥遥在望了?

　　船家只送到靖江。过江以及过江后的水上行程,不得不另外租船。在岸上歇了一天,爸爸又谈好了一条船,船老大一口答应把我们送到宜兴东庙巷附近的码头。妈妈掐指一算,怎么也得再在江河上漂个三四天。大人们很疲倦。我倒没什么。不但不累,反而觉得很新鲜、很快活,唯一的缺憾是船上的空间太小了,要不开。幸亏大哥的故事永远也讲不完,而且他眉头一皱,计上心来,随时随地都可以横生枝节,添油加醋,让你服服帖帖被他云里雾里牵着鼻子走。

　　第二天,船老大扬起风帆,御风而行。在长江上航行的感觉真好。风和日丽,豁然开朗。天也高了,水也阔了。一家人这个要玩"大观园",那个要玩"升官图"。正在各执己见,船老大忽然叫了一声:"不好了!"接着,便把爸爸叫到船头。顺着船老大手指的方向看去,爸爸的呼吸一下子急迫起来。原来,他看见一艘插着膏药旗的日本巡逻艇朝我们驶来。爸爸拍拍船老大的肩膀,叫他稳住,转身回到船舱,抱起一只装有军装的皮箱,几步跨到船尾,把箱子放到水面,看着它渐渐沉入江中。这时,妈妈到灶上摸了一把锅底黑,不由分说抹到我的脸上。

　　突突突突的马达声越来越近。谁也不知道将会发生什么。几分钟后,日本鬼子登上我们的小船,用步枪嗖地挑开船舱上的帘子。鬼子的目光在船舱里扫了一圈,看到我们一家人正在推牌九,哇哩哇啦说了几句不知什么话,便回到巡逻艇上去了。大人们个个吓出一身冷汗。只有我稀里糊涂,伸着舌头,让大家看我黑不溜秋的大花脸。

　　当时,我不晓得皮箱里装着什么,为什么要抢在日本人到来之前沉入江底,如果被搜查到有军装会造成何等样后果。因此,我是我们一家人里最淡定的一个。对于我,那一切,显得如此荒唐,如此莫名其妙,不可思议。虽然,他们推牌九的样子,跟过年没什么两样。

此后的行程变得格外沉闷。爸爸似乎一直在想心思。妈妈搂着我，不许我到处乱窜。到达江阴码头时，已经断黑。上岸吃饭，店家端出刚刚从长江里网上来的回鱼，热气腾腾，又嫩又鲜，我一下子胃口大开。爸爸吃了几口就独自出去了。那天晚上爸爸很晚才回到船上。他好像跟谁也没商量，突然对船老大说，不去宜兴了。

谁也不知道他怎么就改了主意。是因为爷爷奶奶相继去世，东庙巷七号已经没有我们的落脚之处，还是另有难以言说的隐情？在此后的二十多年里，父亲从来没有提起过这件事。一直到他离世。这对于我，至今仍然是个谜。是啊，如果那时去了宜兴，我的命运会不会因此改写？我们一家人的人生旅程是否会变成另一番模样？

可是，不去宜兴了，我们这条漂萍般的小船，又将漂向哪里？

我的魅惑之地

日本飞机炸毁了我家客居东台的住宅。

父亲决定南归,回到太湖之滨的宜兴老家去。那时我只有三周岁,就备尝了在阡陌中荒野间逃难的艰辛。

在长江的小船里,父亲突然改了主意。让船老大把小船驶向当时还十分宁静的小城苏州。小家碧玉般的苏州城,是我真正开始童年记忆的地方。她看上去像一泓碧水,我儿时的回忆便是碧水涟漪的浮萍。

客居苏州的九年,我们居无定所。我无法告诉亲友,当年我的家在什么地方。随着家境的变化多次搬迁,第一处是船舫巷一号,然后是宫巷蔡汇河头端木先生的客厅,接着便是毗邻公园的同益里石库门两进小院。其间又到上海找老爸,在愚园路、爱多亚路重庆路待了半年。最后一处是醋库巷胡律师家。我读书的学校也就不断更换。小学一年级我入的是建平小学,二年级转到带城桥小学,三年级换到实验小学,四年级因战事转到上海新寰中小学,一学期后日本无条件投降,又从上海回来,进了一所名叫振声中小学的教会学校。那学校除上课外,星期天必须集体去教堂做礼拜。教堂的幽暗神秘让我心生恐惧,但是七彩玻璃透射出的斑斓阳光却给了我丰富的联想。我喜欢在高高的穹顶下徐徐走向牧师站立的圣坛,从他手里接过一份圣餐，吃一小块面包，喝一杯紫红色的葡萄酒。据说，那面包是耶稣的肉，而红酒是耶稣的血。令我大惑不解的是为什么要无端地吞食别人的血和肉？是不是为了让我们这些凡夫俗子与基督融为一体，从而变得圣洁起来博大起来？但不管怎样，我在神圣的教堂里第一次品味了葡萄酒的香醇，使我一生都对葡萄酒情有独钟。

牧师散发的精美的彩色图片曾经给过我一次又一次的惊喜，但图片上描绘的圣经故事却没有引起我多大的兴趣。有一回，牧师将一本软面精装的袖珍圣经递到我手里，让我很兴奋了一阵子。没想到坐下来阅读《圣经》是件苦差事，那些令我兴味索然的故事和说教使我精神涣散，一颗心早飞到了观前街南面的小广场北局去了。

"今朝的北局有啥花头？""苏州""大光明"有啥个新电影？是劳莱哈台的喜剧，平克劳斯贝的音乐，还是蓓蒂的冰上舞蹈？那时的电影刚刚开始有彩色片，电影院根据色彩鲜艳程度，总要在广告上标明是五彩片、七彩片还是十彩片。如果是十彩片，那是无论如何要看的。记得那时我爱看的是根据《天方夜谭》改编的《月光宝盒》和《阿里巴巴与四十大盗》。大哥比我大十一岁，他似乎更醉心于《西线无战事》、《战地钟声》乃至《翠堤春晓》之类的文艺片。虽然西部片、歌舞片看起来更过瘾，但是希区柯克让人透不过气来的《煤气灯下》（那时叫《郎心似铁》）、苏联一部很出挑的《战后早晨六点钟》，仍然给我留下了无法磨灭的印象。

两座毗邻的电影院是我逃离味如嚼蜡的《圣经》的最佳去处。与电影院只隔一个弄堂口的"开明大戏院"也是我经常光顾的地方。姜妙香、吴素秋、谭富英等一批名角常常在那里挂牌演出。我喜欢急急风的奔放激越、锦衣绣袍的眩目色彩和夸张的虚实相生的表演。看得最入迷的戏是连台本《血滴子》，最叫我振奋不已的当属吕四娘拽着钢丝滑轮从二楼花厅越过观众头顶飞落在舞台上大打出手的场景。那一声凌空而过晴天霹雳般爆出的"吕四娘来也！"让我把背在肩上的书包忘得一干二净，更不会想起全家老少正焦急地围坐在餐桌前等我回去吃晚饭呢！

跟妈妈要钱看影戏是件很艰难的事。家境不好是一方面，最主要的还是父母怕我变成戏迷影痴而不能自拔，最后流落江湖，沦为三教九流，真的去做那给人瞧不起的戏子。

父母的担心还真有点道理，我越来越想当电影明星，常常按影戏里的模样翻出大人的旧衣服装扮自己。有时还会找两个小朋友去公园草坪上自编自演一段情节剧过过戏瘾。

我不得不忍受课堂的刻板和教堂的枯寂，必须每周六天面对先生表情呆滞的面孔和单调乏味的说教，必须在第七天跟着先生鱼贯走进黑糊糊的教堂。在沉闷压抑的气氛中度过一个没有自由可言的上午。

对于我，最美好的时光是下午放学之后和星期天午后。要找我吗？我定然在观前街南面的北局。没要到钱就往电影院里愣钻，或抽冷子像泥鳅般出溜进去，或跟着团体煞有介事地混进去。实在没辙还可以拽着挂拐的伤兵大模大样地走进去。被拧着耳朵揪出来是常事，揪出来再钻进去，锲而不舍不达目的誓不罢休的精神也是永远不会衰竭的。

就这样，在初中一二年级之前，我看了三四百部电影和上百出京剧。我的脑子被电影和戏装得满满的，功课却还说得过去，从没当过留级生。

我至今仍然怀念苏州的北局，怀念在那里度过的无忧无虑的孩提时代。那是我第一个艺术摇篮，也是我挥不去、甩不开、割不断、放不下的魅惑之地。嗜，北局真像一只无形的手，鬼使神差，把我推上了崎岖的影剧之路。我居然心甘情愿、义无反顾地在这条荆棘丛生的路上走了大半辈子，老了老了还像顽童一样乐此不疲，无怨无悔。有什么办法呢？

或许，这也是天意？

瓶底先生

小巷清寂。

小巷默然。

像一只停了摆的老钟，滞留在遥远的昨天。

在姑苏，这本是一条寻常巷陌，名字有点怪，叫马医科。我的第五所小学就在这条巷子里。它原名振声中小学，现在牌子上写着马医科小学。牌子变了，学校也该面目全非了吧？谁知走进校门，竟像踏上施了魔法的时光隧道，逝去的五十年原汤原汁地流了回来，让我不敢相信自己的眼睛。喏，小径依然！喏，小楼依然！喏，校园依然！没有新的建筑，当年的小楼也没有修缮翻新。一切都保持原貌，半个世纪的岁月沧桑竟然没在这里留下一点印痕。

……那欧式风格的小楼是中学部。另一座带拐角的二层楼是小学部，那里便是我的天下了。两座小楼面对一个共同的操场。操场边缘，板栗树和柳树筑起一道时动时静的绿墙。那里，是我课间嬉戏打闹的地方。哦，那棵高高的树在风中轻轻摇曳，它的枝叶曾半掩着一口斑驳的铜钟。如今，大树还在，铜钟却没有了。我顿时感到惘然若失。儿时，我习惯了在老校工准时敲响的悠扬钟声中走进课堂，开始一天的生活。是的，什么也没少，只少了一口斑驳的铜钟。此刻，真想再坐到课桌前，斜睨正在讲课的先生，无端地期待着出一点什么新鲜事。教室锁了，无法进入。我只好站在窗外，把脸紧贴着玻璃，以便把里面的情景看得更加真切。

记不得曾经多么优秀，也记不得曾经多么顽劣。除了图画、珠算有过突出表现，我只能算一个没有特别用过功也没有特别拔过尖的学生。国文更是平平。那也许是因为国文先生总让我望而生畏的缘故。他长着一张黄黑脸，鼻梁上架一副瓶底一样的深度近视镜。黑边眼镜上面，额头永远闪闪发亮；下面，一张厚厚的黑嘴在缄默中辐射出无法言说的威慑力。更令我悚然的是他手里常常拿着沉甸甸的戒尺。那戒尺是楠木的，还漆了令人沮丧的深紫色油漆。它的威力，只要听一听挨打者嗷嗷哭叫、嘶声告饶的声音便可略见一斑了。有两个被打出资格来的，估计要挨板子了，便将右手在桌角上反复研磨，直到手心通红麻木为止。在一番厉兵秣马之后来到讲台前受打，竟现出慷慨赴义的样子。我不免暗自赞叹，先生却因此更加激愤，打起来下手极狠，或者突然令其收回右手，专打那只没有研磨过的左手。这可真是魔高一尺道高一丈啊！

一次，邻座打了我，先生便把我俩喝上台前，不由分说各打十板。偏偏那天瓶底先生底气特足，打得又稳又准又狠，我痛得一缩手，一板子打在指尖上，那滋味可真是苦不堪言。偶尔忘了带戒尺，被激怒的先生便曲起中指敲击学生的额头。这叫敲"毛栗子"，也是一种严厉的处罚。几颗"毛栗子"一吃，保证分不清东南西北。我忘不了瓶底先生在我额头上敲"毛栗子"时专注的神情，忘不了被一圈圈瓶底变了形的金鱼眼射出来的森森寒气。我不知道那寒气后面是否隐藏着恨铁不成钢的爱心。但他确是十分虔诚的教徒，上帝定然在他心里注满了爱的泉水，只是我们这些童蒙未开的孩子未能品味出泉水的清醇甘冽罢了。

不知怎地，瓶底先生发现我有戏剧潜质，一次上课时，突然命我到讲台上，叫我当场把课文演绎成小戏，反串马虎的妈妈。我灵机一动，把妈妈表演得比马虎更加马虎，让全班同学前俯后仰，连瓶底先生也忍俊不禁，哆嗦着肩膀转过身去，以免大家看到他古怪的笑容。

当童声合唱《平安夜》此伏彼起，飘飘荡荡，在校园里氤氲起一派宁静和安详，圣诞节降临了。瓶底先生忽发奇想，要我在联欢晚会演出《皇帝与乞丐》。那天很冷，我却必须穿着单薄褴褛的衣衫从外面走进来，穿过整个礼堂，在全校师生的目光中走上舞台，去面对那个傲慢无礼的皇帝。我敲响两枚银币，问皇帝是否听到了它的声音。随后，我用皇帝的逻辑还治其人之身：陛下，您听到银币的声音了吗？听到了？哦，听到了银币的声音，便是盗窃了银币。皇帝张开大嘴，无言以对，鸦雀无声的礼堂里骤然响起一片欢笑声和热烈的掌声……

转身谢幕时，我看到瓶底先生站在"周会"时领诵"总理遗嘱"的地方，远远地看着我，从瓶底后面传送着一丝温馨的爱意。那是我从未见过的父亲一般的目光呵！

如今，那掌声那目光已随着岁月之河远逝，早已了无踪迹。可是当我沿着校园小径，走出时光隧道的时候，却分明听到高高的大树间传来悠扬的钟声。

哦，小巷清寂。小巷无言。

是否也在沉思默想，怀念着遥远的昨天？

鄂尔多斯，我心中的梦

一

忘却了，忘却了……那些往事，那些梦幻。

有的留下一丝回味。

有的留下一缕怅惘。

哦，那些印象和记忆，那些欢愉和磨难……是谁给挤扁了，拉长了，改了色调，换了风味？

变形乎？夸张乎？稀释乎？浓缩乎？

> 望不断千里沙浪，
> 抽不尽情思万丈……

为什么总是这么两句？

为什么喉头发哽，鼻子酸酸的，茶杯里滴进了咸咸的泪？

为了那早年的记忆？还是为了不愿舍弃的旧梦？

也许正是这些难于说清的原因，使我拖延了约稿。

但是我毕竟写了。写给我的挚友、同志和学生，写给我尊敬和相知的人，写给我爱的和爱我的人……

呵！那些飞沙蔽日的春天和煨炭火烤暖了的严冬……

呵！十五年风霜镌刻在眼角、前额乃至于心头的那些深深的印痕……那些爱和恨，那些奋进与沉沦，那些欢乐与酸辛……

鄂尔多斯，我谢谢你的赠予。

在所有的梦中，你是最长的，最难以忘怀的。

因为我把青春留在那座高原小镇上，连同年轻时光的狂啸与歌吟，连同心弦震颤的一刹那奏出的每一组和弦……

你听见了吗？我的知音！

二

当渡轮丢下我，犁开黄河浊浪渐渐远去，我独自扛着沉重的行李走向茫茫漠野，我蓦然感到自己好像被这个世界抛弃了。

那一溜从神仙口袋里漏出来的明沙使我目瞪口呆，不敢想象何处是它的尽头。

哦，东胜，明月下一座月色般寂寥的小城。这是你留给我的第一个印象。

那夜，公署附近的扬声器播送着"十五的月亮升上了天空噢——"天哪，正是这首歌，正是那部叫做《草原上的人们》的电影，给了我太多的幻想，使幻想太多的我急切地来到了这座看不见草原的草原小镇。

那是个什么样的年代哟！当时青年的意识活动，眼下的后生们一定感到十分隔膜而不可思议了。我至今仍然铭感业余大学年轻的共产党员A君。他那准格尔旗人的朴厚和诚挚的关怀抹去了我心头残留的阴冷。

虽然，当我面对满教室二十岁到五十岁的干部的时候，抖抖颤颤地拿倒了点名册，甩掉了黑板擦。但我的生活毕竟开始了。

开始了，在东胜城北破旧暗晦的课堂里。

开始了，从蒙汉干部学员鼓励多于信任的目光里。

开始了，在踏上鄂尔多斯高原新天地，重新唤起了对未来的追求之后……

自然，我不会忘记由业余大学全体教师组成的小小排球队。高矮胖瘦，参差错落。球打得却十分热闹而又认真。红球衣上那四个字是我题的，常被误认为"北京大学"。现在想起那恶作剧还不禁哑然失笑呢！

闲暇时间，要么到公署礼堂放电影（一次倒片时，竟把一本《海魂》掉在油桶里，害得师傅擦了整整一夜），要么到苏州老乡F君家做客。他那触目皆是的盆栽花卉、南方风味的精美菜肴，以及在他家里感受到的家庭的温暖，使我永远像思念兄长似的思念他。

记得，在首都与F君邂逅，正值元宵佳节。我们在西单淮扬饭庄吃了米粉肉，又乘兴到北海观看规模盛大的灯会。那青青麦芽缀成的大型狮子灯，那北国特有的晶莹的冰灯，衬之以湖面上《孔雀》、《荷花》等冰上舞蹈，夜空中火树银花般的焰火，使我们目盼神迷，流连忘返。

……许多年过去了。那夜的绝好景致早已沉入脑海深处，淹没在无数美的和丑的印象与信息里。但那灯火的虹霓时时发出异彩，编织着一个个关于人生和友爱的梦境……

三

随之而来的，便是和"三类畜"、"瓜菜代"这些字眼联系在一起的年代。

吞糠咽"代"，腹中空空。

体内缺乏卡路里，却超负荷地向人间输送着卡路里。

有的浮肿了。有的颓唐了。也有的，开始领悟到后门和特权的重要。更多的人仍在苦苦地探索，苦苦地贡献却一无所求。

那几年，在伊盟师范的学生们中间，我找到了人生最大的乐趣。

他们坚韧、内涵、忠厚，有的带着农民的狡黠，有的显得蒙昧愚拙。有的与我同龄，最大的比我还要大两岁。所以，我把他们看成自己的兄弟姐妹。

　　课间，我教他们跳自编的集体舞；深夜，我仍在批改后进学生的作文和作业；每讲到第三节课时，我额上照例沁出虚汗，肚里咕咕搅闹，于是，便倚在讲台上继续侃侃而谈……

　　春节以后，学生们从饥饿的圪梁和贫瘠的巴拉儿背来了黄澄澄的炒米和白生生的羊油碗坨儿，硬是要留一点给我。也许是为了不愿看到我第三节课时苍白的脸色和淋漓的虚汗……

　　是的，我们挚爱着，像贴心朋友，像至亲骨肉。谁能说得清哪一方爱得更深，更真，更诚？那时，人们在情和钱之间，多数人更看重前者。后来，金钱的意义忽然被深刻地发现，人与人的关系便变得淡漠起来了。

　　呵呵，那个饥饿但是充满友情的年代！

　　　　望不断千里沙浪，
　　　　抽不尽情思万丈……

　　在毕业晚会上，我低声吟哦，竟不能自已。会餐时，学生们轮流把盏。我惊讶地发现自己还有如此海量！至今，每当想起那严峻而又罗曼蒂克的岁月，想起梦一般的鄂尔多斯，浮现在信息之海上的第一朵浪花，就是这回肠荡气的诗句……

四

　　也许，最大的弱点就在于我是个凡人，而又不甘心于做只求温饱的芸芸众生，才多读了几年书，成了个精神需求远远超过物质需求的文人。有那么几年，竟很认真地被定为"反动文人"，其老九之臭味，顶着高原劲风，何止臭出十里、百里了。更有趣的是，黑哥儿们一度戏称我为"周反动"、"周漏右"，里面却还蕴含着拳拳的爱……那雅号，或吆喝于十字街口，或轻唤于三顷地牛棚的板炕之间，似觉比"五七战士"们自栽的华来士瓜更有韵味。

是六十年后又繁衍出了第四代阿Q吗？

怎么于戏谑中还能品味出种种弦外之情？

古今文人大抵有一颗敏感的心。

他不会忘记爱他的人。

他不会忘记去爱人。

更不会忘记他爱过的人……

因而，我常常在梦境中忆念往事，又常常在回忆中融进种种幻影……

哦，你迈着坚定的步子走来了，步履间带着马背上的余韵——你曾在蒙古包里开怀畅饮。你曾经关心着每一株文学新苗的成长……在伊金霍洛旗成吉思汗陵园的庆典大会上，你带领我体察风物人情，切磋歌剧构思，又安排我到下面去长期生活……

哦，还有那个与微笑俱来的X君。一想起你，我眼前又浮现出天桥那个小饭店，那炒糊了的鸡蛋和淡而无味的鱼，还有在北京站话别时的绵绵秋雨……你是鄂尔多斯最后一个送我的人。

啊，这是梦境，还是现实？是依稀幻影，还是春天的回声？

> 天上的白云哟，
> 带着草原清香……

当歌声悠悠响起，你便从青青草滩上走来了，笼着淡淡雾霭，蒙着闪闪星光，摇曳的裙裾上流动着青白色的月华……呵，你走近了，走近了，为什么蓦地飘然而去？

既然姗姗地来了，为什么默默地去了？

既然知道那树上将结出苦果，何以违心地栖身树下？

既然已经栖身那树下，怎么又在风雨如磐的年月厌弃了嚼不完的苦果转身离去？

也许，人生就是无尽的矛盾：有痛苦，自然也有欢乐，而理想的灯火，则永久闪耀在我们的眼前，使我们不可停顿地继续向前穿越。

五

但愿那些不是梦的往事真是一个梦。所以，我往往不大愿意认真分辨，哪些是依稀往事，哪些是南柯一梦。

年岁大了，历尽沧桑，更加珍惜青春年华那一片真挚纯洁的感情。故而常常幻想把那些良辰美景系在缥缈的魂魄上，夜夜入梦，久久不去。午夜梦回，披衣而坐。沏上一杯家乡的太湖茶，浓浓的，绿绿的，让那些苦涩和清新一股脑儿融进悠悠的怀恋……

哦，鄂尔多斯，我谢谢你的赠予！

在所有的梦中，你是最长的最难以忘怀的……

1983.11 草
1984.1 改

遥远的鄂尔多斯

鄂尔多斯，一个多么遥远的地方！

到了北京转车西北去，到达包头再乘汽车南行。这一连串的奔波劳顿。只是为了再看一眼被荒漠围困的古老高原，还有那一座屹立在高原上孤傲而又寂寞的小城吗？

二十多年来，鄂尔多斯渐渐被记忆埋进了最幽深的去处。我力图忘记它：忘记对它的爱，忘记对它的恨，忘记那十五年曾经的一切……在那里，我年轻过，倜傥过，得意过，颓唐过。在那里，我在乡村女教师瓦尔瓦娜的激励下种过李，栽过桃。在饥馑浮肿的岁月里顽强地编织桃李满天下的梦幻。在那里，我曾在宏大的歌舞剧里纵情抒写让沙漠变成绿色牧场的民族旋律。在那里，我刚刚被马头琴手的长调醉倒，醉得像一滩泥，又给浪漫魅惑的舞蹈击穿，目瞪口呆地发现自己只剩下赤裸裸的灵魂，了无牵挂地在沙漠草原上漂泊游荡。

是的，我忘情，我本色，我在狂野浑朴中返璞归真，找到了魂牵梦萦的精神家园。那是与城市假面舞会全然不同的生活。我愿为它舍弃一切，付出一切。

但是在全民狂热的1968年，我遭遇了侮辱与背叛。我被红卫兵揪回曾经不舍昼夜倾情奉献的学校，去接受那里的师生对我的批斗。当我被扭着臂膀呈"飞机式"出现在鸦雀无声的会场上。我所有的赤诚、所有的信念、所有的梦想、所有做人的尊严都在顷刻间崩塌了。

从此,我变得麻木不仁。不知真为何物,善为何物,诚信为何物,希望为何物。

在反省的一年中,我沉默寡言,整日呆坐。在"五七干校"劳动的三年中,我像阿Q一样,和泥便和泥,种地便种地,盖房便盖房。没了思想,也没了情感,只是一个能呼吸会干活的"五七战士"。

唯一的收获是变得黑不溜秋,膀大腰圆。

此间,我的第一个孩子在连云港出世了。他出生八个月后我被恩准到江苏连云港锦屏磷矿工人村来看我那白白胖胖的儿子。

当我再一次回家时。长大了的儿子在公用水管旁问:"叔叔,你找谁?"

我不无酸楚地看着四岁的儿子:我失去了什么?我又得到了什么?

如今,我的儿子已过了而立之年。我却又要奔向那个叫鄂尔多斯的遥远的地方。我慌不择路地扑向那里,天晓得我要到那里去寻找什么?

当年的朋友,残的残了,病的病了。不病不残的,不是老了,就是去了。一切都已成为过去,一切都变得十分陌生。只有小城变得花团锦簇,市民广场的八匹骏马奔腾着永远的青春和活力。

面对故人,执手相看。一碗奶茶三杯烈酒烧得胸膛火辣辣的,却不知道语言躲藏到哪里去了。

后来,学生们来了。这些当年的后生头发也花了,白了。他们从草原上,从小镇上,从沙巴拉里,从几十里外,几百里外赶来,围坐在我身边,像无言的草原一样,默默地看着我。

当我们酒过三巡之后,门开了,进来一个头发斑白风尘仆仆的男子。他来到我面前深深一躬。接着又朝我的妻子深深一躬。当他直起身时，已经泪流满面："老师，我最后一次见您。您正弯腰九十度被批斗。那情景，我一辈子……都……忘不了……忘不了……"

我站起来，紧握他的手，把我已然老了的学生拥在怀里。那一刻，我找回了失落在鄂尔多斯的一切。

鄂尔多斯，你还是我魂牵梦萦的精神家园啊！

当我赤裸裸的灵魂在纯净的蓝天碧野上飞翔的时候，鄂尔多斯，你还那么遥远吗？

走马云南

要乘四天四夜火车!?

哦!天……

"你还有男子汉的血性吗?"我问自己。当年在锡林郭勒大草原追黄羊,不管有路没路,开着吉普横冲直闯,碰得鼻青额肿还仰天大笑。转眼间,大后生那股子愣劲儿哪里去了?可这一转眼竟是二十年。那引以自豪的一切,恐怕早已消失在暮色不期而至的苍凉之中了……

"或许,这是最后一次远行。或许……"

——我不无伤感地想。

于是,才有了下面的日记。

它写在作家神侃,诗人吟哦,"云烟"把空气染成蓝色的去处,写在没完没了的旅途间隙……

一九九一年四月十八日

一周的阴雨之后,老天尽扫愁颜。我也如出牢笼。

照投资者的意见改剧本,本来就够痛苦,加上那天,那雨,憋在锁金村跟导演连汤带水地泡了七天。这下好了!

了无牵挂地上了"游1"。身边车窗前坐着年愈古稀的艾煊。烽火年代没有在他白皙的大方脸盘上留下多少印迹。他手边那杯正张开叶瓣的碧螺春，他凝视着棋局的专注眼神，却让我读出了更多的沉静与超然。与他对弈的赵本夫，那饱浸丰沛日光的黧黑肤色和不乏阳刚气的面部线条，不啻是一篇男子汉宣言。不绝于耳的当然是《雨花》徐明德的次高音赣榆官话。俄尔，长发如瀑的创联部赵翼如一面摆弄夫君从域外买来的高级傻瓜，一面探讨在上海什么地方可以买到专用电池。自然地，人们对小日本做生意之精，之鬼，生发出许多慨叹。

出了上海新站，站在那里开了个短会。决定兵分四路：天上、地下、今天、明天。我是第三路，下榻"沪纺大厦"。由于不吃规定的"和菜"，餐厅小姐扬着脖子用眼角余光斜睨着江苏文人们。

当然，还有不愿乘慢吞吞的快车或害怕把只有一次的生命悬在一万公尺高天的。储福金露了一手。他在总服务台拨了个电话。一刻钟后，"上海宾馆"已落实两张机票。之后别人介绍我们相识，才发现，小储原来是宜兴老乡。

一九九一年四月十九日

上午偷闲到上影文学部看望我的老编辑马晓洪和周泱。

下午四时半，沪昆特快驶离上海。

同行五人，个个都是爬格子能手。

越践，白白的、矮矮的，卡着近视镜，背着鲜艳的拼花包一溜碎步，还真有那么点大和民族的风范。

吕锦华却是高高的、静静的，衣着规范，不苟言笑，好像时时沉缅在将落笔的散文新篇的意蕴之中。

评论家黄毓璜，黑而帅，似有南洋风味。虽然不时讲两句笑话，落寞的眼神里却写着两个字：孤独。

曾为赣榆小说群体含辛茹苦的姚忠瑞，是《雨花》老编辑。一路上，他乐在其中地讲述如何滚雪球似的连出五本著作。这一番出书经和他的迂阔、他的一身书卷气大相径庭，使我由不得刮目相看了。

最年轻最有生气的当属《钟山》沈乔生了。他洒脱而又现代，现代而又不傲视老家伙。虽比我小二十来岁，跟我还满搭得够。

一九九一年四月二十日

醒来已是江西。

晨雾未散，赣水苍茫。山上开着红山茶，倒也有几分热烈。见沿途民居破旧，不觉爽然。

湖南气象迥异。湘、资、沅、澧，水色澄碧。红壤绿野，盛妆相迎，顿觉天高地阔。

车到桂林，已是暮色四合。

几位同伴为夜幕遮去了几许好山好水搓手顿足，筹划着返程时到此一游。

游漓江，当以清晨雾中最佳。迷离的山，生烟的水，影影绰绰，如梦似幻。携侣同游其间，人晕几盅陈年佳酿，天洒一脉霏霏细雨，再弃轮而泛一叶竹筏，穿过层层雾霭寻幽探胜，方可得天趣于一二。

桂林我已游过两番，当然不可再而三了。更何况二游桂林时，甲天下的小偷已窃走我的包。这或许是"如情似梦漓江水"对我下的逐客令吧？

晚来无事，打谜语消磨辰光，倒也乐此不疲，好像时光倒流，又变成了无忧无虑的小后生。

一九九一年四月二十一日

贵州的表情沉雄而又阴郁。

重叠无尽的高山把天空挤得十分逼仄。野蔷薇漫山遍野，白得好冷峭，白得好凄惶……

巍峨的高山脚下堆着连绵的小岩石，构成了奇特的地貌。那小岩石一色地一米上下，嵯峨峥嵘，各呈异态，像一群刻意求怪的艺术家在展示世界上规模最大的盆景系列。这自然景观既叫人拍案称奇，也让人情思悒郁。在如此氛围下，大家的话题不知怎的就转到鬼和魂灵上来。哦，一个比一个耸人听闻，一个比一个更令人毛骨悚然。

乔生忽发奇想，要在前站下车去黄果树，一睹大瀑布风采。我也陡然兴奋起来，愿与同行。老姚和两位女作家都被我们的情绪所感染。只有黄毓璜默然不语。当我们的情绪将达沸点的时候，他以副领队身份发出宵禁。于是大家又像贵州一样沉郁地。直到听说雨季未到，大瀑布无水可看，才找到了某种心理平衡。

一九九一年四月二十二日

早晨六点四十安抵昆明。

天黑得一如午夜。陡然想起：昆明的太阳贪睡，要到八点才伸懒腰醒来。这是八三年的经验。那时，上影决定拍我的《长相知》。无奈盛暑已过，只好到昆明追逐夏日的笑靥。

云南作协接站的人没到。公用电话又难于觅到。

终于来了接待人老屠，带我们驱车翠湖。

街灯下的昆明，比八年前出落得更加气派而水灵。

一进大门，"以法治人"四个字赫然在目。原来，我们给安排在劳改局招待所暂住。

赵本夫比我们早到一天，窝团在大统间里。一见我们就讲，艾煊执意要去虎跳峡。那里太险，小伙子都会送命。云南方面一再劝阻，赵本夫也磨破嘴皮，老艾却丝毫不为所动。

是啊，几辈子能看到三千米深的金沙江峡谷奇观？

"不就是死吗？"

艾煊此一举改变了我在火车上的印象。当年铁马金戈的生活虽没有镂刻在面容上，却融进了奔流的热血中，至今不曾冷却。

护送任务天然地落在乘龙快婿储福金身上。尽管三十多岁的小储似乎并没有创吉尼斯记录的劲头。可不去又怎么行呢？

卫生间水漫金山。女服务员横眉立目，出语生硬，或许把我们当成保外就医的劳改犯了。

下午一行人同游吴三桂修筑的金殿———座令人咋舌的纯铜建筑。

跟边绣边卖的苗族女人还价说笑固然十分有趣，我心里惦记的却是吴三桂的次妃陈圆圆。

吴三桂为她建造的苏州园林式的"野园"，可曾保存下来？她的香塚，几经沧桑能否安然无恙？

一路问去，几乎无人知晓。莫非陈圆圆已从云南的历史上悄然抹去？一个老人叫我到云南师大去找找。在那里，我找到了衔着烟斗在长方形草坪上沉思的闻一多塑像，还找到了逡巡在四烈士墓前，为发现一铜山籍烈士而大为感奋的诗人孙友田。

"野园？会不会就是荷花池？"

"荷花池？过铁路，很远。"

其时已暮色昏昏，只好带着悬念打道回府了。

一九九一年四月二十三日

心绪如今晨蔚蓝的天。

乔生、胡竞舟邀了赵践、吕锦华和我同游大观楼。我付之一笑。

八年前，在这座名闻遐迩的楼外，看到的是令人沮丧的荒芜淤塞。随男女作家一行入得庭园，只见杜鹃纷披，花树繁盛，苍竹丛丛。眼睛为之一亮。悠闲地流连于"涌月亭"，想象着月夜闻笛的意趣……悠悠地踟蹰在"牧梦亭"，品味痴男情女怎地放牧那么多缥缈的梦？再登上大观楼远眺，骋目滇池，胸襟大开。曾有碧鸡(凤凰)飞鸣的西山，氤氲在岚气之中，真像一位慵倦的睡美人长发拂江，惹你生出许多遐思。

下得楼来，只见才情了得的宋词先生正豪兴大发，朗读清代潦倒诗人撰写的古今第一长联。老宋尝出入梨园，当年的夫人又是江南名伶，读来果然身手不凡。他把"东骧神骏，西翥灵仪，北走蜿蜒，南翔缟素"五百里滇池奔来眼底的气势，渲染得淋漓酣畅，给文友们平添了几分兴致。

　　最惬意的莫过于乘上快艇飞驰在水天空阔的滇池之上了。很久没有这样忘情地欢呼畅快地大笑了。这种精神奢侈于我已十分陌生。呵，滇池，你让我变得年轻了！

　　登上彼岸才发现距睡美人西山还相当遥远。七个人一呼隆挤在马车上颠颠簸簸，倒也颇有情趣。驭手段师傅同小马之间的交流简直像父子一样默契。他十分健谈，讲了佛教大师与毛泽东的传说，又讲了龙门道人何以不能得道的故事。情节真伪难辨，却蕴含着许多哲理。不觉走下几十里来，反而舍不得下车离去。

　　付了车资，吕锦华为表谢忱给他一张票子。老段婉谢了，还邀我们携眷来滇时住到他家。他在滇池边盖了一座小楼，空在那里。对于我们，他将分文不收。

　　谁能想到在这里交了个朋友？

　　当我气喘不迭地从山顶下到龙门，俯瞰滇池，没来得及为它恢宏浩大的气派发出欢呼，却禁不住深深地吸进一口凉气。原来，脚下是刀削一样的千仞绝壁。简直无法想象，工匠们是如何把龙门高悬在凌空崖壁之上的。前人以"苍崖万丈，绿水千寻，月印澄波，云横绝顶"描绘这一佳境，可以说毫不夸饰了。

　　回到招待所才听说，本夫已到龙门前，因守门人态度蛮横，竟怫然作色，扬长而去。同行者为声援他的义举，哥儿们便一道愤愤然循原路下山去了。

一九九一年四月二十四日

　　从昆明到石林旅游车往返只要八元。票价好公道！

本来，直发石林至多两小时。可旅游车带我们绕了一整天，翻过偌大一座山又翻回来，钻了小白龙洞再钻大古洞，入洞费成倍增长，午饭又不能罢吃，直到黄昏之前才把人们送到石林外面。

筋疲力尽进退维谷的游客们必须在指定的饭店旅馆吃住。明天逛过石林后，再在指定的时空乘原车返回。你至少要掏出一张老头票才能勉强维持这次始于八元的石林之行。我无法考据这种绑票旅游是不是国内首创？中国人是不是在玩的时候也像史无前例那十年一样自始至终受蒙蔽？

江苏作家团经几番较量硬是不住指定旅店，使旅游老板的小九九部分受挫。

晚饭后，本夫来了兴致，张罗要跳舞。大部分人不再年轻，折腾一天，已无剩余精力。虽经乔生反复串连，群众终于没发动起来。

一九九一年四月二十五日

石林入口处有一座导游小屋。小屋内外坐着二十来个阿诗玛打扮的妙龄少女，吸引了众多游客的目光。你只须掏出一张大团结，就可以邀其中一位遍游石林。江苏团选了个貌似杨丽坤的做向导，为石林之游点染出许多风光华彩。

阿诗玛带领我们在嶙峋石海中上上下下。稍作留恋，便不见了姑娘的倩影。那姑娘信手撷下一片树叶，衔在唇边，吹起撒尼族民歌旋律。于是乎叶笛声便成为这怪石迷宫中令人欣慰的"航标"。

小憩时，有人要同她合影。

她回答，可以跟大家一起拍。

"为什么不能单独拍？"

"我怕你家里会闹地震呀！"

一番幽默机趣，顿时消除了那位老兄未能如愿的小小尴尬。'

当我们被引进最后一个怪石环抱的洞谷，不知从哪里又冒出两个阿诗玛。她俩回眸一笑，将了江苏文人一军：

"哪一位先生跟我们对歌呀？"

先是无言以对，接着是你推我搡。

"总不会没人能跟我们对歌吧？"又将了一军。

有人打趣："对歌赢了，是不是可以娶阿诗玛做新娘呀？"

一阵哄笑之后，我被推出来做江苏人质。

姑娘们竟不唱"阿诗玛"，出人意表地打起了刘三姐对歌的调子。我顿然感到自己陷入了酸秀才的窘境之中。我同姑娘们对歌两轮，或许真有神祇保佑，居然没败下阵来。

阿诗玛们只是穷追不舍，我唯恐捉襟见肘，自是无心恋战，只好用歌声表示：石林景也美，姑娘情也深，连云港不如石林好，阿哥只有留下来。

捧腹大笑，皆大欢喜。勉强保住了面子，实际上已向阿诗玛缴械。奈何？

我失笑自己何以生出如此雅兴？四年前，在吐鲁番葡萄沟就曾鬼使神差地在一片喧笑中翩翩起舞。哦！是不是离开了被社会角色模式化了的环境，人就会不由自主地反璞归真、放浪形骸了？

转出石林早已饥肠辘辘。我和乔生沿路寻访，想找个干净幽雅的去处填饱肚子。

山坡上有一幢三面临空的小饭店，我俩便拾级而上。正在切菜的青年老板狮子大开口，漫天要价。几经反复，终于定价落座。

乔生请他快一点，以免耽误了返程车。

那老板竟突然操起铁锹，威逼乔生出高价。

沈乔生滋润的面孔陡地失了血色。顿了片刻，他抢前一步，一进两退，夺下了老板的铁锹。老板噌地拔出雪亮的匕首向他刺来。乔生以锹尖相向，朝石级下退去。

我却无路可退。老板猛转身把匕首对准了我。我哪里有能耐夺过他寒光闪闪的凶器？

亏得店伙计赶来握住老板手腕，才使我摆脱困境。

至此，我终于不再怀疑：孙二娘卖人肉包子是作家向壁虚构了。

下午回到昆明，江苏团到金花宾馆报到。

夜深后，同室两位诗兴愈浓。先是孙友田朗诵他造访上海龙华的诗作，继而扬州文联许少飞兄也情意缱绻地吟咏睡美人西山。

诗和云烟共存共荣，相得益彰。

两位诗人入睡后，我失眠了。

一九九一年四月二十六日

参观云南博物馆。为古木雕之精湛技艺惊诧不已。先后向三个工作人员问及陈圆圆的"野园"和墓葬，均报我以木然的困惑。最后，一位戴眼镜的年轻女馆员说陈自溺于荷花池，而荷花池荒芜多年，无人管理，实际上已不复存在。

到"云南画报社服务部"修相机时，小师傅说陈墓已被盗，陪葬品早就卖到香港去了。

无人证实他的说法。还是存疑吧！我深怕再看到木然的困惑。

今夜，昆明市文联《滇池》编辑部为我们举行云南风味小吃招待会。那些煎臭豆腐、糯米粑粑、油炸奶皮，勾起了我的食欲。最有乡土气息的还是"过桥米线"。穿傣服的小姐捧给我一碗滚沸的鸡油。我学着别人把面前的生鱼片、生肉片撂进鸡油中，待肉呈红色后，加入米线，稍后再洒些青蒜、葱、韭等辅料，趁热吃来，倒也别有风味。用鸡油烫熟米线，持久保温，是很久很久以前一位给赴考丈夫送饭的贤惠女子想出的绝招。如果不是在过桥时跌了一跤，后人哪能从米线中吃出如此丰富的情味？

一九九一年四月二十七日

曙光未现，十三省市文友们便纷纷登上座位排列相当紧密的老式大巴。迟到的当然是《现代家庭》大大咧咧的广东客林经嘉。

看上去土里土气、干瘦漆黑的司机，随身带了两个女人，还在副司机座上搭了铺，铺了被。那胖胖的，作睡美人状，不时发出一阵朗笑。那瘦小的，或与睡美人谈笑，或与黑司机逗趣。

车经西山出昆明，绕山而行，山无数，穿洞十余。山下响水河忽隐忽现。山路回环，越走越险。众目睽睽之下，那两个女人与司机旁若无人地高声调笑，甚至发展到把食物填进司机口中的程度。我真担心五十来个作家的性命会毁在一男两女互丢眼神的晕眩之中。

我身边，赵本夫的面部线条愈益显出硬汉的冷峻，却没有如在西山似的发作。他无表情的面孔被自己喷出的烟雾所笼罩。

中午憩于楚雄彝州。四套班子出迎共进午餐。

我提请云南作协陪同者告诫司机结束这场禁止的游戏。

午后大巴继续翻山。山势更加汹涌，而司机与两个女人的调笑方兴未艾。

本夫的战略却不是针锋相对。他一支接一支地给黑司机递烟，有时还对着了给他抽。司机很有面子，也感受到了江苏团头人无言的重托。不仅很哥儿们地回敬香烟，那车竟也越开越溜。

尽管奔驰在高山峭崖之上，常常是间不容发地一个陡转接一个陡转再接第三个陡转。那老兄只须两臂一悠，轻快地画一道圆弧，便抡出一个富于韵律的大回旋。回旋之余，仍不放过任何时机丢眼神。不仅向女人，也向身后的本夫哥儿们。

终于，我看到了更加陡峭高耸的红岩。翻越红岩，眼前一片平坝。麦浪如金，好像把晚霞的光和色全都吸附到这片锦绣沃野上来。据说云南从这个"祥云坝"取了一个"云"字。那么"南"字呢？是否取自于那令人神之往之的"南诏国"呢？

喜洲的田庄宾馆是一座典型的白族建筑。古雅的飞檐雕花门里面是三房一照壁，两进二层。颇为清幽恬适。

预订的房间被老外捷足先登，等了个把小时才安排到一张加铺上。

同室而眠的是《河北文学》老孟和《散文百家》老马。两位老编辑不多言语，绝少交际，散淡超脱，颇具长者风范。

一九九一年四月二十八日

参观白族民居之后,我们被安置在原为兵营的三塔文管会。在高耸入云的三塔下,石桌石凳间,举行了"三塔笔会"开幕式。

王蒙应邀讲了一句话:

"祝大家跟我一样交好运!"

在掌声中,我仰望雄奇壮丽巍峨如屏的苍山。山腰间团团白云绵亘百里,哪一朵是阿凤公主化成的望夫云?山顶上积雪四季,宛如一顶若隐若现的皇冠。苍山以十八条雷霆砰轰的飞瀑溪流倾其所有奉献于洱海。洱海的坦荡澄碧和富于野性的温柔,是不是对苍山之爱的回报?

在永恒的自然面前,我始觉将人生之旅中走不走运、悖不悖时作为某种标尺,视野似乎狭小了些、世俗了些。也许,一旦回到充满竞争的人群中,这种超然物外的观念,便会以摧枯拉朽的之势灰飞烟灭了。

大理古城,残破而亲切。像一个老人在山墙下晒着太阳絮絮地讲述太长的历史、太久远的故事。我不知道大理石制品是否和大理城的历史一样长久。它们琳琅于贯通南北城的街市上,我这外乡人自然是大开眼界。我没本事把这些精美绝伦的石片、石雕、石屏、石盅背上万里路,故而只是一路激赏、惊叹。买得最热情最持久的要数小储、老姚和凤章了。

扎染一条街在一条岔路上。虽然远不如大理石街长,却使我留恋再三,不愿离去。那长裙,那短衫,那夹克,那牛仔坎肩,只要以扎染布为面料,就成了一件艺术品,就产生一种神奇的诱惑。

大理,你是不是自古以来就同诱惑两个字联系在一起?

大理新城则另是一番景象。西洱河横贯城区,河边花坛红白相映,山坡灯火如夏夜星云。确乎告别了漫长而沉重的昨天。

南诏舞厅的音乐震耳欲聋。我和凤章当即逃了出来，不经意间在一家商店看到了手工精湛的大理石雕花家具。我们和《北方文学》老孟、小鲁看了又看，转了又转，带着审美的满足和无法享用的遗憾走向灯火阑珊的街巷。

回到三塔虽已十一点，那一轮高悬在苍山和三塔之间的明月给了我好兴致，信步来到塔下赏月。一路上，我悠开嗓子唱起了"月亮出来亮汪汪、亮汪汪，想起我的……"

"想起我的……"

"想起我的……"

我的歌声竟惹得一个又一个文友接续下去。原来，三塔下早有七八位多情人在那里望月抒怀了。是啊，这澄彻如月华、宁静如历史的氛围，泅染着古塔的异域情调，让人们变得不再陌生，由不得想向人倾诉，渴望互通心声。作家们像达成了某种默契似的在这里款款低语、娓娓长谈……

哦，苍山雪，洱海月……大理，你与生俱来的诱惑使我久久地迷醉，在我渐渐滞重的血液里注入了生命之泉……我要向你拜谢。我要向你顶礼。

一九九一年四月二十九日（阴历三月十五）

一群白族姑娘朝我们走来，像一片光环，一片花海。近了，才看清姑娘们穿着：嚯！那一大片以白为底色，银红嵌黑绣花一抹金的民族服装，实在是美轮美奂。她们步履轻盈，胯部也斜着向右前方款款扭摆，传递出白族女性独有的素养和情韵。

有人拍手叫绝："走得多美！多有文化！多一分则太多，少一分则太少。白族了不起！"

姑娘们后面是一群举旗飞奔的白族青年。

几乎同时，青、白、绿、蓝、红、黄六条巨龙狂舞于场中。

更多的白族女人跳起了优雅曼妙的舞蹈。

大理三月街首届民族节就这样揭开了序幕。

以翠绿的树枝引路，一对对拿着烟袋的老年妇女时而交头接耳，时而有说有笑地从观礼台前走过，赢得江苏作家一片掌声。这个生活气息浓郁的舞蹈叫《绕山灵》，其无表演的表演，堪称典范。

听说高山上的佤族曾砍下闯入者的头颅祭谷。人们围着供在木桩上的头，边刺边舞，祈祷丰收。那往昔的一幕令我震惊不已。现在，佤族女人野性十足地甩着黑色长发，狂放不羁地宣泄汹涌的激情。这眼前的一幕仍然强悍而魅惑，使江苏作家骤然起立，频频挥舞着红帽子高声欢呼。佤族女人们于是更卖力地前俯后仰，猛甩乌发……

"巧克力色的皮肤真美！浓一点则太浓，淡一点则太淡。是化妆的吗？"

"不，是天生的。"

能与佤族各领风骚的，唯有高山彝族了。专业舞蹈家们该感到脸红。他们永远无法跳出那一群光头青年单腿横跨蹦跳的那种剽野粗放。头皮雪青的小伙子们一手高举红曲肉，两耳夹着香烟，几个斜步，挟着野山风啸，跳出了一个在贫困中煎熬已久的民族以有肉吃、有烟抽为满足的典型心态。

我和文友们站起来用力鼓掌，大声欢呼。

此时此刻，我又一次忘记了自己的年龄，成了一个无拘无束的老顽童。

白族晚宴给了我全新的感受。生田螺肉、生猪肝片、生肉片蘸着酱酒之类的作料下酒。如何？敢不敢一试？不尝两口，枉来一遭，失去一次不会再有的体验。几口下肚，尽管有酒精跟踪消毒，却还是来了挡不住的感觉。

回房后立即服用黄连素，仍在不太长的历史时期内捂着动乱频仍的肚子直奔一号而去。

哦！一号已人满为患，且有对号等候者。

出得一号，又见行色匆匆的文友们不绝如缕地奔向热点方向。

一九九一年四月三十日

　　昨夜一顿白族晚宴使江苏团集体和个人所有的黄连素一扫而光。云南作协一大早便派人冒雨进城买药应急。

　　听说中午要吃白族八大碗。喜讯传来后我呆楞良久。省委文艺处副处长陆建华腹泻发烧，八大碗于他无异于雪上加霜。还是宋词老辣，不仅从容对付八大碗，还抱着酒瓶子连吃带喝，其乐融融。

　　《粤港信息报》詹力克女士叫号，要跟徐明德比酒量。徐在部队经长期正规训练，是不近女色的。他高挂免战牌已显出某种疲软，在众人一再怂恿之后望风而逃，更引起舆论哗然，无不为男子汉的异化摇头叹息。

　　宋词则要倜傥得多。他请颇有实力的詹力克同饮，直到餐厅里只剩下他们两个，仍保持旺盛的斗志……

　　晚十点。应邀到三塔寺文管会偏殿品尝白族三道茶。

　　庭院对面的厅堂里，乐队正奏着大洞仙经音乐。听去像江南丝竹，却又有道教音乐的韵味。

　　一曲终了，皓齿明眸的白族少女捧来了第一道茶。尝一口，香、浓、酽、苦……其间，庭院花间树下，白族男女时隐时现，相互对歌……

　　乐奏二章后，又有男女忽此忽彼，在对歌中散了又聚。

　　白族少女明眸闪闪，笑容可掬地捧来二道茶。

　　《星火》如月、《南昌晚报》云云急切要拍接茶场景。我这近邻便十分麻利地将两位女士捧接的一瞬，定格在日本傻瓜的暗盒里，为她们凝结了这一回味不尽的时刻。

　　等我端起那杯有核桃、奶酪的甜茶，已不热，但还是喝了下去。

　　第三道号称回味茶，味最佳，茶中似有杏仁、花椒，清淡而有余韵。

正品味间，忽觉二道茶在腹中骚动不已。我坚持到一切礼仪和表演结束，又很有毅力地为老孙的新诗和老宋的艳词鼓了掌，才行色匆匆地离开会场……

一九九一年五月一日

太多的雨下得太不是时候，泛舟洱海因此告吹。雨中走访周村扎染作坊。笨重的大染桶古老到原始的程度。可是那几位用线在白布上结扎各色花朵的工匠，其想象力之奇诡，却超越时空地焕发着无与伦比的活力。

向往已久的苍山水煮洱海鱼，实在太辣。加上蝇群过于顽强，只好告退，免得向王洪波去要十分紧张的止泻药。

午后驱车蝴蝶泉。细竹夹路，泉水清洌而富张力。通幽处偶见徐霞客塑像，却没有以之命名的蝴蝶。正是莺飞草长时节，彩蝶躲到哪里去了？总不会都飞进偏居一隅掏五毛钱方可一看的"蝴蝶博物馆"吧？

回到崇圣寺，泼墨般的雨云中射出一缕阳光，像大舞台上的一束追光，投在苍山、洱海、三塔这一巨大布景之上。此情此景，令我张口结舌。宋词也大为惊叹，约我抓紧拍照。

我们穿过密密匝匝的大理石摊贩，终于找到了比较合意的视角。

在古城买的扎染牛仔坎肩、牛仔礼帽再塑了我在古塔的形象。不知妻子看到这张照片时还能不能认出他的老伴？

小储又在买大理石。他不仅买，而且每每希望得到雅士们的共识。老艾对小婿的审美感觉颇为赏识。真是翁婿所见略同。

孙诗人则更为空灵超脱。他关注的不是美丽的大理石本身，而是世世代代为采大理石而"从悬崖上坠落的名字"……

一九九一年五月二日

告别苍山时，雨云掩去了它神奇的白色皇冠。

大巴驱车穿过大理新城，沿西洱河入苍山群峰。造纸厂排出的滚滚水，使清流变成冒白沫的黄涛，逶迤奔泻，长达五十公里。

继而，舍西洱河，折入横断山。高山植被颇为稀少。后，灌木与树渐多，却被开荒地搞得秃斑处处，水土大量流失。

澜沧江回旋奔腾，气象雄浑。大巴在沿江悬崖上陀螺般旋转，拼力驶往四千米高峰。

我不止一次被峡谷里躺着的地震废墟所震撼。一不留神，滑坡巨石横在路心，把汽车逼到了崖边上。那擦边车开起来可真够悬的。偶尔放眼深谷大江，忽见崖壁上挂着头朝下的汽车残骸，顿觉命悬一线，心中不寒而栗。突然，大巴沿着被雨水洗得溜滑的斜坡向崖边滑去。黑司机的脸刷地白了。他那痉挛的拼死一搏的大回旋，终于在最后一秒力挽狂澜，使大巴奇迹般转过身来。

呵！如果再滑行一秒，我们岂不是也要成为"从悬崖上坠落的名字"？

云南真是不可不来，不可再来。

八百米怒江大下坡足以使人过足了瘾。坡下，一座不起眼的铁桥横架水上。王洪波说它就是惠通桥——中国军人打退鬼子的地方——中华民族尊严的一座丰碑。

直到晚上八点半，作家们才坐在芒市金孔雀餐厅的竹楼上用傣族晚餐。牛肉巴巴，其味怪异。我没有福气享用。只好去对付毫无个性特色的炒豇豆。

逛夜市时，在T字路口点煤油灯的小食摊上看到了司机和两个女人。黑司机在啃鸡腿，女人们为他把盏。"他很累。没有酒，他吃不饱。"瘦女人说。胖女人目光一闪，咯咯地笑了。看着黑司机狼吞虎咽地吃鸡，我不禁想起那生死攸关的一秒，那令人叹为观止的大回旋……

回到招待所，见黑师傅开车出去。

"我不能住双人间！睡不着！"

黑司机转身丢来一个眼神。不知从叫什么时候起，他跟我也哥儿们起来了。是啊，黑哥儿们可不能睡不好。

一九九一年五月三日

葱笼秀美的瑞丽一扫男性的雄浑厚重。

车前闪过的是浓荫如盖的大榕树、风姿飘逸的凤尾竹、芭蕉、水田、披着彩色雨衣耕作的傣女、骑车挑着担子的小伙子……沿丽江而行，无异于在一首美丽的抒情诗中徜徉。不太高的连绵起伏的山坡和悬崖上，各种亚热带植被藤牵蔓挂，如傣家靓女秀发纷披，在丰盈的江水中投进了她令人倾倒的一颦一笑。

闻名已久的瑞丽集市，果然洋洋大观。来自缅甸、泰国、印度、巴基斯坦的商人，有的摆摊，有的开店，有的还娶了中国女人，在这里过起了小日子。作家中的女性进入了发挥状态最好的时期。金银饰品、象牙筷子、新潮时装、缅甸海货、泰国巧克力、美国剃须刀、木雕工艺品，一股脑儿塞进行囊。她们冒雨讨价还价，大把大把地掏钱购买。据如月女士说，这很痛快，很过瘾，是一种心理上的满足。如果不是囊中羞涩，把大把的大票子"啪"地摔在柜台上是够气派的。

我最热衷的是木雕。那大大小小的象，那充满宗教神秘感的面具，真美，美得令人震撼。

我买了一个高黎贡山之神，看去很像印第安人。又在眼花缭乱的化妆盒中，选了一只献给我的妻。半辈子没施过脂粉的她，面对这份意想不到的礼物，她感受到的将是喜悦还是伤感？

一九九一年五月四日

　　瑞丽寺庙的佛堂都在楼上。参拜者须把鞋子脱在楼梯上。佛像着彩鲜丽，富于南国情调。佛堂稍近处写着"女宾止步"，稍远处写着"男宾止步"。

　　在等罕奘寺，一群席地而坐的小和尚一面飞快地扇着半圆形芭蕉扇，一面用傣语哇啦哇啦诵读，活脱脱一副有口无心的形态。听了介绍，才知孩子落发进寺后必先学文化。墙上黑板写着课文，有半边是汉字。写得很美，像诗。

　　我们来到一个依水而立的寨子。村口路边小巧的竹棚里放着两只陶罐、两把铅勺。原来，这是专为路人提供饮水的去处。

　　在竹楼上，我们按傣家习俗，男左女右，席地而坐。傣族以长幼为序，男尊女卑。种田和家务都由女人承担，夫妻却十分和睦。反目、离异极为罕见。

　　一家小店，男人淡定地坐在店里。问他商品价格，他说要等女人回来了才知道。可见傣家男子多么超脱！

　　村人告诉我这个寨子与缅甸犬牙交错。中国鸡到缅甸下蛋，缅甸瓜在中国结果，是寻常家务，绝不会引起边境争端。

　　等罕傣寨简直是一座大花园。路这边，棕榈如盖，芭蕉结果；路那边，三角梅开得正盛，一丛丛凤尾竹、一棵棵大榕树掩映着注入了现代意识的傣家新居。

　　拍照时我和徐明德走进一大片凤尾竹林。没想到看上去轻盈潇洒的凤尾竹，被风摇撼后竟发出海潮般嘎沙沙的喧响，听去令人兴奋而又悚惧。

　　为拍摄《孔雀公主》搭建的宫殿现在成了"醉仙楼"。在那里，我既没有醉酒，也无法成仙。那些傣族风味的酸笋、酸菜、黑肉丸、鱼腥草，我的肠胃实在无法消受。

走过中缅界桥，却仍然身在祖国。这块像牛角一样插进异国的"飞地"，傣名姐告，意为旧寨子。在飞地，津津有味地品尝了中国最后一个餐馆的豌豆糊和空心菜，参观了中国最后一个设施完好的篮球场。在这里，再跨出一步，便可向缅甸饭店的老板娘兑换缅币，然后迈过土沟返回本土。

一个缅甸女人背着孩子用不大流利的汉语问我姐告医院在哪里，似乎没有看到我站的地方竖着两国界碑。

一九九一年五月五日

路过姐勒金塔，天公才收住了雨脚。

这座富于缅泰情调的高大佛塔，金碧辉煌，显得瑰丽而又神奇。在两千五百年中，它曾被毁五次。第五次被毁后，当地人连续七天七夜看到废墟上金光迸射。随之，在那里掘到了熊骨。而佛经已昭示释迦牟尼是金熊转世。于是人们捐款捐物，请缅甸傣族名师建起了这座名扬四海的金熊宝塔。

中午，抵达畹町(意为太阳当顶的地方)。滇缅公路至此戛然而止。曾以美国将领史迪威命名的公路在中缅界桥前画了一个句号。

乔生非常偏爱这个地名，他说回去后要写一篇小说，题名就叫畹町姑娘。

途经芒市，雨云仍步步紧跟。台湾相思树驱走了我心头的悒郁。那一片片红花，像漂浮在树冠上的云，还真能点燃起一股莫名的相思之情。

中午又要吃傣餐。我宁可吃阳春面。不料竟有十余人志同道合。木夫劝我以大局为重，只好勉强赴宴。总算有一种用芭蕉叶包的"泼水巴巴"倒还清甜可口。

当我看到那两个女人在发动机盖子上摆了两大网兜芒果，才发现自己不该忘记了至关重要的事。雨下得再大，我也该给天天倚门望子归的八十四岁老母买些芒果才是。她虽只剩下两颗牙，或许还能品味它别具风味的柔软甜香。

大巴已驶离芒市。真是太遗憾了！

热带雨林渐少，山也渐高。我们已踏上归途。

本夫跟我聊起泰国见闻。我看着他无表情的脸，想着他表情丰富的小说。尤其是那篇《仇恨的魅力》。

"你是不是很喜欢梅里美？"我问。

本夫瞟了我一眼，嘴角漾出一丝笑容。

或许，他默认了我的判断。

黑哥儿们总不忘回头给本夫递烟。而那两个女人也时时请我们吃野橄榄、酥皮核桃、西瓜、芒果什么的。

在漫长的旅程即将结束的时候，一切隔膜和怨尤已成过去。谁也无法说清，我们这些完全不同的人怎么竟成了朋友。

晚七时二十分，保山地区文联主席周文林在宾馆迎候我们。他特请茶场经理为我们采摘新茶，还在晚宴前让我们品尝了滴滴香浓的保山咖啡。

饭后，宋词一再邀我同赴文联为我们举办的舞会。我还是独自一人奔向街头。一路东张西望，寻寻觅觅，终于在一条灯火黯淡的小巷里找到两个卖芒果的小贩。我大喜过望，拣青的买了许多，重新平衡倾斜了大半天的心理天平。

附记：

十天后，我历经万里，几度辗转，终于回到远在陇海线最东端的小家里。一路上，芒果已烂掉不少。我把仅剩的几只捧给老母，她嘻开瘪瘪的嘴一笑，我才发现她最后的两颗牙已经掉了。

探梅者说

梅花在华夏，称得上是雅俗共赏的名花了。

古往今来，不管是卓尔不群的骚人墨客、壮怀激烈的志士豪杰，抑或是退隐山林的达官显贵，都常以梅的清雅孤高、宠辱不惊、特立独行自况、自诩、自勉、自律。又不知到了何年何月，梅花竟被衍升为中华古国民族性格、民族精神、民族气节的象征。中国朝野对于梅花的关爱和推崇，至此可见一斑。

流年似水，冬去春来。江山依然，梅花依然，观梅赏梅者能否守着那一份依然如故的心态？不难想像，在竞争激烈硝烟四起的尘嚣中拖着疲惫不堪的躯体，蓦然间柳暗花明，闯进梅花营造的玉洁冰清的全新天地，其惊喜无异于一片梦寐以求的精神家园从天而降。那家园的意义，可以是逃离，可以是隐匿，也可以是调整和休憩。

记得十几年前一个春天，我陪电影界朋友到了苏州，兴冲冲搭上长途汽车，直奔远在东山的光福镇，为的是体味一下明末以来"邓尉探梅"的意趣。到了香雪海，只见密密匝匝的梅树从山下一直铺展到山上，但那梅花却像商量好了似的，一朵也没留在空寂的枝桠上。我十分懊悔来迟了一步，那些烂漫于枝头的梅花已零落成泥，不见芳踪。或许，那袅袅香魂仍在云墓山悄然游荡，我却没有嗅到一缕梅香、一丝余韵，只好无言空对"闻梅轩"，愀然徘徊在泥泞的小径上，寻觅"入山无处不花株，远近高低路不知"的意境。

前年早春时节去南京开会，回程前蓦然想到正是梅开时节，便不由分说直奔梅花山。匆匆赶到山上，山门未开。哦，才是早晨七点。我与沈涛相视而笑："痴！"从山门外望去，那一山梅树并不拥挤，显得洒脱而又闲适。偶见丝丝缕缕的晨雾在疏疏朗朗的梅林间飘曳，弥散着超凡脱俗的气韵。

在一株清芬淡淡、绿也淡淡的梅树前，我停住了脚步。不知为什么，梅种多多，我尤爱绿梅。如果那一株绿梅有白梅烘托或红梅映衬，我就会倏然间沉醉于如临秋池如对明月的心境之中，那一颗困顿浮躁的心便悠悠然静了下来，静得像一片虚无的夜空。

我拣了一条石凳坐下来品味梅的赠予。石凳面对一湾止水、几间茅舍，为风骨清奇的老梅平添了几分古意，几分野趣。我像喝了半斤花雕似的晕出了些许虚幻。那虚虚的感觉真好。我至今仍会在独自枯坐时回忆起那个春日里微醺似醉的感觉。

今年终于又有了两次探梅的机会。

先是在无锡安排两市书画联展。当地文联的朋友问我要不要看看三国城、水浒城？我说还是看看自然的东西。哪里呢？正值阳春，当然首推"梅园"了！

那是一个暖风熏熏的午后，梅园花事繁盛，千百株梅花簇拥着山丘上一座玲珑秀塔。据说，这里原为荣氏私家花园，如今成了平民百姓赏花游冶的去处。登上塔顶，俯瞰园林，但见摩肩接踵的梅树把一座小山堆叠得花团锦簇，其格局和情调与南京梅花山大异其趣。这倒应了这座商业城市入世而又爱"轧闹忙"的心态。文友许墨林告诉我，到了双休日，观梅者比梅花还多，人们挤挤挨挨说说笑笑鱼贯而行，简直像把上海的南京路搬进了这座并不宽敞的花园。我庆幸自己没有轧到这种闹忙。不然，我又如何能在清风阵阵的塔上痴痴地远望五里湖，想象范蠡与西施泛舟远去帆影？如何能幽幽地远眺云烟迷离的山山水水，在梅风竹影里寻寻觅觅，找回失落在阳羡小巷里的家乡情结？

之后，到苏州请陆文夫未遇，便起了重游香雪海的念头。散文家吕锦华告诉我，自从太湖上架起了通往西山的大桥，香雪海就黯然失色了。我十分讶异，不敢相信这世上还有令香雪海无人问津的赏梅胜地，当即决定驱车前往，一定要到那里看个究竟。

驰过现代化的苏州新区，远远看到一座大桥像白色珠练挂在太湖的颈项之上。汽车在项链上穿越湖光山色，却没有到达西山。于是我们又从这个叫长沙岛的地方再次登上大桥，那白色珠练竟然把我们带上了小叶岛。正纳闷间，第三座长桥赫然在望。我们又一次在太湖上穿过长长的珍珠项链，才来到与香港面积相当的西山岛。

或许，这只不过是一个小小不言的序曲？女作家吕锦华，你的葫芦里到底卖的是什么药？

我还没有从连锁大桥的洋洋大观中回过神来，一株株盛开的白梅、粉梅已从车窗外掠过。倏忽间，单株的梅树已衍化为家前屋后一片片梅林。再一转眼，我们的车驾已然一头扎进无涯无际的梅海之中了。我们在梅海中行驶了半个钟点，仍然不知海岸在哪里。

为了一睹花海全貌，吕锦华引领我们在林屋洞前拾级上山。女作家告诉我们，这里前几天刚刚举行过梅花节，许多书画家触景生情，挥毫泼墨，诗兴大发。说话间，山风吹来一阵阵清芬，那梅香时隐时现时淡时浓，令人神清气爽，却不让你一次吸饱吸足，令你身不由己地跟着香气前行。我说不清那是失魂落魄的感觉，还是如痴如醉的状态。总之，那清甜的气息洗涤着我的身心、我的灵魂，让我一生一世再也无法忘怀……

我紧走几步，登上山顶的驾浮阁。这里果然是观梅的绝佳去处。凌空望去，由不得惊呼自己正驾浮于梅的浪花梅的波涛环拥着的琼楼玉岛之上。那浩浩邈邈海海漫漫的梅花，漫到山腰则漫作梅云，溢到涧谷则溢成梅雾。到了皓月当空的静夜，我想，这里将是好一派梅的冰川、梅的雪野了。如果不是身临其境，我无法想象，疏影横斜暗香浮动的梅花会汇聚成如此恢宏的旷世奇观，让那些青瓦白墙的农家新楼被微缩成漂浮在香海雪浪之上的一叶扁舟、几片帆影。

不经意间我转过身去，才发现，三万六千顷太湖烟波为西山梅海镶了一个边框。在相映生辉之余，不免有些神色凄然。不知是不是因为她不得不委屈自己做了西山梅海的陪衬？

　　吕锦华问我有何观感。我连连发出浩叹：梅花观止！梅花观止……

　　然后，我便沉默了。

1997.3.23 草
2011.3.27 改

天堂之网：一种感觉

开窗见水，出门上桥，此乃姑苏一绝。

还有更绝的，干脆在河上搭起封闭式通道，当作横跨两岸的家庭走廊。

推开沿河人家的后门，照例有石阶直下埠头。那埠头，承前启后，用场多多，既可淘米洗菜，又能隔河搭话。泊货登船，购买活鱼鲜菜，更是十分便当。

苏州，头枕着河，脚踏着河，时时事事离不开河。唯其如此，千百年来不胜重负。那色彩，那感觉，真个是难以言传。你瞧，它绿而不翠，波澜不兴，灰蒙蒙，暗苍苍，纵卧横陈在碎石铺砌的古老街巷之间。

那些年代，我同它朝夕相处，耳鬓厮磨。久而久之，那河在我心目中便幻化成一个人，一个须臾不能离开的朋友。

只可惜那朋友沉郁得很，沉郁得几乎让我感到窒息；忧伤得很，忧伤得让我忘记时光的流逝。但时光毕竟流逝了，连回味的间隙都不肯留下。

当第一片黄叶从生命之树上悄然飘落，当我喧闹的心倏然平静下来，闲闲地伏在拱形桥头上，凝视我神交已久的朋友——那灰蒙蒙暗苍苍的河水，不知何时竟变成恍惚的镜面，那朦朦胧胧的影像映出了我鬓间的霜雪。

我"哦"了一声，说不清是惊讶还是喟叹。

在苏州河这位无言的老友身边，我分明年轻过。年轻得不能再年轻，年轻得又鲜又活，比沾着露珠映着朝霞的花蕾还要遭人嫉妒。都过去了吗？全埋到时间的尘埃里了吗？

呵，苏州河灰蒙蒙暗苍苍的睇视，是否含着几分嘲弄和讥诮？它的从容不迫不管不顾让我分外窘迫气恼。它一如既往，淡淡地静观缓缓流动的市井生活——在石埠头唱着大九连环刷马桶的、弄堂边汗流浃背烧老虎灶的、蓬头垢面孵在茶馆里当日子过的、黎明即起肩背香袋进山烧香的、摇着船裹着晓雾卖芋艿的、夫妻档东奔西走唱评弹的、前店后坊做松子糖蚀坏了满口牙的——满不在乎地看着我从放了学就钻电影院的孩子变成历经沧桑熟过了头的老男人。

苏州河的淡漠和漫不经心终于激怒了我。我用石子砸碎了模糊的镜面。然而，顷刻之间，它竟然又恢复了心平气和波澜不兴的老面孔。

我拂袖而去，穿行在儿时就熟得不能再熟的里弄和僻巷间，穿行在高高的黑粉墙、白粉墙挤压下的狭窄空间里，穿行在深宅大院绮楼绣户蕴育的神秘故事里，穿行在乌鹊桥、官太尉桥、带城桥、皋桥、饮马桥、枫桥构筑的方阵里……我蓦然停步，终于发觉自己怎么也甩不脱那个不温不火不冷不热灰蒙蒙暗苍苍的老伙计。

"哦？"

"哦！"

我赫然顿觉：苏州阡陌纵横牵丝攀藤的小河，在古意盎然的街巷里弄间编织着一张难以察觉的网，一张无形无状的命运之网。

人们在网里走来走去，在网里繁衍生息，悠闲得几乎脱尽了火气，满足得让你无法否认，只有这里才是举世无双的人间天堂。

间或有不安分的，不愿重复那些单调日月的，他们意气风发义无反顾地走出去了。若干年后，竟又风尘仆仆拖着疲惫的肉体和灵魂，身不由己地钻回那一袭网中。为的是找回曾经被自己视为世俗的闲适，酣畅淋漓地跟那些潇潇洒洒于网中度过了一生的知足者认命者，促膝回忆儿时的意趣。

于是乎——

又去眺望晨曦中披风篁雨而来的菜船、草船和粪船？

又去寻找坐在木楼门前蘸着刨花水梳头的丹凤眼女人？

又去沧浪亭美专张大了嘴看那些见所未见的外国裸体石膏像？

又去观前街买两只油绿油绿的青团子一口咬出甜腻腻的豆沙？

又去朱鸿兴热乎乎香喷喷吃一碗撒着青蒜飘着猪油花的清汤阳春面？

又光着身子睡到浴室的藤榻上沏一壶雨前碧螺春，打一阵声震屋宇的呼噜？

…………

哦，游子累了，真的累了。

不知不觉认同了一切，灰蒙蒙暗苍苍天天都在周而复始单调重复的一切。

姑苏城，你真个是天堂——肉体的天堂，灵魂的天堂。

喏，我的老友——年迈而又宁静的千年之河，气定神闲，斜卧横陈，既在无始无终地编织，又在默默无语地作证。

是耶？非耶？

你可能回答我？我那神交已久的朋友！

抹不去的桃花涧

连云港像一篇大散文，虚虚实实，洋洋洒洒。从这个侧面看，它是罗曼蒂克的，从那个侧面看，它又是现实主义的。大山、大海、大港、大堤赋予它一股大气，而原始先民在将军岩凿刻的岩画，比敦煌还要早二百年的孔望山摩崖造像，海州湾烟波中的秦东门遗址。板浦镇小巷里的李汝珍故居，则在磅礴的气势中透视出历史的深邃和古文化永不泯灭的华彩。

这篇大散文我已读了三十二年，可以说读了很久很久。对于我，无异于一篇耐人咀嚼的经典著作。但我仍然说不清是否读懂了它。我只能说，我与连云港的结缘始于亲情，对连云港的了解源于新婚。

三十二年前我第一次来连云港是因为娶了在锦屏磷矿工作的姑娘为妻。我披着一身风尘，从那片被切割得破碎不堪的黄土高原来到山清水秀的东部港城，实在是一次不寻常的回归之旅。对于一个离别江苏多年的游子，那不仅是乡土的回归，爱的回归，也是人伦与天性的回归了。

当我走进大树参天的桃花涧，迎接我的是一片清幽、一派宁馨和一脉锦绣若屏的峰峦。那山，灵秀中透出粗莽，在大笔触挥洒的绿色中时见裸露的棕褐色巨岩，而山下则是桃林村舍岚气缥缈的小桥流水人家。不觉间，啾啾鸟鸣和淙淙溪声拨动了我心中的琴弦，使它在久久的震颤之后吟哦出深深的感动。可惜我只能独自感受它，品味它，却不能将它化作蝌蚪状的乐谱去感染世人，令其悠然着我的悠然，沉迷着我的沉迷……

那时我正年轻，血气方刚，兴致也就格外地好。我索性逆着溪流进入涧谷。那些在山体运动中堆叠挤压的峥嵘山岩和回环曲折喷泻跌宕的山水，并没有吓住我这个独行客。我兴味十足地一面饱览带着几分荒蛮的景色，一面不知疲倦地在嵯峨崎崛中奋力向上攀援。终于，一道水坝截住了山泉。坝中水清澈见底，映着涧谷上一线蓝天和一个年轻的我。我于是脱去衣裳纵身其中。哦，水深没顶，水凉如冰，数千里风尘、几昼夜颠簸的疲惫，顷刻间如烟散尽，只留下那一片碧玉般的山泉赠予我的肌肤之亲。也许，正是那一瞬间，我爱上了桃花涧。随着时光的流逝，竟在我心头悄悄绾结了一个不是家园胜似家园的乡土情结。

此后，每次探亲都要去看看桃花涧，就像看望一个可以无话不说的老朋友。直到在桃花涧安了家，成为不折不扣的涧中人，开始了与桃花涧耳鬓厮磨朝夕相处的日子。在那些日子里，我几乎走进了一种悠然陶然天人合一的境界。我曾在梨花似雪的月夜醺醺然忘情于林间阡陌，我曾在"桃红复含宿雨"的清晨看旭日如何点燃花瓣上的雨滴，我曾在暴风如注的黄昏望山泉如何汇成一往无前的瀑布和洪流，声若惊雷地冲向百里平畴，我也曾在雪霁之后踏着吱嘎作响的白雪，跌跌滑滑地爬上山去，只是为了倾听高山雪国中青松们静穆深沉的对话。我始终相信，树木和树木、花朵与花朵是可以对话可以交流的。因为它们是生命，生命自当有生命的话语，更何况这山这水是它们的父亲和母亲。如果说山是凝固的历史。历史怎能无言？如果说水是流逝的岁月，岁月岂能失语？在桃花涧，我既看到了远古岩画所呈现的历史空间的厚重，也隐隐听到了先民们从时间隧道中传来的令我的灵魂震撼不已的祈祷的话语。

逝者如斯。在流逝的岁月里，每个人都有烦恼与快乐、创造与幻灭所构建的百味人生。于是，我走在青山绿水间寻找自己的人生话语。在一个漫长的寒冬里，我写作了大歌剧《月亮花》，江苏歌舞团将它搬上了舞台，又改成了交响组曲。它同随后发表的电影文学剧本《当我们年轻的时光》一起，并不轻松地告别了我的青春年华。

我在桃花涧步入中年，走进生命的秋天。我的孩子们也在桃花盛开的地方长成两个高高大大的小伙子。而我聪慧沉默的母亲，却无可挽回地衰败下去。也是在那山下，在那水边。

现在，母亲仙逝了，孩子出去了，我也离开了桃花涧。每当清明时节，我带着妻儿扫墓，肃立山上，总要默默地伴着长眠的母亲一起遥望不是故乡胜似故乡的锦屏山川……之后，在潇潇春雨中，桃花涧便会悄然走进我的梦境，给我带来关于青春和亲情的人生风景，带来沉落在心底的记忆。只是那些记忆已抹去了叹息，抚平了创痛。我想，或许是那灼灼桃花的明丽湮没了人世沧桑的种种况味吧！

"桃花深处最销魂，春意盎然堪醉客。"

我把许多抹不去的生命话语留在了桃花涧，成为那里永远的醉客。而真正抹不去的，还是丰富了我生命的桃花涧。

于是，我在连云港这篇大散文的字里行间，写下了这篇关于桃花涧的散文。

穿越时空的性灵

我在锦屏山马耳峰下流连了十年。回想起来，那或许是我一生中最富诗意的。

栖居。在那里，我可以在风里向大山和先人倾诉衷肠，可以在雨中与缤纷的桃花默然相对，可以旁若无人，直奔生命的原生态，把野性而又柔润的山泉拥入怀中。入夜，提起笔来，我常常推窗遥望天边月。倦了，睡上卧榻，淙淙的涧水同娇儿的鼾声便不期而遇，挟着山谷的风，演绎出多声部天籁之音，汩汩流进我繁星满天的梦乡……

一种天人合一的感觉时时环绕着我，一种喧嚣纷扰之后的宁静洗涤着我，让身心俱疲的我，找到了千金难买的放松。我十分感谢上苍，在半生漂泊困顿之后，给了我三千六百个妙不可言的日日夜夜，让我在大自然的呵护下休养生息，拾回了阔别已久的安宁。

从此，我开始了心灵的对话。

我先是与歌剧对话。歌剧是歌唱着的剧。我更看重剧中的歌：歌唱着的剧中人，还有他（她）身后喑哑已久的周某人。那歌，唱的不是故事，而是心性。心性之核便是灵。于是，我揣摩再三，人类心中那可以称作为灵的又是什么？我想，应当是人性。虽然它也常常异化嬗变，甚至走向反面，成为不可理喻的兽性。歌剧是至情至性的，又是高度浓缩的。唯其如此，它只能是两极的，黑白分明的。

在歌剧之后，我与电影狭路相逢，却不能逢山开路遇水搭桥，成了剪不断理还乱的欢喜冤家。当我的女主角始于梦想终于高山之巅的时候，我的心又碎了。当等待了二十二年的另一个不幸的人，终于在望穿秋水之后，喝下最后一杯苦酒的时候，我的心被重重地蜇了一下。我一而再地从世外桃源重新走进昨天的阴霾，再而三地从阴霾中挣扎着剥离出来，逃回远避尘嚣的锦屏山桃花涧。

无奈，我永远不能走出记忆。我的记忆中永远不能没有回忆。我的回忆永远无法被莺歌燕舞，被歌舞升平，被漫长的岁月销蚀成一片虚无。我不得不苦苦地寻找原本的我，天真未凿的我，淳朴无邪的我，无牵无挂的我，完全本色的我，豁达率性的我，不信邪的我，从不吞吞吐吐的我，从不虚与委蛇的我，重情重义的我，天不怕地不怕的我。

结果，是没有任何结果。

我追问逝水，拷问自己：那个本我到哪里去了？是被遣到爪哇国了吗？

抑或，从来没有过那么一个本我，只是一个虚拟的不可能存活于现实中的幻影？

但是，在将军崖，面对那一大片漫漶于苍茫岁月之中的无字天书，我忽然感到自己已然穿越时空，与六千年前的先民促膝而谈，并在那里找到了曾经的本真。

先人哪，让我直面你的心性之灵吧！让我们在浩瀚星空下作竟夜长谈吧！或许，只有你，才能帮我找到文明的源头，找到最甘醇的性灵之泉……

恍惚间，我看到——那泉水滋润下勃然而起的性灵，张扬放达，泼墨如云，几乎只在一夕间，便让桃花涧风情摇曳，出落成了花开如雨、芬芳如许的千古红颜。

2010.11.26 于苍梧
2010.12.8 改

将军崖，叩问远古的英雄

　　将军崖身旁，桃花涧笙箫管弦一唱三叹。一个，在日月星辰下祖露着棕褐色的胸膛；一个，从锦屏山行云走雨跌宕而来。这边厢欲擒故纵，那边厢欲语还休。美人黯然离去，英雄却没有叫停。好一对令人叫绝的英雄与美人！

　　曾经，英雄与美人都与我声息相通，如同血脉相连的亲人。曾经，我与涧水情同手足，却把英气逼人的将军冷落在一旁。我知道，数千年前那山下原本是苍茫汹涌的大海。桃花涧虽与英雄擦肩而过，可还是找到了雄奇阔大的怀抱。

　　后来，桃花开了，我为桃花沉醉。梨花如雪，我又为梨花伤怀。我不知道，为什么那千百株烂漫春花都环绕着将军棕褐色的躯干？那雄健伟岸的身体为什么像一座祭坛永远朝向天空和大海？那笔触稚拙粗犷、笔力刚劲豪放的岩画，莫非是将军刺在赤裸身躯上的纹身？

　　将军的纹身可真美——美到极尽天真，极尽幻想；美到无法言说，无与伦比；美到后人皓首穷经，依然难以破解。

　　那是人类童年时代的原始绘画？还是最早的艺术家创意独特的雕刻？先民们年复一年，激情澎湃，刻画的是人间的生态，还是神灵的世界？那大大小小的圆或当是天上的九个太阳。那么最小的一个，是第十个太阳还是人身？为什么穿着长长的衣裙？九个太阳下面到底是它的光芒，还是阳光下疯长的庄稼？如果是光芒，为什么焦点是反的？如果它上面是太阳，怎么越看越像一张张人的面孔？那些面孔上的眼睛为什么如此令人难忘？而那一根根把人面和庄稼连在一起的线，又意味着什么？

当我与之对视，总觉得那些圆圆的炯炯有神的眼睛，正穿过长长的时光隧道瞪着我，逼视着我。在那些眼睛里，我读到了坚韧，读到了坦荡，读到了亢奋，也读到了对于浩淼宇宙的敬畏和讶异，似乎要叩问什么，诉说什么，穿越什么。

于是我又想：干嘛总是非此即彼？就不能换一个思路，就不能想一想，有没有亦此亦彼的可能？他们既是普天之下照耀万物生长的太阳，又是日出而作、日落而息的先民，更是日生夜长蓬勃向上的禾穗。如果创作冲动真的是来自于天地人浑然一体的灵光一闪，是否可以推论，天人合一的意念，在凿刻将军崖岩画的时代已然开始萌发？

此后多年，才有了"道生一，一生二，二生三，三生万象"之说。

"道可道，非常道"仅仅六个字，足以把无形无状无始无终的"道"，渲染得神乎其神玄乎其玄。我不禁要问：那天地间如此神秘莫测的道，究竟从何而来？

在踏破铁鞋寻找答案之后，郭店出土的战国竹简一语破的，原来，"道始于情"。

而情的本源是爱。如此说来，爱便是情中之情，源中之源。

那么，时至今日，我们可不可以认为：你我生于斯的这个世界，早就是"爱生一，一生二，二生三，三生万象"了？

2010.11.27 于苍梧
2010.12.4 改

那年月　那市井　那方言土语

　　第一次亲近连云港，是在四十五年前的 1965 。走出小小的新浦站，身后的候车室，怎么看都不大像火车站，要说是地主家门楼，还有那么点意思。站在和平桥头放眼望去：最宽阔的马路是建国后新修的解放路，最繁华老街当属百年老店摩肩接踵的民主路了。

　　解放路上，领衔全市的大百货商店是一溜平房。要问上档次的饭店嘛——拐角处弧形的黄海饭店，那里面的豆腐卷子、油炸糖饼算得一绝。最考究的住处，当然是地标式建筑新浦饭店了。那是一座洋气的小三楼，路人表情夸张地对我说："喔乖耶，睡一个晚上，总要块把钱咧！"

　　与解放路相比，民主路更世俗，更有亲和力。东头，前店后坊的"馨祥酱园"，巨型酱缸摆了一院子。甜面酱腌渍的大酱瓜泛出金黄的色彩，大大激发了我味觉和嗅觉的想象力。西头，悬壶济世的"三和兴药房"丸、散、膏、丹样样齐全，中草药小抽屉满满一墙，像一个缩小版的北京"同仁堂"。当然，最吸引人的总归是"万康祥"。那些琳琅满目的点心糖果，让难得有零花钱的孩子们垂涎三尺。整坛的老酒红布封口，开坛的瞬间香气袭人，令酒徒们迷迷瞪瞪乐不思蜀。相形之下，"生庆公茶叶店"就显得优雅清静、卓尔不群了。碧螺春、龙井、云雾、毛尖清气氤氲，茉莉花香漫漶四溢，置身其间免不了醺醺带醉，悠然陶然，以至于流连再三，不忍离去。那年月，泡一杯好茶可是奢侈得很哪！

转悠了一大圈，好不容易等到了一天只有四班的三路公共汽车，乘车的人竟然寥寥无几。那两角五分一张的车票，在当时算得上令人咋舌的高消费了。你可晓得，那年月，一般人的月工资才二十多块钱哟。

过了车辆厂，芦苇丛丛，流水淙淙，锦屏山已遥遥在望。这时，忽听耳边有人发问："你去哪段？"抬头一看，女售票员显然在跟我说话。她把"你"读作"里"，再加一个"拉断"（哪段），弄得我四下查看，到底是哪里被拉断了。一个好心的大嫂连忙解释："人家问道你，去哪块丁？"嗐，这一个"哪块丁"，让我云山雾罩，更加莫名地糊涂。

对于外地人，连云港的语言既难听又难懂。该卷舌的不卷舌，不该卷舌的反倒卷起舌来。前鼻音发成后鼻音，双唇音读成唇齿音，平声字读作入声字。如此种种，很让我分辨了一阵。究竟跟谁血缘最近？吴侬软语？齐鲁侉腔？北方官话？苏北豫西皖北三者混搭？似乎都牵扯不上。奇了！这可真正称得上是一种不东不西不南不北独树一帜的个性化方言了。

偏偏八年后我调到了这座语言如此各色的城市，偏偏又被安排到对语言最敏感的文工团做编导。那阵子，团里有一个专唱淮海戏的淮海队，个个一口方言，土得掉渣。我不得不沉下心来，用心倾听，小心分辨，细心研究。孰料不知不觉间渐渐地就听惯了，听熟了，听出味道来了。可真是神了！那土腥味十足的语言，与淮海戏音乐如鱼得水，丝丝入扣，竟然在舞台上得云得雨，声情互现，活色生香，起承转合之间，每每流转着一种风华独具的婉转流丽，一种难以言表的楚楚动人。

或许，就是从那时起，连云港的语言悄然走进了我的生活，走进我三十七年漫长的岁月，融入我生命的年轮，再也无法离它而去。也许，正是这附丽于乡音又超越了乡音的默契，成就了这一方水土这一方人挥之不去的故土情怀。

　　　世世代代流淌在血液中……
　　　生生死死温润于唇齿间……

　　　　　　　　　　　2010.8.31 于苍梧

那年月 那偶遇 那方言土语

那次，我随中国戏剧家访问团从大庆返回，路过哈尔滨。既然到了以苏俄风情名扬天下的"东方莫斯科"，免不了东看看西逛逛。更何况，那是我父母结下浪漫姻缘，大哥绍先应时而生的福地呀。我寻大街，觅小巷，却没有找到父母举行婚礼的"江浙闽粤会堂"。悻悻之余，便想去喇嘛台一游，领略一下圣尼古拉大教堂的风采，竟被当头泼了一盆冷水：那座气度不凡，甚至颇有些惊世骇俗的瑰丽建筑，早已在"文化大革命"破"四旧"的风暴中，灰飞烟灭，毁于一旦。

只有看江了。看那条令人激赏又让人伤怀的松花江。

松花江果然很美。旷达，野性，没有谁能不为之倾倒。曾几何时，歌唱家关贵敏一句"天鹅项下珍珠城……"唱得我心旌摇荡，时时盼望有机会在松花江边喊一嗓子，喊得胸中浊气全消，一片清爽。

正待扯开嗓子发一声喊，抗洪纪念碑下传来两个人对话的碎片，那碎片不由分说撞击着我的心。

这一位说："我陡陡的……"

那一个讲："你款款的……"

我本能地转身向这两个男人走去，用新浦话问："你们哪里的？"

两个老弟听到乡音，立马变得异常兴奋："我们是猴咀山头的！你哪里的？"

素昧平生的陌路人，仅仅因为几声乡音，刹那间毫无理由地亲密起来，非要让我跟他们到下榻的宾馆喝酒。你能不说，那是一场陡陡的奇遇？

"陡陡的"本来早已远离喧嚣的市井，成为书本里的"陡然"，而连云港却仍然留在日常，留在口头。"款款的"更是书卷气十足，那"款款而行"的仪态里，谁能说得清蕴含着几多潇洒几多风情？

十几年后，《多瑙时报》邀请我造访奥地利。走出维也纳机场，我陡然发现，来接机的主编夫人竟然是连云港灌云人。

我惊呼："没想到！"

她连称："没意猜！"

当晚，夫妇俩在中国餐馆请客。那一桌，一椅，一灯，一盏，一碗，一筷，都流溢着十足的民族色彩，恍惚间似乎又回到了家乡。席间，她告诉我，她曾带来许多东海的水晶项链，希望能在奥地利打开销路。但是，过惯了精致生活的维也纳淑女们，觉得工艺粗糙，难以装点他们珠光宝气的生活。于是乎，夫妇俩另辟蹊径，破天荒打开金色大厅的大门，让一个又一个中国歌唱家在举世瞩目的音乐圣殿引吭高歌，大放异彩，令世界音乐之都刮目相看。

但是，水晶项链毕竟留下了遗憾。如果我们做到了工艺精湛，美轮美奂，让见多识广的维也纳美人痴痴迷迷，惊艳之后为之绝倒。她们的激情洋溢的美誉，经主编夫人翻译成连云港话，或当是：

"可！"

"皆是精品！"

"连云港人不侃空，不赚人。"

天咧，咱们连云港的"可"呀，"皆"呀，听起来书香扑面，多么古雅多么洗练。而"赚"的延伸更是独步天下。它竟然剥离了挣钱的含义，寓意为"骗"。这种用法似乎只有古典文学名著中才能找到了。

谁能告诉我，这是不是古老文明在连云港无可替代的鲜活遗迹呢？

2010.9.2 于苍梧

那年月 那世象 那方言土语

破旧的敞篷卡车在千沟万壑的高原上跌跌撞撞蹦跶了一天，乘客们个个面目全非，人人都在滚滚黄尘中再塑金身，出落成不折不扣的土行孙。终于到了日薄西山的黄河畔，我浑身的骨头早就七零八落各自为政了。

总算赶上了最后一班渡船。对岸就是包头。手拎肩扛进了旧城，历经沧桑的老街已然灯火阑珊。至此，我的漫漫回家路仅仅完成了一篇不长不短的序言。找一个车马大店先住下吧！明天，去包头东站买火车票，说不定又是一场旷日持久的战斗哇……

一路打拼，夜以继日，数日间转了三次车，签了两次票，站了一个通宵。种种煎熬磨难，见证了我于乱云飞渡的峥嵘岁月，也曾为了探家一不怕苦二不怕死过。嗐，那年月哟……

终于熬到了新浦。黄昏中，人流在检票口堵得水泄不通。

有人在喊："脚赶脚，脚赶脚……"一问，才知道"脚赶脚"就是相互紧跟，不留空隙。好形象哦！我正玩味"脚赶脚"的语言魅力，忽见一条汉子把冲锋枪对准了我的胸口。他目光如电，扫过我的面孔，直扫得我脊背发凉。还好，那汉子扫描之后，迅速断定我不是"反到底"的对立面——"公社派"的头头。否则，我将立马被拿下，逮你没商量。真要是押回总部，关进黑屋子，想重见天日，那可就要大费周章了。

尽管我毫发无伤，目前形势仍不容乐观。我几乎无法到达妻子所在的锦屏磷矿。公交车早就停运，三轮车给多少钱都犯不着为你卖命。我不得不四处打听有没有真空地区，插空打个擦边球什么的。可是问谁谁都劝我不要玩命："你过不了封锁线。新浦到海州是军事禁区。"我做梦也没想到连云港"文化大革命"已经武化，一不留神就会炮声隆隆烽火连天。我千里迢迢一路奔来，竟与爱妻咫尺天涯不能相见。奈何？

前进不成，只能住下。新浦饭店大门用砖头砌了大半。我侧着身子才勉强挤进店堂。

"倒头鬼！你还敢住店？你是外乡人吧？我们这半边是制高点。你就不怕睡行行的，给人一枪打死？"

"我总不能睡到大街上吧？"我偶一回头，看到对面楼顶架着机关枪，心里不由得打了个激灵。

"大青年，你可！你不甩！你好佬！"

于是我英雄般地住下了。谢天谢地，一夜无话。我活着，没有死于非命，而且获得了店家极高的赞誉。那夜，我是新浦饭店唯一的旅客，住在号称制高点的二楼。我用铁的事实证明了我这个无路可走的大青年，在命悬一线的紧要关头，原来不是"甩把"。

2010.9.3 于苍梧

红尘绿洲

仁者乐山，智者乐水。我亦乐山，我亦乐水，却既非仁者，亦非智者。之所以乐山乐水，实乃天性使然也。

我的故乡原本在山水之间。山是小山，竹林茶园，烟笼雾绕，像一片湿漉漉的绿云。水是太湖，三万六千顷，盛着日月星辰红菱绿荷，也盛着西施范蠡泛舟远去的帆影。

三十多岁来到连云港。山是高山，海是大海。那山，雄奇伟岸，乃山中之丈夫；那海，敞开着无限，铺展着永恒，令我震撼，给我哲思，也让我汗颜。也许正是在那一番了悟之后，我才下决心把这个山海相拥的去处，当作自己后半生新的家园，把余下的几十年交付给云台和黄海。

那时，我刚从沙漠来，刚从草原来。

我兴冲冲登上山风呼啸的大桅尖，只见白云朵朵在脚下的悬崖边疾走。回身的一刻，蓦然发现：云台群峰像一列驼队，从远方逶迤而来。而那匹领头的骆驼，大摇大摆，走进了黄海。东西连岛，便是它露在海面的驼峰。

我无从得知头驼和驼队定格在遥远年代哪一个历史瞬间，却隐隐感到这支驼队像神秘古老的寓言，链接着已知和未知，昨天和未来。

驼队为什么定格了？是为了海上丝绸之路的诱惑，还是因了那片神圣的不可知的绿洲？不管如何，它们必当是定格在永无终结的冥想和求索之中。

如今，一支文学驼队在漫漫红尘中艰难地跋涉。叮咚，叮咚，每一声重浊喑哑的驼铃，都诉说着我们的坚韧和虔诚。似乎已闻泉水淙淙，恍然已见绿野葱茏。哦，前方明明灭灭，那或当是我们的文学绿洲——海州湾。

2001.2

我的天堂之旅

一身人间烟火,哪个能说得清天堂什么样?记得那年在郭大可追思会上突然感到周围没有空气了,恍惚间一条弧线离我而去。事后好长时间,我都迷迷糊糊,云里雾里。我问自己:那条弧线是什么?是灵魂吗?它那么急不可待地去了哪里?

十多年后的一个秋日,我走进秦岭,沿宝成路迤逦南下,眼见万山丛中一股涓涓溪流像一个娇嫩柔弱的孩子似的发育,成长,壮大。不经意间,竟轻舒猿臂,款扭狼腰,汇聚成虎虎生风浩浩荡荡的嘉陵江。江流似人,那也是一条日生夜长的生命啊!

那时,母亲哮喘日见沉重,心脏被扩张的气管挤压得无处容身,看上去已是去日无多。我一天要打上千个嗝,天晓得肚子里有多少愁闷难以发散。在广元,我立于江边悬崖。大大小小的佛像以江为镜,不言不语,守望着失语中流逝的岁月;挂在剑门关腰间的栈桥,无风无雨,见证着风风雨雨的昨天。我不知道历史能否告诉我,那峭壁上悬挂着多少漂泊者无家可归的灵魂?我满怀愁绪,掉头而去,顺着水流,在破碎的山路上颠颠簸簸十一个小时,总算熬到了九寨沟。

虽然疲惫不堪,仍然惯性地向前走去。我说不清自己要什么,更不晓得我在这里能够找到什么。旅游嘛,常常是精神的撤退和转移。对于我，或许可以认为是无可奈何的逃离吧。谁知，走着走着，情形就变了。不知从什么时候开始，我忘情了，忘我了，把一切一切都放下了。我的脚步飘忽起来，周围的景物变得越来越不真实，越来越超凡脱俗。我似乎走进了一个前所未有的梦境，开始了一次睁大双眼的梦游。

抬起头来，我惊叹海水一样清澈湛蓝的天空，天空下端庄宁静洁白如玉的雪山，雪山下梯田般层层叠叠相互贯通奔流的湖泊。天哪，那珠串似的海子，在清晨的阳光下一闪一闪，迷离出多么奇幻的色彩！靛蓝、宝蓝、湖蓝、天蓝、孔雀蓝、翠绿、嫩绿、粉绿、黄绿、祖母绿……

这是谁的手笔，让每一个海子都有独特的颜色。每一种颜色都以光影表情达意，变幻出无法言说的奇诡，荡漾着瞬息万变的丰饶。你瞧，水面上下，那回环流变的曲线，在洇染婀娜多姿的绿，正铺陈风情万种的蓝，真是有说不尽的对比、反差、映衬、烘托，看不懂的相反相成而又相得益彰。在这里，所有的艺术规律都被推向了极致，世上万千美景都自惭形秽，黯然失色。让人不得不怀疑，冥冥中真有一双无所不能的造物之手。试想，如果没有灵异之手，红尘中哪一个艺术家的鬼斧神工，能创造出如此了得的惊世杰作？又有谁能将天下最令人沉醉、最撩拨心弦的色彩化作音符，渲染出鲜亮的旋律，跌宕的节奏，多声部的和弦，演绎着前不见古人后不见来者的天籁？

我的想象力变得空前活跃。是啊，一个忧心忡忡忽然得以释放的人，或许会顷刻间华丽转身，在天马行空的兴会中性情起来。

于是我想：雪山下，水深百米的长海沉雄如许，是否闪烁着上帝深邃智慧的目光？五花海烂漫如春，永不冻结，是否跃动着老人家温暖慈悲的心？镜海无风无浪，无絮无尘，环拥着漫山遍野明丽斑斓的秋色，是不是造物主妙手天成，雨滴般点染了这幅印象派绘画？诺日朗瀑布轰轰烈烈飘飘洒洒，是不是他正凝望着我，意味深长地抚弄着宽阔胸怀前一绺绺雪白的长须？

在这里独处，最强烈的愿望是匍匐在地，怀着满腔的虔敬顶礼膜拜。一生一世，循环往复，直到生命的最后。

　　九寨沟，对于我，你是我真正可以安放灵魂的去处，一个诗意栖居的天堂，一方无可替代的神圣之地。

　　如果说，黄山乃云中的仙境，那么九寨沟就是人间的天堂。

　　至此，我可以长舒一口气，卸下心头的重负，无忧无虑无牵无挂做一个长醉不醒的化外之人了。

　　如若是梦，吾妻且不要把我唤醒⋯⋯

2010.5.21

城市路名·文化身份

城市如人。

苏州，像一个气息如兰的女子。温婉如玉，优雅蕴藉，行走在黛瓦粉墙、石桥水巷之中，出没于幽亭深院、梅香竹影之间。一举手，一投足，都弥散着水灵灵的吴文化韵致。

连云港，山拥海抱，气势如虹。一座雄视苏鲁的大桅尖，引领云台舰群，浩浩荡荡，一路挥洒热血男儿如石如岩的气概，彰显着齐鲁文化大气磅礴的历史文化底蕴。

在这样的人文背景下，连云港孕育出第一部开放性外向型长篇巨著《镜花缘》，实在是顺理成章，事出必然。而那个从石头缝里蹦出来的孙悟空，诞生在石文化的故乡——东胜神洲，便毫不足怪，绝不会是投错了胎。就连蒙受奇冤死于非命的窦娥，也要血溅丈二白练，令六月的天空飞起鹅毛大雪。还有田横岗、好汉茔英雄末路时的慷慨悲歌，石曼卿、苏东坡别样风华之海州乐章，将军岩、孔望山岩体上先人们留下的旷世瑰宝……真正是不胜枚举，数不胜数。

然而，如此丰厚的文化景观，在连云港市区的路名中竟不见任何反映。走遍大街小巷，映入眼帘的是通灌路、海昌路、市民路、朝阳路、海连路，还有莫名其妙的南极路、水管路。

试想，一个外来人，从这些路名能看到连云港的历史文化吗？能感受到连云港丰厚的人文底蕴吗？为什么我们的路名不能像连云港这三个字那样引发丰富的想象，让无数中外人士，对于连天白云无穷碧的港城，由向往而至于神往？

路名，是城市的话语，城市的面孔，城市人文精神的外化。北京的路名街名巷名，大到前门大街、东四（牌楼）、西四（牌楼）、菜市口、珠市口以至于天桥、大栅栏、皇城根、王府井，小到劈柴胡同、绒线胡同、金鱼胡同、史家胡同，从宏观到微观，从格局到功能，十分具象而又传神地描述着中华帝都的前世今生。而上海的路名，博采神州华夏之地名，令全国大大小小的市县，在蛛网般的街巷里弄中济济一堂。虽然显得有点率性，有点随意，细细一想，却无所不在地凸显着新兴移民城市海纳百川的包容与博大。再看苏州，观前街、留园路、沧浪路、山塘街、桃花坞、饮马桥、乌鹊桥、吴王桥、宫巷、蔡汇河头、醋库巷、船舫巷，处处辉映着历史的深邃和吴文化的风致。就连春秋时代的一个铸剑师傅，苏州人也没有忘记给他一条流芳后世的干将路。

看人先看脸。一个人有没有文化，有没有底蕴，看看面孔，便可以八九不离十了。外地人看一个地方的路名，无异于在一边打量一边相面。这第一印象至关重要。有时是决定性的，致命的。它的作用，远胜于一本旅游手册、一份投资指南。试想，如果他（她）下了火车，出了机场，看到的是吴承恩路、李汝珍路、吴敬梓路、徐福路、苏东坡路甚至于石曼卿路、朱自清路、镜花缘路，将会作何感想？会不会莫名惊诧？会不会时空穿越？会不会浮想联翩？会不会刮目相看？

这也叫作哗众取宠吗？

不。这是一种文化自觉，是站在历史的制高点向世界挥手致意。

我们生活的时代，是一个多元多彩的时代。我们面对的世界，是一个和而不同的世界。在如此时代这般世界里，要的就是与众不同，要的就是个性鲜明，要的就是特立独行。只有这样，我们才能在人文精神的迷失中找回自己，振奋自己，升华自己，从而在中国城市之林中确立连云港市无可替代的文化身份。

2001.2 初稿
2013.4.30 改定

日本旅情

R君：

　　半个世纪前，我的家园被日本轰炸机夷为平地。刚刚躲进平静的姑苏城。小学课程中便增加了日语。咿咿呀呀，马里马虎，一肚子屈辱，哪里肯认真学？

　　今天，我坐在上海飞往大阪的大型客机上。非常投入地默诵日语单词和应酬用语。空姐送饮料时，我来了句"斯米玛赛！（麻烦你啦）"送饭时又极顺溜地爆出个"多姆、多姆！（多谢、多谢！）"。

　　如果这两组镜头剪辑在一起。你能相信这是同一个人吗？

　　然而这是事实。历史常常会把这些大反差画面不可思议地剪辑在一起。

　　在这些画面里，你一定会看到：作为连云港与日本友城堺市进行艺术交流的文化使者、访问团团长，还真有那么点天降大任予斯人之感。可谁又能料到，我那两句字正腔圆的东洋话竟招来意想不到的奇遇：空姐将我们一行误认为日本人，没有发放"外国人入境记录卡"。以至在伊丹入境时受阻，不得不重新填表，重排长队，重新接受审查……

　　R君，你大概会笑着用食指点点我："谁叫你班门弄斧？"笑归笑，麻烦归麻烦。一想到我这点临时抱佛脚的洋泾浜，居然能以假乱真，倒也使我在自我解嘲时油然生出几分自得。

寸土寸金的岛国日本

R君，日本可真是个寸土寸金不断向空间发展的国家。

这就是我透过舷窗看到的岛国，机翼下的日本。

下机后，舷窗边的第一印象不断得到证实而且反复被加深被强化。

堺市议会议员松村寿家的车库就使我耳目一新。当两辆汽车开进去，主人一按电钮，车辆便随着地面升起。于是，又可以有两辆开进车库。

R君，这么安排有限的地面，是否得有一番巧思？

更令人观止的是，一次，当汽车在大阪高速公路上奔驰，我突然发现自己乘坐的车撞进一座高楼，奇迹般地穿堂而过。原来，为了缩短距离少占地面，这条高架路竟直端端从楼中穿过。

你如果跟我一起身临其境，一定也会在一阵惊呼后啧啧称奇吧？

当然，生活在高楼的海洋、汽车的长龙和两面竖着隔音墙的高速公路中间，日本人也每每感到高度经济发达对人的异化，常常生出莫名的孤独感，渴望更多地亲近人、亲近自然。

我的日本朋友在喝了几杯清酒后感慨万端地说："日本高楼太多了，自然的东西太少了。连星星都不容易看到了。"

"中国是富于魅力的。一有机会，就想到天高地阔的中国去看星星。"

"中国在大发展。千万不要乱盖房子。失去了自然，后悔都来不及。"

日本，这是你国民的反思么？

R君，我们的国人会不会有朝一日也抚掌叹息，说出与日本朋友相同的话语？

广告世界——日本商市景观之一

日本的广告林林总总比比皆是，让你随时随地都得置身其间，很难完全超脱，不受影响。

那广告小到各种入场券、影剧票、参观证、车票、登机牌的背面，大到每一座高档大厦的楼顶、墙面。明丽的灯箱广告遍及大街小巷，铺天盖地的霓虹灯色彩艳丽、变幻无穷、争奇斗异，令你目不暇接。

当你走进地铁车厢便会见到顶棚上挂着一排排彩条。细瞧，才知是各种设计新巧的电影、戏剧、音乐会、展览会和商品广告。

当你跨进公用电话亭，迎面玻璃上常常贴着一个个书签大小的彩条，上面印着形貌各异的美人头和电话号码，据说这是与应召女郎联系的媒介。

当你钻进出租车，前排座椅背上插着画面诱人的彩色折页，随手展读，竟也是饭店、新式剃须刀之类的精美广告。

宾馆的总服务台一侧照例备有琳琅满目的免费印刷物，就连你下榻的卧室的桌子边，也少不了各种介绍旅游胜地、游览路线、饭店设施和购物中心的指南、手册和画报，既可取读，也可带走，是分文不取的。

商业街则把门面装点得新鲜而富于刺激。

游乐场通常为落地玻璃门窗，不分昼夜灯光雪亮，传出一片电子游戏机的喧闹声。让你不由得驻足回眸。

玩具商店门口有时会站着一个酷似真人的电动少儿向您招手微笑，眼睛和嘴一齐动弹，吸引得孩子们不肯离开。

大阪美食街的海鲜馆则以不断律动的巨大海蟹和龙虾置于门楼上，使你在惊喜之余产生关于色香味的丰富联想，身不由己地走进餐馆。

R君，货卖一张皮。店家的门面构思新奇，不也是最好的广告吗？

　　东京银座的服装店更是棋高一招。圆柱形的橱窗一直伸展到楼顶。即使离得很远，也可以看到千姿百态的模特在向你炫耀款式新巧的各式时装。着了魔的女士们便"跟着感觉"晕到它身边，慷慨富有的情人、丈夫、父母为了博取一笑，当然要松松自己的腰包。

　　展示、吸引、诱惑、渲染，不惜工本而又无孔不入，构成了日本商战的一个重要景观。

　　R君，或许你会问，就没有一点令人喘息的余地了吗？

　　当然不是。在商场、娱乐场、饭店内的结合部或两家店面之间，常常会出人意表地出现一个盆景、一棵虬劲光秃的小树、一件旧蓑衣、一顶竹笠或一缕斜挂的鱼网。

　　在音乐中，这是主题之后的休止符。

　　在行文中，这是作家不经意的闲笔。

　　但是R，这休止符，这转瞬即逝的停顿，却把店家着意渲染的环境推向更高的品位。

　　不瞒你说，那闲笔常常令我倾倒，令我留恋再三。

　　R君，可惜你不能与我同行，在夜幕悄然降临的时候并肩徜徉在大阪心斋桥畔。当春笋般错落有致的楼厦华灯初上的时候，平静的河面倏然喷出两排高高的水柱，那水柱闪烁着七色虹霓的光彩，心斋桥转眼间变成了一个流光溢彩蔚为壮观的喷泉世界。在这样的景色和氛围下，步入商业街，你可想见，那该是何等样的情绪和心境？

顾客至上——日本商市景观之二

　　大阪的"南"向我展现了一条条灯光辉煌、一尘不染、商品丰盛的街市，东京的地铁里面，则有四层宏大壮观的商业街，想要吃什么、穿什么、玩什么是不大容易找到缺档的。老外们稍不留意还真有在地铁商市里走迷了路找不到出口的危险呢！

据说，此种繁荣景象连纽约也不能望其项背。那么，你可能会问：那里的服务如何呢？

如果你走进一家和式餐馆，一进门就有人鞠躬问安。接过伞和衣帽，登楼后换上拖鞋，便有女侍收好你的鞋子。来到榻榻米前脱去拖鞋盘腿坐下后，随即有身穿和服的女人捧来日本茶或加冰的乌龙茶，在用餐过程中不断地斟酒劝饮。饭毕离去，女侍准确无误地将鞋子送到脚边。一路上所见的女侍、男侍、收银员纷纷站到一侧，谦谦致礼并道再见。老板、老板娘送到楼下门口，一鞠躬到你驱车离去方才直起腰来。

或许会问：娱乐场所如何呢？

在大阪姐妹楼，当电脑为我的朋友画像时，我发现身穿水红制服、短裙、头戴水红船形帽的小姐作为前景拍下那场景一定很美，很有特色，便在没有征得她同意的情况下为C君与她拍了一张合影。

不意她竟浅浅一笑，并向我道谢。随后，我连续为Z君、G君、L君一一拍了与她在同一画面里的照片，她一直十分自然大方，并不厌倦，自始至终没有让她那纯纯的一笑稍稍隐去。

这位小姐一边工作一边为我们的照片作衬景的场面令我至今难以忘怀，幸好那微笑已留在彩色底片上。R，你会看到她纯纯的少女的笑靥的。

牧角义则先生盛情邀请我们卡拉OK，给了我又一次全新的体验。

小小的楼厅幽暗典雅，随处可见一簇簇盛开的鲜花。女士、男士们在自己的座位上一曲又一曲地唱，那歌都是那么低回婉转，充满人生的况味。

为了欢迎中国客人，牧角先生与老板娘唱起了伤感的《无锡旅情》和《苏州夜雨》。在异国的雨夜听着这回肠荡气的歌声，那心情是难以用言语描摹的。

真挚醇厚的情谊，温馨幽雅的氛围，激发了我的兴致，便连连与日本朋友卡拉了《北国之春》和《拉网小调》，竟获得举座OK。

其间，除了乌龙茶、威士忌、咖啡外，老板娘不断送来茶点、糖果、海鲜。当发现Z君恋烟，便赠他一条香烟。临去，老板娘捧给我一盒用紫菜蛋皮包着糯米虾仁的"寿司"，并说了句："这么晚了，回去会饿的。谢谢你光临啦！"下楼时，她又赠给松村一捧白色的不知名的鲜花。

R君，讲到这里，我不禁想起到日本后的第一个夜晚。

那夜，日本朋友在平安阁举行自助餐欢迎宴。那清酒虽然度数很低，敬酒的朋友多了，又难却盛情，我免不了有微醺之感。在回敬的时候，我敞开的衣襟带倒了桌边的半杯清酒。

自助餐本来是不用侍应的。不料几秒钟后一位男侍从天而降似的突然出现在我身边，只见他手握两卷白巾，先用一块白巾迅速地擦干我的裤子，遂又趴在桌下用另一方白巾揩净地面，直到不留一丝痕迹，起身后深深一躬，满怀歉意地说了句"打扰啦！"迅即退下。这一切，加在一起不超过二十秒钟，却使我无法从记忆中抹去。

R君，你能说这种顾客至上，仅仅是在老板训谕、金钱制约下的商业行为吗？在谦恭有礼、关怀备至、十二分的敬业之外，是不是可以找到日本国民精神中某种内涵和特质呢？

弦上清梦

——寄情琵琶湖畔

R君，在日本旅游观光，开销相当可观。出租车起价六百日元（合人民币约二十七元），比上海贵一倍多，按日本的收入水平就算比较公道了。只不过跳字快，一转眼就变成几千元。门票也十分昂贵：在大阪城瞭望一下，要花五百元。参观京都映画村，门票竟要一千八。东京半日游高达一万，更不要说东京迪斯尼了。门票昂贵，仍然观者如堵，要排五六小时队方得进门。我们在东京只有两个半天，奢侈的迪斯尼之游只好留待下次了。

京都的魅力就在于它绝没有现代都市的气息。为了保存古城风貌，不允许修建高层建筑。汽车驶进这座风情独具的名城，顿觉神清气爽，宛如徜徉在一幅日本历史的长长画卷之中。扑面而来的老式民居和容颜苍老的古代建筑使你沉浸在日本传统文化的遗韵中，自然而然地生出思古之幽情。

东映太秦映画村（即电影村）使京都旅游业主人的钱包变得相当丰盈。停车场个个爆满。我们跑出去好远才给车子找了个安身之命之处。住宿必须在半个月前预订，在京都过夜的计划只得告吹。

逛完了从官衙、民居到牢房、集市一应俱全的电影村，我们只好再开一小时车到知贺县下榻志贺庄。那去处虽然颇为雅洁幽静，却难以排遣不能观赏京都夜市留下的遗憾。

我赤脚穿过和式卧室，拉开起居室的隔扇，不经意地推开通向阳台的门，眼前的一切使我一下子屏住了呼吸。深黛的夜色下湖水浩淼波平浪静，宛如一袭点缀着细碎亮片的丝绸，轻轻颤动着伸向遥远的天际。远远的，那或许是京都的灯火明明灭灭闪闪烁烁。像一条似断还续的项链。偶尔，一艘缀满珍珠般灯光的豪华游轮，悄然出现又无声地驶向远方，似一枚眩目的胸针从光鲜的颈项轻柔地滑向起伏的前胸……天哪，我原来面对着日本最大的构造湖——琵琶湖！我这才醒过来似的叫起来："幸亏京都的旅馆都客满了！"

R君，我不知道这个如琵琶倒挂在本州岛上的泱泱大湖，是否连接着嵯峨野澄碧如玉的河川，我不晓得湖岸上烟锁雾绕的比睿山，是否和如诗如梦的岚山一脉相连？这一切，连同映画村里的水车、日本桥、爱染堂、芝居小屋、火烤的米粉小吃以及穿古装的少女和武士一起，悠悠然飘进我那一夜清梦，那枕着琵琶湖盈盈仙乐的弦上之梦。

现在想起那一切，已经恍若隔世。虽然从日本归来还只有二十天。

唉，那梦做得太短、太朦胧。可惜你我都无法拖住它，让它变得更加真切。如然，会不会又感到新的惆怅和失落？

三百六十度展望

——面向二十一世纪

R君，大阪有两座六十层的玻璃大楼，并肩矗立，相依相偎，人称"姐妹楼"。

当我穿过颇有些后现代风味的高大前厅，登上回环的楼梯，眼前便展现出一个不可思议的游乐宫殿。在那里，你可以在静中去体验动，在陆地上感受太空。你可以选择空中音乐、水底潜望、驾车疾驰、凌空腾飞或在天方夜谭式的飞毯上尽情遨游。坐在那里的孩子们可以立即在屏幕上看到自己出现在上述画面里，怎能不欢呼雀跃、大喜过望？据说，这是利用尖端技术为儿童编织的未来之梦。

对于我这个站在中年时代边缘上的人，这座幻想构筑的宫殿固然给我带来返璞归真的快乐时光，更令我开怀的还是登高望远。

在日本的七天里。我有幸得到三次登高的机会：一次在堺市役所(即市政府)，一次在大阪通天阁，第三次则是举世闻名的东京塔。

登通天阁时下中雨。大阪的楼群闹市、阅尽沧桑的古城、凝重古朴的天王寺，以及古趣盎然秋水伊人的日本式庭院庆泽园，都被雨水沤去了清晰的边缘。这么一来，鄙人只有像当今某些理论家们所提倡的那样，对大阪进行"模糊把握"了。

登东京塔那一天大雨如注。R君，你一定早就听说过这座塔高达三百三十米的世界著名高塔。唯其如此，它才当之无愧地成为国际城市东京的象征。由于材料和技术进步，塔重只有四千吨，竟比埃菲尔塔少了三千吨。NHK等八大电视台、东京等四大电台、有线电视、各种转播天线、高速通讯天线以至于海洋通讯网都以它作为接收和发送的载体。各种测定仪可随时用于调查上至大气下至交通等各种所需情况。到夜晚，一百六十四盏投射灯使这座橘黄与乳白相间的巨塔遍体生辉，像镶嵌在东京胸前的一颗璀璨的宝石烛照夜空。

纵然大雨如注，登上一百五十米后仍不甘心，又花五百日元再乘电梯上到二百五十米高的展望台进行三百六十度展望。

R君，尽管钱花得很冤枉，换了你，可能也会这样做的。人生能有几次机会登临这举世闻名的高塔之最呢？

那么我看到了什么呢？你一定会笑着说，一定是一次更胜于大阪的"模糊把握"吧？

你说对了。但那感觉是晴天难以替代的。

东京湾迷离在一片苍苍烟雨之中，古老的皇宫像一座溶溶翠岛，凄凄迷迷，似见非见，被河水环绕着。远望富士本是三百六十度展望中的华彩乐章，然而在滂沱豪雨中只能变成一种奢望了。尽管在新干线上我已见过半个富士——雨云未退，只看见雾气氤氲的山腰——可作为日本的象征，始终没向我这位远方来客撩开神秘的面纱，毕竟给这次扶桑之旅平添了几份怅惘。

于是，我把目光投向依稀在佐佐木公园浓阴中的明治神宫。R君，你或许会想到日本史上具有转折意义的明治维新吧？不知是不是为了纪念那些令世界刮目的日子，每年十月十八日到十一月初，日本人总要在神宫举行规模宏大旷日持久的秋祭。期间，照例有演武、古乐和"能"、"狂言"等戏剧演出。可惜我们早到了几天，返程机票早已订好，不能与日本百姓共享盛景了。

堺市役所（市政府）是座新建筑，共二十一层。据幡谷豪男市长说，其寓意是面向二十一世纪。

R君，我在这里看到新奇的景象：市府门口没有警卫，而看门人又随时可以被人唤来帮助拍摄照片。市民无须任何手续便可以随便出入其间，长驱直入地登堂入室。那么，他们去干什么呢？原来，门厅一侧便有大屏幕电视，可以免费观赏。乘电梯直抵二十一层，则是一座封闭式的全景展望室，供三百六十度展望。那里有城市模型、友城中国连云港的照片，还有咖啡茶座供你休憩。

我和堺市市民们一起进行三百六十度展望。堺市没有东京那么壮丽，也没有大阪那么繁华，却颇为幽雅宜人。隆起于市中的百舌鸟皇家墓葬群青黛如染，透着几分肃穆和神秘，无疑是市民的骄傲。穿过市区的阪神高速公路，濒临大阪湾的堺泉北港，近在咫尺的电气化新干线铁路，给这座城市注入了很强的辐射力。

人们在这里很随便，或眺望，或叙谈，或休息，或喝茶，完全不像呆在衙门里的样子。更有趣的是政府还有一条规定：从小学生到白头翁到这里展望后，都可以对市政建设提出意见，以便择其善而从之。

怪不得建了二十一层！不仅能够展望过去和现在，还童叟无欺地展望和规划了属于明天的二十一世纪。

R君，纵然堺市役所远没有东京塔那么雄奇高大，我却看到了堺市人很高的视点和境界，这不是用实际的尺码所能度量的。这正像人的胸襟和风范无法用地位高低来衡量一样。

你说是吗？

堺市役所——这是我访日期间登临最高、看得最远的一次。

日本的节奏和形象

R君，我对日本人的印象始于大阪机场第一次握手——译员李文敏把我介绍给后藤义治和松村寿两位先生之后，穿着藕荷色和服的后藤夫人和一身西装衣裙的松村夫人在我和三位同行者颈项上挂了一串彩色缤纷的花环。上车后低头一看，"花环"是一块块包装精美的糖果组成的。我很纳闷，又觉新奇，以为是日本风俗，便向正在驾车的文敏发问。不料他转头请教两位夫人。夫人们一阵嬉笑之后解释道："花很容易凋谢、弄坏。糖环则又好看又易保存，请先生们带回中国给亲友观赏或分而尝之。"我们听了也都笑了起来，心里暗暗赞叹日本人做事好生精细。

生于战后的松村寿先生长就一米八二的大个儿，从我们下飞机起，陪了我们整整五天。这五天中，他几乎把可以利用的每一分钟都作了极其精确的安排。

离开机场在高速公路驱车一个多小时才到达堺市，刚坐下喝了一杯加冰块的日本茶，就被带去更衣。忙不迭地换好衣裤，采访时间已到。团长答同，其他人照相。这一切在不到半小时内做完。其时已近四点。四点钟赶到堺市役所，登二十一层顶楼听取介绍，匆匆展望。四点半，市长幡谷豪男会见。五时许离开市役所。五时半下榻宾馆。东西尚未归置好，脸都没来得及洗便催促出发，以便六点准时出席在平安阁举行的欢迎宴会。宴后回到宾馆，略事寒暄，便由松村安排活动日程。随后又是接待来访，准备次日讲话稿和译稿至凌晨两时许。翌日晨七时下楼用早餐时，我们访日的消息已见诸"读卖"、"朝日"、"产经"、"每日"四大报纸。R君，我这才领教了什么是日本节奏和效率。

日本人很重礼仪。有一次。我跟松村开玩笑：日本的礼仪太考究了，一天起码要鞠二百个躬。他问我腰疼不？我会心地笑了。他却说竞选时一天要鞠上万个躬，否则人家怎么肯投我的票？一句话逗得大家前俯后仰地乐了好一阵。

这位出身于平民阶层的松村已连任五届市议会议员，上一届还当选过副议长。他交游甚广，善解人意，能在大庭广众面前发表富有魅力的即兴演说。在日期间，我亲历的场合中他几次讲演都没有稿子，显得浑洒自如风度翩翩，不断有人鼓掌或发出笑声。

一天在途中，谈到出生年月时我无意中讲起，自幼遭日机轰炸，毁了家园，辗转流徙，避难苏州。他愣愣地望着我，好一阵没说话。他真诚地表示要为中日友好奔走不息，直到离开人世。

我紧握住他的手。这双手曾在连云港种下一株长青树。当我讲到那树长得越来越葱翠高大时，他又愣愣地望着我。这回，我从他眼里读出了一轮朗日，没有一丝伤感的阴影。他朗日般的眼神使我想起堺市创价学会的会长和副会长们。在金碧辉煌庄肃典雅的讲堂里，副会长问我是不是周恩来同乡，并说他发现我与总理有相像之处，我才忽然意识到母亲是总理同乡，会长们听说后非常高兴。当我在雨中离去时，我仍听到会长们在身后高喊："'周恩来'，再见！"

正是出于对中国对连云港的友好之情，松村希望我们在日本获得更多新鲜的体验。

这体验当然包含着大阪心斋桥的雾岛夕食。那夜，一行人登上狭窄的木楼梯，经过几个回合脱鞋换鞋后，我被安排在长方餐桌的上首，盘腿坐下。回头看，我身后高悬着日本相扑之王雾岛一博关的大幅全身像。原来这家饭店就是以他的名字命名的。东道主请我们到这里当然是为了吃相扑饭。这点子可真够鲜的！只见穿和服的女人在几只燃气炉上架上锅，待锅中水沸腾后将生鱼片、生肉片、生菜、粉丝等一股脑儿搛进锅里，片刻后各自搛来，蘸上芥茉、酱油之类的佐料，作为下酒菜。这看上去与中国火锅大同小异，只是那锅的容量相当可观。据说相扑运动员每顿要吃三至五锅促其迅速发胖，否则难以在比赛中取胜，但也因此短寿者居多。

离开堺市前夕的饯行宴在高石的天兆阁温泉饭店举行。这或许是松村又一次别出心裁的安排了。那里的规矩是先沐浴后吃饭。当我换上日本式浴衣穿过铺着红地毯的走廊来到楼下，过了两道门，顺手拉开第三道门的时候，只见一泓瀑布奔泻而下，热雾如烟弥散在山岩之间，岩石池底上一个个泉眼在汩汩喷突，瀑边岩壁上刻着"不老泉"三个大字。

这又是一个出人意表的大反差！饭店装潢不厌其华贵，而温泉浴室却野趣盎然，给你平添回归自然的无尽乐趣。

浴后用日本餐，有皮肤微黑的菲律宾俏丽歌女卡拉OK助兴。年近七旬的石井实先生说："你们走后，我会感到寂寞。"一句朴实无华的话语给宴会笼上一层看不见的离情别绪。

离开堺市后，我们在松村、石田陪同下以极高的效率游览了映画村、岚山，在入夜时赶到志贺庄，给了我饱览琵琶湖夜色的意外和惊喜。

日本国民性的铸造者

　　从童趣盎然的中央幼稚园沙地，走进高雅洁净的茶道室，一眼看到屋子正中摆着一艘日本老式木船的模型。船身长约一米半，有趣的是船上卧着一条与船同长的大鱼，那鱼看上去还很新鲜。R君，这样的场面你可曾见过？

　　我们在围着模型的餐桌前席地而坐。

　　后藤义治先生说："为了欢迎中国客人，最近，我天天到海边垂钓，终于钓到了这条大鱼。我高兴极了！大家请用吧！"

　　东道主一番话令我怦然心动，似乎看到了先生滚烫的心。

　　R君，他就是我们此次访日的邀请人。据说，他曾尽力把松村寿推上政坛，而自己却不计功名，继续在校园里埋头耕耘。与松村在一起，他显得木讷、内向，更富于书卷气。

　　说起来，后藤是个名闻遐迩的教育世家。他父亲毕生办教育直到最后一息。他母亲已年过八旬仍全力支持儿子办学。两代人先后办了多所学校：从专门学校到幼儿园一应俱全。近年来，后藤义治先生访问了五十多个国家，考察其教育制度。其间，还将他的中央幼稚园与连云港机关幼儿园结为友好园，在日本开了风气之先。

　　R君，到日本第二天，我就应邀参加了后藤学园创立七十周年典礼，会场设在大阪最大的新大古饭店，仪式十分庄严隆重。迎宾的、与会的、讲话的、献花的、演出的个个恭谨、端肃，这一切与豪华辉煌的吊灯、轩敞宏丽的大厅相互映衬，令人心潮澎湃，肃然起敬。

开幕和闭幕时，两所学校的学生穿着校服队伍整齐地站在大厅两端，分别唱了各自的校歌。宴会结束前，身穿各色和服的幼稚园女教师在台上唱了园歌。

R君，当后藤高龄的母亲蹒跚着登上讲台，当和服少女一一将花束敬献给后藤家族时，大厅里静得可以听见心跳的声音。

后藤将我们一行漂洋过海来参加庆典引以为荣，在仪式开始时把我们介绍给到会的六百位政界、文化教育界和企业界人士，并安排我们致词、进行书法表演。表演后人们争相求索，掀起了一个小小的高潮。

宴会进行中，陆续有美声唱法的女声独唱和民族舞蹈表演。流行音乐和通俗唱法在这里完全不见踪影。在他们看来，在这种场合出现歌星是很失尊严、很不体面的。R君，你或许立即联想到今年早些时候的巴塞罗那之夜，进而联想到北京亚运会开幕式……

文化品格的差异决定于国民教育。

后藤把远在美国留学的儿子召回日本参加庆典，安排他成为后藤教育世家第三代传人，使我浮想联翩……

R君，从到日本的第一分钟起，我就注意到汽车基本不鸣笛、不超车（超车后要向对方致歉），人们不随地吐痰、扔东西，不在公共场吸烟，不大声说话，更不在公众活动场所喧哗。一切以不影响他人、不打扰他人、不麻烦他人、不妨碍他人为准则。那些布满街巷二十四小时营业的无人自动售货机不见有人破坏，公用电话亭也安然无恙。"谢谢"、"对不起"、"打扰啦"、"你请"已成为各个阶层人士的日常用语，彬彬有礼对于百分之九十八以上的公民早已不成问题。

R君，谁置身于其间都不得不承认这是个训练有素、具有良好国民素质和民族精神的国度。公德意识已融进国民性中，成为不可分割的一部分。而这，是无法毕其功于一役的，更不能等到经济发达了，生活富裕了再回过头来修补千疮百孔的国民性。到那时，你认为还来得及吗？

卷四 身在围城

岁月之河　逝者如斯

日历像冬天的树，枝杈间瑟缩着最后的黄叶。待到那几片叶子飘飘摇摇落到地上，二十世纪就过去了。

我望着冬天的树和残存的黄叶发愣：谁说岁月无痕？岁月将尽收那些无可奈何的落叶，也会在你的额头你的眼角刻下无法抹去的印痕。

它总是在你漫不经心的时候，无影无形地悄然遁去，或像滔滔流水一泻千里。你尽可以大梦似的沉醉懵懂，大款般的虚掷浪抛，一觉醒来，你蓦然惊觉：韶华已逝，青春不再。到那时，叹息追悔却能如何？捶胸顿足又有何用？

没有贵贱之别，没有高下之分，在岁月面前，人人生而平等。你可以万分珍惜，也可以蹒跚踯躅。你可以日夜兼程，也可以悠悠而行。你可以把人生当作一场马拉松长跑，也可以风花雪月一路逍遥。但是，无论如何，在岁月之河里，你必将是个永远的行者。

当你来到岁月之河的尽头，每个人都会不由自主地回首前尘。那时，你能否理直气壮地说，我度过了有意义的人生？

人生只要有意义，便可无悔。

无悔的人生，并不只属于那些卓有成就的人。

无悔的人生自当是充实的人生，彰显个性特质，挥洒人格魅力的人生。

　　充实的人生，未必都经过精心策划，刻意安排，未必都大红大紫，衣锦还乡。

　　充实的人生像一棵树，贪婪地吸收阳光和雨露，只是为了在春夏绽放一片繁华的绿阴，于秋冬铺一条黄叶如金的小路。

　　它渴望被爱，也施爱于人。

　　它爱美，追求美，也把美献给人间，留给世界。

　　当它老去，当它倒下，当它在大地的怀抱里发出最后一声叹息，它会说：我这一生爱过，付出过，快活过，奉献过……

　　此时此刻，我感慨万端，面对大树上最后的黄叶。我油然生出对于生命的敬畏之情。只有几片黄叶的大树，将随着岁月之河流向21世纪绿阴摇曳的春天。

　　谁能告诉我，生命之歌将唱出一个怎样崭新的春日？

2000.12.18

春江花月夜灵魂之舞

一千六百年前,一位扬州籍诗人张若虚写出了七言古诗《春江花月夜》。这个默默无闻的兖州兵曹,以"孤篇盖全唐"之势席卷唐朝诗坛,跻身于中国诗歌史不朽者的行列。

《春江花月夜》意境深邃,浩淼空灵,铿锵如歌,娓娓如诉。每每诵读,不觉心驰神往,如醉如痴。掩卷后余韵悠悠,绕梁不去。闻一多称它是"诗中之诗,顶峰上的顶峰",中肯地道出了这一诗中极品的无限风光。

一千年后,清代作曲家谱写了一首叫做《夕阳箫鼓》的琵琶曲,描绘了日落月升,渔歌唱晚,花影摇曳的情景。后人因了它的意境与张氏名篇有异曲同工之妙,便把曲名也改成了《春江花月夜》。

千百年来,抽象的诗歌和音乐给我们的想象插上了翅膀,令我们醒里梦里都在渲染江海相交的广阔空间里,明月与潮水共生的壮丽景色。在那里,如水的月光营造出一个玉洁冰清的世界。在那里,鲜花似雪,流霜无形,沙洲失色,一切都变得晶莹剔透,纤尘不染。

当代舞蹈家陈爱莲,用白的舞裙,白的羽扇,白的光影,挥洒出她心目中"江天一色无纤尘,皎皎空中明月轮"的纯美意境。她那翩翩舞姿伴和着那箫,那鼓,那琵琶琴瑟,悠悠扬扬地奏鸣,使我们在大江如练的倒影中看到了一个美的精灵,美的幻影。君不见,她从时光隧道中款款走来，又在月影西斜时飘然逝去，却留下了春天的魅惑和挥之不去的诗情。

后来，一位名叫张耀山的年轻书法家与一千三百年前的诗人张若虚遥相感应，于兴会淋漓的阅读中灵感勃发。他徜徉在诗人超拔灵动的画境之中，一路宣泄，洋洋洒洒。那笔墨，如月如水，如影如风。那书体，似孙似于，非章非今，刀锋中蕴涵着柔情，流畅中漫溢着纯真。再看十二个江字各个不同，这一个像仙鹤展翅，那一个如惊鸿一瞥。而四十二个三点水写法各异，宛如月夜花树，迷离恍惚，令人回味无穷。

当箫鼓声声，琵琶弹拨起大珠小珠落玉盘的天籁之声，当陈爱莲婆娑起舞，把至纯至美的月色和江花送到我们面前，让我们一起来欣赏书法家这张半生半熟染色洒金宣的灵魂之舞吧！哦，那是一个快乐的灵魂、潇洒的灵魂？还是一个快乐潇洒之外寄寓着离人之苦漂泊之恨的忧伤的灵魂？

也许，人生之旅就是一次漂泊。在月落时回味明月东升的美好时光，或者就是生命旅程中最虚幻不过的梦境吧？

雪国里的川端康成

在颁发诺贝尔文学奖的第十三个年头，这只耀眼的顶级桂冠才第一次落到亚洲人头上。他就是长髯如雪的印度诗人泰戈尔。等到日本作家川端康成再度摘取这块文学奥运会的金牌时，日历已掀到公元 1968 年。这中间一下子拉开了五十五年的间距。这一段空白令亚洲人目瞪口呆。人们不禁要问：亚洲怎么啦？亚洲是否与外面的世界太隔膜了？亚洲作家是否真的没有奉献出世界级的作家与作品？抑或是评委会的指导思想偏执片面，把欧洲看作是世界文学的中心？许多中外人士为此诘问、探究、争吵，终究还是众说纷纭，莫衷一是。但有一点几乎从未有过争执：那就是认为泰戈尔这位老先生得天独厚。由于他在伦敦大学研习过文学，又由于瑞典文学院中有一位懂孟加拉语的专家力荐，才使他成为前六十七年中亚洲唯一的获奖作家。其余则主要是欧洲人和几个美国人。至于中国，在诺贝尔的飞行疆域里，至 2011 年仍然是一片高深莫测的"百慕大"。从梁启超到鲁迅、巴金、沈从文、钱钟书，直到晚近的文学骄子王蒙，都无一例外地在诺贝尔的大门前碰壁而回。

从这个意义讲，川端康成实在是个幸运儿了。他获得此项殊荣时已是古稀老人，四年后含煤气管自杀身亡。如此强烈的命运反差，也许同川端孤戾乖僻的性格有某种难以言传的内在联系吧。从童年到青年，不幸与失去关爱常常与他的生命结伴而行：幼年时父母先后弃世，由祖父母抚养；不久，祖母又去世了，他只好同又聋又瞎的爷爷相依为命；到了十六岁时，祖父仙逝，他从此成了一个孤独无告者，一个当地的"送葬名人"。川端小学迷恋绘画，中学倾心文学，高中时便发表了处女作《千代》，1924年从东京帝国大学毕业后终于走上文学道路。他与文友创办《文艺时代》杂志，高标"新感觉派"的旗帜。

对于"新感觉派"，川端康成曾作过这样的表述："没有新的表现便没有新的文艺；没有新的表现便没有新的内容；而没有新的感觉，则没有新的表现。"崇尚直觉和艺术感觉是一种绝佳的感悟，但如果撇开本土文学传统，一头扎进洋人的书本里去找感觉，恐怕只能写出一些似曾相识、非驴非马的赝品，这种文学实验不能被国人认同，因而必然难以持久。川端康成并没有走得很远便有了顿悟：他的根在东方，在脚下，他的读者首先在日本，在生于斯长于斯的本土。于是他转过脸来冷静地研究现实，真诚地面对自己的读者群落，走上了继承传统与借鉴西洋相结合的文学之旅。

其实，作为一个日本作家，大可不必妄自菲薄。早在公元十世纪以后，日本就出现了《源氏物语》、《枕草子》等惊世骇俗的传世之作。这些作品曾令川端康成爱不释卷，特别是其中对四时季节变化的敏锐观察和不无伤感的细微描摹，在川端眼前展开了一幅又一幅东方情韵十足的风景画卷，伴他度过了一个又一个不眠的夜晚。

川端康成在他获得诺贝尔奖的中篇小说《雪国》中巧妙地为雪国景色找到了一个主观视点，那就是小说中的男主人公岛村。雪国的一切，都在岛村这面带着主观色彩的镜子中映现出来。这样，川端就把早春、严冬、仲秋三个季节中景物色彩的浓淡疏密与主人公心境的变化流转结合得天衣无缝。与此同时，作家又通过岛村这一主观视点将彼情彼景与两个女人的容貌在不同的时空与之交汇融合，相映生辉，营造出一种令人神往的梦幻般的境界，从而把日本文学传统中景物描写的作用发挥到了某种极致。

在宁馨的氛围和心境下阅读《雪国》，是一次美不胜收的艺术经验。你好像悠悠然漂浮在一江春水之上，扑面而来的是一幅幅洇染着个性色彩的日本北国的风景画。那画面如同江面下的倒影，因微风涟漪而变得迷迷蒙蒙明明灭灭，时而让你忘情其间，遁世脱俗，时而又见欲念闪烁，如一朵热辣辣的火焰在远处点燃，油然生发出一种勾魂摄魄的魅力，诱你前行，使你沉醉，让你迷恋……

当火车穿过隧道进入雪国，坐在三等车厢里的岛村第一次看到叶子，就立即被她非现实的美所震动。他贪婪地在黄昏的车窗中观察她的映像。当她的映像与窗外的暮色叠印在一起时，美的奇迹便出现了：人物在变幻无常的透明中，风景在朦胧流动的薄暮中，两者融合在一起，描绘出并非这个世界的象征世界……

……每逢这样的时候，她的脸上是有灯火点燃着，镜子里的映像没有足以消除窗外的映像那么强，而灯火也不足以消除映像。所以灯光是穿过她的面孔流动着，可并不使她的面孔光辉灿烂。那是冷冷的远方的亮光，朦胧地照亮她小小瞳孔的四周，也就是在姑娘的眼睛和灯火重叠的那一瞬间，她的眼睛浮现在薄暮的波动中，成了妖艳美丽的夜光虫。

于是，靠遗产生活，终日无所事事的岛村爱上了具有非现实魔力的叶子。而叶子，却倏忽而来倏忽而去，飘飘缈缈一如梦幻，可望而不可即。岛村只好在艺妓驹子那里寻找慰藉，他眼中的驹子与车窗中映出的叶子全然不同了：细高的鼻子略带愁闷的神情，可是鼻子下苞蕾似的嘴唇，宛然像美丽的水蛭子轮箍滑溜溜地伸缩着，即使沉默的时候，还是使人感觉着它在蠕动……

川端通过岛村的眼睛，形神毕肖地描绘了雪国山村的两个女人，一个出世而冷艳，一个入世而性感。岛村怀中拥着驹子，心里想着叶子。评论家们于是将叶子归结为"灵"，而驹子则被归结为"肉"。叶子在川端笔下虚幻而又神秘，我们几乎可以把她看成是作家审美理想的外化。而驹子身上燃烧着生命之火，洋溢着世俗的美。她的一颦一笑，她的举手投足，以至她的酷意与爱的执著，使人十分具体地感受到在她热烈的爱欲后面跳动着一颗质朴美好而又孤寂的心。应当说，她是一个灵与肉兼备的极富现实感的日本底层妇女。对于岛村这个吃闲饭的东京人来说，他既感到活着是徒劳的，爱也是徒劳的，驹子对他的爱最终便只能化作一片虚无。

川端从两个女人的身上多侧面地映衬出日本20世纪30年代的一个"多余人"的形象。使人油然想起俄罗斯十九世纪文学画廊上一个又一个"多余的人"。伟大的俄罗斯文学曾滋润过川端康成的文学沃野，由此可见一斑了。

川端得益于俄国十九世纪文学似乎不仅于此。他对女性人物的偏爱，对日本女性的美丽温良的深刻颖悟和细致而微的刻画，他对自然景物中风花雪月的美轮美奂的精微而充满灵性的描绘，以及漫溢其间的淡淡的哀愁和伤感，无不使人感到"屠格涅夫情结"的存在。

屠格涅夫笔下的白静草原，优雅、美丽、情愫高尚的俄罗斯女性，浸润着这位十九世纪俄罗斯文学巨匠的美学理想，它们散发出来的艺术光彩和魅力，曾使千百万人为之倾倒。以我看，川端不仅倾倒了，而且入门了；不仅入门了，入门之后又跳出来了，成了日本风味十足的倾心于大自然和女性美的文学巨擘。读他的作品，你会由衷地感到：日本的山山水水和女性的美已融进作家的血液之中，融进他的审美理想之中，成为他生命的不可分割的一部分。因而，川端康成作为一个独具个性的文学家，他首先属于日本。唯其如此，他才走向世界并拥有了世界。

在阅读《雪国》时，你或许还会注意到：岛村对往事的回忆，看上去近乎电影中的"回闪"，是一种酷似"蒙太奇"的切换手法。而这一切，又是随着主人公意识的流动，在不知不觉中更迭变化的。川端没有"食洋不化"。西方的意识流在他笔下变得东方化了。他出神入化地引导你跟着感觉走，丝毫不露斧凿的痕迹地演绎了三个季节中岛村与两个女人的故事。最后，在秋夜的一场大火中出人意表地推向哀婉凄美的结局。

川端对于火像对山水女性一样情有独钟。少时，只要哪里着火，他总要津津有味地从头看到底。或许他从疯狂炽热的火焰中看到了一种神秘不可知的力量，一种宿命。因此，他选择大火作为结局，似在意外又不在意外。作家在我们面前展现了一个不可思议的场景：点燃的电影胶片烧成一片烈焰吞噬着蚕茧仓库，叶子从木楼上纵身跳入火中时竟然保持水平姿势，像一只展翅的鸟一样飘飘摇摇，宛如电影慢镜头一样诗意而舒缓地落了下去。这时，岛村仰望天空，"银河像是'刷'一声流进岛村的内心去"。读到这里，一种梦醒后的悚惧与无奈攫住了你的心。川端在小说的最后一笔仍然气韵贯通地点染出天人合一的景观，实在是惊心动魄，让你由不得在击节之余发出一声声浩叹。你不能不赞叹川端康成是一个文学语言和艺术想象的精灵和魔术师。他对西方近代文学的吸收消化已近无形。正如他自己所说："我接受西方文学的洗礼，自己也进行过摹仿的尝试，但我的根基是东方人。""我们的文学虽然是随着西方潮流而动，但日本的文学传统却是潜藏的看不见的河流。"

十分有趣的是，川端康成的文学见地在相当程度上与诺贝尔文学奖的颁奖辞呈现出不谋而合的景象：

川端康成先生显然受到欧洲近代现实主义文学的洗礼，但也立足于日本古典文学，对纯粹的日本传统体裁，显然加以维护和继承……

川端康成先生以擅长观察女性心理而备受赞赏。他的这一才能表现在《雪国》和《千只鹤》两部中篇小说里。从两部作品浓艳的插曲里，我们可以发现作家辉煌而杰出的才能，细腻而敏锐的观察力和编织故事的巧妙而神奇的能力……

在战后全盘美国化的过程中，川端先生通过自己的作品，以稳健的笔调发出呼吁：为了新日本，应当保存某些古代日本的美和民族的个性。

川端康成的答辞更是十分耐人寻味：

一个追求真善美的艺术家，对于"魔界难进"，既有所憧憬，又感到恐惧，只好求神保佑。没有"魔界"便没有"佛界"。要入"魔界"更为困难，意志薄弱的人是入不了的。

是的，"魔界"把川端康成引上了峰巅，也把他引向梦幻失落后的无奈和死亡的宿命，阖上了他关于爱、关于生命、关于虚无和死亡的书本。

翻到《雪国》最后一页，落款日期赫然映入眼帘："1935年1月——1947年10月"。一部七八万字的中篇，从短篇写起，逐步连缀，二战后再度修改润饰，整整打磨了十四个年头，怎能不使人掩卷之后深长思之呢？

爱着，梦想着，清醒着

略萨很各色。诺贝尔呢？

1888年的一个早晨，诺贝尔从梦中醒来，发现当天的报纸赫然登载着他已去世的讣告。那讣告盖棺论定，他是个"甘油炸药大王"。而炸药跟战争和死亡几乎是同义语。震惊之余，他决定拿出一大笔遗产，奖掖对和平和进步事业作出卓越贡献的科学家、文学家。这是不是有一点歪打正着？天晓得，如果没有那张登错的讣告，地球上还会不会有这项举世瞩目的诺贝尔奖？

略萨似乎并没有理会诺贝尔的存在。他在文学之路上特立独行。而他的特立独行源出于他的博采众长。对萨特，对马尔罗，对"迷惘的一代"，对福克纳，对福楼拜，个个顶礼膜拜，虔敬有加。杂糅之后，摇身一变，变成一个用蒙太奇写小说的人。

略萨的蒙太奇虽然与电影有着天然的血缘关系，但偏偏他是个文学转基因的高手，哪里会满足于在对话和场面衔接上更跳脱更自由？他的野心大得很。他不仅搅乱了传统的叙事方式，更加不可思议的是，他竟无所顾忌地把现实世界拆散了，打碎了，再按照自己的意念拼接组合，将板板整整的故事搞成一团乱麻，又在立体的空间里扩展衍生。一会儿是中国套盒，一会儿是毕加索的"立方主义"，一会儿又在《绿房子》里玩起了"通管法"，把平行的故事管道最终引进一个瓶子里。做这等绝活的，只能是是本届诺贝尔文学奖得主，结构主义的始作俑者，拥有秘鲁和西班牙双重国籍的马里奥·巴尔加斯·略萨了。

获奖评语很简单：奖励他对小说结构的探索和对个体抵抗的关注。

略萨获奖，实至名归。这个奖，他早该拥有。幸亏活着，年逾古稀，总还不算晚。而且，他不仅仅活着，还有深深的爱和许许多多梦想。

其实，略萨对个体抵抗的关注几乎是与生俱来的。

略萨出生时，父亲已经撇下他们远走他乡。十岁那年才知道自己原来还有老爸。十四岁就被送进军校。军界的腐败让他深感压抑。他迷上了写作，十六岁就成了特约撰稿人。在马德里"小蜗牛"酒馆里，二十二岁的略萨灵感如电，一口气写出了让他一举成名的处女作《城市与狗》。这个文学新人可不是省油的灯。他与魔幻现实主义之父——加西亚·马尔克斯举起的火把，引发了一场拉丁美洲的文学爆炸。影响所及，全世界文坛雷鸣电闪，地震不息，成为二十世纪最壮丽的文学景观。

演绎出如此辉煌气象的作家，并不是都能有幸得到诺贝尔奖的。带着遗憾离去的先行者何止三个两个。托尔斯泰如何？左拉如何？马克吐温如何？卡夫卡如何？普鲁斯特如何？还有我们民族的脊梁鲁迅如何？

说到这里，不由得眼观四路，左顾右盼：在先锋之路上筚路蓝缕跋涉多年的苏童如何？余华如何？张炜如何？莫言如何？马原又如何？他们各色了吗？他们找到自己的"华山一条路"了吗？铁凝也未必能告诉我，当今的中国文学界离诺贝尔还有多远？有没有藏在深闺人未识的惊世巨擘？有没有文学探索领世界风气之先的开拓者？有没有深刻解剖社会和人性嬗变的真的猛士？有没有把全部的爱和梦想都倾注于非商业的纯粹之中的超然淡定之士？

谁能给出一个令人满意的答案？

或许，答案就在问题之中？

抑或，答案就在没有答案的回味之间？

当然，只要中国作家爱着，梦想着，清醒着，就会拥抱中国文学硕果累累的明天。

好哇，明天的太阳总是新的。

2010.10.14

曹禺一百岁了

过了虎年中秋，曹禺就一百岁了。一百岁的曹禺已然不在人世。可曹禺的戏，在大师百年之后仍然活着，至少还能再活一百岁。这是为什么？因为它纯粹？因为它浓烈？因为它足够强大的震撼力？还是因为它是独一无二的"这一个"，既不可重复，也不可拷贝？

大学时代，我常常出入于长影实验剧场，不止一次看过电影演员版的《雷雨》和《日出》。后来，我一回又一回朝圣一样走进首都剧场，为的是看原汁原味的曹禺。二十年间，我看了两代演员演绎的《雷雨》，还不无惊叹地欣赏了诗情洋溢意象奇诡的《王昭君》。当然，我也绝不会放过老舍的《骆驼祥子》，田汉的《关汉卿》。

曹禺不同于田汉，不同于老舍，更不同于上一部作品中的自己。这就是曹禺。这才是曹禺。

田汉的戏激情如沸，铁骨铮铮，他不仅燃烧你，弄不好会把你灼伤。他的前半生，不是玩火，就是弄潮。是性情中人作性情中戏。田汉不愧为菊坛老大，响当当一粒铜豌豆。晚作《关汉卿》或许就是他性灵的写照。即便死到临头，也不愿低下高贵的头颅。

老舍亦庄亦谐，或喜或悲，离不了老北京老街坊，遗老遗少，三教九流，处处可见历史中的人或人身后的历史。老舍在大革文化命的年代，竟然也成了剧中人。他以自沉于太平湖的决绝方式，找回了丧失殆尽的尊严，终结了他人生戏剧最令人扼腕的一幕。

曹禺，从《雷雨》到《日出》，到《原野》《北京人》，以至于晚年的《王昭君》，谁跟谁也不像，甚至难以找到相互之间的血缘亲情。他不玩火，不弄潮，不以人见史，也不以史带人。曹禺写人，重在揭示人性，挖掘人性，解剖人性。张扬的，扭曲的，异化的，沦落的，分裂的，亵渎的……千姿百态，惊世骇俗，反反复复震荡着你的灵魂，以至于走出剧院仍然难以找回内心的平静。曹禺的心很热，情更炽，他直指人性的锋芒因此更加感性，更加刺痛人心。他为人性的沦落惋叹哭泣，连心都为之滴血。走进他戏剧的人，也都难逃灵魂一劫。

如此曹禺，如何仿作？《于无声处》堪称高仿，也曾热闹一时。但是跟《雷雨》放在一起，立马黯然失色。《雷雨》把人性的嬗变和扭曲刻画得淋漓尽致，而《于无声处》则更多的是应时应景的政治宣泄，无法产生超越时空的穿透力。

曹禺的剧本如何改编？即便是颇得真传的女儿亲自动手，电视剧《雷雨》还是让观众感到陌生而又隔膜。总觉得那是一个被兑上大量自来水，面目模糊可疑的曹禺。

至于《满城尽带黄金甲》，把《雷雨》的人物关系和主要情节放在朝代不明的宫廷里，气势恢宏地秀了一把阴谋与情爱。只可惜场面压扁了人物，华服下找不到人性的脉搏。张艺谋使出浑身解数华丽泼墨，仍然难逃解构原作颠覆经典的恶评。莫非，大手大脚挥霍了一个亿，只是为了在大师身后东施效颦？如果钞票真的能堆出艺术，那么财源滚滚的今天，应该是艺术大师和经典名著层出不穷的时代了。

还是罗曼·罗兰的话足以振聋发聩："艺术不在金钱之上，不在金钱之下，而在金钱之外。"这话，田汉赞成，老舍赞成，曹禺更是连称精辟。为什么偏偏营养上佳学历不俗的后辈反而犯了糊涂呢？

曹禺晚年谨言慎行，低调做人，常常有如临深渊的感觉。看了各种演出，他的评语总要先说一句："真不易！"

这不仅是宽容。一辈子的创作生涯和风雨雷电，让他对戏剧越来越生出敬畏之心。戏剧从来都是最难的，在风口浪尖历尽劫波的艺术样式。曹禺搁笔多年，原因种种，遗憾多多。我不知道，在生命的最后时光，他是否也曾因为生命中无可奈何的大片留白，怅怅然若有所失？

2010.9.17 于苍梧

且笑且傲看江湖

——看电视剧《笑傲江湖》

何谓笑傲江湖？这个问题有解吗？有解无解，最好去问金庸。

在下以为：身为剑客侠士，出没于高山深林，居然能够不迷失其间。不但不迷失，还能够置身其外，冷静地审视江湖。不但能在刀光剑影中气定神闲地审视，审视之后，大彻大悟，超越江湖，最终走出江湖——能如此这般者，可谓笑傲。

笑看而又傲视，居高临下之态跃然纸上。

然而，人在江湖，身不由己。敢于笑傲者，能有几何？那个落拓不羁、急公好义的令狐冲，或当是个例外。有了这个贯穿始终的第一主人公，才使金庸为人们虚构的剑侠之梦，最终演绎成一个颇具人文色彩的人生寓言。

遗憾的是，我们没有看到围绕令狐冲设置的令人牵肠挂肚的悬念，当然也没有与之息息相关的扣人心弦的故事。一部辟邪剑谱，一场争权夺利的纷争，占据着电视剧洋洋四十集的中心位置。尽管场面壮观，音画如诗，打得一佛出世二佛升天，观众却无法在一系列充满刺激的画面里找到欲罢不能的感觉。面对这样一个没有命运感沧桑感的令狐冲，不免让人怅然若失，更谈不上魂牵梦萦了。

在剧中，编导营造了一个亦真亦伪、亦善亦恶、亦美亦丑、亦正亦邪的叙事迷宫，吊足了观众的胃口，也颠覆了非好即坏非黑即白的思维定势。我们看到：不管正派还是魔教，物常常不以类聚，人常常不以群分，都不能从一时一事一言一行判断其是非善恶。五岳剑派虽为正派，却不乏伪君子和野心家。为了一把交椅，他们竟然打得人仰马翻天昏地暗。而被视为魔教的日月神教中，也有重情重义富有人性光彩的人物。刘正风、曲洋一正一魔，于晚年彻悟，携手共谱《笑傲江湖之曲》。晚辈令狐冲、任盈盈正邪两极，居然在一见倾心之后，厌倦了江湖上争权夺利的纷争，成为金庸武侠的终结者，双双完成了一个人性复归的生命寓言，一个荡气回肠的爱情童话。这一对青年男女的琴箫合奏，为我们涂抹了解构武侠神秘世界最后的霞光。可惜的是，编导在荧屏上呈现了太多的血腥杀戮和凶残暴力，让人感到他们似乎已然沉迷在打打杀杀的快意恩仇之中难以自拔，让最后的升华和超越，成为难以实现的南柯一梦。

对于武侠小说是雅是俗，金庸先生自己早已有了说法："武侠小说虽然有一点点文学的意味，基本上还是娱乐性的读物，最好不要与正式的文学作品相提并论。"

既然不属于正宗，就不必过于认真。

看看玩玩，权当消遣，本无可厚非。然而，迷失其间，神神叨叨，甚而至于厌世遁世，那就无异于在精神上"拔剑自宫"了。君不见岳不群、林平之，为了不同的目的，对自己的肉体拔剑自宫，可是在精神上，他们又何尝守住了自己呢？

如此看来，看《笑傲江湖》，也得且笑且傲才是。

2001.4

千呼万唤始出来

——《海瑞》

看大戏是中国人过年的传统习俗。蛇年的开门大戏是什么？直到大年初三才见分晓。这一天央视黄金强档推出了长篇历史剧《海瑞》。

千呼万唤始出来的《海瑞》，果然不负众望，开篇就疑云密布，陡然发生一桩命案，那命案转眼间变成了冤案，冤案又引出了花花公子密谋栽赃，而栽赃者赵西樵与蒙冤者戴凤翔，都是海瑞的学生。赵西樵的父亲是朝廷重臣赵文华。他的义父则是炙手可热的宰相严嵩。

一株竹笋就这样一层层剥将下来，让观众随着剧情的深入发展，身不由己地被卷进层出不穷的悬念和盘根错节的人事纠葛之中。人们不由得拍案兴叹：破案难，审案更难，做义无反顾的好官清官更是难上加难！

身处千难万难之中的海瑞，一句"以民为本"，说出了为官的根本。有了这根本的出发点，才有了"公生明，廉生威"的基本准则。

编导正是在一次次迂回曲折的幕后斗智，和一场场不畏权势的唇枪舌剑之中，层层递进地刻画了海瑞刚正不阿，廉洁到近于苛刻的人物形象。

海瑞的对手淳安知县江之北，本想秉公断案，偏巧凶手赵西樵送来了藏有金条的"大红袍"茶叶。他想拒收，却又慑于凶手之父赵文华的威势，更不敢得罪赵文华身后那个一手遮天的宰相严嵩。于是严刑逼供，铸成一桩冤案。最后，在愧悔交加中吐血身亡。

给海瑞撑腰的巡按徐阶及其门生张居正，看上去一身正气，果断地为戴凤翔洗雪冤情，却出人意料地放过了凶手赵西樵。不但放过了他，还将他藏在车里，带回京中，把他当作与宰相严嵩讨价还价的筹码，使张居正顺利地进入吏部，执掌了人事大权。这实在是意外中的又一个意外——主持公道的好官，竟然也做了一笔不干不净的政治交易！

还有那个被老师海瑞救了性命的学生戴凤翔。他进京以后，在重重压力下，竟带头弹劾他的老师海瑞"庇护刁民，鱼肉乡绅，沽名乱政"。这一笔入木三分，却令观众瞠目结舌，大呼不可思议！

历史剧《海瑞》，好就好在跳出了陈陈相因非黑即白的模式，写出了人物在特定历史环境的复杂性和多面性。唯其如此。才使海瑞处境险恶，在你中有我我中有你的一片扑朔迷离中，仍然坚持高风亮节。在任何艰难困苦之中，都能够出污泥而不染。当然，他远没有鲁迅想的那么周到，采取"横着站立"姿态，以避免腹背受敌。

性格即命运。海瑞一生耿介刚直，宁折不弯，敢于为民请命，敢于冒死直谏。贪官污吏憎他，恨他。黎民百姓爱他，敬他，甚至把他当作神来敬奉。所以他仕途坎坷，起起落落，终至郁郁而死。这是历史剧《海瑞》唯一不出人意料的情节。

在中国，海瑞早就是家喻户晓的人物，但是翻阅《辞海》"海"字条目，可以找到奥地利作曲家海顿、德国诗人海涅，却找不到中国人自己的海瑞。为什么直到《辞海》出版的1979年，对海瑞还如此讳莫如深呢？唯一可以成为理由的是，这《辞海》是"四人帮"横行时修订的。

在20世纪60年代，一出京剧《海瑞罢官》，被无限上纲为

"右"倾机会主义者向党进攻的檄文。对于《海瑞罢官》的批判,成了"文化大革命"的前奏。没曾想到了21世纪,《海瑞》大模大样地走上荧屏,痛快淋漓地挥洒着它的浩然正气,为反腐倡廉,重拳出击,呐喊助威,成为新时期一曲响彻云霄的战歌。

  一个海瑞,两种命运,可见这四十年变化之大。对于经历了这段历史沧桑的人,海瑞无疑是一个意味深长的话题。

夜话康熙

上个世纪末，电视剧《雍正王朝》曾引起史学界许多议论。21世纪初，一部《康熙王朝》又把荧屏外的世界搅得众声喧哗。

两部历史剧是否都称得上扛鼎之作，原著二月河难以认同。对于《雍正王朝》的改编，他只打了59分。一点面子都没留给那位辛苦备尝的改编者。那么《康熙王朝》又该怎么讲呢？二月河只讲了四个字：无话可说。无话可说，可以是好得不得了，一点瑕疵都找不出来；也可以是差得不能再差，让人一时语塞，不知从何说起。绝不是中不溜儿，不好不坏，亦好亦坏。真要是这种中间状态，倒是有许多话可以说的。

拍这两部历史片的陈家林，是一位资深的大导演。他早期拍摄的电影《末代皇后》，使他声名鹊起。此后，一部风格凌厉粗犷、大气磅礴的《努尔哈赤》，在中国电视历史剧制作史上留下了力透纸背的一笔。到了《远东阴谋》，似乎已看不到更多新鲜感和锐气，而《太平天国》差一点成了这位大牌导演的滑铁卢之战。那么，眼下这部倾全力打造的《康熙王朝》，能否为陈家林重振雄风呢？

"无话可说"，显然过于情绪化。当然，这种不予评价的评价后面，或许掩藏着原著许多伤筋动骨的愤懑和痛定思痛的悲哀。至少，它可以启发观众，你最好抽时间去读一读小说原著。

但是改编不是套版印刷，它既要改，又要编。否则，岂不成了原文照抄？电视剧《雍正王朝》的结尾与小说最后鬼影幢幢幽灵出没所营造的莎士比亚式氛围大相径庭。《康熙王朝》改编幅度更大，已到了令原著无可言说的程度。客观地讲，小说姓说，重在叙述，电视剧姓剧，重在戏剧冲突。两种艺术形式的转换，带来某些缺失和遗憾，恐怕是难以避免的了。

我觉得《康熙王朝》称得上电视剧中的大手笔。它以人带史，以一个康熙写出一个王朝走向强盛，登向巅峰的历史进程。这部片子在陈家林的导演生涯中，无疑也是一个巅峰。蓝齐儿与母亲在马嘶刀鸣的战场上相拥相偎的场景，也许将超越时空永远令后人为之动容。

其中，孝庄形象的塑造堪称一流。她是一个热爱生活的女人，一个慈爱温情的祖母，又是一个可以力挽狂澜而又没有野心的政治家和传奇人物。斯琴高娃将孝庄的几个侧面演绎得丝丝入扣，细腻而有节制，节制而又富有丰盈的内涵与回味。

陈道明纵然将康熙的权谋、用人之道及在党争中游刃有余地回旋，勾勒得入木三分，但他的表演还没有进入化境，与斯琴高娃炉火纯青的艺术境界不可同日而语。康熙与苏麻的情感戏，应属虚构。既然虚构了，就要拍出深度来，拍出味道来。苏麻至死仍然深爱康熙，这本可以生发出十分动人的场景，但是全片对这段情感纠葛处理得淡而又淡，使人不禁怀疑，这段虚构的爱情有多少存在的理由和价值？

当然，如果陈道明不那么拿腔作调，如果在背台词时多翻翻字典，少念错几个关键字，康熙的形象或许会更加栩栩如生。毕竟，康熙是一位精通汉学的饱学之士呀！至此，我不禁要想：如果焦晃来演全本康熙，将是何种景象？

今夜不醉不还

你喜欢什么？

我喜欢一切美的东西。

美是什么？

是……我一时语塞。

我是个对定义不大感兴趣的人。即使有现成的结论，也不愿做有口无心的小和尚。但是，我心里有一把无形的尺，不管是美食、美服、美器，还是美艺、美文，都会在一瞬间做出判断。这种瞬间评判，大体相当于对陌生人的第一印象。那印象常常挥之不去，成为认知和审美的基础或前提。

比如，在诸多休闲方式中，听歌，为我所深爱。

2008那一个春夜，苍茫悠远的马头琴把我引向时空深处——

> 鸿雁，在天上，
> 对对排成行。
> 江水长，秋草黄，
> 草原上琴声忧伤……

我在第一时间被深深打动了。为什么？为了那份再自然不过的情怀？还是那再随性不过的旋律？我在天籁般的歌声中荡气回肠，跟随四个穿蒙古袍的后生沉迷似醉，一唱三叹。当小伙子们唱到最后一段——

  鸿雁，向苍天，
  天空是多么遥远。
  酒喝干，再斟满，
  今夜不醉不还。

  我的眼角已然湿润。面对苍凉的草原，沧桑的岁月，沉雄而又放达的漂泊者，怎一个"不醉不还"了得！

  后来，长篇连续剧《东归英雄》于央视播映，至情的《鸿雁》在片尾响起。有那一段血染的历史铺垫，四个后生的歌声听起来更觉回味悠长。

  于是，我记住了这首歌，时时吟唱。唱到动情处，好像看到无数在东归途中倒下去的男人和女人。故乡和祖国是他们生命中的唯一。这时，我忽然有了一种顿悟：原来，世上用生命和信念写成的歌，竟然如此简单朴素，如此好听好唱。

  简单朴素，好听好唱。诸多流传甚广，几乎上升为经典的歌曲都琅琅上口，一学就会，无须任何炒作、推介，便不胫而走，口口相传于坊间，风一样弥散于大千世界，最终走进历史，被时空铭刻在记忆深处。看看当下，这样的歌曲多吗？对于有的作曲家，似乎越大、越长、越难、越复杂才越能显示他的专业水准和艺术才华。那些气势逼人富丽豪华的晚会歌曲，在一夜风流之后，还没到次日凌晨便已寿终正寝。

  除夕之夜，央视歌舞晚会上，《鸿雁》再一次令亿万听者动容。《鸿雁》为何能长驱直入，在刹那间直抵心灵？最朴素的原因，就是因为它纯粹，真诚，不倨傲，不故作高深。我常常想：如果你真心诚意为普通人写歌，做到那八个字，不会比布尔扈特蒙古人东归之路更加艰难吧？

走各样《生活秀》场

——女作家池莉

池莉的小说《生活秀》不仅拍成了电影，还搬上了荧屏。前者在最近闭幕的上海国际电影节上，力克美国大片《哈特的战争》，荣获最佳故事片金爵奖。后者江苏电视台城市频道正在播映。

不知为什么，读池莉的作品，不由想起央视的"天天饮食"，她把现代性和观赏性把玩于股掌之间，似在不经意间一炒一颠，加点儿高汤，撒点鸡精，便像变魔术般捧出一盘色香味俱佳的时令菜肴。

说它是时令菜肴，是因为她的作品很入世，也很入时，还相当世俗化，有时甚至世俗化到市民化的程度。但不起泡沫，更不是垃圾。

面对泡沫四溢、作秀频仍的文坛，池莉顾自洋洋洒洒，一路写来。不拿捏，不矫情，不犯酸。对于烂熟于心的市井生活，有时贴近到几近零距离。这种零距离构成的诱惑，常常令人一旦进入便无法脱身。谁能说这不是池莉的高明之处？

只不过在中国当代女作家群体中，比之王安忆，她少了点底蕴；比之迟子建，她少了点诗意；比之铁凝，她少了些思索和品位；比之方方，她又少了些凝重和沧桑。可如果上述品质都具备了，她也就不是池莉了。

她就是她——立足于中国长江中游武汉市寻常街巷的红尘中人，一个把那地方的世相人情、生存状貌描摹得淋漓尽致、入木三分以至纤毫毕现的女作家。她可以在充满变数的时代中，让漂泊无寄的灵魂在爱的时空中来来往往，也可以在偶然的邂逅中放逐被压抑已久的情感，一夜盛开如玫瑰；更有甚者，竟在抚摸往昔创伤时，不无感喟地怀念那些声名狼藉的日子……

在《生活秀》中，她更是将吉庆街一个卖鸭颈子的女人的境遇、遭际和情感世界描绘得栩栩如生，令每一个读者和观众都觉得：自己在夜市的大排档里，曾经见过这种麻利而又有几分风情的女人。她的人生里写满辛酸的往事，却活得洒脱而又滋润；她常常陷入尴尬和窘迫之中，却在关键时刻游刃有余地把事情搞定。这是一个生活简单而又人性丰富复杂的女人。不管她使过什么花招和手段，却永远不失善良，永远对生活充满期待和渴望。

在银幕上饰演来双扬的青年演员，因成功诠释了这个变革时代都市底层女性形象，一举捧走了上海国际电影节最佳女演员的金爵奖。可惜影片尚未发行，我们尚不能看到她的动人丰采。

可是电视剧《生活秀》中饰演来双扬的于慧，已在昨夜亮相了。于慧，曾在电视剧《围城》中有不俗的表现，又因饰演电影《喜莲》中的女主角，获得过金鸡奖最佳女主角的殊荣。昨夜，于慧一出场，似乎已经找到开启当代市井生活之门的一把钥匙。现在，门被打开了。《生活秀》究竟秀出了怎样的芸芸众生，怎样的女作家池莉？我们不妨拭目以待。

在远去的"世界杯"令我们爽然若失之后，挑剔的观众能否在荧屏上找到新的热门话题？《生活秀》能使千百万观众眼前为之一亮吗？

2002.7

我不知道你如何抚摸心灵

——诗人丰古印象

昨天,难得有机会在一起喝茶,咖啡因让我有点兴奋,我对他说:你是个内心很浪漫的人。至于行为是否亦然,我无从考据,也不会去考据。

多年来,我跟丰古常常在会场相遇。近则握手,远则点头。偶尔走进他的办公室,不拘形迹海阔天空的可能,几近于零。我们相差二十多岁,不可能像年轻哥们那样抵足而眠,也未曾如文友般促膝长谈,一醉方休。这或许是因为我一辈子都没有学会如何与官员你来我往。

但是,他看上去与官员不尽相同。他常常口无遮拦,讲几句不大中听的话。他似乎尽量避免讲那些令人兴味索然的官话、套话。每当他信马由缰的时候,我不由得琢磨,他为什么有那么一点另类?

从2004年起,他以一年一本的频率,给我赠送诗集,直到牛年春节之后。我有点应接不暇,更有点不知所措。我知道他希望我说一说。攒到六本,厚厚一摞,我踌躇多时,连连叫苦,不知该如何下手。

我喜欢诗歌,也读过许多古今中外的诗作。诗是有生命的,更是有年龄的。丰古的诗看上去比他本人年轻。读他的诗有一点灼眼,甚至有一点烫手，一不留神，还会觉得心被烫了一下。

为什么会有如此这般的呈现？这与他的阅历有着怎样的关联？高中毕业后，他种过地，扛过枪。在军队那样庞大的男性集团，十年的时间，除了淬火，是否还有缺失？在山东大学的寒窗下，他熊熊燃烧的青春，可曾在春风沉醉的晚上蓬勃而出？后来，回到故乡东海，在那个相对丰饶的小地方，他的心头可还盘踞着抹不去的荒凉？再后来，丰古走进了不大不小的连云港，繁华之外，他无法排遣的仍然是孤独和寂寞。

我说不清丰古为何如此多情，更道不明他的诗何以总是离不开一个情字。显然，他多血质，他奔放，他常常压抑心中的狂野，又常常在一见倾心之后磅礴地喷发出鼓荡已久的滚滚岩浆。哦，那是漫长而又痛苦的蓄积和等待。只有到了忍无可忍无以复加之时，才得以痛快淋漓地宣泄释放。那一刻，他的至情至性从暗夜中奔突而出，百转千回，大放光彩，甚至让循规蹈矩的人们，拍案惊奇，大呼匪夷所思，不可思议。

那不是笔尖的墨，那不是喉中的歌，也不是一般意义上的诗。丰古的诗不仅有年龄，还有个体生命的质感和体温。而且，何止是生命。读他的诗，我恍惚感到，此时此刻，丰古正用血肉之躯，用永无宁日的灵魂，酿造着一杯杯苦涩而又甘冽的酒浆。彻夜狂饮之后，醉眼蒙胧之时，发出一声声追问：问世间情为何物？

那么，直教人以身相许，可是唯一的答案？

是的，目光无法抵达的地方，心能够到达。

我相信，丰古那诗人般永远与爱情为伍的灵魂，哪里都能到达。因为，诚如他所说：爱情就是太阳，是我一生的信仰，我时时刻刻都在叩拜哟！

我不知道，丰古渴望抵达的去处，可有一个让诗人拥抱安宁与和谐的驿站，在耐心地等待着他？那个驿站，距离行行复行行的他，还有多远？

蛇年春节前夕于苍梧

平民小说与平民作家

在中国作家协会主办的《小说选刊》上，读到陈武新作《拉车人车小民的日常生活》，别是一番滋味在心头。这别是一番滋味，不仅来自异常淳朴的车小民，更来自那个信笔挥洒出车小民艺术形象的平民作家陈武。

陈武，早在20世纪90年代初就以一篇《估衣》令我刮目相看。在那篇小说里，20世纪40年代的新浦街，被描绘得活灵活现。可是屈指一算，三十来岁的陈武，那时还没出世呀！那阵子我正担任《连云港文学》主编，我倏然感到自己在江苏的夜空里发现了一颗明亮的星座，那星座不仅闪着温馨的人性之光，还带着几分犹疑和羞涩，冉冉地上升着。我兴奋地将他的作品推荐到省作协、省委宣传部。

在此前后，陈武写了许多以少年时光田园生活为题材的小说，抒情的笔触蘸和着几许怀旧和伤感，显得有些唯美。当然，我不认为唯美有什么不好，我就很唯美，有时不免有几分诗化、理想化、梦幻化。我想，这也许正是文学不同于生活本身的一个重要方面。

后来，陈武涉猎的生活面逐渐扩展，那些从农村流向城市的"边缘人"引起了他的关注。边缘人特殊的处境和遭遇，陈武感同身受，毫不陌生。刊发在《小说月报》上的《时间风景》，就是以边缘人的视角,看现代城市人动荡不定的生活和充满变数的命运。陈武在这篇小说里,以电影蒙太奇手法,连蹦带跳地截取了几个时空,便完成了一幅世相人情的速写。大量的留白,像中国传统绘画和书法一样,给读者留下了想象的空间,让你在不尽的回味中,咀嚼生活的种种况味。

《拉车人车小民的日常生活》使人想到《贫嘴张大民的幸福生活》。贫嘴张大民苦中作乐,善于调侃,而这篇《日常生活》似乎又是对那篇《幸福生活》的调侃。从这篇小说可以看到陈武毫无保留的平民视角。他几乎将自己全身心地化入车小民之中。车小民在艰窘中追求快乐,在快乐中寻求满足,在小小的满足后走向毁灭,使人不忍卒读。这个车小民跟那个张大民,虽然都是生活在最底层的人,可作为一个向城市边缘讨生活的车小民,看上去更本真,更人性化,更容易满足。唯其更容易满足,那辛酸苦涩就愈加难以言传。

陈武不俯视车小民,不悲天悯人;不仰视车小民,不一味拔高其优秀品质。他平视车小民,彻底地平视,有时会产生把车小民和陈武重叠在一起的感觉。尽管这种重叠过于率性而主观,但有一点是毋庸置疑的:陈武是一介平民,他以一介平民的身份,在毫无背景的情况下,悄然走上文坛。走上文坛之后,他仍是一介平民,一个城市边缘人。所不同的是:他比车小民多了一副眼镜,多了一颗善感的心,一支灵动的笔和一张足够儒雅的面孔。

陈武,给连云港文学园地带来了一份清新,也带来了欣慰和希望。

陈武,扬起你的风帆吧!祝你在无边的艺术之海上,不断开启新的航线,不断开拓新的视角,给我们带来新的惊喜。

我和你所有的朋友都在祝福,都在期待。

《苍梧》文化季刊发刊词

苍梧，云台之古称。很久很久以前，云雾缥缈的海中之山是也。

如今，汹涌大海之中，那座百鸟飞鸣一派仙风道骨的神秘山峦安在？

它沉淀了，沉淀到岁月深处。它远去了，透过历史的烟云，我们也只能看到它依稀的背影。

而我们，有幸居住在以苍梧命名的小区里。我们身上是不是也因此背负起了岁月与历史留下的使命和责任？

或许，因了这种无可名状的文化自觉，我们竟不知天高地厚，创办了全国第一家由小区文联编辑的文化杂志，而且以"苍梧"命名。

苍梧属于历史。往事历历并不如烟。

苍梧属于当下。当下之精彩前不见古人。

苍梧属于未来。未来之星将在苍梧的夜空中熠熠生辉。

苍梧人，你可以谈天说地，也可以评古论今。

你可以雁书往还，也可以微博记趣。

你可以痛陈家史，也可以日记数则。

你可以繁花满树，也可以吉光片羽。

你可以曲水流觞，也可以大江东去。

可歌，可吟，可书，可画，可印，可影。诗中可有画，画外可有文。由你笔走龙蛇，尽情挥洒，笑傲江湖，纵横捭阖。

　　当然，倘能以小见大，以一当十，以少胜多，并能横看成岭侧成峰，诚为令人击节之佳境也！

　　总而言之，苍梧属于你和我——写苍梧人，苍梧人写，都在《苍梧》永远鲜活的视野之中。

　　相信，有你的鼎力相助，我们的《苍梧》或当在地平线上冉冉升起，活力四射，风华独具，成为小区文化的一道风景线。

　　如然，你我岂不快哉？

2011.12.29 于苍梧
2012.1.10 修改

酒醒何处

作家旅行，必须留下的一个人就是他自己。——英国作家毛姆的话令我困惑不解。把自己留下，留的是肉身还是灵魂？倘是肉身，那么只好打发无影无形的灵魂忽忽悠悠漂流四方了。要是让灵魂在家留守，无灵之身麻木不仁地满世界游逛，还有什么情趣可言？

那一年，中国戏剧家协会招呼了一大批剧作家来到无锡。当大客车沿着蜿蜒的太湖逶迤而行的时候，无锡文联的许墨林如数家珍，把同行者一一推介："《徐九经升官记》的编剧……《春草闯堂》的原创……《五·二班日志》的女作家……年轻的新锐戏剧批评家……"最后介绍到我——周维先，我们无锡宜兴人，名门望族，宰相的后代。一句话说得举座哗然，我也像吃了一闷棍，张口结舌愣在那里。

一直到登船游湖，我还恍恍惚惚，仍然云里雾里。我既不能矢口否认，也不能声称毫不知情，又不便当众请教许墨林。那天，太湖并不潋滟清丽，灰色的天空下湖水激荡着银白的浪花。谈笑间，一个女人开始上菜。那女子穿一身蓝印花布，颇有几分江南风韵，端上来的也都是乡土气十足的水乡船菜。号称"太湖三白"的银鱼羹、氽白虾、清蒸白鱼，尽显原汁原味，像不施粉黛的花季女孩一样清新可人。船娘、船菜吊足了精英们的胃口，大家争先恐后举箸品尝，兴致勃勃大谈西施、范蠡。谁知老天忽然变脸，狂风大作，暴雨如注，眨眼间远山近水席卷而去，只剩下重重雨幕把大起大落的游船包裹得严严实实。一阵惊慌喧闹之后，忽然有人打开一瓶白酒。人们便在疾风暴雨袭扰下不管不顾地喝将起来。一杯又一杯，一瓶又一瓶。谁也说不清自己喝了多少，谁也不知道开了多少次酒瓶，谁也没在意颠簸跌宕中酒瓶子在脚下狂欢，叮叮当当地跳着非金属摇滚……每一个人都不再是曾经的自己，每一个人都忘记了自己原来的样子，每一个人都不再留心自己应该是什么样子。我也把原该留在家里的自我甩到一边，神采飞扬地胡吃海喝起来……

那天，我把自己吓住了：怎么连我也不知道，周某人居然有这么大的酒量？尽管酒量了得，还是在一场狂放恣肆的宣泄之后醺醺带醉了。酒醉的原因，隐约间跟那个无头无绪的宰相有点关系。后来，二哥告诉我，明朝的确有一个叫周延儒的宰相，政声不佳，还镇压过东林党人。此人是我们老祖宗周处的后代。

我这才醒了。但早已酒意全无了。酒醒之后，我不由得问自己：出门之前，我是否也该听毛姆的话，把自己留在家里？

2010.1.24 于苍梧

我的七十岁

人只要活着,前面就有一条地平线。它在远方。永远在远方。它永无尽头,而又充满诱惑,令你身不由己,一刻不停地行行复行行。于是乎,懵懵懂懂地走过幼年,走过童年,走过少年……走过了人生的悲欢离合、爱恨情仇,走过了命运的起起落落、峰回路转。当我刚刚读懂人生的时候,却发现自己已然老了。

母亲说:人过六十,就没有运了。

是这样的吗?六十岁的时候,我还有许多欲望。退休,对于我,无疑是一次彻底的解放。我想满世界跑跑看看,想写这写那,想做许多一直没能做成的事。那时,要冲动有冲动,要激情有激情,百转千回,变着法找一个合适的渠道痛快淋漓地释放一回。我几乎是一鼓作气写出了《小萝卜头》、《梅园往事》、《花开有声》、《鄂尔多斯婚礼》。在这些作品里,我反思历史,回望生命,剖析人性,把苍茫的岁月之河当作一面镜子。但愿人们能从镜子里看到时代和灵魂的倒影。

恍然不觉到了七十岁。

我曾在《苍梧晚报》发过一篇题为《抚掌笑谈七龄后》的短文。讲的是历经沧桑,阅人无数之后,淡出江湖,终于找回一份从容和淡定。可是,再从容淡定,也还在路上,也在遥望地平线的行走之中。

但那是不一样的行走。

七十岁那年，由我编剧的《花开有声》在央视黄金强档热播后，江苏作协维权组织帮我请了律师起诉制片人侵权。制片人所在地的有关领导竟然授意：不能让外地人打赢这场官司。我没有怒发冲冠。淡淡一笑之后，又收获了一番对于世风人心的体悟。

之后，我开始写散文，而且越写越淡。云淡风轻，闲云野鹤，看上去与世无争，却仍徘徊在出世与入世之间。后来，"茶客三味半"更是推波助澜，让我忙了三百天。虽然在读者眼里，东鳞西爪，三言两语，豆腐块而已，对于我这个习惯于写连续剧的人来说，第一次在历数人间百态之后，感到了枯竭和疲惫。"碧螺春"打烊了。我开始知难而退。

期间，学生把我请回鄂尔多斯。一位蒙族导演要预付几十万，邀我帮他写本子。我婉谢了。在呼和浩特，他一再请我吃饭，我始终没有松口。几十万，对于我显然是一笔大收入。我倏然发现，在古稀之年，我学会了拒绝。

出国旅游的护照在手里攥了三年，一直在做妻子的工作。她陪伴我母亲二十八年，从来没有红过脸。而她，不肯给我机会。终于，2011年深秋，我们双双飞越赤道，飞到正值暮春的澳大利亚，逛悉尼湾，游海豚岛，把黄金海岸的夜色揽入怀中。又乘阿联酋飞机驰骋于草原之国新西兰，到"哈利波特"的原始森林里疯跑了一番。还在渔人码头拥抱了她年过八旬的哥哥，回忆读高中时的种种趣事……嗐，谁能想到，在异国他乡，我们又找回了年轻的感觉。

我终于闲了下来。闲下来，不免东想西想：我是宜兴人，却生在苏北东台。生在东台，竟跑到苏州度过了难忘的童年和少年。此后八年，一阵风又把我刮到辽宁本溪和吉林长春去完成学业。毕业后的十六年，鄂尔多斯用它宽阔的胸怀和漫天沙尘把我磨砺成了一个不南不北不东不西的大老爷们。此后，我又在连云港度过了在上下求索中日夜兼程的三十八年。当我白发苍苍的时候，终于走到了人生的边缘。在边缘,自然要回溯,要寻根。我思前想后,茫然四顾:弄不清我的故园究竟在哪里。于是,我又多了一份无处安放的乡愁。

说一千道一万,我终究是个凡人。我无法预知地平线还有多远,江湖的尽头在哪里。当我看到尽头的一刻,我能不能像现在一样,继续淡定下去。

或许,我还得学会抓住人生的尾巴,再打它一个擦边球?

2012.1.9 于苍梧

卷五 莫斯科郊外的晚上

莫斯科郊外的晚上

　　那是到达莫斯科的第一个夜晚，钢琴女郎为我们弹奏《莫斯科郊外的晚上》。黑色晚服勾勒着她窈窕的身材，那若有所思的目光，似已看不见玻璃镶嵌画描绘的剑客与美人，看不见枝形蜡烛吊灯把几分古典几分神秘投向低垂的窗帏……我找到了琴声如画的感觉。在莫斯科上空低飞盘旋的情景历历如在眼前：蓊郁的森林泼墨般涵盖着苍茫俄罗斯，运河穿过森林逶迤东去，大大小小的湖泊像少女的眸子闪闪发亮，时有红黄蓝绿各色别墅掩映其间……我想，《莫斯科郊外的晚上》的灵感，定然是在这样的环境中产生的：没有这一切，绝不会有那首静谧如诗，醇厚如酒，令全世界沉迷似醉的歌曲。但我看到的毕竟不是莫斯科郊外的晚上。

　　俄罗斯电影家协会常务副主席克里姆在美好的音乐中为我们设宴接风。在克里姆致欢迎辞、姚志强致答辞后，我兴奋地高举酒杯站起来用俄语说："为我们的友谊，为我们的相逢，干杯！"在场的俄罗斯朋友当即发出惊呼："哦，你们有两个翻译！"我虽然得意，却面露窘色。我那全军覆没于脑海中近四十年的俄语，能漂出水面的已所剩无几了。这时，《莫斯科郊外的晚上》的琴声如月光泻地，浸润着每一个人的身心。于是，话题如歌，不绝如缕。莫斯科电影家协会主席廖尼亚讲述了他正在酝酿的一部电影新作。他不断地问我听清了没有。偏偏我俩在长桌的对角线两端，我与翻译中间又隔了一位胖胖的伊里娜。为了不使廖尼亚扫兴，我不断地点头，表示听见了，听懂了。或许因为团长刚才介绍我是编剧，影片曾获金鸡奖，廖尼亚便特别在意我的反应。像《莫斯科郊外的晚上》一样，他的故事也是关于爱的。我只听懂了未来电影的片名《旅行与爱情》，如果译成《爱之旅》似乎会更有意味。

第二天，我们驱车前往电影中心。车经莫斯科河畔的"白宫"时忽降大雨。我用俄语说了一句："哦，大雨如注！"廖尼亚伸出拇指，夸奖我动词用得不同凡响，富有文学性。说不定正是从这时开始，他耗上了我，要跟我合作，希望剧本涉及中国的部分由我执笔。他哪里晓得，那一句"大雨如注"是在特定情景中从记忆的深海中突然冒出的一个水泡而已。他如果知道，我对于他昨晚讲得十分投入、十分痴迷的那个故事，至今仍然不甚了了，一定会非常泄气的。

下车后，廖尼亚陪我们参观了电影博物馆。在苏联电影大师罗姆工作室，我盘桓不去，并一再拍照。他看到我对大师如此熟悉而又敬重，显得十分高兴。这天晚上，他把一份译成中文的电影故事交给我，希望我去索契的六天里能认真地研读一番。

到了索契，刚刚在珍珠饭店安顿下来，我便开始阅读《爱之旅》。我这才弄明白，廖尼亚讲了一个十九世纪的古老故事：一对俄罗斯夫妇穿过浩浩森林茫茫沙漠，历尽千难万险到中国旅行。上路前，女主人公已身患绝症，她怕丈夫为了自己放弃远行计划，瞒过了夫君，强忍着病痛随夫同行。到中国，去拉萨，是夫妇俩毕生的梦想。但女主人公毕竟已病入膏肓，在途中不得不带着深深的遗憾告别丈夫，离开了人世。她丈夫到了中国，却无法再圆拉萨之梦。这个感人肺腑的故事是由影片中一群当代俄罗斯青年讲述的。他们像先辈们一样向往古老神秘的中国，崇拜华夏文化，但当代青年们轻而易举地实现了自己的夙愿。对于他们，前辈为了这一切付出生命，已经是不可思议的事情。读完《爱之旅》，我面对窗外的黑海，沉思良久。世界上有一种爱可以超越国界，超越民族，超越时间和空间，它的无形的使者就是无所不在，可以涵盖历史和现实，可以拥有一切的文化……文化使我们富有，使我们心里充满爱，文化人何必为自己物质的清贫仰天长叹呢？

九天后，我从圣彼得堡乘火车回到莫斯科。这一天是六月十日，恰巧是我的生日。在他乡过生日早已习以为常，可在异国过生日，还是头一回。这一天，又是廖尼亚陪我们出游。我们来到建成于反法西斯战争胜利50周年的俯首山胜利公园。像广场一样规模宏阔的喷泉，满怀激情地歌唱着胜利与自由。与之遥遥相对的群雕，给我的震撼使我永难忘怀：我眼前站着一群被战争和饥饿折磨得骨瘦如柴的男人、女人、老者和孩子，他们在一个弧形的空间中依次缩由小变矮，渐渐化作一排十字架倾斜着倒向俄罗斯大地……群雕和喷泉中间是恢宏的长方形广场，在第一块碑石上刻着1941，接着每前进约50米便有一块碑石，上面分别刻着1942，1943，1944，1945……我和廖尼亚走过这些碑石，似乎走过了血与火的漫漫历程。过了碑石，登上石阶，须仰视方可见常胜将军在马上斩断法西斯龙头的雕像，雕像后面，剑一样插入云天的方尖碑，镌刻着一座座英雄城市的名字。我转过身来，看到廖尼亚肃穆而又忧伤的眼神。他一定经历过那场战争，灭绝人性的德国法西斯曾迫使他付出最痛苦的代价。正像我曾在日本法西斯的魔影下度过了许多丧失尊严受尽屈辱的岁月一样。但是他没有讲到战争，讲噩梦般的往昔，却问了我对《爱之旅》的感受。我告诉他，俯首山使我在更深的层次上体味了爱的内涵、爱的分量。

这天晚上，廖尼亚陪我们到普希金大街一座名叫斯丹尼·丹钦科的音乐剧院观看芭蕾舞剧《海侠》。我的生日活动安排得如此丰富多彩是我始料不及的。《海侠》讲述的是一个关于男女之爱和爱的失而复得的故事。我隐隐感到廖尼亚的安排颇有意味。尽管他无从知道今天是什么日子。但他的人生阅历昭示他，每一个日子都应该有爱照耀着你我的生活，就像每一个日子都离不开天上的太阳一样……

第二天是我们返程的日子。晚上九点，莫斯科依旧阳光普照。送行的车沿着开阔的八车道飞速奔驰。一路上，廖尼亚默默无语。到了机场，他居然混过了海关。我惊异地看着故作轻松的他。他却耸耸肩膀说："要么，我跟你们一起到中国去吧！"

分手的时候，他问我："记得我今天下午的祝酒辞吗？"

我点点头。

他加重了语气："我是说，为了我们的电影！"

我深深颔首："我知道，为了我们的电影。"

"我们的，懂吗？"

"我们的，我懂。"我看着他蓝灰色的眼睛郑重地回答。

他猛地把我搂到他厚实的胸前，我们的面颊紧紧贴在一起。呵，《爱之旅》就是这样刻骨铭心地镌刻在我生命的一页之上。

飞机起飞已是晚上十一点。森林、湖泊、运河和别墅都被夕阳点燃了似的闪着橘红的光焰……还没有远离莫斯科，我便已开始想念莫斯科，回味这一次难忘的爱之旅了。它是旅程的终点，还是一次新旅程的起点？我向舷窗外望去，夕阳如金，机翼下流逝的是莫斯科郊外的晚上吗？

我终于没有看到莫斯科郊外的晚上。

穿越白夜

在圣彼得堡穿越白夜，是一次再美好不过的体验。

我们步出机场已是晚十一点多，在中国该是深夜了，可这里看上去像个悄无声息的黄昏。汽车载着我们在一片天国般的安谧中舒展如飞。路边的草坪在白夜里把绿的柔嫩发挥到令人依恋的极致。那宽阔得难以想象的草坪，托着随风摇曳的翠绿的树林，扑面而来的一阵阵清芬，使我恍然觉得这儿的风也染上了叫人心醉的绿色。如果说这是一首田园诗，那么，这篇身手不凡的田园诗，只不过是圣彼得堡交响乐一段小小的序曲罢了。

前面，伊萨基耶夫斯基大教堂已经在望，巨大的金色圆顶被几十尊长翅膀的雕像围绕着。圆柱下是方形的底层，而底层的四面又有三十二根高大的圆柱，柱身已被岁月染成暗褐色，怎能不引发一缕暗褐色的思古之情？它的左前方，有着高大拱门的黄色建筑，是王公大臣们议论国事的"杜马"；它的右前方，绿白相间的广厦，则是举世闻名的冬宫。在冬宫与杜马中间的草坪上，骑着双蹄腾空的骏马的彼得大帝铜像，成为这一建筑群体的华彩乐章。铜像出自意大利人的手笔，在马背上腾跃的彼得大帝，为后人留下了永远向前的身姿，使人不禁想到他是俄罗斯第一个具有开放意识的明君。明君雕像的基座是一整块巨石，它的由来却承载着一个十分沉重的故事。

这时，坦坦荡荡的涅瓦河已不期而然地闯入我的眼帘。涅瓦河的气度在欧洲是无与伦比的。它的宽厚宏阔只有用母亲的胸怀来比拟。而在世间有谁能度量母亲的胸襟呢？涅瓦河两岸，18-19世纪的建筑栉次鳞比，色彩样式各异其趣，却又浑然一体，没有一副大手笔是无法挥洒出如此恢宏的帝京气势的。1703年，按照彼得大帝的规划兴建圣彼得堡。这座城市的建设，与他对外开放的政策，几乎是同步的。可以想象，那是一个多么宏大的建城方略。那时，这里只不过是芬兰湾畔的一片沼泽地，涅瓦河将它分割成一百零一个小岛。在两百多年时间里建起四百多座桥，才沟通了这一百多座岛屿。徜徉其间，使你想到水城威尼斯。但威尼斯在圣彼得堡面前少了些皇家气度，看去有点像一座微缩景观了。彼得堡毕竟是泱泱大国的帝都，它不仅要筑造集建筑、雕塑、绘画于一身的拜占廷式教堂，以穹顶的高远与辉煌引发人们对天国的向往，不仅要构建巴罗克式的宫殿，以开放的身姿和壮丽的构想敞开面向欧洲的窗户，还要把俄罗斯人的西方情结融汇到桥的艺术、路灯的艺术和栏杆的艺术里，使整个城市的每一个局部都成为巨大的艺术博览会中一个令人回味的段落、小品、闲笔、休止符或省略号。

面对白夜中的涅瓦支流，桥面上随风摇动的路灯和黑色的雕花栏杆，由不得想在这里寻觅《白夜》中的女孩。圣彼得堡不但和帝王的传奇而且早已和俄罗斯辉耀世界文坛的巨匠，和他们笔下不朽的艺术形象紧紧地连在了一起。圣彼得堡自建城至今不到三百年，就已经有了说不尽道不完的人文景观。我们的陪同眯着双眼，时而指向涅瓦河左岸，时而又指向右岸。他无须睁开眼睛，便可以如数家珍地向我们提示一个个古老而又稔熟的故事：这里是罗蒙诺索夫的科学心……这里是屠格涅夫工作过的地方……这里是普希金父母的宅邸……这里是《黑桃皇后》主人公活动的地域……这里是歌唱家夏里亚宾的寓所……这里是《叶夫尼·奥涅金》首演的歌剧院……这里是关押十二月党人的修道院……这里是不再流血的大教堂……导游的声音平静如水，那水面下却深深蕴藏着俄罗斯人对自己文化的自豪。

当汽车驶进涅瓦大街，我的心顿时飘浮起来。简直无法想象，这时竟然阒无人迹，静寂得像一部尘封已久的历史。当然没有红男绿女，当然没有霓虹闪闪。莫非时间已停滞在十九世纪某一个六月的白夜？在这样的氛围里，似乎该响起一阵马蹄声，然后从马车上走下一个儒雅而忧郁的屠格涅夫。或者，一座高大的雕花木门忽然洞开，把一片灯光和喧笑投向街市。接着，普希金和他美貌倾城的爱人相拥着走下高高的石阶……我甚至相信拐角上会突然走出阴郁瘦小的陀思妥也夫斯基，刚刚服过苦役的他目光像白夜的天空一样带着几许凄冷……

然而，什么都没有发生，什么都不曾出现。涅瓦大街赠给我一片虚无和沉寂，只有库图佐夫雕像雄视着我们这几个匆匆过客。在他身后，扇形排开的廊柱，使人想到他讨伐拿破仑时在激越鼓声中展开的凛凛军阵……汽车终于穿过了圣彼得堡城。那水草苍茫的泽地，是列宁隐匿过的去处，而漫无边际的森林则环拥着巡回派画家列宾的纪念馆。我轻轻哼起《伏尔加纤夫曲》，陡然间环顾四周，似觉歌声并非出自我心我喉，而是来自白夜的尽头，来自伏尔加的漫漫河岸，来自列宾蘸着血汗的苍凉笔触之间……

不知是不是《伏尔加纤夫曲》让司机也堕入了魔幻状态，我们迷了路。虽是白夜，天光仍亮，森林里却已夜色沉沉。高大的红松静穆而威严，偶有喧声入耳，我想，那或许是芬兰湾尚未入梦的涛声。绕来绕去终于发现。电影创作中心近在咫尺。

走进电影创作中心属于我一个人的房间，已是凌晨一点多。打开箱笼，洗洗刷刷，两点多钟方才睡下，窗外尚未断黑。还没有睡沉，云雀欢快的歌声已把我唤醒。我起身推窗，只见婷婷白桦偎依着雄健挺拔的红松，可闻淙淙水声，却不见潺潺溪流，一阵阵带着松针清香的晨风，比醇厚的沃特加酒更加醉人……我于是十分亢奋而又十分无奈：嘻，还没来得及回味了无尽头的《白夜》，又在芬兰湾边的森林中迎来了长长的永昼……

圣彼得堡　向历史回眸

轿车如水，像浩荡的涅瓦。冬宫门前，穿牛仔裤的红男绿女，勾肩搭背，来来去去。这里，我想就在这条默默流淌的涅瓦河旁，他们的前辈曾搭建帐篷，举行一年一度的净水仪式：像蓝天白云一样神圣高远的赞美歌，把僧侣和皇族从壮丽的冬宫缓缓引向涅瓦河畔。尔后，十字架被抛进冰冷的河水之中……

尽管在遥想联翩之余，颇有几分物是人非之慨，冬宫看上去似乎依然年轻。豆绿的墙面烘托着洁白的圆柱，圆柱顶端一排青铜雕像俯视众生，渲染着凌驾于万民之上的皇城气象。二楼上面，宏大富丽的舞厅足可以供千人起舞。据说，这是彼得大帝的创意。他下决心引进欧洲生活方式，要求皇亲国戚显贵豪绅轮流作东举行舞会，男子可以携带妻女，女人必须摘去面纱。他还从欧洲学来各种礼仪，规范人们在公共场合的行为。一时间，沉闷的圣彼得堡变得异常活跃，从下午五点直至夜深，到处可见杯光鬓影，可闻喧歌笑语。冬宫硕大无朋的舞厅和与之毗邻的演奏厅，想必是皇家进行新生活示范的最生动直观的课堂了。

距冬宫三十公里的夏宫虽然也是巴罗克式建筑，却完全是另一番景象。与之相比，冬宫虽然恢宏阔大，却显现着封闭的色彩。夏宫建在翠绿的山岗上，整个建筑以黄色为基调。它的每一扇高大的楼窗，都镶嵌着如画的风景。沿山岗而下的阶梯两旁，无数喷泉辉映着一百四十二尊金色雕像，看上去灵动辉煌，气象万千；台阶下面，宽阔的林阴大道一直通向碧波浩淼的芬兰湾。不言而喻，这是一个开放的构建。彼得大帝令夏宫坐山面海，自然是为了他决意打开面向欧洲的窗户，使俄罗斯从内陆国家转变成对外开放的海洋国家。

夏宫里至少有三个厅堂陈列着林林总总的中国橱柜、漆画、花瓶、嵌玉屏风，这表明沙皇的目光不仅投向西方，对于远在东方的中国也情有独钟，其文化兼容性的拓展至此已见端倪。我注意到有一间大厅是专为法国启蒙学者伏尔泰而设的。一个外国思想家的雕像被当作圣哲供奉在这里，当然格外引人注目。当年，叶卡特琳娜二世曾与他鸿雁传书，翻译出版并大力推崇他的著作。伏尔泰故去后，叶卡特琳娜二世扼腕之余，不惜巨款购买了他的全部藏书。女皇对欧洲进步思想的胃口，足可以令世人刮目相看了。可是，当布加乔夫揭竿而起，举行声势浩大的农民起义时，叶卡特琳娜并没有手软，她残酷地镇压暴动的农民，扑灭了俄罗斯原野上的熊熊烈火。她那时常翻阅伏尔泰、狄德罗、孟德斯鸠作品的修长白皙的手指，染上了大地的鲜血。记得，莫斯科红场上布加乔夫断头台赫然耸立，曾给我留下久久的震撼的回味。现在，面对女皇的宝座，科学家兼诗人罗蒙诺索夫在叶丽萨维塔·彼得罗芙娜登基日的放声吟诵的情景如在眼前：

  俄罗斯大地能够产生
  自己的柏拉图
  和聪慧的牛顿
  他戴着胜利的桂冠
  昂首越过层层障碍
  把他用坚决手段改造的俄罗斯
  随身高举直到天边

我无从知道，这位农民出身的智者，为什么在女皇登基日顾左右而言他，憋足了劲歌颂彼得大帝的丰功伟绩。诗人希望彼得的继承者从他那里承传些什么，自是不言而喻的了。

在冬宫，我看到了彼得和他的继承者粗大豪放的笔触。与土耳其在黑海上进行海战的几幅巨大油画，怵目惊心地占用了整个一座大厅，有着高大屋顶的库图佐夫大厅，则在宫中营造了超越凯旋门之上的氛围。在那里，纪念与尊崇只是形而下的表象，表象之下还深藏着什么呢？

穿过库图佐夫大厅，一座长方形厅堂望去更显庄严凝重：一张与墙同大的彼得大帝油画骑像，气势逼人，两侧墙面则自上而下排列整齐地挂满了沙皇军官的肖像，令人目不暇接。细细看来，军官们神情庄肃而性格各异，似乎随时都会在一声号令后从画布上跳下来跃马挥刀纵横沙场。画技之高超，恐怕现代画家看了也会汗颜的。胡榕说，那都是打败拿破仑的有功将领，三百多幅肖像如两个方阵，将永远在这里卫护着彼得大帝。其间，有几幅披着黑纱的空画框使我不解。导游小姐告诉我，那是为阵亡将帅而设的。他们只留下了姓名，却没有留下形像供后人瞻仰。

彼得和他的后人在御苑中创造了足够的辉煌，但是沙皇毕竟是沙皇。终于有一天，子弹打穿落地窗玻璃使绸缎墙面同辉煌的历史一起风化变色，冬宫广场上葬送皇朝的呐喊和阿芙乐尔的炮声，交织成震撼世界的交响史诗，于是有了镰刀锤子红旗猎猎的社会主义苏联。

当我走到一个楼梯口，导游小姐说，这是供下人用的楼梯，攻打冬宫的人是从这里冲上楼来的。那么铁门呢？爬上铁门的勇士呢？连同门上的勇士被人的洪流冲突而开的情景呢？导游小姐说，从铁门冲进广场是电影虚构的，史实并非如此。尽管我深知这是艺术规律所容许的，我仍然目瞪口呆，愕然而又爽然。

又一次，我兴味十足地徜徉在夏宫林阴大道上，海风送来一阵阵欢快昂扬的《喀秋莎》歌声，这歌声与皇城氛围构成的反差，使我恍如置身梦中。循声望去，参天的大松树下，几个穿着俄罗斯民族服装的中年男子，有的拉手风琴，有的弹拨民族乐器，正齐声高唱……我仿佛看到伏尔加河峭岸上梨花如云，簇拥着金发碧眼的俄罗斯少女。她的名字早已超越武器和武器的名称，成为胜利女神和俄罗斯民族精神的象征。为一首歌曲建造纪念碑，在人类历史上是前无古人的创举，《喀秋莎》当之无愧地成为独一无二的世界之最。不绝如缕的歌声牵引着我的脚步，也牵引着我荡气回肠的无尽意绪。喀秋莎唤回了我的青春，唤回了我们一代人热血沸腾的昨天。我情不自禁地和着节律哼唱起来……这时，陪我们出游的娜塔莎，倏然向歌唱的男子汉们走去，在一个酷似爵士鼓的桶里，投进一张卢布。我的歌声陡然哽住，心里顿然溢满梦醒后的苦涩……久久地怅然若失之后，我匆匆离开现场，那歌声却顽强地尾随我向芬兰湾逸去，只是我从那里面再也听不到自豪与自信，剩下的只有凄厉的酸楚，毛喇喇地磨砺着我的心……

我油然想起昨天去过的斯莫尔尼宫，那里曾是列宁发动十月革命的地方，电影中如火如荼的场景，曾激励亿万人举起手中的铁镐和长枪，为挣脱脖子上的锁链视死如归。如今，革命者的鲜血，早已凝成史书中的一页，斯莫尔尼依然故我，门前平添了一座高高的列宁铜像。这里已成为圣彼得堡市政府所在地，只有那座铜像使人无法忘记轰轰烈烈的昨天。意味深长的是：列宁铜像身后，斯莫尔尼楼顶飘扬的不是镰刀锤子红旗，而是三色旗。这一切，怎能不令人百感交集，无言空对？

我把目光转向不舍昼夜滔滔奔流的涅瓦河，逝者如斯，我该如何叩问历史？在独联体大厦宽阔草坪上深思的马克思头像，留给我多少沧桑世事的况味！我不知道，夏宫、冬宫、斯莫尔尼是否将在向历史回眸的一瞬间定格？定格之后，是否也将化作一尊永远的思想者？

1996.7.15 初稿
1996.8.5 修改

面对普希金

在圣彼得堡第一个白夜里，俄罗斯艺术巨匠和他们笔下的人物形象曾经激活我丰富的想象。在桥头展开金色翅膀的黑色雕像前，在摇着昏黄光晕的路灯下，在皇城风范依旧却杳无人迹的涅瓦大街上，我时时盼望时光倒流的奇迹骤然出现。

当时，我最渴望迎面而来擦肩而去的，不是别人，正是普希金。在圣彼得堡，只要提到普希金，俄罗斯人的眼睛便炯炯发光。尽管普希金黝黑的肤色和满头卷发昭示着他有非洲血统，其祖先甚至做过沙皇的奴隶，但俄国人理直气壮地认定，普希金属于俄罗斯。

四十年前，当我正年轻，普希金已经成为我精神家园中最绚丽的花朵。他的诗歌是激发我人生梦想最罗曼蒂克的旋律。老师说，汉语译作无法表现普希金诗歌的音韵与节奏的美，无法再现它无与伦比的音乐感。于是我便努力学俄语，以诵读诗人的俄语原作为人生一大快事。此后，在使用俄语有特务之嫌的漫长岁月里，只要到上海，我便常常在黄昏或在清晨默默流连于普希金三角，像一首回肠荡气的无言的歌。

十天前，我穿过莫斯科特维尔斯卡雅大街，来到绿树葱茏的广场上。当我抬起头来，看见赫然高耸的普希金铜像的那一刻，我心灵的闸门轰然打开了。我情不自禁地用俄语高声朗诵《致恰达耶夫》……路人或转过身来，或回过头来，怪怪地看着我，随后竟纷纷驻足凝眸，带着几分庄严，几分讶异，侧耳聆听我的吟咏……

终于来到涅瓦河畔的普希金故居，我却已不再年轻。我无法想象，那辆马车曾停在这扇沉重的木门前，人们小心翼翼地从车上抬下在决斗中受了重创的诗人。因为失血过多，普希金黝黑的面庞变得十分苍白，一只手无力地垂向积雪未消的街道。普希金在这座庭院的二楼书房里，度过了生命中最后的时光。在橱柜前，我不忍多看那支他曾用以决斗的手枪。它苍黑的枪口，似乎还留着火药的气息。我宁愿在姐姐赠送的结婚酒具旁多作些盘桓。她对弟弟真挚的爱意，与我的世俗之心如此相通。我相信，那酒杯斟上石榴红醇酿时一定十分诱人，普希金倾心相爱并为之舍出生命的女人，一定在杯中投进过自己迷人的笑靥……

书房的三面墙壁的书架上，摆满了各种文字的书籍。屋子正中的书架，将空间一分为二。普希金的睡榻紧靠中间书架的内侧。睡榻旁有一张小桌子，诗人常常于灵感突至的时刻，在那里伏案疾书，留下天才的波痕浪迹。与南窗成直角的书案上，仍然可见《叶夫根尼·奥涅金》的最后一页手稿。左侧一张矮小的靠椅是他吸烟的去处，那靠椅正对着门边墙上的一幅油画山水。我不知道那是不是高加索的峰峦。当年，普希金被流放到那里，灵感如泉，在笔端流泻出许多至善至美的瑰丽篇章。我恍然看到了诗人吸着雪茄面对油画沉思的情景。然而，右侧靠门边而立的座钟，却停在普希金停止呼吸的时刻。它告诉我，诗人灵魂骚动诗如泉涌一发而不可收的日子，已成为永远的过去。

我知道，在最后的日子里，枪伤曾无情地折磨诗人，使他痛苦难熬。但是任何人没见过他痛苦的神情，也没有人听到过他无奈的呻吟。他甚至不允许爱妻到书房来陪伴他，这或许是因为诗人不愿心爱的女人为自己的创痛而自责而心碎吧。于是，妻子把睡榻安置在紧挨普希金睡榻的墙后面，希望在听到丈夫呼唤的时候，能够守候在亲人左右。

　　始终守候在普希金左右的是他的老师茹科夫斯基。在最难熬的时刻，普希金才向老师说了一句："生命是多么痛苦啊……"妻子终于被允许帮助普希金进食。他在妻子热切动人的目光下喝了几口汤水，妻子便高兴地转身对朋友们说："他会活下去的，会的……"朋友们帮助他翻了个身，他的睡姿更舒展了。半个小时后，茹科夫斯基发现普希金已经死去。他悄无声息地去了，去得异常平静。没有诀别，没有泪水，没有临终遗言，也没有走进天国之前的忏悔。老师和朋友因此悟到死亡本是平常事，看上去并不可怕。但是，死亡毕竟过早地夺走了俄罗斯最伟大的天才呀！

　　我望着普希金的睡榻，他的最后一页手稿，他的蘸在墨水中的羽笔，他的熄灭了的烟斗，还有为了诗人不再迎向未来的座钟……在我面前，曾经陪伴过普希金的一切，都是可见、可闻、可触、可摸的。我满怀敬意地垂下双手，不由自主地凝滞了双眸……普希金，你没有把自己的名字写在流水上面，后人心中活着一个青春洋溢的你，一个永远的缪斯……

　　我走下楼梯，脱去套鞋，来到庭院中心诗人的铜像前。我顿然感到自己是在作一次令人心碎的诀别。

　　别了，普希金，我渴望再来，也许我永远无法再来……
　　我身边响起了一个哲人的声音：

　　　　……他忍受过许多痛苦，因为他神奇的、热情的、芬芳的天才，是在严酷的、几乎隆冬似的、几乎黑夜似的俄国开放吐艳的……

　　普希金是俄国的春天，普希金是俄国的早晨，普希金是俄国的亚当。

　　呵，普希金，难道你只是俄国的春天、俄国的早晨、俄国的亚当吗？我恍然听到心脏跳动般的脚步声……我已无法判断，是我在向普希金走去，还是普希金在向我走来?!哦，刚刚走出白夜的梦幻，又无可挽回地向白夜走去。如果在圣彼得堡的白夜中，普希金能与我同在，我愿白夜永不消逝。

1996.7.16 于连云港

索契情结

索契用滂沱大雨迎接电影节的包机。

大客车驶出机场，沿海岸向西奔驰。公路随山势回环起伏，低洼处积水，早已不见路面。右望青黛色的群山，雨云淡出了大高加索山的峰峦，使它迷失在虚幻之中。左面则像水墨洇染般漫漶着迷蒙的绿，黑海不时从路边林木的裂隙间投来几近愤怒的一瞥。它吸引着我惶惑而又好奇的目光。我无法想象，同这里隔海相望的伊斯坦布尔，黑海此刻是否也如此粗蛮而缺乏理性？

在影人荟萃的珍珠饭店落脚后，随意用了点晚餐便回房休息。夜半，雷声惊醒了我，我光着身子来到窗前，只见一道闪电照亮了沸沸扬扬的海面，顷刻间，一个焦雷爆出喀喇喇的巨响，轰轰烈烈地在黑海上炸裂，那青蓝色的电光连同射向海面的火球，把波飞浪激的黑海辉耀得像一座深不可测的无底深渊。

早晨醒来，大海变了，大动之后演绎出一派大静，那宁馨中又透出难以言传的温柔与妩媚，海水的色彩由近处的绿伸展为远方的蓝。黑海似乎在一夜间改变了性别，由一个暴躁粗莽的男子出落成一个优雅美丽的女子了。

于是，我沿着饭店前的石阶拾级而上，穿过花香淡淡的蔷薇花廊，走进没有围墙的列宁格勒饭店。浓阴中，东正教堂的金色圆顶在不远处闪闪发光。一路上，花鸽子悠闲地啄食于欧式圆亭和普希金胸像间那一片嫩绿的草坪上。几百米长的白色栏杆筑在平坦的山腰，间有情侣凭栏相拥，细语喃喃。而我的目光，却时时被静谧而充满诱惑的黑海吸引过去。远远近近的垂钓者点缀着十里海岸，卷着裤腿拾海的男女，带着狗散步的人，光着上身亮出一身好膘的健身者，并没有惊扰风度翩翩的海鸥群，它们飞翔的姿势显得无拘无束自由自在……

我转过身走向高耸的列宁铜像。那里的花坛后面，树枝被修成弧形，遮挡在绿色长椅上，老人悠闲地读着报，母亲则把摇篮推到那阴凉的去处。一个吉普赛女人微笑着朝我走来，要给我看手相，黝黑的脸上带着几分难以掩饰的狡黠。我告诉她，本人身无分文，说罢，便转身离开，像索契人一样，到鹅卵石海岸摔脱皮鞋，去领略一番在黑海边拾海的情趣……

晚上，俄罗斯电影家协会常务副主席克里姆为江苏文联一行设宴。书记处书记巴里斯·瓦洛佳领着我们漫步东行。一座颇为古典的露天音乐堂，带着几分沧桑，坐落在环绕的绿树中。庭园里树着格林卡、柴可夫斯基的胸像，暮色中隐约飘来《悲怆》的旋律。这时，柴可夫斯基浓眉下忧郁的眼神倏然间栩栩如生，使我在与大师超越时空的对视中，实现了心与心的碰撞和交流……

我们沿着山坡来到一座洁白的镂花圆亭里。白亭子修筑在山坡与黑海之间。与圆亭相匹配的圆形餐桌上高加索式的菜肴色彩鲜丽诱人。我选择了格鲁吉亚红葡萄酒。当我举杯与独联体影协主席玛莎碰杯时，血红的夕阳在云隙中露出半个脸，而深黛色的黑海在我身后舒缓悠长地呼吸着。那梦幻般的节律与圆亭外吉它歌手弹拨的音乐相映衬，构成了紧拉慢唱的奇妙景观。

我身边响起了克里姆浑厚的男中音：

今夜，中俄两国电影界朋友在黑海欢聚，千载难逢，我们十分珍惜，并将永远留下美好的记忆。我们曾有多年友好往来，后来中断了。这不是我们这些人的责任。而且，重要的是我们又像兄弟姐妹一样坐到了一起……我有一种感觉：此刻，我们的家人、妻子、儿女，还有故去了的亲人都与我们同在，相拥在黑海边这座白色圆亭里，一起举杯，开怀畅饮，由衷地祝愿我们的友谊地久天长，祝愿我们再在美丽的黑海相逢和欢聚……

克里姆一席话令我肃然，令我浮想联翩。我恍然觉得，只须稍一转身，便可以看见不久前仙逝的老母，看到她从黑海的夜色中向我投来的那一缕充满爱意的目光……那是我自孩提以来熟透了的目光呵……

黑海变得十分安静。它屏住了呼吸。是否因为它看到了来自黄海之滨的中国男子百感交集的眼睛，看到了我眼中闪闪的泪光？我倏然感到，从今以后，黑海两个字在我心中注入了特别的含义。每当想到它，我的心灵之海必将涌荡起长长的思念和久久的感动。即使到了须眉如霜的晚年，我还将意绪万千地怀念它。为了雷鸣电闪的午夜，为了宁馨如画的清晨，为了白亭之夜在我心头绾起的那一个永远解不开的索契情结……

高加索茶楼

今天，索契的天气好明媚。正好，俄罗斯电影家协会副主席克里姆邀我们上山。

他戴着一顶中国式绿军帽，红五星是用丝线绣上去的，这与他的蓝眼睛大鼻子配在一起，显得颇为滑稽。我失笑了。他却以为我很赞赏，因此很高兴。他妻子立即凑上来问："你看我如何？"好嘛！她穿了一件画满京剧脸谱的T恤。我立即坚起拇指，说了一声"哈拉少！"艾丽娅又指指颈上的珍珠项链，腕上的景泰蓝手镯，眉毛一挑一挑地摇晃着头。我被她孩子般的得意逗得哈哈大笑起来。为了陪我们出游，夫妇俩这一身打扮真可谓用心良苦了。

面包车载着我们沿海岸向西驶去，索契也以同样的速度向我们展开了它美不胜收的画卷：索契背山面海。雄伟的大高加索，是俄罗斯南部最高的山。山上亚热带林木葱葱笼笼蓬蓬勃勃，像一头丰盈诱人的秀发，山下起伏的狭长地带像黑海凝固的波浪。在这里，主宰高山和陆地的是绿，主宰黑海的是层次丰富得难以形容的蓝。明丽的阳光把那绿那蓝，发挥得淋漓尽致，炫耀得如诗如画。

我们在时起时伏如波似浪的绿色公路上疾驰。那绿的波峰浪谷中，间或闪过一间别墅、一片花园小品、一幢拜占庭式教堂、一座哥特式剧院、一个名人雕像或一处小巧幽雅的露天咖啡座……

呵，索契真是得天独厚！她有雄浑壮丽的高山森林拥抱着，又有一百五十公里蓝色海水爱抚着。仪态万方的花园、殿堂、浴场和休养地，像异彩纷呈的珠翠，在她的颈项上闪闪烁烁。如果是女人，那么索契该是世间最迷人、最被男人钟爱的女人了。

离开海滨公路，汽车开始爬山。我渐觉耳膜胀痛，哔剥作响。此后几经陡转，几度回环，才到达山顶。汽车停在一座用原木构筑的尖顶木屋前。也许为了防潮，基础是架高了的，有木阶通向回廊式阳台，阳台木柱和廊檐都有雕花，简洁素雅，别具风情。一位戴金丝边眼镜穿白衫绿裙的小姐早在这里守候。她热情地问候我们之后，便带领大家登上木阶走进木屋。我顿时愣在那里。木屋里各式茶具茶炊琳琅满目。有的在珐琅质图案上镶嵌着宝石，极尽富丽奢华；有的只是纯铜打制，质朴自然，毫无雕饰，甚至可以取下腿来，以便带出去野炊。墙上的民间漆画描绘着伊戈尔王子的故事。铺展在木窗外蓝天白云下的山景，则使我的眼睛陡然一亮——这里居然也有茶园!?

高加索小姐看出了我的讶异："朋友们，你们看到的可是俄罗斯最北的茶园，它可以耐零下十五度的严寒。不过，那么冷的天气，在索契也是百年难遇的。"高加索小姐把目光转向茶炊，又谦逊有加地说："二百五十年前，这些考究的茶炊只是用来烧开水，或在烹煮野草时加上点糖，就是待客的饮品了。自从传来了中国茶，我们的生活才变了样。为此，我们要感谢中国人！"

走出小小的茶炊博物馆，高加索小姐陪我们在山顶上又乘了几分钟车，才到达喝茶的去处。

这里是另一番景象：错落的树桩铺地，已使我啧啧称奇。嵯峨的树根为篱，更令我拍手叫绝。猛抬头，一株粗壮的断树，生出些茸茸枝叶矗立在庭园中间，看去像一具图腾，引发着对于旷远的原始意韵的遐想。走过野趣盎然的园林小品，便有一只木雕棕熊捧着茶壶迎客，使人油然想到俄罗斯人的厚朴和幽默。

高加索茶楼是一座两层建筑，一色的原木构架。我跟随主人登木阶进门后，又走下阶梯，方可进入一个凹陷的门厅。这个过程，还真那么一点登堂入室的仪式感。进得门厅，举头望去，与楼墙同高的壁雕赫然在目。那壁雕，由二楼的三面回廊木栏环护着，与门厅木几上以教堂、宫殿为题材的中型木雕遥相呼应，像一首质朴浑厚的古曲，跌宕起伏，错落有致。当然，这古曲是无声的，是在立体结构的节律中被时光和历史凝冻了的。它只能用眼睛去谛听，用心去哼唱了……

在高加索小姐引导下走进二楼的第一间茶室。只见壁炉前地上铺着一块硕大的熊皮，一架古老的纺车安放在木窗的一角。我想，当年侧卧在熊皮上烤火品茗的一定是一位白须长者或男主人，而女人则一面摇着纺车，一面照应茶炊，间或还要往壁炉里添两块柴薪……屋里的桌椅茶具都用红黄黑三种颜色彩绘而成。据说，这三种色彩意味着幸福、爱情和永恒。

回廊另一端的大茶室呈长方形，摆着两排长条桌，有漆画在壁，有天窗在顶，更有三角古琴立于墙边。这活跃了我的想象，我眼前顿时出现一幅众多亲朋济济一堂，围坐于茶炊前促膝笑谈喧歌起舞的原生态风情画。

不觉间，我们被领进一间铺着花地毯的小茶室里。桌上早已摆好了精美的三色茶具、夹馅面包、浆果和蜂蜜果酱一类的食品。坐定后，克里姆、瓦洛佳纷纷拿起茶具旁的钳子夹榛子，把榛子肉放进小碟子里，再调上蜂蜜、果酱。这时，进来一位身穿民族服装的姑娘为我们一一斟上了红茶。我于是照着主人的样子一面喝茶一面就着浸在蜂蜜果酱里的榛子肉，再不时地吃上一两口面包。

高加索小姐从金丝眼镜后面投来的目光，让我读出了几分她对于对高加索茶文化的自得与自豪。我呢，尽管弄不清这是品茗、喝茶还是吃饭，却倒也真真切切实实在在地领略了华夏茶文化北渐后，如何地受乡风濡染，随民俗变异的。甚至，连我们这些来自茶叶故乡的中国人，也难免手足无措，望"洋"兴叹了。

克里姆夫妇、巴里斯、瓦洛佳兴致特好，津津有味地又吃又喝。

巴里斯不时转过脸来，用蓝眼睛问我：你怎么不吃呀？我于是捧起精美的茶杯，目光从酽红的茶水移向木窗外的高加索群山和那些随着山势起伏的茶园……这时，我心中升起一个怪怪的念头：电影使我们和俄罗斯朋友走到了一起，而一杯茶的喝法，又使我们显得多么相同，又是多么的不同……

1996.6.28 于连云港

冬季剧院

在俄罗斯，多的是教堂和剧院，少的是歌舞厅夜总会和铺天盖地的霓虹商业广告。爱热闹的会觉得寂寞难耐，喜静的却感到悠然陶然。那些拜占庭葱头式教堂圆顶，或金碧辉煌地闪耀在蓝天白云之下，或像包着彩色头巾的中亚人屹立在那里，默默地望着虔敬的教徒和各种肤色的游客走近自己，留恋不去。这光景，与周围错落有致的古典建筑，与随处可见的浓阴草坪和广场雕塑相映衬，让你十分具体地感知着无处不在的历史和无处不在的文化。

在莫斯科，我们下榻北京饭店。饭店面对一片广场，广场尽头耸立着革命诗人马雅可夫斯基的铜像。饭店右侧不到五十米就有两座剧院：一座是以四个面具为标志，以十多米橱窗展示舞台近作的幽默剧院，另一座则以19世纪俄罗斯音乐大师的名字命名的柴可夫斯基音乐剧院。

音乐剧院右侧，横着著名的高尔基大街(现恢复了沙皇时代特维尔斯卡雅大街原名)。那里曾云集东欧国家的书店，而斯丹尼斯拉夫斯基话剧院，也如鱼得水，跻身于这条书香四溢大街之上。

如果再从普希金广场地道穿过去，就可以徜徉在颇具上世纪风情的普希金大街上了。在这条宽不过十米的街道上，小巧典雅的斯丹尼丹钦柯音乐剧院十分引人注目。剧院的日程表排满了近期上演的芭蕾舞剧目。我注意到一张芭蕾舞票只卖三美元，真可谓高雅艺术大众消费了。从这里奔红场，过了工会圆柱大厅，闻名世界的莫斯科大剧院便赫然映入眼帘，与他相邻的丹钦柯小剧院虽然没有大剧院那么恢宏，其声名却因丹钦柯的艺术实验而远播五大洲各个角落。这仅仅是莫斯科的一角。如果不是亲历，我简直不敢相信一座城市会有如此密集的艺术殿堂。

在俄罗斯见到的众多剧院中，给我印象最深的当属远离莫斯科的索契冬季剧院了。我至今不明白，它为什么取名冬季剧院。是建成于冬季，还是因为最火的演出季节在人们放下手头的活计猫冬的时候？我不敢发问，因为我那忘得的所剩无几的俄语词汇和短句，只能用来对付吃喝购物及礼仪问候等简单的应答。在与俄罗斯同行对话时，我唯恐问题走向深入而使情况变得复杂化。对方愈是热情有加地作详尽的叙述，便给我带来愈多的困惑，只剩下有胡里糊涂跟着对方点头的份儿。这么一来。关于冬季剧院的疑问只好闷在心里，免得自寻尴尬。

每当我站在珍珠饭店十楼阳台上，冬季剧院便像老朋友一样令我身心愉悦。冬季剧院坐落在翠岗之上，面对时而温柔时而犷悍的黑海。黑海之蔚蓝，剧院之乳黄，与簇拥着它的亚热带林木之翠绿，相映生辉，濡染出冬季剧院得天独厚难以匹敌的魅力。这对于我无疑是一种无言的诱惑。在索契的六天里。我天天纵目遥望，望之犹嫌不足，不论晴雨，拾级登山，走向冬季剧院，成了一桩必不可少的功课。我静静地望着四十八根高大圆柱支撑起的欧式建筑，二十多级石阶引着我这个艺术朝圣者登堂入室，心中便自然而然生发出许多崇高与神圣。

进入六月以来，剧院内外一片繁忙景象：门前广场上油漆工正把长长的甬道漆成蓝天白星图案，用上千只气球缀成的蓝天白星衬景被竖在圆柱后面，一幅头戴皇冠的非熊非马会标，已高悬在大门上方，升降机正在调试向全国现场直播的拍摄角度，黑海水兵铜管乐队操练着穿场而过的队列……

走进剧院，只见巨大的蚌壳在白色雾幔中张开，雾霭散去，流光溢彩的珍珠就令人目眩地呈现在舞台中央。当然，这一切都是为了全俄和国际电影节将在这里隆重揭幕准备的。

开幕式在高山与大海之间举行，不能不说是组织者们颇为独特的构想。从珍珠饭店到冬季剧院，唯一的通道是可供四人并行的登山石阶。石级旁绿阴遮天，早有许多影迷把这里挤得水泄不通。我们被安排在外国影人的最前列。俄罗斯的编导演与我们并肩而行，到山岗上等待进入广场上的蓝天白星甬道。影迷们在不断的欢呼声中从山路两面向中部拥挤，我们在大半个钟点的等待中搞得汗流浃背。其间，一个头发花白的妇人喊着"我爱你，我爱你！"拼力地向前挤。原来，我身边走过了《青年近卫军》中的邬丽亚。她看上去已近六旬，却风韵犹存，只是不见了邬丽亚乌黑的长辫。邬丽亚身后走来一个十分面熟的女人，那一身银灰色拖地丝绸长裙使她显得更加白皙雍容，一双深陷的眼睛美丽忧伤如一池澄碧的湖水。哦，她是《静静的顿河》中的娜达莉亚！基里茵柯很高兴一个中国人那么快就认出了她，谦逊有礼地与我握手问好，并在一起合影留念。

黑海水兵高奏乐曲通过甬道走上剧院石阶，开幕式终于开始了。俄罗斯影人一批批从广场走到冬季剧院圆柱前面，被执行主席介绍给与会者。基里茵柯也离我们而去，在眩目的灯光和海潮般彼伏此起的欢呼中走向艺术殿堂。

开幕式结束后，我从圆柱下走进剧院门厅，穿过夹道欢迎的各民族少男少女来到观众厅。我一眼看到基里茵柯坐在第八排。她也看见了我，指指身边的座位，请我坐在那里。她亲切地看着我，好像我们不是初次相见。我告诉她："我很喜爱《静静的顿河》，也喜爱娜达莉亚。"她像在电影中那样静静地笑了，怪不得葛利高里说她像天边的冷月。我不否认，我喜爱娜达利亚静静的眼神、静静的微笑、静静的忧伤……即便是在永失所爱的绝望之中，身怀六甲的她到风雨中自戕后，还是选择了回到家里在自己的床上静静地死去。想到这些，我由衷地感慨："静静的顿河，静静的娜达莉亚！……"

基里茵柯深深地看了我一眼，渐渐凝结的笑意又透出了宁静的忧伤。过了一会儿，她问我做什么工作。当我告知她我写电影剧本时，她倏然间漾出了优雅得近乎灿烂的微笑，接着又一发而不可收拾地讲了她做演员的阅历和感受，使我顷刻间发现了一个不同于娜达莉亚的女人。但是她愈是兴奋激动，愈是滔滔不绝，我的惶恐便愈是与时俱增，她的讲述早已进入我的俄语程度力不能及的范畴，我陷入了一种无法挽狂澜于既倒的窘境中，只能煞有介事地频频点头。我相信我那时的面部表情，一定恍恍忽忽显得颇为滑稽。我至今为此十分抱愧，人家洋洋洒洒作极真诚的剖白时，我却彬彬有礼目不旁鹜地不懂装懂，实在是太不近人情太煞风景了。可是不这样又该如何呢？

剧场里的仪式是介绍俄罗斯和国际电影节各自的评委并向他们献花。当一位身穿黑色衣裙的女人走到舞台中央时，人们纷纷起立，长时间鼓掌。原来，她就是《奥赛罗》中的苔丝特梦娜。从她身上，我已很难找到那位令奥赛罗倾国倾城的美人的影子。她看上去有些老态龙钟，那或许因为扮演奥赛罗的邦达尔丘克先她而去，使她过早地成为落寞孤独的遗孀吧……

开幕式之后的通宵露天晚会上。我没有见到基里茵柯。也许，她悄然坐在某个角落里身心俱闲地观看烟火和高歌狂舞的各国影人……第二天，在珍珠饭店十楼电梯前有人喊："阿廖，阿廖！(喂，喂！)"我转过身去，才惊奇地发现喊我的人正是基里茵柯，她穿着镶本色花边的黑色拖地长裙，眼睛微笑着，像静谧夜空里的星。她说昨天忘了问我叫什么名字，我一字一顿地说出了我的名字，她当即十分生动地模仿了一遍，还问我学得对不对。我点头认同后，她握了握我的手，走进了电梯间。

此后，我准备了电影节纪念袋找她签名，却没有人知道她住在哪里。直到第六天，我们离开电影节时，仍不见她的踪影。汽车驶离珍珠饭店那一刻，我向翠岗上的冬季剧院投去最后的一瞥。我惆怅地将一个电影之梦留在了索契，留在了高加索山和黑海环拥着的

333

冬季剧院。

　　回国后，恰逢中央电视台重播《静静的顿河》。当我看到屏幕上高天冷月般的娜达莉亚，顿生隔世之感。她用一个静字演绎自己丰盈的生命：静静地爱，静静地恨，静静地生，静静地死。同阿克西尼亚相比，她少了点过把瘾就死的痛快淋漓，却在俄罗斯艺术画廊里留下了一个颇具东方情韵的俄罗斯女性形象。可是，谁又能说得清，娜达莉亚波澜不兴的眼神后面埋藏着什么？莫非她生命的躁动，在无边的静谧中，在早已于隐忍的痛苦中，化作了一片寂灭？用哥萨克头颅耕耘的顿河，真是静静的吗？可是无论如何，索契的冬季剧院还是给我留下了许多静静的忆念和余韵悠长的回想。

又想起了索契

眼巴巴等来了冬奥会闭幕式,那场面并没有让我拍案惊奇。孰料下一个东道主俄罗斯索契的九分钟表演,却独领风华,惹得举座惊艳,大呼过瘾。君不见一束追光下,一位玉洁冰清的索契少女姗姗而来,把手中的冰杖往水晶球上轻轻一点,那位来自俄罗斯艺术殿堂玛林斯基剧院的指挥家在温哥华举起指挥棒,而几乎同一瞬间,万水千山之外的莫斯科红场上,庞大的乐团奏起了大气磅礴的交响乐。好家伙,这真是天马行空纵横捭阖,挥洒出多少罗曼蒂克的奇思妙想!

兴奋之余,不由得又想起俄罗斯想起索契,想起在那里度过的时光……

那年,我应邀参加俄罗斯索契电影节。一下飞机,立马被森林簇拥的八车道镇住了。大胡子艺术家把一朵浓艳的红玫瑰献给了《世界电影》女主编。随后,我们被送到位于莫斯科马雅可夫斯基广场的北京饭店。当我问到怎样才能抵达索契的时候,俄罗斯电影家协会主席告诉我,他们包了一架飞机。"包机?"我简直不敢相信自己的耳朵。

东道主对中国似乎有一种特别的感情,在筹备电影节最繁忙的时刻,专门抽出一位导演陪我们。几天中,他带我们参观了红场、克里姆林宫珍宝馆、俯首山胜利广场和电影大师罗姆的工作室，还在著名的老阿尔巴特街看了一场芭蕾舞剧《海侠》。看芭蕾，在俄罗斯已然平民化日常化，一张戏票的价格相当于人民币十几元。而十几元在农产品奇缺的莫斯科只能买一两根黄瓜。近年来，在中国，没有五百一千就进不了剧院。我们的艺术殿堂是不是离平民百姓越来越远了？以人文关怀为己任的文艺从什么时候起变成了房地产那样炙手可热的暴利行业？

那时，新旧卢布差价特大，以旧卢布计算退休金的老人生计维艰。堵车时，竟有衣着整齐的老者向车窗伸手乞讨。我问导演，你们的日子过得怎样？他苦笑了一下："我们俄罗斯电影家协会是自负盈亏的。国家一个卢布都不给我们。""你们靠什么生存？"导演耸耸肩膀，摊开双手："搞经营呀！对于年华老去生活困窘的编、导演，我们每月补贴一百美元。"我又一次被镇住了。这个电影家协会本事可真够大的！它不仅要让一大批前苏联的电影家老有所养，还能举重若轻地筹办如此盛大的电影节，让我不由得生出几分敬意。相比之下，我们的体制就有养懒汉之嫌了。

果然是一架直飞索契的包机。包机上坐满了盛装的俄罗斯明星大腕。只有我们几个中国人是老外。这种感觉很新鲜，也很刺激。更新鲜的是，飞机刚起飞，明星们就在狭窄的走道上排队，以至于纵贯首尾，大有水泄不通之势。在俄罗斯，只要超过两个人就自动排队，而且总是那么不紧不慢井然有序。是领取食物？还是分发纪念品？看了一会才发现，排在最前面的进了洗手间。这就更让我纳闷了。最终，还是导演为我指点迷津——俄罗斯人一忌过堂风，二忌憋尿。那么排队的人都憋了一泡尿吗？导演摇头：总要有个提前量嘛！哦，原来是未雨绸缪。

包机向南，飞越浩浩荡荡的苍莽森林。森林尽头，雄奇魁伟的高加索与碧波无涯的黑海相拥相偎，恰如一对海誓山盟的恋人。一场暴雨令我们下榻的饭店更像镶嵌在群峰碧海之间一颗晶莹剔透的明珠。一问，那诗意栖居的去处，还真叫珍珠饭店！

电影节开幕式安排在夜间。中国影人作为上宾最先走过红地毯。只可惜不舍昼夜看了个昏天黑地，却鲜见佳片力作。看来，曾经的电影大国也有滑坡的时候。我那些领导和朋友个个愁眉苦脸，饥肠辘辘。他们无法消受油腻腥膻的羊排牛排。我们的团长每天靠榨菜和明前碧螺春充饥。终于，他发现有一种小饼还算可口。可惜那是套餐，每人只限一份。我于是斗胆喊了一声"洁乌诗卡（姑娘）！"当即有一位女孩飘然而至。我手指小饼："叶肖拉斯（再来一个）！"她微微一笑，旋即飘然而去。几分钟后，这个穿着白衬衫蓝围裙的姑娘带着灿烂的笑容回来了。她十分殷勤地在我们每一个人的碟子里放下一只圆圆的小饼，还轻轻地说了一声："请！"我当即回了一句："斯巴西巴，巴里绍依（非常感谢）！"此后我每天都会喊"洁乌诗卡"，她总会给我们再加一份小饼。如此循环往复，屡试不爽，直到离去。那天，我没有喊她，她却悄然来到我们桌前："听说你们要回去了，我很难过。你们走后，我会感到失落的。能为中国朋友服务，我非常荣幸。我会想念你们的！"她说得如此真诚，完全不像外交辞令。我们都被洁乌诗卡的告别深深打动了……

不知为什么，冬奥会闭幕式上，当玉洁冰清的索契姑娘姗姗而来的时候，我出现了幻觉：哦，那不是洁乌诗卡吗？你还在珍珠饭店那个看得见黑海的圆形餐厅里，带着温馨的笑容飘然来去吗？下一届电影节，你还会在中国朋友的碟子里再加一个圆圆的小饼吗？

2010.3.9 于苍梧

丽日下的古都

我走向维也纳，却不知能否走近维也纳。

五月的古都天蓝云白，阳光明媚。喜欢阳光的维也纳人在河堤上、公园里，在广场和街边的长椅上，享受着灿烂的阳光和阳光般灿烂的心情。丽日下的维也纳古典而温馨，怀旧而闲适，不无自豪地流溢着贵族的余韵和圆舞曲般的诗情。身在其间，使我感到从未有过的恬适和安宁。我深知这里不是我的故乡，可是心中却生出了难以言传的依恋之情。

漫步在这座古老皇城的大街上，你不由得会发一番思古之幽情。奥匈帝国哈布斯堡皇朝的遗迹鳞次栉比，典雅富丽，气度不凡，成为八百年王朝史留下的一道美轮美奂的人文风景——英雄广场、霍夫堡皇宫、艺术史与自然史博物馆、皇家剧院、市政大厅、议会大厦、国家歌剧院，把一条环城大道装点得珠玑琳琅，满目生辉。与之相映衬的一座座雕像、一丛丛喷泉、一片片绿茵、一簇簇奇花，还有参天大树下悠悠驶过的古代马车，让人目不暇接，神思恍忽，忘记自己身在何处，今夕何年……尽管帝国之梦早在八十年前便已风流云散，而久远的历史：战争与和平，侵略与奴役，中立与独立，衰落与中兴，都给维也纳留下了说不完的话题。这些话题，沉落在金发少年碧蓝幽深的瞳仁里，蹒跚在白发老人绅士风度的步履间。

维也纳，我在读你——读你青春的眼神，读你沧桑的步履。

在霍夫堡皇宫后门，我看到了一条凹陷的城壕。它看上去像历史留下的裂隙。城壕边，一道栏杆隔开了人如流水的步行街，成为古代与当下的分界线。我顿然感到：在我脚下，罗马时代的遗迹，沉积着太多历史的尘埃。那尘埃里，埋藏着一千七百年的盛衰荣枯。我努力想象这座古城在罗马人兵营外崛起的壮观景象。那些来自亚得里亚海的巨石，那些从阿尔卑斯崇山峻岭砍伐的原木，运送到中欧内陆，在当时要历尽多少艰辛？巨大的智慧，无数人的血汗，一个个年轻鲜活的生命，奠定了这座城市最早的基石。凹陷的城壕，就是这样把维也纳披荆斩棘的公元二世纪，铭刻在我的记忆里。

然后，我走进克恩顿大街。在这条可以找到世界上所有名牌的商业街上，赫然耸立着尖顶入云的斯蒂芬大教堂。大教堂的庄严与商业街红火形成鲜明的反差：一面是钟声沉沉，一面是红尘滚滚。但是看上去它们相处得很好：在失衡的空间中，历史与现实居然找到了各行其是的和谐。

斯蒂芬大教堂始建于公元十二世纪。是维也纳哥特式建筑的代表作。二战中一场大火使它面目全非。战后，奥地利人几乎都为它的重建作出了力所能及的贡献。大教堂高一百六十七米，号称世界第四，但是，在黑色山峰般令人震撼的科隆大教堂面前，它只能做个小弟弟了。

我从圣母玛利亚塑像下走进幽暗深邃的教堂，似乎脚下就是无底深渊。那穹顶，高远而又冷峻，俯仰其间，个体的人变得十分渺小。这一切，都刻意渲染着对地狱的悚惧，对上帝的敬畏，逼迫你为了"原罪"去做永世的苦役……那氛围，那情景，让我真切地感受到中世纪对人性的压抑和扭曲。

卡尔大教堂据说也是维也纳的表征。这座宏丽的建筑，比斯蒂芬晚了整整六个世纪。一眼看去，它没有那种拒人于千里之外的阴冷与森严，也不那么咄咄逼人。那拾级而上的提升，与六根大圆柱描绘的罗马风情水乳交融，令蓝色半圆形拱顶显得温柔可亲。我想，这大抵展现了文艺复兴后以人为本的艺术观念。这种巴罗克式建筑绝不剑拔弩张，甚至有一点取悦于人。维也纳人的世俗精神，终于在这里得到了释放与张扬。

十七世纪以后，奥匈帝国掀起了巴罗克建筑热，经久不衰，不断升温，以至于今天的维也纳，仍像一个巴罗克建筑博览会。我看到，在新老多瑙河之间，林林总总，仪态万方，错落跌宕激情澎湃地汹涌着一条条蔚为壮观的古建筑风景线。几乎每一座重要建筑都镌刻着建房年代。这样的碑刻看多了，就会沉湎在哈布斯堡王朝遗风中不能自拔，不经意间也绾起了一个不大不小的怀旧情结。一切，悄然于俯仰之间。我想，这是维也纳对于远方来客无言的赠予。如今，我细细品味起来，那感觉还真不坏！

与观光大教堂相比，到彩色遮阳伞下泡咖啡座，似乎更具维也纳神韵和魅力。人们在那里或坐观街景，或默然相对，或开怀畅叙，或相拥而吻，个个显得轻松而悠闲。在那里，音乐是不可少的，咖啡是不可少的，阳光也是不可少的。两个座位如果一个背阴一个朝阳，百分之九十的维也纳人，会不假思索地直奔那个阳光下的座椅。他会带着几分滋润，几分奢侈，在苦咖的回味中晒上大半天太阳。不可思议吗？这就是维也纳人——造就了绚丽灿烂的施特劳斯圆舞曲的维也纳人。他们已全然扫尽斯蒂芬的阴霾，全身心地拥抱丽日清风的多瑙河。他们闲适，闲适得近于慵懒；忘情，忘情得让人妒忌。我简直无法想象，倘若奥土战争之后，匆匆败退的土耳其人没有丢下咖啡豆；倘若那些咖啡豆始终被当作骆驼粪，风情万种的维也纳该失去多少意味和情韵？

当然，这只是一个笑话。维也纳并不拒绝幽默。维也纳属于历史，更属于现世。远离中世纪的奥地利早已卸下沉重的盔甲，于不意间留下了似淡却浓的怀旧情结，又在怀旧情结中选择了那个朝阳的座席，于时光老人的指缝间，筛下了更多世俗的潇洒与快乐。于是，约翰·施特劳斯成为你的骄子，《蓝色多瑙河》故居成为你的光荣，奏响新年音乐会的金色大厅成为你神圣的殿堂，白发如银的卡拉扬微闭双目高举指挥棒成为你经典的形象……全世界都把目光投向你——奥地利古老的皇城，辉煌的音乐之都维也纳。

如歌的奥地利

维也纳森林拥抱着蓝色多瑙河……

我无法告诉你，他们拥抱了几千年还是几万年。你看，那森林郁郁苍苍，逶迤而来，俨然一个从历史深处走来的倜傥男子；而多瑙河如影随形，蜿蜒其间，多么像一个把沧桑融于流水的女人。当多瑙河柔若无骨的琴弦弹拨起爱的天籁，维也纳森林的年轮便发出悠远的回响。面对这一切，我顿然感悟到大自然也有恒久真挚的恋情。维也纳森林与蓝色多瑙河，不就是生死相拥的罗密欧与朱丽叶么？

永远的情侣伴随我穿行在欧罗巴绿色的心脏奥地利。这里的一切充满音乐的灵性：无尽的丘峦旋律般回环曲折跌宕起伏，星星般的野花像鲜活的音符灿烂于广袤的绿地之上。飞掠而过的百灵，冲天而歌的云雀，为我奏响了一曲真正属于大自然的《春之声圆舞曲》。我想象着约翰·斯特劳斯的灵感，如何从颤抖的手指间倾泻而出，在短短的瞬间充斥了他的森林，他的河流，他的蓝天和大地……

在流畅明丽的乐曲中，我迎来了静谧如诗的黄昏。汽车带着我盘旋而下，像一片树叶飘落在幽深的谷底。那谷底竟豁然开朗，别有一番天地。在苍蓝色中沉思不语的月亮湖，倒映着远方的牧羊山，令我心静如水。不经意间，一只天鹅舒缓地从湖面飞起，那轻轻扇动白色羽翼的从容和恬淡，牵引我的目光跟随它驮着最后一抹霞光飞去，飞向银箔般贴在天际的月亮……我久久呆立，在白天鹅留下的一片幽寂中凝眸镜湖水月，回味刚刚逝去的梦境。那梦境中萦回着音乐的魂魄，萦绕着飘忽不定的小夜曲。哦，舒伯特，我要深谢你的赠予。

当轻风拂过我脚下的月亮湖，蓝沉沉的湖水波光粼粼明眸闪闪。恍惚间，似见贝多芬的手指从波间掠过。于是，在森森琴键之间，钢琴奏鸣曲像皎洁的月光向我心头无声地流泻……至此，一天的劳顿便如烟散去。

终于，我来到了远在天边的萨尔茨堡。那古堡耸立在峭壁之上，使它卓然不群的身姿，显得神奇而伟岸。古堡后面，阿尔卑斯山终年积雪的山峰，如屏似障，一字排开，与云起云飞的碧空交相辉映，给沉静缄默的古堡平添了几许凝重。萨尔茨堡雄视历史，却又天人合一地融合于大气磅礴的自然。唯其如此，才孕育了天才的莫扎特和当代的卡拉扬。

我徜徉在百年如一日的狭窄街市，漫步于有广场和高大雕像的古老教堂，以及随时随地都会喷出泉水的夏宫园林……当我登上缆车，挟着呼呼的风鸣，升向悬崖顶端的萨尔茨堡，恍若穿越时间隧道，回到了宫廷乐师们忙忙碌碌的遥远年代。

在露天咖啡座溢出的小步舞曲中，我抬头仰望济济于古建筑之间其貌不扬的四层小楼。听到乡音，一位中国研究者热情地走出来迎接我，向我讲述莫扎特在那个朴拙简陋的房间里度过的童年。

哦，玻璃罩中是他拉过的小提琴，台阶旁屋角有他触摸过的钢琴。我无法想象五岁的孩子的指尖上会流淌出自己创作的钢琴协奏曲，第二年又应召到维也纳美泉宫，为特蕾西娅女皇演奏，成为震惊皇城的音乐神童。

在短暂的辉煌之后，年轻的天才于贫病交加中英年早逝，被草草埋葬在维也纳贫民墓地。六十年后，他的头骨被人发掘出来当作馈赠朋友的礼品。一百二十年后，大师的遗骸才回到故乡萨尔茨堡。

也许，天才不需要墓葬，天才的音乐更不需要安息的土地。你看，他无影无踪的翅膀，正不知疲倦地在世界上空飞翔。在每一个月光如水的夜晚，莫扎特会敛起羽翼，来到知音身边，与你作竟夜长谈。那是心灵的对话，百年灵魂的倾诉。莫扎特就是这样拥有无数个你和我，无数个你和我也将拥有永远的莫扎特。我想，这就够了。

我于是明白了卡拉扬为什么静静地长眠在难以寻找的荒草野花之间，而不是自己构建一座雕塑、碑铭齐全的坟墓了。

每当一年一度的萨尔茨堡音乐节奏响第一个音符，来自世界各地的乐迷，自然会在屏息凝神的瞬间回忆起音乐大厅落成典礼，卡拉扬执棒指挥理查·施特劳斯《玫瑰骑士》的动人情景。

卡拉扬诠释过的乐曲，卡拉扬颤动的白发和深思的眼神，卡拉扬恢宏的音乐精神，使他的灵魂像一面在风中飘飞的旗帜，令人永难忘怀。卡拉扬还需要什么？芳草萋萋野花朵朵只带走了他驾鹤西去的肉身，他贯注在乐思中的热血与精魂，融进了每一个活着的音乐时空之中。对于他，这还不够么？

我无法数计维也纳森林与蓝色多瑙河这一对永远的情侣孕育了多少音乐骄子。但是当我漫游在奥地利壮丽灵动的山河之间，那扑面而来浩荡而去，带着树木青草鲜花清芬的一阵阵长风，似乎都在吹奏一代又一代世界级大师不朽的旋律。它时而令我回肠荡气，击节长叹，时而令我器宇轩昂，激情飞扬。

奥地利疆土虽小，但音乐使它变得胸怀博大底蕴丰厚。当你从沉醉中醒来，必须离它而去的时候，自当频频回首，流连再三，为的是身后那一对永远的罗密欧与朱丽叶，那一首余韵悠长的无字的歌。尔后，你将发现这首歌挥之不去，才下眉头，却上心头，在生命的旅程中与你结伴而行，成为形影相依心灵相通的朋友。

漂流在多瑙河上

我漂流在蓝色的多瑙河上。波光潋滟的流水，像一张光碟，吟唱着逝者如斯的超然和岁月无痕的放达。

我看到维也纳森林的边缘，两座狮身人面、人面如花的雕像，守卫着气势宏大容颜苍老的夏宫。多瑙河之波悄声说，如果不是那个叫玛底亚斯的皇帝纵马而来，一头钻进森林深处追捕猎物，在焦渴难耐的时刻，突然发现清冽甜美的泉水，皇帝就不会连声赞叹："香布朗！香布朗！"（好水！好水！）百年之后，这里也就不会出现这座以美泉著称于世的壮丽宫殿。在宫殿的大花园里，壁立如削的树墙，护卫着对称的灌木图案。到处可以听到泉水在歌唱。有睡莲飘浮水上，红鱼戏于池中。在海神尼普顿紧握三叉戟的水池中，曾映现过弗朗茨皇帝和希茜公主相挽相亲的倒影。他们也曾沿着弧形坡路步步登高，在横贯丘岗的大排楼式凯旋门上，俯瞰景色如画的美泉宫，远望维也纳风情独具的皇城景观。后来，拿破仑做了弗朗茨一世的乘龙快婿，居然驾着八套马车在皇家园林里横冲直闯，给强作欢颜的皇族们，留下许多啼笑皆非的尴尬。

但是，奥匈帝国的尴尬与骄横、屈辱与辉煌，如天边浮云，只能在大地上投下转瞬即逝的影子。倒是六岁的音乐神童莫扎特，睁大惶惑好奇的眼睛，走进美泉宫为特蕾西娅女皇演奏，成为世代相传的佳话。汩汩的泉水叮咚于耳，恍若莫扎特的琴声余韵不绝。面对永恒，皇亲国戚们早已化作一抔黄土、一缕烟尘，而莫扎特却定格在一个又一个不朽的音乐瞬间。

悠悠琴韵中，一座巍峨的哥特式古堡迎面飘来。那古堡依山傍水。有巴罗克楼宇和青春派建构错杂其间，踞高而立，气势不凡。多瑙河不无诙谐地说：这是一座很大的修道院。它的来头还真不小。如果在特蕾西娅的婚礼上，忽然吹来的一阵风没有吹走她的头纱。那头纱没有悠悠荡荡飞过多瑙河落在对岸一棵大树的枝叉上，就不会从中悟出天意，在纱巾飘落的地方建起这座能容三千人修行的克洛斯特欣修道院。修道院如今游人如织。那巨大的镀金枝形烛台，时时在提示天下的善男信女不要忘记那棵通神的河畔大树。

当小船飘离修道院渐渐远去，有三百六十根管子的特大管风琴送来一阵阵天国的乐音。它或许会令你心如止水，义无反顾地告别喧哗与骚动的人生；你或许会在超凡绝尘的音响中震颤不已，忙不迭地向红尘逃逸，去追逐现世的种种快乐。我无从知道在这座男女分隔的修道院里，面对白日的孤独和长夜的寂灭，向隅读经的修道者，可曾发出灵肉相搏后的竟夜悲吟和真情难抑的喟然长叹？我想，那些悲吟和长叹，也许会使管风琴声变得更加回肠荡气，更加如泣如诉吧？

来自天国的乐音，令我思绪纷纷不绝如缕。直到优雅清寂的美仑河谷扑面而来，把掩映在森林中的拉森堡宫呈现在我面前，我才意兴盎然地侧耳倾听多瑙河讲述凄美的爱情故事。

原来，拉森堡是弗朗茨一世为希茜公主建造的一座精巧典雅的猎宫。在这个远离尘嚣颇有些神秘意味的森林宫殿里，他们曾年轻而充满激情。希茜寝宫那两个在穹顶张开翅羽的小天使，定然目睹过他们的缠绵悱恻。这一对情侣或于林中并辔，且歌且行，或在月下弄琴，相拥相吻，把一座皇家宫阙变成连爱神丘比特都倾羡不已的爱巢。他们的爱情结下了果实，希茜生下一个可爱的男孩鲁道夫。弗朗茨皇帝也意气风发，大刀阔斧地拆除了维也纳多余的城墙和堡垒，在废墟上建起一条环城大道。大道两旁，古希腊式、罗马式、哥特式、巴罗克式的皇宫、议会、教堂、剧院蔚为壮观，把古都装扮得风姿绰约，气象万千，成了一个永不闭幕的欧洲建筑博览会。

后来，他们渐渐老去。他们的爱情也渐渐老去。鲁道夫成年后。弗朗茨皇帝命他与比利时公主结婚，而他早有了海誓山盟的恋人。无奈父皇威逼再三。两个情人绝望之余双双自杀在拉森堡宫。其时，奥地利危机四伏，希茜与皇帝的婚恋也成了一张断了弦的琴。希茜为爱子的惨死肝肠寸断，心如死灰，终至飘然离去，杳如黄鹤，直到在瑞士日内瓦湖畔死于非命。一个浪漫凄绝的爱情故事，至此画上了句号。

弗朗茨年轻时尽可爱其所爱，而当鲁道夫遭遇激情的时候，他却勒令儿子必须爱其所不爱。我不知道古今中外这种反人道的政治婚姻曾经戕害过多少年轻纯真的心，吞没过多少青春洋溢的生命？作为《希茜公主》的忠实观众，当我听到这个发生在银幕后面的故事，顿然感到一种难以承受的沉重。如果《希茜公主》续拍第四集。编导们能否洗尽铅华，坦然面对皇权政治留下的这一片阴霾？

漂流在多瑙河上，最令我想入非非的，当属约翰·施特劳斯的生平轶事了。自从有了电影《翠堤春晓》、《维也纳森林的故事》，人们便把圆舞曲大师的真实传记，与影片中的艺术虚构融为一体，混作一团。人们浮想联翩，亦真亦幻，对那片阳光斑驳，百鸟鸣啭，在情人相拥的三套马车上，与牧童遥相应对的维也纳森林，对于由此产生的让人绝倒的歌曲，怎能不生出许多幻想？事实上，对名人轶事进行模糊把握，往往是最刺激人想象力的。我当然很愿意留一半清醒留一半醉，漂流到新老多瑙河之间去造访"《蓝色多瑙河》故居"啦……我会从四层小楼上踱下来，想象小施特劳斯如何不胜潇洒地漫步在浓阴芳草之中，如何啼声得得车轮滚滚徜徉于绿色林海，在大自然怀抱中唱出令世上有情人都为之沉醉的《当我们年轻的时候》……但是多瑙河告诉我，这只是小施特劳斯的一个侧面。奥匈战争后，失业与贫穷困扰着奥地利。在这样的时刻，小施特劳斯应男声合唱团之约写下了《蓝色多瑙河圆舞曲》。它那明朗欢乐的情绪，燃起了国民心中的希望。演出后一举轰动维也纳，迅速风靡了整个欧洲。从此，蓝色多瑙河与施特劳斯的旋律一起，插上翅翼，飞向世界每一个角落，把欢乐带给五大洲每一颗愁苦的心。从此，许多人都悄然生出一个梦想：梦想有一天来到多瑙河畔的音乐之都，在壮丽的金色大厅聆听这首令人远离忧伤的乐曲。

　　如今，我漂流在多瑙河上，体味着音乐诗人的灵感如何潺潺而来，喷薄而出，将自己燃烧殆尽，最后化作一泓清波，一簇野花，一缕流霞，一声叹息。在波光潋滟的光碟间，咏叹百年悲欢，千载沧桑……

　　我愿小船随风漂去，顺流而下，永远航行在令人远离忧伤的多瑙河上。

上帝的维也纳

维也纳是音乐之城。夏天,维也纳市政大厅门前,搭建起一座拱形大舞台,它是政府用来供市民消夏的。整个夏季,每晚举办一场免费音乐会,水准很高,连大名鼎鼎的维也纳爱乐乐团也来登台演出。在这里,市民是公仆们的上帝,而音乐则是上帝的上帝。

维也纳环城大道一派皇城气象。从皇家剧院看过去,罗马式议会大厦右侧,四个哥特式塔楼,拱卫着一座更高的塔楼。九十八米的高度,使它像一柄出鞘的利剑,直指苍穹。这就是那座经历了百年风雨的维也纳市政大厅。

市政大厅两侧林木葱笼。林间小路旁,鲜花绿茵辉映着飞珠溅玉的喷泉。这里没有卫兵站岗,也不见藩篱铁栅。你可以在林间散步,谈情说爱,甚至仰卧在长椅上眯他一觉。一座高贵孤傲的建筑,却敞开胸怀,散淡而又平民化。我不知道这是谁的奇思妙想?更不可思议的是,市府门前搭起了一座拱形大舞台。是要举行什么重要集会,还是搞节日检阅?怎么可以任随舞台挡住政要们出入的大门?

维也纳人告诉我:舞台是政府搭建的,却并不用于政务,而是为了供市民消夏。那么消夏方式呢?我不解地问。举行音乐会呀!每晚一场,免费对外。整个夏季都如此。每位市民都可以到这里来欣赏高水准的音乐演出。

好奇心驱使我在夜幕降临之后又来到这里。市政大厅的五个尖顶，在泛光照明下少了几分庄严肃穆。两旁树林里，几盏古意盎然的路灯，点染着夏夜的温馨。有老人相携而来，有情侣相拥而立，有孩子骑在爸爸肩上，有男女旁若无人地在长椅上亲昵……不知何时，广场边缘搭起了两排尖顶帐篷，准备出售冷饮和食品。

刚才还杂乱无章的舞台，转眼间一排排灯光渐次燃亮，不觉间乐队已坐得整整齐齐。据说，那就是大名鼎鼎的维也纳爱乐乐团。这个占尽风华出足了风头的乐团，出现在不售门票的露天音乐会上，使我又一次为之一震。舞台右侧大屏幕上，映现出乐队指挥颇有几分大师风范的面影。音乐骤然响起。这里立即变成了一座神圣的艺术殿堂。第一流的音响设备，把贝多芬变成音符的长风，旋律的大河。它以贯天动地的气势震荡着每个人的心。舞台上面，那柄直指上苍的利剑和云影翩翩星月交辉的夜空，意味无穷地诠释着激情洋溢的音乐诗人。你尽可任意地去感受，去遐思，去了悟，去飞升……

离开联排现场，我来到闻名世界的克恩顿大街。那些珠光宝气的首饰店、钟表行虽已关门，却依然灯火绚烂，流光溢彩。此刻，生意没有了。摩肩接踵的顾客和游人也已散去，而风韵依旧的繁华街市却把夏夜的空间留给了业余艺术家。你瞧，这里那里，人行道上，大街拐角，拉提琴的、弹吉他的、吹风笛和萨克斯管的，或演奏世界名曲，或弹唱亚非民歌，或云里雾里已进入如醉如痴的忘我境界，或顾盼生辉，一面歌唱一面扭动腰肢宣泄着满腔情爱。其中大部分人在自娱自乐，也有的人借此谋生，在找乐的同时弄两个钱花。你可以随便丢下一两枚硬币，而演奏者往往视而不见，依然沉浸在音乐的虚幻和空灵之中。

第二天晚上，我驱车赶到市政大厅路口，这里已禁止车辆通行。少见警察的维也纳，一下子冒出了不少警员。他们实行交通管制，以保证观众人身安全和音乐会良好的声音效果。我在周围兜了半天圈子，仍找不到可以见缝插针临时泊车的地方。终于找到了车位，急如星火地下车，慌不择路直奔演出现场，却已然曲终人散。

因交通管制而与演出失之交臂，令我十分懊恼。明天，我将离开维也纳远行。今晚的缺憾，也许今生今世永远无法弥补。扼腕低回之余，油然生出几许感慨：好一个维也纳，在这里，市民是公仆们的上帝，而音乐则是上帝的上帝了。

无言的拉雪兹

——走近巴黎

我走进拉雪兹。

小路静静的。纷披的大树静静的。那些关于爱恋和悲悼的雕塑静静的。拉雪兹静穆得很，像一个正在沉思默想的老人。谁能知道，此刻他在思索生命的消失与循环，还是在品味死亡的庄严与诗意？

为了寻找巴尔扎克墓，我沿着山路上了又下，下了又上。路是石子铺的，很硌脚。见鬼的厄尔尼诺，使五月的巴黎艳阳高照，不多时我已汗流浃背，只好在树阴下稍事休息。

小路对面，右边墓里伸出一只女人的臂膀，左边墓里伸出一只男人的臂膀，两只手在半圆形交接点上紧紧相握。这座拱形雕塑使我油然想起一首叫《牵手》的歌曲。而眼前这无言的牵手，令我震动而至感动，感动而至倾羡不已。是啊，生命总是要打上休止符，而真爱将余韵悠悠，在默默相对中延续到永久。一个人拥有如此丰盈的爱，他面对死亡的时候一定十分从容坦然。难得的是雕塑家用两只在空中相握的手来喻示这一切。或许，这就是欧洲人引以为自豪的墓园文化吧！

这时，一群男人簇拥着一副灵柩，出现在山的拐角处。我肃然而立，注视着那一群神情黯然的法国人。他们来到这里，是为了把一位亲友送往生命的终点。而我要寻找的巴尔扎克，他把《人间喜剧》留给了历史与永恒，自己只在拉雪兹公墓占据一方小小的净土。

恍惚间，时光似乎倒流了一百四十八年。我头上的天空布满了八月的阴云，蒙蒙细雨泅湿了伤痛的巴黎，无声的泪滴将巴尔扎克的灵柩从圣菲力普—杜—鲁勒教堂送到了阴霾密布的拉雪兹。灵柩的右侧，维克多·雨果紧握着柩衣的流苏，而左侧则是与雨果同龄的中年大仲马。两位浪漫主义作家黑色帽檐和睫毛都潸然滴落着历史的悲痛。他们的步履蹒跚而又沉重，是因为他们失去了一位现实主义兄长，19世纪文坛殒落了一颗耀眼的巨星。

在沉思冥想中，我倏然看到山坡路边上耸立着巴尔扎克半身铜像。它显然没有罗丹的手笔那么随意而富有个性。吉罗在这里塑造了一个静静沉思的巴尔扎克。沿着额头和两颊蔓向身上的铜绿，凝聚着百年风雨。斑斓的阳光从树隙中条分缕析地射过来，使我仰视时感到目眩。与权贵们的陵墓相比，这里显得逼仄而局促。唉，潦倒一生身后凄凉的文人墨客，世上何止万千？

然而，那蔓着铜绿的巴尔扎克，却显得十分安详，十分超脱。他似乎并不介意世俗的幸福过于短暂。1850年5月，他从俄国回到法兰西。结了婚，囊中也不再羞涩，却已病入膏肓，三个月后便撒手人寰。好在后来他的妻女都葬在他身边，总算在死后拥有了最久远最温馨的依偎。

不觉间，墓边走出一个老人。他身穿法兰绒西装，沉静的眼神流溢着书卷气，看上去像个退休学者。

"中国人？"法国老者居然会讲中国话。

他似乎十分高兴在这里看到来自万里之外的中国人。他讲了巴尔扎克，讲了自己，又把我带到小路对面树林中的一座墓前。那墓简朴得很。不要说雕像，连墓志铭都没有。老人告诉我，长眠在此的是一位出版家，他曾断然买下巴尔扎克用十七小时写下的长篇小说故事梗概。那时巴尔扎克默默无闻，身无分文，甚至没有旅费去看望远在波兰的心上人。出版家付给他二十万法郎，使巴尔扎克实现了自己的梦想。巴尔扎克成功了，出版家却依然故我，不事张扬，只在死后悄然安歇在巴尔扎克小路对面，在无人注目的绿树阴蔽下，做巴尔扎克无言的邻居。

我不禁喟然长叹。如果没有这位独具慧眼一掷万金的出版家，巴尔扎克的命运，又将如何？

我们走出树林，老人告诉我，巴尔扎克还有一位当代知音。老人每日来拉雪兹散步，常看到一位年过七旬的外国人在巴尔扎克墓前流连不去。两位老人天天在这里相遇，打量、顾盼、相互凝视，终而至于一拍即合，无话不谈。原来，那是个来自大洋彼岸的美国老人。他远涉重洋，只是为了拜谒他仰慕了一生的文学巨擘巴尔扎克。终于，美国老人要回家了。临行前，他做了一件震惊巴黎的事：他用百万法郎买下了与巴尔扎克相邻的第二块墓地，迁走了原来的坟，在那里用花岗岩做了一本打开的书，还在自己的名字下刻着生年1920，1920后面至今没有刻下故去的年份。我想，那老人一定仍在美国安度天年。他活得很从容。他的死一定更加从容。在书香悠悠的巴尔扎克身边静卧长眠，想必是他思慕已久的人生归宿。巴尔扎克做梦也不会想到，在自己去世后一个半世纪，仍然有人与之心灵相通，以读者、崇拜者的身份与他永相厮守，在拉雪兹无边的静寂中，成为超越时空的朋友吧？

哦，不幸的巴尔扎克，你终究还是幸福的。

白云苍狗滑铁卢

为什么用女人的脊背背来黑土，筑起了这座金字塔般巍然耸立的土丘？那些女人，是孀妇、情人、孤儿还是哭干了眼泪的母亲？我听说，那土丘前的原野上曾经尸横遍野，曾经血流成河，曾经是那些豪气冲天铁马金戈的男子们，在激越的鼓点中冲锋、呐喊、砍杀、劈刺、肉搏、撕咬的杀戮之地。是什么铸成了拔地而起的土丘上那只巨大的铁狮？如今，铁狮雄风依然，傲视着呈扇形展开的昔日战场。它可曾忘记1815年6月，一个惊雷闪电风雨如磐的夜晚之后，十几万将士在这片旷野上厮杀了整整一个昼夜。直杀得天昏地暗，人神共泣，沸腾的战场变得无声无息，只剩下五万具渐渐冷却的热血男儿的尸体？五万具尸体换来一将功成——威灵顿公爵这个胜利者，为什么没有仰天大笑？面对满目凄凉，他一脸悲怆，是因为这胜利来得太侥幸，太偶然，还是因为那座用白骨构筑的英雄宝座，令他心寒齿冷，禁不住扼腕唏嘘？

呵，滑铁卢，好一个血浸泪染的滑铁卢！

今天，我在这里看到了空阔碧绿的田畴，古朴优雅的农舍，和白云苍狗的蓝天。我实在无法将这里的一切和战争联系在一起。然而，历史告诉我，我脚下的一草一木，每一寸土地，都浸透了殷殷热血。历史原本是昨天发生的故事。我希望昨天的故事永远只是故事。可是，我还是产生了登临那座土丘的冲动。

土丘的背面有阶梯，扶梯很窄，坡很陡。远远看去，好像上面的人站在下面人的头上。这使我不由得产生了关于英雄的古怪联想。我很费了一番力气，才登上那二百二十六级台阶。我的脚步越来越沉重，心情似乎比脚步更加沉重。

我环绕八吨重的铁狮，慢慢转了一圈。底座很高，伸手够不到狮身。仰望威风凛凛傲立在土丘上的铁狮，我忽然感到它的眼神中隐含着一丝与生俱来的沉思和忧伤。面对苍苍茫茫的古战场，我不禁要问：威灵顿是胜利者，可他是一个伟大的英雄吗？拿破仑兵败滑铁卢，他因为失败变得渺小了吗？拿破仑从小岛上重返巴黎夺回帝位，随即向敌视他的整个欧洲应战，这是他无法不做的事。呼啸而至的大雷雨，倏然而来的病痛，让他预感到英雄末路的悲剧。他却不肯就此罢手。他身后，用奥斯特里茨战役缴获的枪炮铸成的旺多姆柱，记载着他至高无尚的光荣；香榭丽舍巍峨壮丽的凯旋门，等待着万人空巷欢呼英雄班师回朝的盛大。

但是，凯旋门没有等到凯旋的节日，它只等到了拿破仑黑色的灵柩。旺多姆广场也被滑铁卢铁狮投上了挥之不去的阴影。最后的失败，固然是拿破仑无法洗雪的人生败笔，可是拿破仑就是拿破仑，拿破仑只能是拿破仑。他只能按照自己的逻辑办事。他别无选择。

在凯旋门——协和广场的中轴线上，我曾看到一个高耸的金色圆顶，在阳光下一片辉煌。巴黎人自豪地告诉我：那是拿破仑之墓。法国给了这位失败的英雄最高的荣誉，法国看起来还不太势利。

而在滑铁卢一座小屋里，维克多·雨果曾凭窗远望已然寂寞的战场，写出了《悲惨世界》中滑铁卢之战的不朽篇章。拿破仑如果地下有知，会不会霍然而起，击剑而歌，重新骑上骏马，冲向战场，挑战自己的宿命？

滑铁卢，你令我流连不去，给我带来无尽的沉思和莫名的忧伤。

走吧，这里离布鲁塞尔还有半小时车程。到了布鲁塞尔，看到那个撒了一泡尿便成了英雄的孩子，也许可以忘记滑铁卢的沉重了吧？

在布鲁塞尔寻寻觅觅

记得那是初夏,绝好的天气。我走进比利时人引以为自豪的布鲁塞尔大广场。这座长方形广场苍老、庄严,骨子里透着高贵。

望着望着,岁月扑面而来,恍然走进了八百年的风霜雨雪——禁欲主义和文艺复兴,哥特和巴洛克,路易十四和拿破仑,似乎都躲不开市政厅塔顶城市保护神穿越历史的目光。在这里,威廉一世反对比利时独立的讲演稿,被狂热的起义者付之一炬。还有让全世界拍案称奇的小于连,在天鹅咖啡馆掀起裂岸惊涛的马克思,把人性张扬到极致的维克多·雨果……

我神不守舍地穿过缤纷鲜丽熙熙攘攘的花市,飘忽来去,寻寻觅觅。那个一泡尿撒出一个不朽传奇的小家伙在哪里?那个从巴黎北上来到这里的大胡子思想家又在哪里?还有浪漫至极悲情至极的文学巨擘……你们都无声无息地消逝在历史深处了吗?

多亏路人指点,原来,只须拐进一个名叫埃杜里弗的小巷,就能看到:一头卷发,一脸调皮,外加一只翘鼻子的小于连,正居高临下在那里撒尿。似乎,时间永远定格在那个遥远的年代:败退的入侵者在大广场埋下炸药,点燃导火索。布鲁塞尔即将在导火索燃尽的那一刻灰飞烟灭。小于连急中生智,一泡尿浇灭了导火索,像一场游戏似的把千钧一发变成了千古美谈。谁也说不清这个故事的确切年代。我只知道，自打1619年竖起这座铜像，小于连一直光着屁股在这里尽情地撒尿。这一撒，就是三百八十年。巴伐利亚总督于心不忍，送来一套刺绣礼服，给小英雄御寒。现在，小于连每天都有新衣服，而且，在狂欢节那天，他会从小鸡鸡里撒一整天啤酒。人们争先恐后喝他无穷无尽的尿液，乐此不疲，以此为幸，为荣，为乐。小于连理所当然成了享誉全球的第一公民。

天鹅咖啡馆的墙上已经没有天鹅浮雕。谁也不知道大广场上有过这么一个非同寻常的去处。我们在那一带走来走去，问东问西，当地人不是耸耸肩膀，就是一脸茫然。最后，还是《多瑙时报》主编常恺先，把我们带进了一家已有两百年历史的咖啡馆。马克思、恩格斯住进来的时候，这里是一家旅馆。那是一百五十年前的事了。我的脚下，木地板吱吱嘎嘎地响，木墙、木桌、木椅、木楼梯，都已进入暮年，木质楼梯口还有一匹四蹄张开的木马。我努力想象马、恩在这里为创建共产主义通讯委员会，在会议上慷慨陈词的情景，想象马克思如何在通宵不灭的台灯前心潮澎湃，笔走龙蛇，起草《共产党宣言》……我坐在临窗的木桌前，一缕斜射的阳光照进来。我眯起眼睛抬头仰望，只见大炉子上面悬挂着木制的傀儡，让我顿时倒吸了一口冷气。我不由得想起那开篇的第一句话："一个幽灵在欧洲游荡……"俯仰间，我忽然看到手表上显示的时间：5月5日。5月5日是他的生日呀！我怎么忘了呢？马克思真的被遗忘了吗？马克思真的应该"被遗忘"吗？"被遗忘"的马克思，还会再一次令世人醍醐灌顶，发一身冷汗，从噩梦中惊醒吗？

天鹅咖啡馆隔壁就是维克多·雨果曾经住过的楼房。它伫立在市政厅的斜对面，宁静而又安详。那里，大门紧闭。无人问津。我仰望许久，记住了它的沧桑，记住了它的寂寥，记住了它的神秘，也记住了5月15日在布鲁塞尔大广场的寻寻觅觅……

2010.7.13 于苍梧

跟德国打了个照面

到了欧洲，才知道欧罗巴有一颗心脏。那心脏是绿色的，而且是以音乐著称的奥地利。

奥地利，绿！多瑙河畔，森林、田野、古堡、山峦，绿得南流北淌，绿得无微不至，绿得铺天盖地。再配上那一顶晶莹洁白的帽子——阿尔卑斯终年积雪的山峰，更是妙不可言。在奥地利边境小镇林茨，我们意外发现了一个中餐馆，老板是浙江人。在异国他乡遇到江浙老乡，自然喜出望外。我问他怎么把饭店开到这么个芝麻绿豆大的地方？老板神秘一笑：你别小瞧了，这可是希特勒的出生地哟！我当即一愣，倒吸了一口气。是啊，从这里只须跨出一步，便是德国。而那个在欧洲点燃炼狱之火的法西斯老大，竟是个打擦边球的奥地利人。

暮色苍茫中走进德国古城科隆。莱茵河穿城而过。哥特式的科隆大教堂耸立在河岸上，像中世纪的黑色长剑刺向血色天空。它在这里一站就是七百年。七百年真可谓阅尽沧桑，见证了多少王朝更迭，多少兴衰枯荣。我步入穹顶高远的殿堂，不禁肃然而又茫然。圣母玛利亚像前的十字架上，是谁缀上了那么多十字像章？我无法猜度，那些虔敬有加的信徒们，在幽暗的烛光下祈祷什么？他们的祖辈或曾在战火中祈求和平，在离乱中祈求团聚，在和平后祈求富足。如今，欧洲富足了，金钱让他们恣肆了没有？欲望让他们疲惫了没有？此刻，他们是否又希冀在躁动后找回往昔，找回自我，找回古老欧洲田园牧歌式的安详与宁静？

那一刻，我这个东方来客在希冀什么？默念什么？外甥女从同济大学辞职来德国几年了，她跟小周一向可好，当年的梦想是否已然成真？

到达法兰克福，时已过午。酒店大堂音乐如水，白色钢琴键盘起伏，却无人演奏。我拨号多时，竟无法接通外甥女的电话。她没有给我住址，我们无缘相见了。无奈中我被文友拉去用餐，不意间闯进了金融巨头们聚会的饭店。只见大厅中间，四棵十几米高的棕榈树，直指阳光明媚的玻璃屋顶，让你仿佛置身蓝天下大海边。我环顾四周，即使几十头大象同时进入也不会显得拥挤。轩敞，气派，在远离自然的城市里，追慕自然，效法自然。真是不可思议！在这里吃饭应该很爽。可事后翻来覆去追忆，怎么也想不起来那天吃了些什么，味道如何。

饭后，沿着一条小街遛弯。这里很静，行人稀少。忽见路边一男一女，斜躺在人行道上，脸色白里透青，正在注射毒品。我的心咯噔一下。好年轻的一对情侣！他们的眼神那么迷茫，他们的气色离死亡只有一步之遥。我不知道，是什么使他们如此放纵，如此自暴自弃？难道这座富得流油的金融之都，对他们完全弃之不顾了吗？前面，是谁闲得无聊，把易拉罐踢来踢去，让小街发出了令人毛骨悚然的空谷回音？

往前走，一座座小楼前亮着不明不暗的霓虹灯。图案大同小异：一支爱神之箭射进一颗红色的心。原来，这是妓院的标志。那里，一个个三点式的性感女人，或在橱窗里搔首弄姿，或在青楼前频送秋波，或在楼梯口摇晃着丰乳肥臀，用中国话千娇百媚地叫一声"你好！"据说，这是一个低档红灯区，干粗活的水手用很少的钱便可以向棕色美人买得一夜风流。我顿时生出一种反胃的感觉。哦，法兰克福，你给了我一个不太光鲜的背影。

慕尼黑让我浮想联翩。这座城市似乎与阴谋、与奥运会的惊世命案、与臭名昭著的纳粹，有着太多的关联。但是，到啤酒吧品尝巴伐利亚大麦、阿尔卑斯雪水酿成的啤酒，着实是一件十分快活的事。

酒吧在一个院子里。一棵枝繁叶茂的大树遮去了大半阳光。百十个人坐在二十来张桌前，面前摆着超大的酒杯。酒杯里泡沫如雪，芳香四溢。几个穿着民族服装的乐师演奏着民间小曲。真是个风味十足的地方。它让我想起江南水乡的茶馆，随性得很，草根得很。不管谁来到这里，都会不知不觉融进去，刚刚还绷得紧紧的身心，转瞬间变得十分放松。我的酒还没送来，邻座的德国汉子把一大杯啤酒推过来，跟我拍了碰杯的照片。我和他素昧平生，语言不通，居然能相逢一笑，如见故人。此一举颠覆了我对德国人古板冷峻的印象。没想到，啤酒和快乐，也可以让萍水相逢的人超越国界和文化，须臾间达成无法言喻的默契。那天，我真正领教了巴伐利亚啤酒的清冽香醇，慕尼黑男人的豪爽、纯真。

一番酣畅淋漓之后走出酒吧，《多瑙时报》主编常恺告诉我，这里原是希特勒开会演说的场所。我大吃一惊。怎么又是希特勒？这时，一位九十岁的老妪拦住我问路。看来，她把我当成自家人了。我的心顿时又热烘烘的。是啊，既然慕尼黑已经成为地球上所有种族都可以亲密无间举杯痛饮的地方，这个世界不是亮堂多了吗？

2010.5.24 于连云港